歌人が巡る中国の歌枕 山陰の部

宮野恵基

文化書房博文社

本書掲載の地図　出典：「電子国土」 URL http://cyberjapan.jp/

―はじめに―

「むかしよりよみ置ける哥枕《うたまくら》のおほく語傳《かたりつた》ふといへども、山崩れ川流れて道あらたまり、石は埋《うづも》れて土にかくれ、木は老いて若木にかはれば、時移り代《よ》変じて、其の跡たしかならぬ事のみを、爰《ここ》に至りて疑ひなき千載《せんざい》の記念《かたみ》、今眼前に古人の心を閲《けみ》す。」

これは、私が十数年前、東洋大学教授・谷地快一先生より初めて「歌枕」を学んだ、**松尾芭蕉**の『**奥の細道**』の多賀城址における記述である（久富哲雄『おくのほそ道』講談社学術文庫）。

歌枕については、先著『歌人が巡る四国の歌枕』、『歌人が巡る中国の歌枕・山陽の部』の前文に同一に記しているのでここでは省略するが、芭蕉が語った「哥枕」は名所歌枕のことである。

短歌を学ぶ私は、この一文に古歌とまだ見ぬ地への憧れを募らせた。歌枕とされる地を訪ねてみたい。もちろん星霜移り時は去り、古の面影や付随する観念を偲ぶことは不可能かもしれない。あるいはその地そのものの特定すら不可能かもしれない。それでも、そこで先人の名歌に触れ、私自身も拙い歌を詠む。そんな思いを当時から抱くようになったが、そんな折、私が指導を受けている沙羅短歌会主宰・伊藤宏見先生から、月刊の『沙羅』に投稿をと勧められ、平成十六年十一月より、残り少ない余生の畢生の仕事にと第一歩を四国の地から踏み出すことになった。そして駄文《だぶん》、駄歌《だか》を寄せるに至った。その際私の歩いた足跡を振り返りつつ、若干筆を加えて一書となしたものが、既刊の『歌人が巡る四国の歌枕』である。

その後、引き続いて中国地方に歩を進め、平成二十一年三月より同誌に、「中国歌枕探訪」と題して投稿し、先著と同様、それを推敲したものをこの度形となした。

尚、中国地方は、四国よりはるかに広いのは明らかであるが、所属国も十二を数え、古き時代より人々の往来も盛んであったことは想像以上で、ために、「山陽の部」、「山陰の部」の二分冊となり、「山陽の部」を二〇一四年五月に先行して出版し、今回「山陰の部」を世に出すに至った。

私はこれまでの半生を文学とは全く無縁の生活を重ねてきて、漸く六十を過ぎてから短歌を学び始め、文も歌も稚いし、写真も全くの素人です。そんなお見苦しい一冊ですが、お目に留めて頂けたら幸いです。また、諸先生方の書籍につき、お許しも得ず参考、引用させて頂きましたことも、この場にて御礼申し上げます。

尚、名所歌枕を集めた歌枕書、歌学書はいくつかありますが、座右に入手した井上宗雄他編『名所歌枕（伝**能因法師**撰）の本文の研究』—昭六一・笠間書院—、渋谷虎雄『校本・**謌枕名寄**・本文篇』—昭五二・桜楓社—、村田秋男編『**類字名所和歌集**・本文篇』—昭五六・笠間書院—、神作光一、千艘秋男編『増補**松葉名所和歌集**・本文篇』—平四・笠間書院—を参照しながら学ばせていただきました。

古《いにしへ》の歌人の思ひ偲びつつ　彼の地を訪ね吾も歌を詠む
今に残る歌学びつつ聞かまほし　山・川・海の語る言葉を
蕉翁に習ひて名所の歌枕　風の音聞き古《いにしへ》偲ぶ

注・本文中においては、それぞれを『能因』、『名寄』、『類字』、『松葉』と表記する。また出来得る限りこれらに載せられている漢字仮名表現に従うが、便宜上他の資料を用いることもある。
・掲載歌については、歴史的表記の読み難さを和らげることができればと、出来得る限りルビを施した。
・太字は巻末に簡単な解説を載せている。
・本文中の歌意は、諸先生方のものをそのまま注記なく引用したもの、私見を挟んだもの、あるいは私自身が拙い解釈をしたものが混在している。

歌人が巡る中国の歌枕　山陰の部

目次

―はじめに―……3

鳥取県

因幡編……14

一、因幡山（併せて同嶺、同山麓ノ小田）　16
二、因幡河　18
三、三角山　21
四、神（の）御子石　23
五、副（ノ）山　26
因幡国歌枕歌一覧　27

伯耆編……30

一、稲積里　32
二、御船上　34
三、大山　37
伯耆国歌枕歌一覧　40

島根県

出雲編……42

一、手間（ノ）関（併せて同関山、隈（の）関）　44

二、能伎〔義〕郡 46
三、月の山 50
四、錦（ノ）浦 53
五、飯〔飫〕宇ノ海（併せて同河原） 55
六、袖師浦 58
七、多久島 61
八、三穂崎 63
九、千酌浜〔濱〕 65
十、左〔佐〕太〔大〕（乃）浦 68
十一、籔の川上 70
十二、出雲河 73
十三、出雲浦 76
十四、出雲宮 79
十五、出雲山 81
十六、素〔宗〕我〔鵜・鷲〕（ノ）河原 84
十七、出雲森〔杜〕 86
十八、能野川 89
十九、能野山 91
二十、高 濱 93
二十一、三尾浦 96

二十二、袖〔浦湊入江〕 97
二十三、水江能野宮 98
二十四、蟻通神 99
二十五、素戔烏 102
出雲国歌枕歌一覧 103

石見編……114

一、形見山 116
二、浮沼〔奴〕（之）池 118
三、鴨 山（併せて妹山） 121
四、石 河 124
五、可良（之）浦 128
六、岩〔石〕見潟〔泻、瀉〕 130
七、辛（の）崎 132
八、石見海 135
九、小竹島〔嶋〕（併せて同〔磯〕） 138
十、八〔屋〕上山 140
十一、石見河〔川〕 143
十二、不加志山 145
十三、渡（の）山 148

十四、高角山（併せて同沖）　150
十五、角乃〔の〕浦（併せて角）　153
十六、古登多加〔賀〕礒〔磯〕　156
十七、三重（ノ）河〔川〕原　159
十八、御階山　161
十九、伊世雄〈潟〉　164
二十、高間山　166
二十一、日晩山　168
二十二、比礼振嶺〔峯〕　171
二十三、石見野　174
二十四、高田山（併せて高田）　176
二十五、打歌（ノ）山　179
二十六、石見浜　182
石見国歌枕歌一覧　183

隠岐編……194
一、三尾浦　196
二、鼓（ノ）嵩　198
三、隠岐里　200
四、隠岐海　202

五、隠岐（2）小嶋　203
六、隠岐湊　204
隠岐国歌枕歌一覧　206
付、隠岐四島紀行　208

事項略解……230
人名略解……238
事項人名略年表……256
主な参考文献……268
講　評……伊藤宏見……271
―おわりに―……279

鳥取県　因幡編

因州とも呼ばれ、鳥取県の東部がその領域である。その中心は鳥取市の千代《せんだい》川河口であり、前方後円墳が多く、条里制の遺構も散在する。鎌倉時代には海老名氏、室町時代には山名氏、近世は池田氏の支配するところであった。鳥取砂丘あり、**大国主命**と白兎の神話ありの当国ではあるが、歌枕の地は多くない。あるいは、現代の私達の耳目に掛からない歌枕が存在するのかも知れないとの想いを抱いた。ただし、和歌の歴史の上では記憶に残る地である。即ち、『**万葉集**』の最後を飾る「新《あらた》しき年の初めの初春の　今日《けふ(きょう)》降る雪のいやしけ吉事《よごと》」はこの地で詠われた。「いやしけ」の「いや」は接頭辞で「いよいよ、ますます」の意。「しけ」は「頻《し》く」あるいは「重《し》く」の命令形で、「度重なる」の意である。

当時因幡国守であった**大伴家持**が、天平宝字三年（七五九）正月一日に国庁において、国郡の司達に詠んだ歌である。『**万葉集**』の編纂については多くの論があるが、少なくとも**大伴家持**が最終的に関ったことについてはほぼ定説となっており、その結びの歌であるこの一首がこの地で詠われたのである。

鳥取県

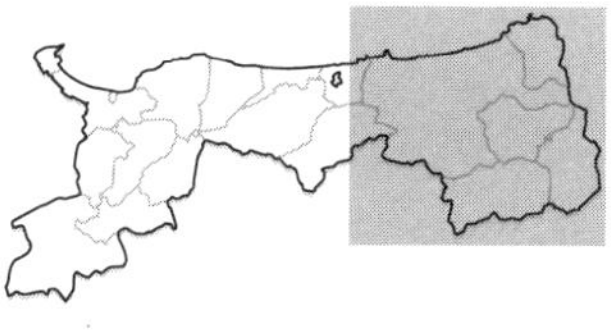

一、因幡山《いなばやま》（併せて同嶺、同山麓ノ小田）

「たち《〔発・立〕》別《別れ》いなは《〔因幡〕》の山の峯にお《〔生〕》ふ《う》る　まつ《〔松・待つ〕》とし き《〔聞〕》か は《ば》いま《〔今〕》かへ《〔帰〕》りこ《〔来〕》む（あなたと別れて因幡の国に行っても、行く先の因幡山の峰に生えている松の如く、あなたが私を待っていてくれるならすぐにでも帰りましょう）」は、百人一首にも収められる**在原行平**の歌である。『名寄』と『松葉』に収載される。更に『松葉』には、「因幡山」として十一首、「因幡嶺」として七首（一首重載）、「因幡山麓ノ小田」に一首が収められる。その詠み人も、**後鳥羽天皇**、**順徳天皇**、あるいは**藤原定家**、**飛鳥井雅親**など、錚々たる顔ぶれである。

因幡山は、鳥取市国府町に在る標高二百四十九メートルの稲葉山、あるいはそれを含む丘陵地帯を指す。なお、美濃国、現在の岐阜市に、標高三百二十九メートル、山頂には、彼の斉藤道三が居城した稲葉山城、後の織田信長の入城によって岐阜城と改名された名城が建つ稲葉山が有名であるが、これはこれで美濃国に項が立てら

稲葉山に連なる丘陵地帯

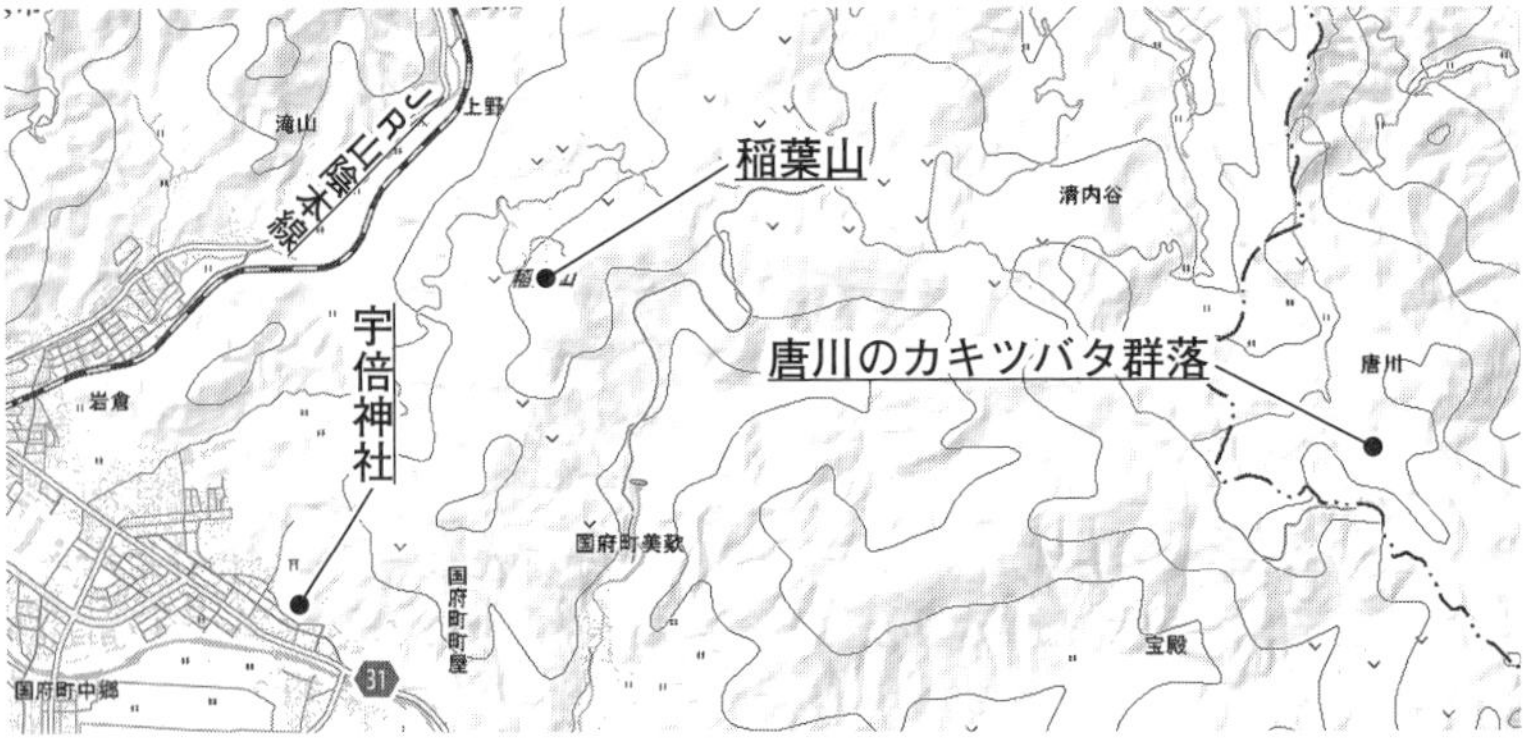

稲葉山付近

宇倍神社

れていて混乱は無い。鳥取県の地名辞典の「稲葉山」の項には、古くには稲羽山、因幡山とも記され、また江戸時代には宇倍野山と呼ばれたとの解説がある。**在原行平**は、斉衡二年（八五五）因幡国守に任じられていて、冒頭の歌はその任地への下向の際に詠んだと伝えられる。

　鳥取市街地のほぼ東になだらかな山並みが続く。元禄元年（一六八八）に鳥取藩侍医の小泉友賢の著した『因幡民談記』には、「古来ヨリ大キナル松山ニテ翠樹陰深ク」と記されているという。なるほど、冒頭の**在原行平**の歌も含めて、編末の歌枕一覧に載る十九首のうち「松」を直接詠み込んだものが十首、縁語であろうか、「待つ」と詠んだものが二首数えられる。関ヶ原の合戦以後領主となった池田長吉による鳥取城築城のため、そのほとんどが伐採されたという。

　西麓には、宇倍神社が鎮座する。大化四年（六四八）の創建と伝えられ、延喜式では因幡、伯耆両国で唯一の明神大社とされ、因幡一宮として崇敬されてきた。祭神は、**景行天皇**から**仁徳天皇**まで五代の天皇に仕えたと伝えられる武内宿禰命、この地で三百六十余歳の生涯を閉じたという。明治三十一年（一八九八）に完成した現在の社殿は、翌年発行の五圓紙幣に、武内宿禰命と共に全国の神社で最初にデザインとして採用されたとのことである。

　また東南の麓、国府町と岩美郡岩美町の境近くには、天然記念物のカキツバタの群生地がある。日本海ゴルフ倶楽部稲葉山コースの直ぐ北側で、迷う

カキツバタ群生地

ことは無く、一帯はハイキングコースとして鳥取市民に愛されている。訪れたのは五月中旬、残念ながら花期に少し早く、一ヘクタール余の湿原の所々に紫の花姿を見ることが出来ただけであったが、湿原に至る山間の小道の両側には、タニウツギと思われるピンクの可憐な花が満開であった。

名に高き歌人《うたびと》数多は因幡山の　松の緑を愛で詠ひけり
稲葉山守りて来たれる宇倍の宮　紙幣となりし社殿きららか
数本の五月陽浴むるかきつばた　稲葉の山の湿原に咲く

二、因幡河《いなばがわ》

『松葉』には、『**古今和歌六帖**』より「いなは《〔因幡〕》川いな《〔否〕》としつい《〔終〕》にい《〔言?〕》ひ《い》はて《果》は《ば》なか《〔流〕》れて世にもすま《〔住〕》し《じ》と《ぞ》そ思ふ」が載る。「いなは川」は第二句の「いな（否）」の序詞として使われている。この歌枕「因幡河」については、「郷土の美化は…中略…歌人の永劫の使命であり、…中略…再建設祖國の郷土文化昂揚に遺された美しい一里塚たらしめたい」と格調高い序文のある、終戦直後の昭和二十一年（一九四六）発行の『因伯名勝和歌集』に次の記載がある。

「袋川は歌に詠まれた因幡川で、源を扇山に發し雨瀧を造って法美谷を奔流し、宮下に於て國府川とも稱せられ、諸渓流を集めて西北し、鳥取市内を貫いて濱坂の

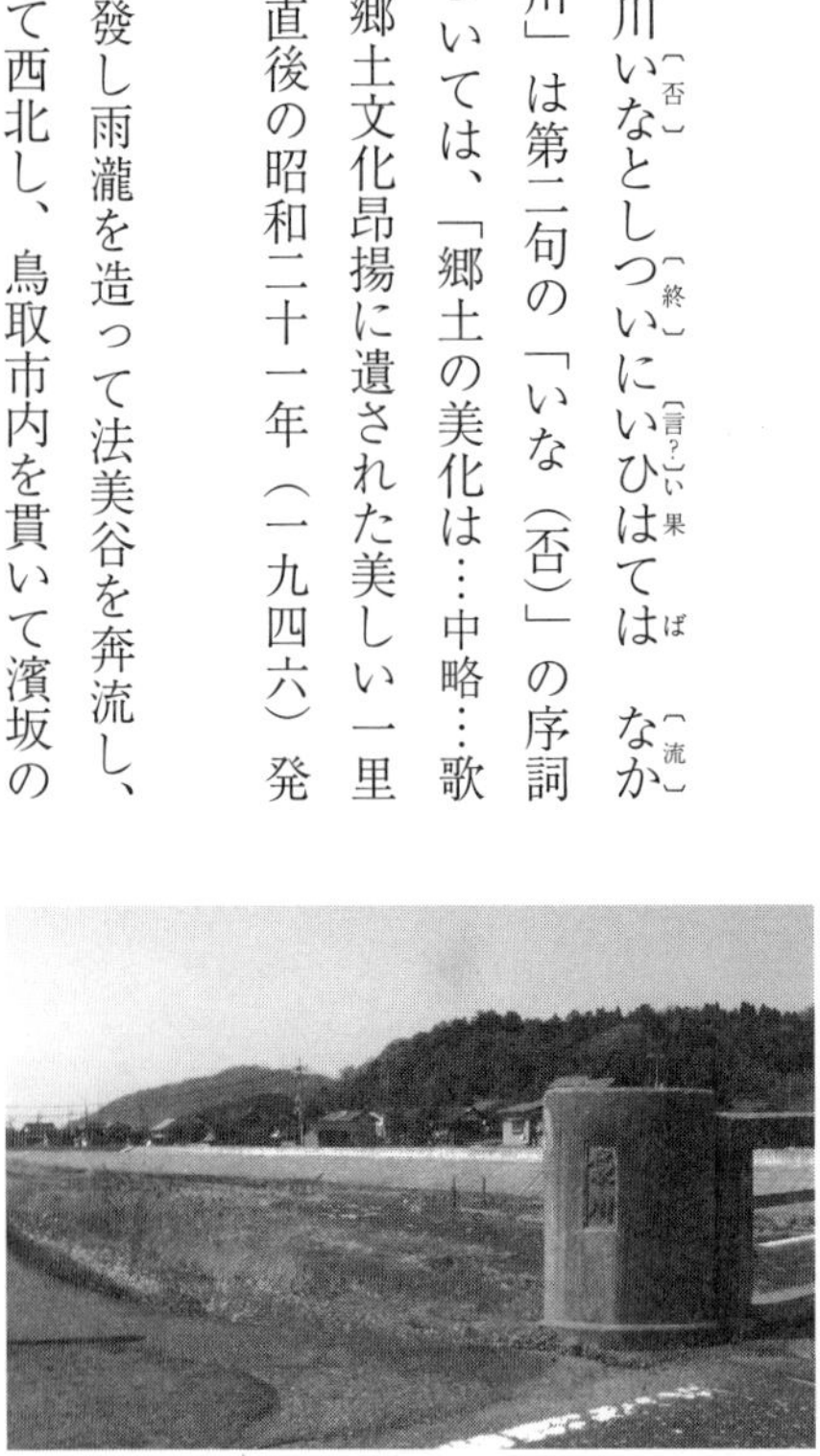

袋川

袋川、中郷橋付近

西方で千代川に入る六里餘りの川である（読点は筆者による）」。なお、千代川は「せんだいがわ」と呼ぶ。歌枕「因幡河」は、この記述の如く袋川のことを指す。

袋川の中流には国府町が広がり、左岸に因幡国庁跡や国分寺があり、因幡国の中心であったことが判る。

袋川に架かる中郷橋から県道二百二十五号・三大寺宮下線を五百メートルほど南下すると、右手に広がる田園の中に規則的に並ぶ御影石の円形の石柱群が見えてくる。昭和五十二年（一九七七）から始められた発掘調査により明らかになった、国庁跡建物群の中の正殿、後殿の礎石の跡である。翌五十三年には国の史跡に指定された。

更に南南西七百メートル付近の国府町国分寺集落に国分寺がある。現在のその集落のほぼ全域が往時の国分寺の寺域で、昭和四十七年（一九七二）からの調査により二百二十メートル四方に及び、七重の宝塔をはじめ、多くの堂宇が建てられていたことが判明した。寺は戦国時代に戦禍に見

国庁跡

礎石の位置を示す柱群

国分寺境内（奥に塔石の礎石）

国分寺塔石の礎石群

舞われ、以後衰微の一途をたどるが、明治二十九年（一八九六）に地区住民の手により再興され現在に至っている。境内には、集落の南方で発掘された塔跡の礎石十七個のうち八個が移されて保存される。本堂は村の説教所の雰囲気で、地区の方が数人寄り集まり、昼下がりの談笑を楽しんでいた。

国庁跡の東五百メートル余りに、大正十一年（一九二二）に建てられた、因幡編の序で紹介した**大伴家持**の万葉歌「新しき……」の歌碑がある。更に道を挟んだ広場には、前項「因幡山」に記した**在原行平**の「たち別……」の歌碑も建つ。

因幡河支流なれども重き爲《な》し　国を治むる地を潤しぬ
ささやかに村人守る国分寺　因幡の河の如何に見るらむか
古くより詠み伝へられる歌碑の二基　因幡河近き田園に建てり

大伴家持歌碑

在原行平歌碑

三、三角山《みすみのやま》

鳥取市の南部、岡山市と鳥取市を南北に結ぶ国道五十三号線沿いに、用瀬《もちがせ》町が広がる。その中心部、国道四百八十二号線が西に分岐する辺りが用瀬町用瀬である。その分岐点の東二キロメートル足らずに標高五百八メートルの三角山がある。『能因』、『松葉』に載る、『**夫木和歌抄**』を出典とする「ゆく《〔行〕》さき《〔先〕》をみすみ《〔三角〕》の山を頼むには　是をそ《ぞ》神に手向《たむけ》つゝ行《行く》」の「みすみの山」と比定される。後述の三角山神社の社伝には、**猿田彦神**が暫しこの山に住んだことから「御栖山」と呼ばれ、後に三角山と書かれるようになったとあるという。また、その山容から現在も別称として「頭巾山《とう(とっ)きん》」と呼ばれるが、そのことにつき寛政七年（一七九五）に鳥取藩侍医の安部恭庵の著した『因幡志』には、「襟巾山《ときん》」と記して「山勢三角に峙《そばだ》ちて頭巾の形なるを以て山の名とす」と解説するという。なるほどその山姿を遠望すると別称を納得できる。

三角山

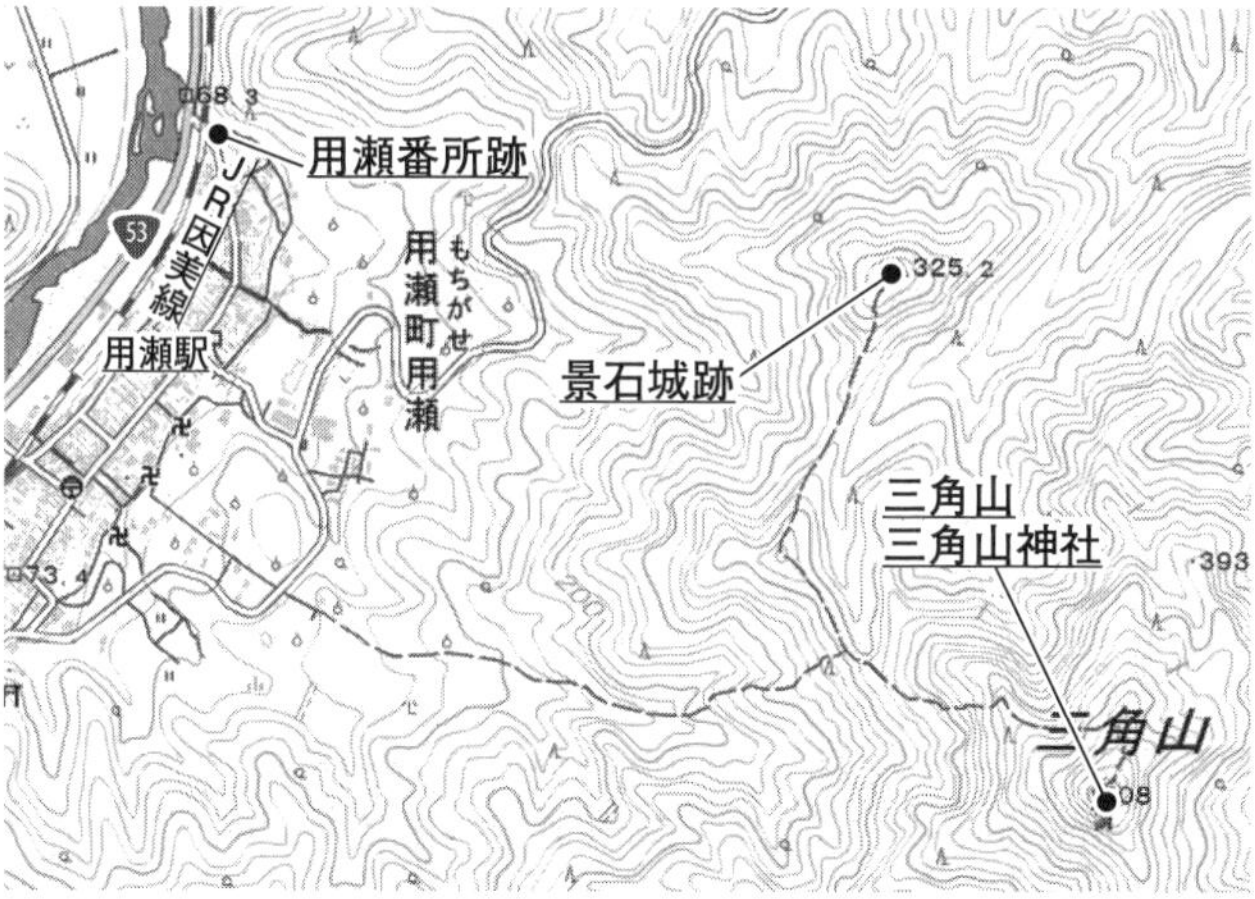

三角山

景石城跡　登り口

三角山神社の女人堂

登山道に補助のためのロープも張られる山頂には、三角山神社が建つ。祭神は**猿田彦神**で、往時は籠堂、垢離場などを備えていたという。長らく女性は中腹までしか参詣が許されず、今も女人堂が残る。今回は、残念ながら山頂の本殿への踏査は行程の都合で断念し、女人堂を確認して下山した。なお、先の歌の第四句中の「神」は、この三角山神社を指すという。

また登山道の途中から、支峰の城山の山頂にある、豊臣秀吉が鳥取城攻略の足掛かりにした景石城の跡に通じる道も分岐する。景石城は、南北朝時代にこの地の領主・用瀬氏によって築城され、戦国時代末期には、毛利、羽柴の間で数度の争奪が繰り返された。江戸時代に入ると、城主の二度に亘る改易があり、元和三年（一六一七）頃廃城となったという。土塁や館の跡が残るとのことである。

用瀬は、平安の時代から畿内と因幡を結ぶ因幡街道の智頭《ちず》往来の宿場として栄えてきた。地区内には歴史を感じさせる街並みも残り、また、ＪＲ因美線（鳥取～岡山県東津山）の用瀬駅北二百メートル余りの踏切の脇には、番所跡

松尾芭蕉句碑

用瀬番所跡

がある。傍らには**松尾芭蕉**の「夏来てもただ一つ葉の一つかな」の句碑が建つ。

なお、『和歌の歌枕・地名大辞典』には、鳥取市国府町にも同名の山があり、そこと比定する説もあると付記している。残念ながらそちらには行き着いていない。

歌枕の名に相応《ふさは》しき山姿　三角《みすみ》の山を遥かに見たり
三角山の頂の宮目指す道　女人堂に来て戻る険しと聞きて
山裾に番所跡あり三角山　今も行き交ふ人を見守る

四、神《かみ》（の）御《み》子《こ》石《いし》

出典も作者も明らかではないが、『名寄』、『松葉』に「いなは《（因幡）》なる神のみこ《（御子）》石しるし《（験）》あらは《ば》　す《（過）》き《ぎ》行《行く》秋のみちしるへ《（道標）》せよ」が収められる。これを『和歌の歌枕・地名大辞典』は、国名を因幡としながらも所在地は未勘としているが、間違いなくここ因幡国に、古い伝えのある石が実在する。

前項で記述した鳥取市用瀬《もちがせ》から国道五十三号線を十キロメートル足らず北上すると、千代《せんだい》川に八東《はっとう》川が合流する。その合流点の直ぐ東に、標高三百二十六メートルの山容が、なだらかな姿を見せている。霊石《れいせき》山と呼ばれ、現在はスポーツグライダーの愛好家で賑うが、後述の如く神代からの伝えが残る山である。

南麓には、**在原行平**が国司をしていた貞観十八年（八七六）からとされる国英《くにふさ》神社が建つ。祭神は**応神天皇**、**神功皇后**などで、現在の社名になったのは明治元年（一八六八）とのことである。境内には推定樹齢五百年の大

霊石山

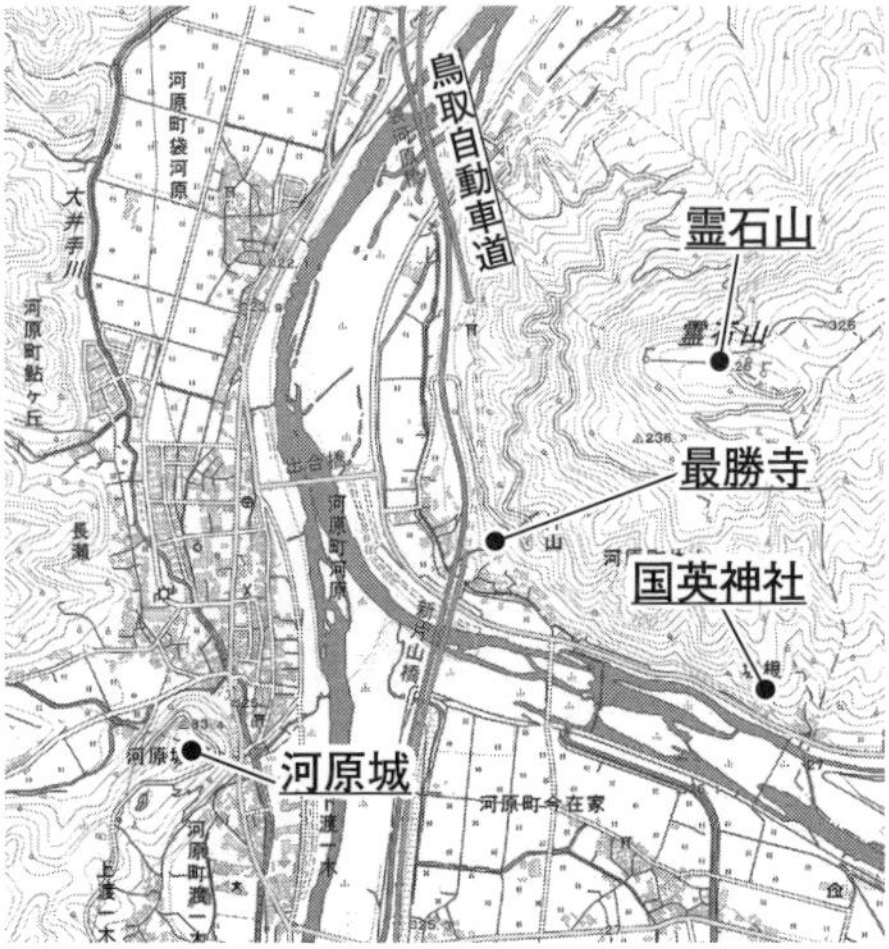

霊石山

銀杏が枝を広げている。また、この神社の正安三年（一三〇一）に鋳造された梵鐘には、なぜか「伯耆《ほうき》国久米郷長谷《ちょうこく》寺」の銘があるという。長谷寺は倉吉市仲ノ町に現存する。

　国英神社の西一キロメートル程には霊石山最勝寺がある。和銅年間（七〇八〜一五）に**行基**が山上に草庵を開き、昭和三十年（一九五五）に現在の地に移されるまでは中腹に在った。本尊の薬師如来は**行基**の作と伝えられる。旧境内には、源頼朝の弟・範頼の墓とされる五輪塔がある。

　国英神社と云い、最勝寺と云い、その奈良・平安時代からの歴史は、この地が古くから重要な地であったことの証であろう。

最勝寺本堂

国英神社

神の御子石

さて、歌枕の「神（の）御子石」は、この霊石《れいせき》山を登る道の途中に在る。幅七メートル、高さ六メートルの巨岩で、河原町観光協会の解説板には、「**天照**《あまてらす》**大神**《おおみかみ》が降臨の時、道案内の神として**猿田彦命**が先導し、この岩に冠を置かれたので、御冠岩とも云った。**猿田彦命**は、道祖神であり、この岩はその御神体として、道行く人の道標であった」と記される。この付近からの眺望は素晴らしく、千代川の対岸には河原城が、青空を背に美しい姿を見せている。この河原城は、豊臣秀吉が鳥取城攻めの際、陣を敷いた城山に嘗て存在した山城で、当時は天守閣は無かったとのこと、平成六年（一九九四）、ふるさと創生事業により模擬天守閣が建てられた。

河原城

見当たらぬと諦めたれど道の辺の　山腹に在り神の御子石
偶々に巡り参りたる古き寺社　神の御子石探す道々
祀り居る神の御子石背に立てば　彼方に聳ゆる模擬の城郭

五、副《そひ(ふ)》(ノ)山《やま》

『名寄』に『**懐中抄**』を、また『松葉』には『名寄』を出典として、「しるし《〔験〕》あれは《ば》これをや神に手向《手向け》つゝ　いの《〔祈〕》らは《ば》つね《〔常〕》に君にそひ山」が、さらに『松葉』に、『**藻塩草**』から「ひとり《〔独〕》のみきけ《〔聞〕》は《ば》かなし《〔悲〕》も時鳥　そふ《〔副〕》の山へのいやしなきかも」が載る。しかし、ここ因幡はおろか隣の伯耆《ほうき》にもその名は見当たらない。よって項を立てるに止める。

因幡国歌枕歌一覧（名所の数字は各歌枕集収載ページ）

因幡山（併せて同嶺、同山麓ノ小田）

名所歌枕（伝能因法師撰）

謌枕名寄

因幡山（一〇三四）
　因幡建保百首用此字但馬国現有稲
　葉郷山辺如何右哥枕当国随而現在
　也而近来為美濃国之由依勘出之哥
　悉載彼国畢
たち別いなはの山の峯におふる
まつとしきかはいまかへりこむ
　右哥暫両国雖載之行平朝臣為当国
　之司正ク下向之由在庁等引日記之
　者於当国詠之欤

類字名所和歌集

増補松葉名所和歌集

因幡山（七）

立わかれいなはの山の峯に生る
　松としきかは今帰りこん
　　〔古今〕（行平）

あらしふくみねのかすみの立わかれ
　いなはの山の松そ見えゆく
　　〔千首〕（為尹）

旅ねする花の下風立わかれ
　いなはの山の松のさひしき
　　〔月清〕（後京極）

しらせはやいなはの山の春の雨
　まつにはかゝる袖のしつくを
　　〔前摂政家歌合〕（経平）

なきすてゝいなはの山の時鳥
　なほ立かへるまつとしらなん
　　〔新後撰〕（経清平）

早苗とりし日数はしらすいなは山
　けふは松風秋のはつ風
　　〔亜槐〕（雅親）

天の戸や明はいなはの峰にしも
　待夜なふけそ秋のよの月
　　〔御集〕（後鳥羽）
　　（「因幡峰」に重載—筆者注）

人はこす秋はいなはの山風に
　けふもくれぬと鹿そなくなる
　　〔夫木〕（通具）

因幡山（併せて同嶺、同山麓ノ小田）	
	名所歌枕（伝能因法師撰）
	謌枕名寄
	類字名所和歌集
これも又わすれしものを立かへり いなはの山の秋の夕くれ 〔愚草〕（定家） うき雲や立わかれても夕時雨 いなはの山にまた帰るらん 〔永生二御百首〕（雅俊） きのふかも秋の田の面に露おきし いなはの山の松の白〈ゆき〉 〔夫木〕（定家） せめてけにそれそなくさみ起わかれ いなはの山の松はうけれと 〔千首〕（為尹） **因幡嶺**（十二）美濃　因幡 今はとて春もいなはの峯の松 ねにあらはれて鶯そなく 〔夫木〕（光明峯寺） けふよりや山をかすみの立はなれ いなはの峰の夏の明ほの 〔御集〕（後鳥羽） 一声もなきていなはのみねのけふ 待かひあれや山時鳥 〔夫木〕（有家） 天の戸や明はいなはのみねのしも 待夜な康そ秋のよの月 〔御集〕（後鳥羽） （「因幡山」に重載—筆者注） 冬のよの月はいなはの峯こえて なほ山のはに松風〈の声〉 〔健保百〕（範宗） 雪の中に冬はいなはの〈峰〉の松 終に紅葉ぬ色たにもなし 〔玉葉〕（順徳）	増補松葉名所和歌集

副（ノ）山	神（の）御子石	三角山	因幡河	因幡山（併せて同嶺、同山麓ノ小田）
		三角山（三四〇） ゆくさきをみすみの山を頼むには 是をそ神に手向つゝ行 〔夫木〕（読人不知）		
副山（一〇三四） しるしあれはこれをや神に手向つゝ いのらはつねに君にそひ山 〔懐中〕	神御子石（一〇三四） いなはなる神のみこ石しるしあらは すき行秋のみちしるへせよ			
副ノ山（二七四） しるしあれとこれをや神に手向つゝ 祈らはつねに君にそひ山 〔名寄〕 ひとりのみきけはかなしも時鳥 そふの山へのいやしなきかも 〔藻塩〕	神の御子石（一九五） いなはなる神のみこいししるしあらは 過ゆく秋の道しるへせよ 〔名寄〕	三角山（六五七） ゆくさきをみすみの山をたのむには これをそ神に手向つゝゆく 〔夫木〕	因幡河（四〇） いなは川いなとしついにいひはては なかれて世にもすましとそ思ふ 〔六帖〕	秋の田のいなはの峯に吹風の 身にしむ声は冬のくれまで 〔玉吟〕（家隆） 因幡山麓ノ小田（二四） のとかなる小田はいなはの山こえて まつとしもなき雁はきにけり 〔亜槐〕（雅親）

鳥取県　伯耆編

伯耆《ほうき》国は鳥取県中西部に位置している。当然と言えば当然であるが、その西に位置する島根県の出雲国と文化、言語等に共通性があり、雲伯と云う地域区分で表現することもあった。現在は東部の因幡国と合わせて「因伯」と呼ばれている。国の設置は七世紀後半である。現在の倉吉市がその中心であった。

歌枕の地は、中国地方最高峰・大山《だいせん》と、その北側に位置する船上《せんじょう》山、そして倉吉市南部の米積《よなづみ》地区の僅か三か所である。その米積地区についても『名寄』には未勘の歌枕として扱われる。更に特徴とするのは、ここから西方の出雲、石見、更には長門に至る日本海沿岸には歌枕の地が多く点在するが、この地の海岸沿いには、因幡国と同様皆無であることである。このことは、畿内から山陰に西下する主要な道筋は海路ではなくて、兵庫県姫路市から岡山県津山市を通って鳥取県米子市に抜ける陸路・出雲街道であったことを裏付ける。

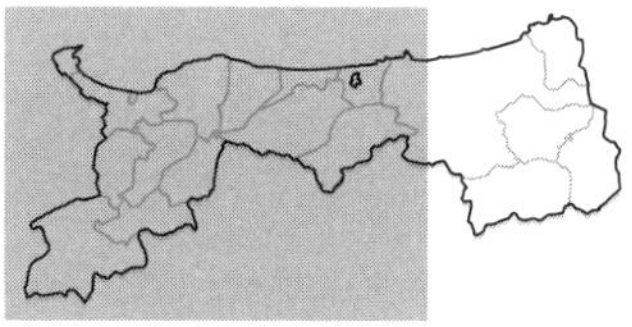

鳥取県

一、稲積里《いなづみさと》

『名寄』に未勘として、「秋の田のいなつみさと（稲積里）のあさ（朝）風にさむ（寒）くき（来）な（鳴）きぬはつかり（初雁）の声」が載る。詠者は権前僧都とある。権僧都《ごんのそうず》は官僧の官名であり、更には出典も明らかでなく特定に至っていない。あるいは美濃の戦国武将・斉藤道三につながる斉藤利国こと斉藤妙純とも思えるが確証はない。

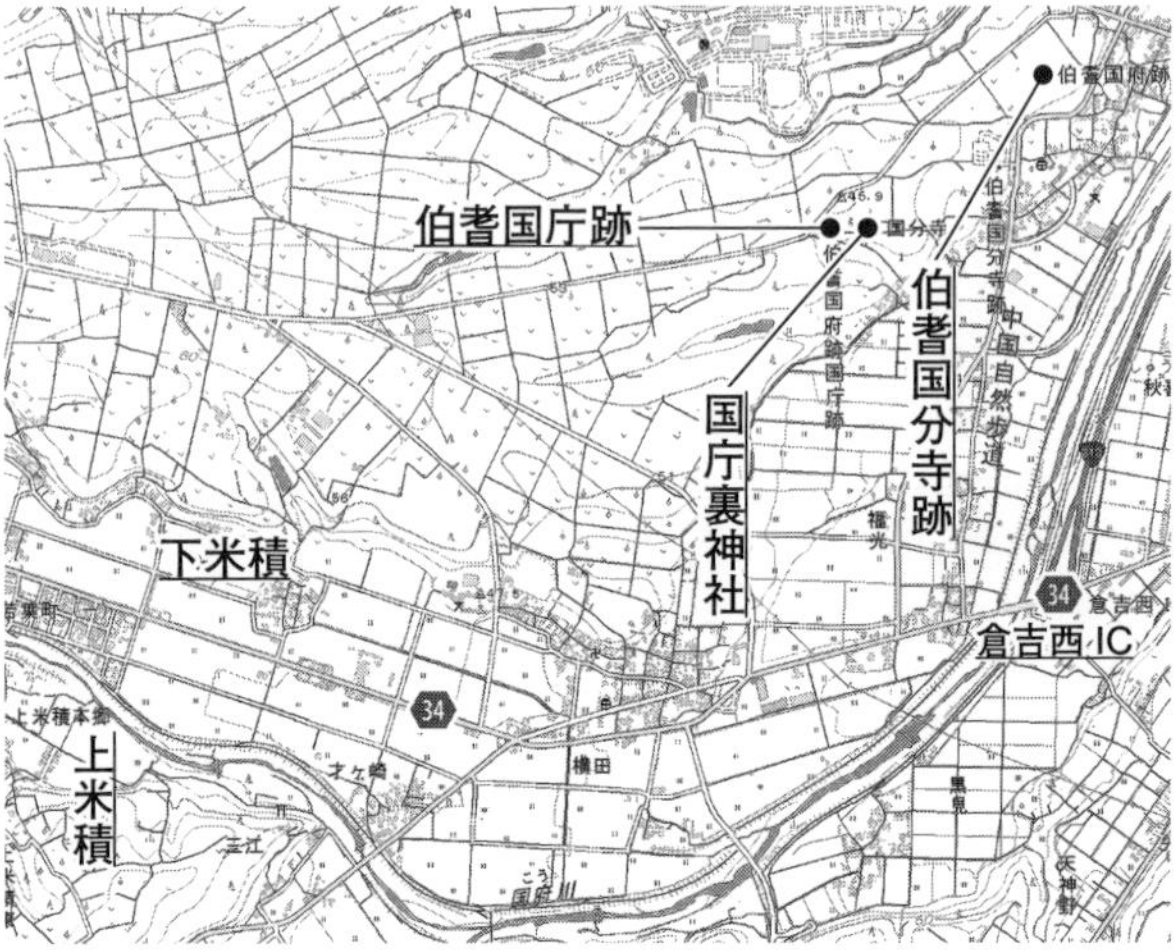

倉吉市西部

現在の倉吉市は伯耆《ほうき》国の中心であった。倉吉市役所の西三キロメートル余り、四天王寺山の南麓の丘陵に伯耆国庁跡がある。昭和四十八年（一九七三）から六年をかけて発掘調査が行われ、全貌が明らかになった。東西二百七十三メートル、南北二百二十七メートルの規模で、南門、前門、正殿、後殿等の配置が確認されていて、国指定の史跡である。と言っても、解説看板と幾つかの建物跡の位置を示す杭が立つのみである。なお、万葉歌人として名高い**山上憶良**は、霊亀二年（七一六）から養老五年（七二一）まで、伯耆守

伯耆国府跡地

国府跡地から見る大山

としてこの地に赴任したと伝えられる。四天王寺山の丘から西を望むと、大山《だいせん》が何の遮蔽物も無く見ることが出来る。大山の霊峰信仰は律令以前からであったことは充分に頷けるし、それ故のこの地の国府造営であったのだろう。

伯耆国府を定めたのは大和時代の国造・大八木足尼《おおやぎのすくね》とのことで、その足尼は**大国主命**と**少彦名命**《すくなひこなのみこと》を国庁内に祀り、国庁裏神社と名付けた。和銅二年（七〇九）には伯耆国の主要神社の祭神を勧請して総社となったという。国庁敷地内に神社が建立されて、それが今に残るのは珍しく、鎮守の森と呼ぶに相応しい林間に落ち着いた佇まいを見せている。

また、国庁跡の東三百メートルには、伯耆国分寺跡がある。昭和四十五年（一九七〇）から二年間の発掘調査により、幅三メートルの溝を巡らした東西百八十二メートル、南北百六十メートルの規模と、伽藍の配置等が明らかになった。十世紀前半には国分尼寺の出火により類焼し、その再建は十五世紀半ばともされる。更には、十六世紀後半には戦禍により焼失、元禄六年（一六九三）に、一キロメートルほど北東に現国分寺として再建された。旧

伯耆国分寺跡

国庁裏神社

国分寺跡地は史跡公園に整備されていて、訪れた日はゲートボールの大会が行われていた。

この二つの史跡跡から二キロメートル程西南西、県道三十四号・倉吉赤崎中山線を挟んだ南北に上米積《よなづみ》、下米積地区がある。歌枕「稲積里」の地に比定される。古くは皇室領の荘園で、当初は**後白河院**領、後に国衙領、再び**後白河院**領、宣陽門院領などの変遷を経る。

稲積里には殊更の史跡はない。と云うよりも、国庁、国分寺等のある区域の周辺地域としてほぼ一体であったのだろう。

稲積の里近き丘霊峰を　望みて建ちたる国庁の跡
古の国分寺跡の公園に　今稲積の里人憩へり
なだらかな丘の続きて其処此処に　果樹の畑在り稲積の里

二、御船上《みふねのうえ》

『松葉』には、『**新葉和歌集**』を出典として**後醍醐天皇**が詠んだ、「わすれ《〔忘〕》めやよるへ《〔寄辺〕》も波のあら《〔荒〕》磯を　みふね《〔御船〕》のうへ《〔上〕》にとめ《〔留〕》しこゝろ《〔心〕》は」が収められる。その詞書には「此御うたは元弘三年（一三三三—筆者注）隠岐の国より忍ひて出させ給ひける時源長年御むかひに参りて船上山といふところへなし奉りけるほとの忠ためしなかりし事なとしるしおかせまし〳〵けるもの、おくに書そへさせ給ひけるとぞ」とある。即ち、船上《せんじょう》山が歌枕の「御船上」と詠われたのである。

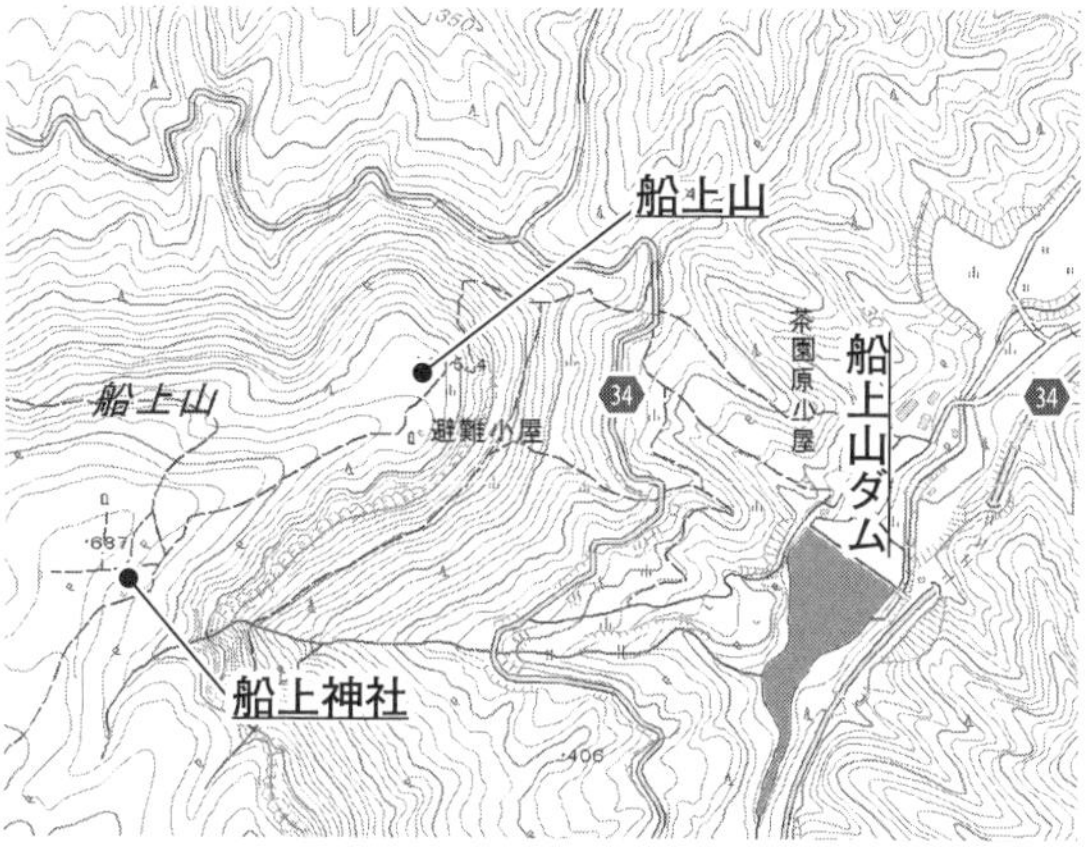

船上山

後醍醐天皇は、二度に亘って鎌倉幕府倒幕を試みるも敗北、元弘二年（一三三二）隠岐に配流された。翌三年、この詔書に有る如く隠岐脱出に成功、伯耆《ほうき》名和の湊に上陸、船上山で再度の倒幕の兵を挙げた。このことについては、『**太平記**』巻第七「前朝伯州船上還幸の事」の条に詳しく書かれている。

即ち、「さてこそ主上は、虎口鰐魚の難を遁れさせ御座《ましま》して、時の間に名和の湊に付きにけり」とあり、その地の豪族・名和長年の迎えを受けて、「にはか事なれば、…（中略）…長年が主上を負ひ進らせ、鳥の飛ぶが如く、舟上へ入れ奉る」のである。その船上山を形容して「この舟上と申すは、北は大山に続いて峰峙《そばだ》ちて、三方は地僻《さが》りにて岸絶えたり。白雲腰に帯をなし、峨々として遥々たり」とある。そしてこの地で、鎌倉幕府方の佐々木清高の軍と死闘の末これを破り、歴史は**建武の中興**へと楫を切ったのである。

ＪＲ山陰線・赤碕駅東から、勝田川に沿う県道二百八十九号・船上山赤碕線をまっすぐ南に進み、県道三十四号・倉吉赤碕中山線に合流する

船上山ダムと船上山

船上山西坂登山道

船上神社本殿

と、程なく右手に船上山ダムの湖が現れる。ダム湖の西側に聳えるのが船上山（六百八十七メートル）である。ダム湖の上手から西に回りこみ、東坂登山口の駐車場から頂を目指したのだが、道を取り違えて、分岐する森林鉄道軌道跡と思われるごく平坦な道を四十分ほど進み、西坂登山道を登る結果となった。東坂コースは一般向け、西坂コースは健脚向けで、岩塊《くれ》（石塊以上である）あり、倒木ありの急峻な細道を、何度も休み休み一時間を掛けて登頂した。因みに、駐車場の標高は約二百八十メートルとか、標高差四百メートルの難行苦行であった。

　山頂には「船上山行宮之碑」が、また徒歩十分ほどの林間には船上神社が建つ。本殿は古色漂う美しい造りである。本殿右側から細道を進むと奥院があり、その手前には後醍醐天皇行宮跡の解説板が立てられている。ただし、具体的な証を確認することは出来なかった。

　帰路は東坂コースを、一般向けとされていることに納得しつつ下山した。

後醍醐天皇行宮跡

波一つ無き穏やかなダムの面に　船上山の影浮かび居り

岩塊《いはくれ》も倒木もある船上の　山の頂目指す道々

船上の山頂近くに後醍醐帝の　縁の社密やかに在り

三、大《だい》山《せん》

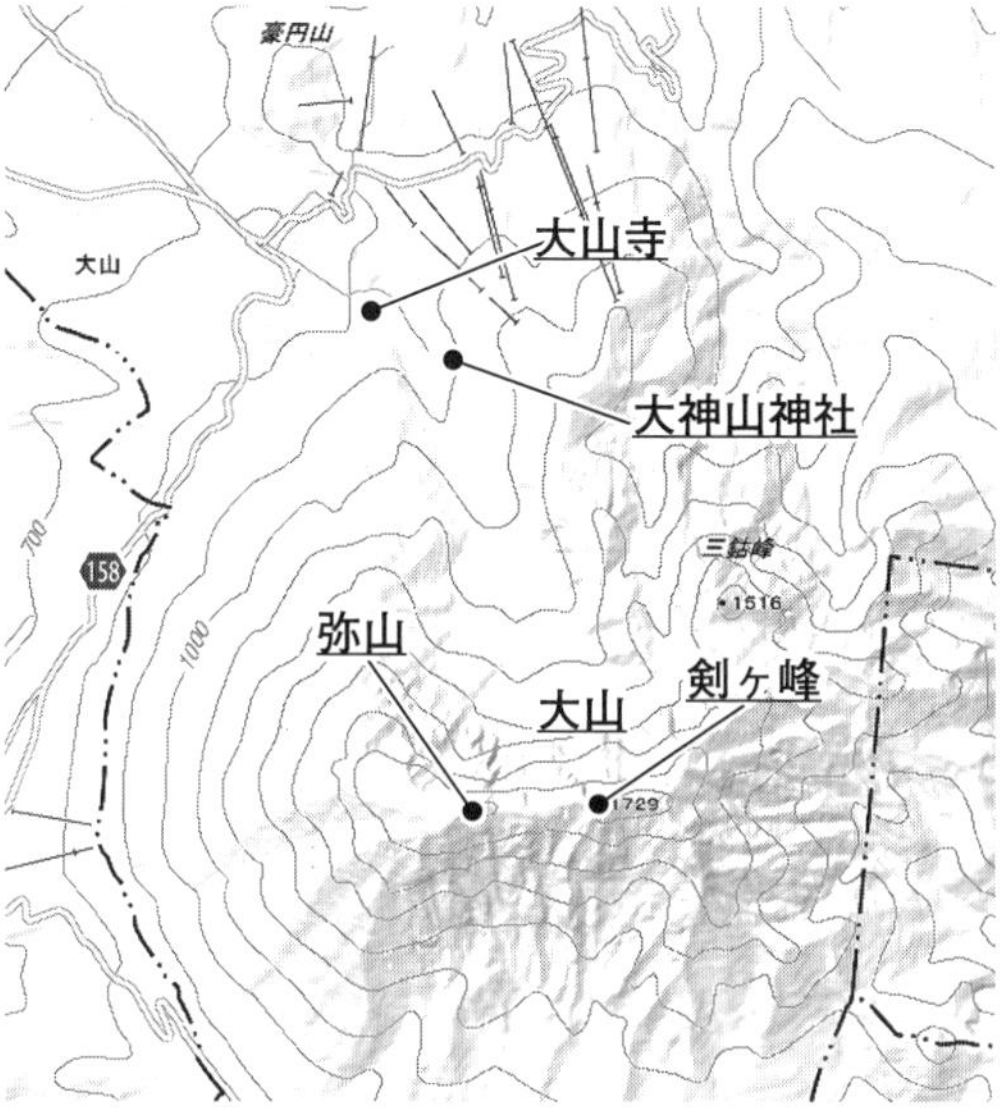

大山

大山《だいせん》は、鳥取県西部、大山町を中心に南は岡山県に至る山並みを総称する山名である。現代の日本百名山に数えられるのは当然であるが、静岡、山梨両県の富士山、富山の立山、長野、岐阜の御嶽山と並んで、古来より日本四名山とされてきた。主峰は標高一七一一・九メートルの弥山《みせん》、最高峰は東寄りの一七二九メートルの剣ヶ峰である。**『出雲風土記』**には、大神岳《おおかみのみたけ》、あるいは火神岳《ひのかみたけ》と記され、「神仙の住む山」として崇敬されていたという。北麓から東、そして南麓にかけては岩壁が特徴で、平安時代に山岳信仰が流行し、霊峰と

米子自動車道蒜山高原PAからの大山

大山寺山門

大山寺本堂

崇められた。一方西側はなだらかで、伯耆《ほうき》富士と呼ばれる流麗な山容である。

岡山県真庭市から鳥取県米子市に抜ける米子自動車道の、溝口ＩＣから県道四十五号・倉吉江府《こうふ》溝口線を東に、枡水《ますみず》高原で左折して県道百五十八号・通称大山道を北に三〜四キロメートルほど走ると治山事務所や自然歴史館の在る集落に至る。大山のほぼ北方に位置し、弥山への夏の登山口である。ここには大山寺、大神山神社奥宮などの寺社、あるいは近隣にはキャンプ場やスキー場が数多く設けられる。

大神山神社奥宮

大山寺の創建は養老年間（七一七〜二三）とのこと、千三百年の歴史がある。貞観七年（八六〇）、天台宗第四代座主・**慈覚大師**によって天台宗とされ、往時には百を超える寺院、三千人の僧兵を抱え、比叡山、吉野山、高野山に匹敵するほどの隆盛を誇った。なお、現在の本堂は昭和二十六年（一九五一）に再建された。

大神山神社は伯耆国二宮で（一宮は東伯郡湯梨浜町の倭文神社）、創建は明らかではないが、平安時代には修験者

の道場として広く知られていたという。元弘三年（一三三三）に隠岐を脱出した**後醍醐天皇**が鎌倉幕府打倒の祈願をしたという。大山寺の奥に建つ大神山神社奥宮は大山山頂を遥拝するため建てられたとのことで、その後、冬季においての祭祀用に麓に冬宮、今の本社が設けられ、幾度かの遷座を経て現在は米子市尾高、米子自動車道の東五百メートル程の市街地に建つ。

『**新古今和歌集**』の巻第二十の**釈教歌**の三首目に、「智縁上人、伯耆の大山にまゐりて、出でなむとしける暁、夢に見えける歌」の詞書に続いて「山深く年経《ふ》るわれ《〔吾〕》もあるものを　いづちか月の出でてゆ《〔行〕》くらむ」が載り、これが『松葉』に収められる。「いづち」は何方あるいは何地と表記し、「どちらの方向へ」の意。歌意は「私はこのように深い山の中で永年を送っているのに、一体月はどこへ出てゆくのだろう」であり、上人を月に見立ててその出立を惜しんだ歌である。詠じた智縁上人については定かでない。

降り頻る五月陽浴びて大山《だいせん》の　数多のゲレンデに人登り行く

大山を巡れる道を走り行けば　山の姿の折々変はる

参りたき寺社山裾に建ち居るも　段坂きつし大山の道

米子市尾高の大神山神社本宮

伯耆国歌枕歌一覧（名所の数字は各歌枕集収載ページ）

	稲積里	御船上	大山
名所歌枕（伝能因法師撰）			
謌枕名寄	稲積里（一三二八）未勘 秋の田のいなつみさとのあさ風に さむくきなきぬはつかりの声 （権前僧都）		
類字名所和歌集			
増補松葉名所和歌集		御船上（六九六） わすれめやよるへも波のあら磯を みふねのうへにとめしこゝろは 〔新葉〕（後醍醐天皇） 此御うたは元弘三年隠岐の国より忍ひて出させ給ひける時源長年御むかひに参りて船上山といふところへなし奉りけるほとの忠ためしなかりし事なとしるしおかせまし／＼けるもの、おくに書そへさせ給ひけるとそ	大山（二二七） 智縁上人伯耆のたいせんに参りて出なんとしける暁夢に見えけるうた 山深くとしふる我もあるものを いつちか月の出てゆくらん 〔新古〕

島根県　出雲編

当然のことながら出雲の歴史は古い。古代には現・安来市を中心とし、鳥取県米子市、同大山《だいせん》町をも領域とした鉄器文化の東部出雲と、出雲市付近の青銅器文化の西部出雲の二大勢力があったが、やがて記紀の時代以降統一王朝が出現した。わが国創成の神話の多くが出雲とその周辺にあることでも、日本文化の発祥の地の一つと言えよう。「出雲」の語源については、雲が湧く意、**伊弉冉尊**《いざなみのみこと》に対する敬愛の呼称「稜威母《いずも》」、一帯が鉄の産地であったことから「出鉄《いづもの》」など、説が多い。その領域は島根県の、概ね出雲市とその南、飯石《いいし》郡飯南《いいなん》町から東である。もちろん歌枕の地も多く、安来市から松江市、島根半島を辿って出雲大社周辺に散在する。

尚、**紀貫之**は『**古今和歌集**』の仮名序に「人の世となりて、**素戔鳴尊**《すさのおのみこと》よりぞ三十文字余り一文字は詠みける（漢字変換は筆者による）」とあり、「八雲立つ出雲八重垣妻籠に八重垣造るその八重垣に」をその歌としているので、出雲は和歌史の上でも最も重要な国の一つである。

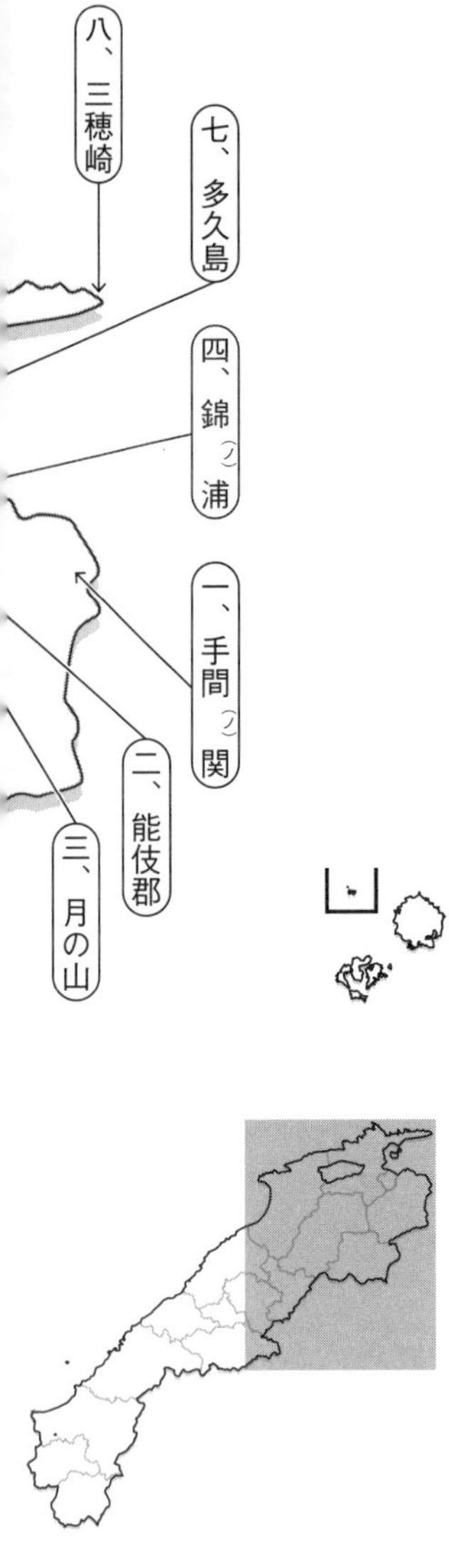

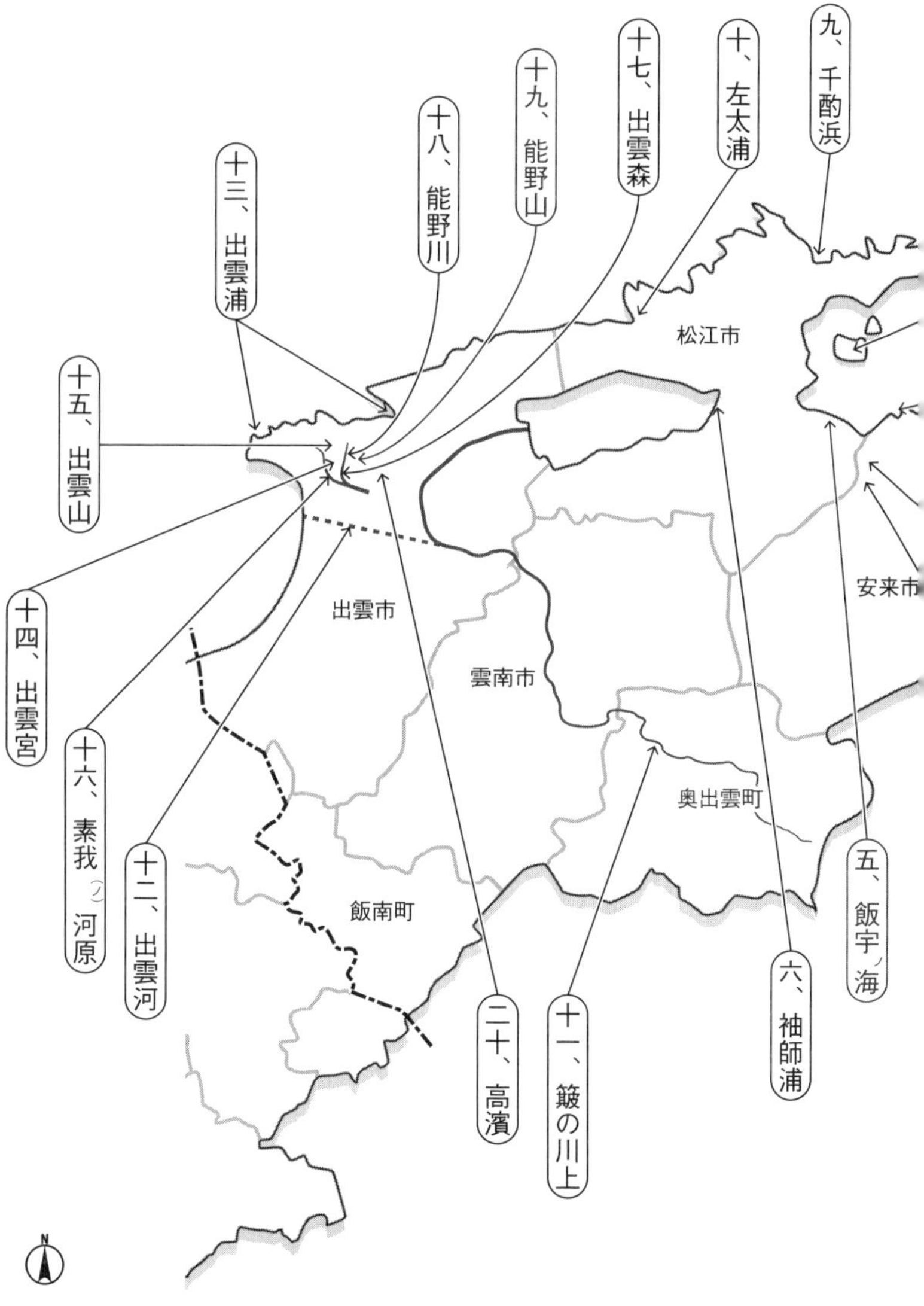
九、千酌浜
十、左太浦
十七、出雲森
十九、能野山
十八、能野川
十三、出雲浦
十五、出雲山
十四、出雲宮
十六、素我ノ河原
十二、出雲河
二十、高濱
十一、簸の川上
六、袖師浦
五、飯宇ノ海
松江市
安来市
出雲市
雲南市
奥出雲町
飯南町
N

島根県

一、手間《てまの》（ノ）関《せき》（併せて同関山、隈（の）関）

安来市伯太町安田関と鳥取県米子市新山の県境、鳥取県道とも島根県道ともされる百一号・米子伯太線と百二号・米子広瀬線の交差点の南東六百メートルに、標高二百八十一・二メートルの要害山が聳えている。古代の山陰道はこの山の峠を越えて通っていた。この街道に設けられていた関所を手間関という。**『出雲風土記』**には、「国の東の堺なる手間剗《ぜき》に通ふは四十一里一百八十歩なり」とある。このように、「せき」には「剗」の字を当てることもある。「関は検判の処、剗は塹柵の所（**『令義解』**）」とあるから、堀や柵をめぐらせていたのだろう。国境の要地であったことが窺い知れる。その「通ふ道」の起点は、出雲国庁や意宇郡家《おうぐうけ》のあった辺り、現在の松江市大草町であり、「通ふ道」は東進して、現・安来市荒島町付近から県道百八十号・広瀬荒島線に沿うように南下し、現・能義町から先述の県道百二号、及び百一号との重用部分を辿ってこの地に至る道筋である。

要害山

要害山の西南には、天平年間（七二九～四九）に**行基**が創建したとされる天台宗長

要害山全景

長台寺

長台寺本堂前、主の無い台座

台寺がある。この寺の案内看板は以下の記述から始まる。

福寿山長台寺は、今から一三〇〇年前**行基**菩薩によって開創され、本尊は行基の一刀三礼の作、千手観音像をまつり、もとはここより五〇〇米奥の坊床に寺があったが、白鳳九年の大洪水により流出し、今のところに安置された。九世紀には、聖武天皇の勅願により寺院建立になり隆昌を極めてその後度々興廃があった。

ところが、**行基**の生涯は六六八年から七四九年とされ、一方で洪水に遭ったのが白鳳九年であれば六八〇年、**行基**十二歳の時となる。さらに、**聖武天皇**は八世紀前半の人、九世紀の勅願は無理である。少し年代の整理が必要と思われる。

それはともかく、歴史ある寺であることには違いなく、緑に囲まれた中に美しく映える屋根の反りや、堂前の、主の狛犬不在の苔むす崩れかけた台座が、古色溢れる落ち着いた雰囲気を感じさせる。

また、少し離れた、先述の古い街道沿いと思われる伯太町安田に、『**出雲風土記**』に「多乃毛社」と記され、**延喜式**神名帳にも載る田面《たのも》神社があると聞き

田面神社の小さな拝殿

田面神社

足を伸ばした。祭神は**天照大神**の幼名である大日霊貴《おおひるめむち》である。普段は参る人もほとんど無いと思われ、林間にひっそりと佇んでいた。

『名寄』、『松葉』には「手間関」として、**『古今和歌六帖』**より「やくも《〔八雲〕》た《〔立〕》ついつも《〔出雲〕》の国のてま《〔手間〕》のせき《〔関〕》　いかなるてまに君さはるらむ」と、**『玉吟集』**から**藤原家隆**の「君か《が》代に雲吹《吹き》はら《〔払〕》ふ《う》あま《〔天〕》つかせ《〔風〕》　こ《〔越〕》えてかへ《〔帰〕》らんてま《〔手間〕》のせき《〔関〕》山」が共通に載り、更に『松葉』には**源師頼**、**藤原知家**と、大家の歌が収められる。当時の都人にもこの関の重さが良く知られていたと想像できる。尚、歌枕「隈関」として、先の「やくもたつ…」の第三句を「くまの関」と差し替えて収められるが、これは仮名「て」を表す「天」と、仮名「く」を表す「久」の草書体の誤読と解すべきであろう。

雲伯の往来守りし手間の関　境の山端に在りしと聞ける
手間の関目指す古代の道近く　古社の名残りの密やかに座す
古き世の街道《みち》往く人を見し古刹《こさつ》　今手間関の木々の間に建つ

二、能伎《のぎの》〔義〕郡《こおり》

島根県出雲国の東端、その東と南を隣国・鳥取県伯耆《ほうき》国に接する一帯が、歴史上の能義郡、歌枕の地である。能城大神が鎮座した故の郡名とされ、大神は、安来節で名の知れた安来市内を併走する飯梨川と県道四十五号・安来木次線が、北

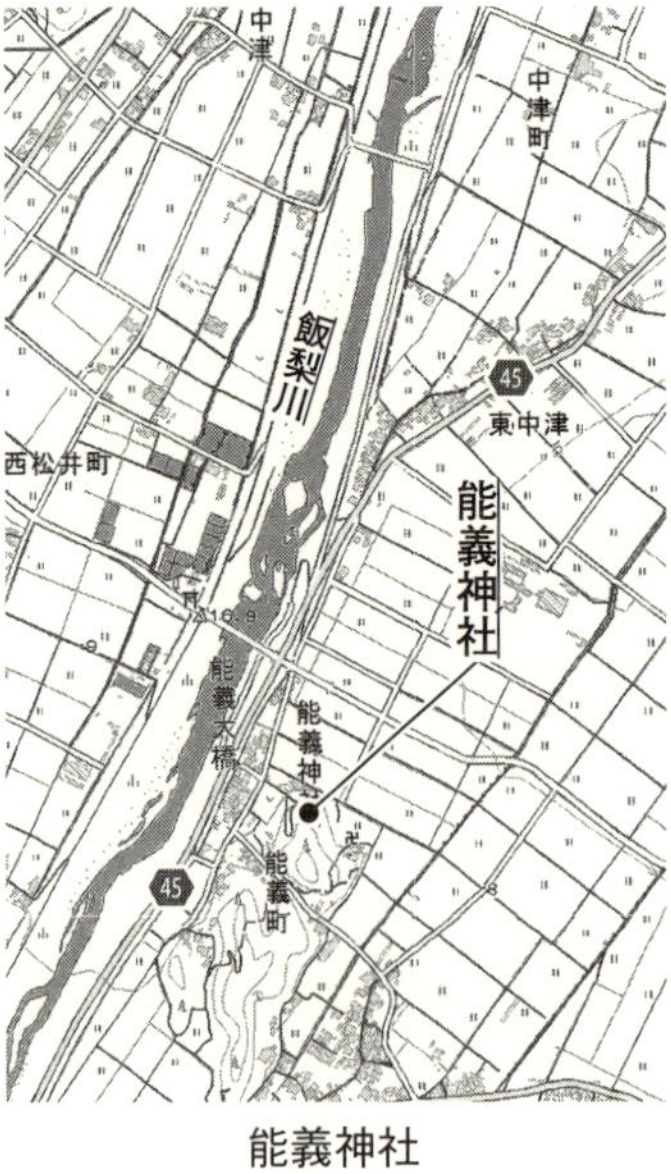

能義神社

能義神社拝殿・本殿

能義神社境内の野美社

と北東に分かれる辺りの能義町にある能義神社の祭神とされる。

この神社の境内には弥生～古墳時代の住居跡と思われる遺跡が、また近隣には数基の円墳も確認されていて、ここが歴史ある地であることが判る。『**出雲風土記**』には「意宇郡野城社」と記され、『**日本三代実録**』には貞観九年（八六七）に従五位上を賜った旨の記載があるとのことで、創建はそれ以前ではある。

鳥居から石段を上り重厚な山門を潜ると、さっぱりとした境内が広がる。拝殿は茶の瓦葺、本殿は鮮やかな銅版葺で、コントラストが美しい。拝殿右手には、相撲の元神とされる野美宿祢命を祀った野美社が建つ。聞けば名大関雷電もこの地の出身という。

また郡内には『**古事記**』に「神避《かむさ》りましし伊邪那美《いざなみ》神は、出雲国と伯伎《ははきの》国との堺の比婆《ひば》の山に葬《はふ》りまつりき」とされる比婆山がある（埋葬地について

比婆山久米神社

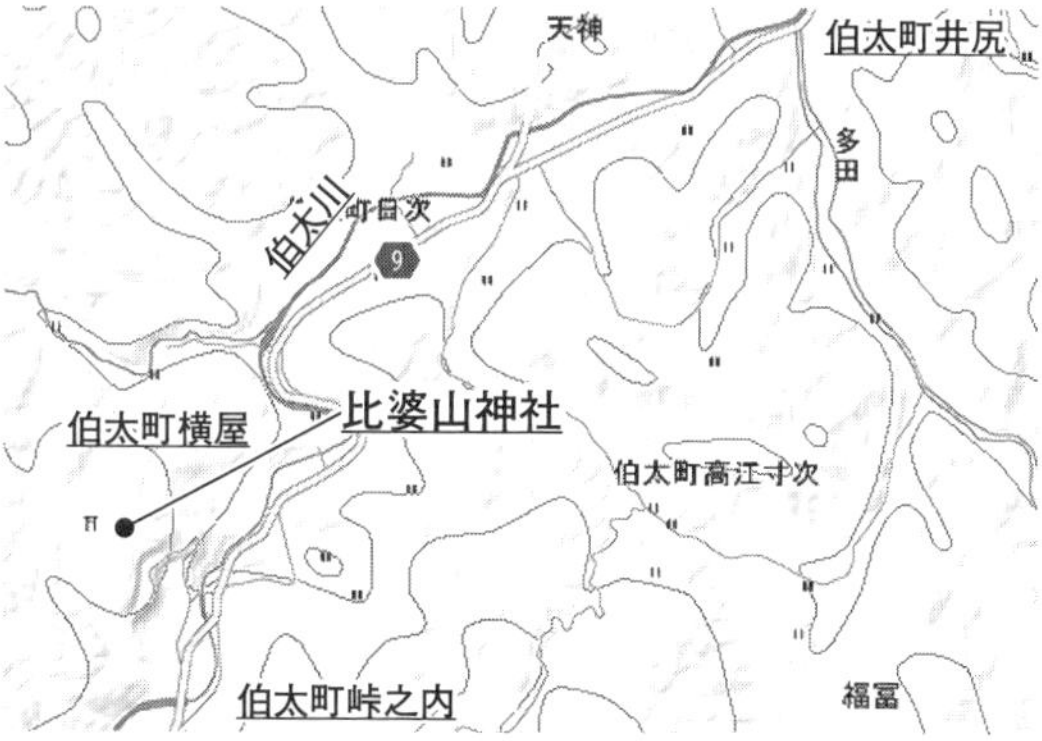

比婆山久米神社付近

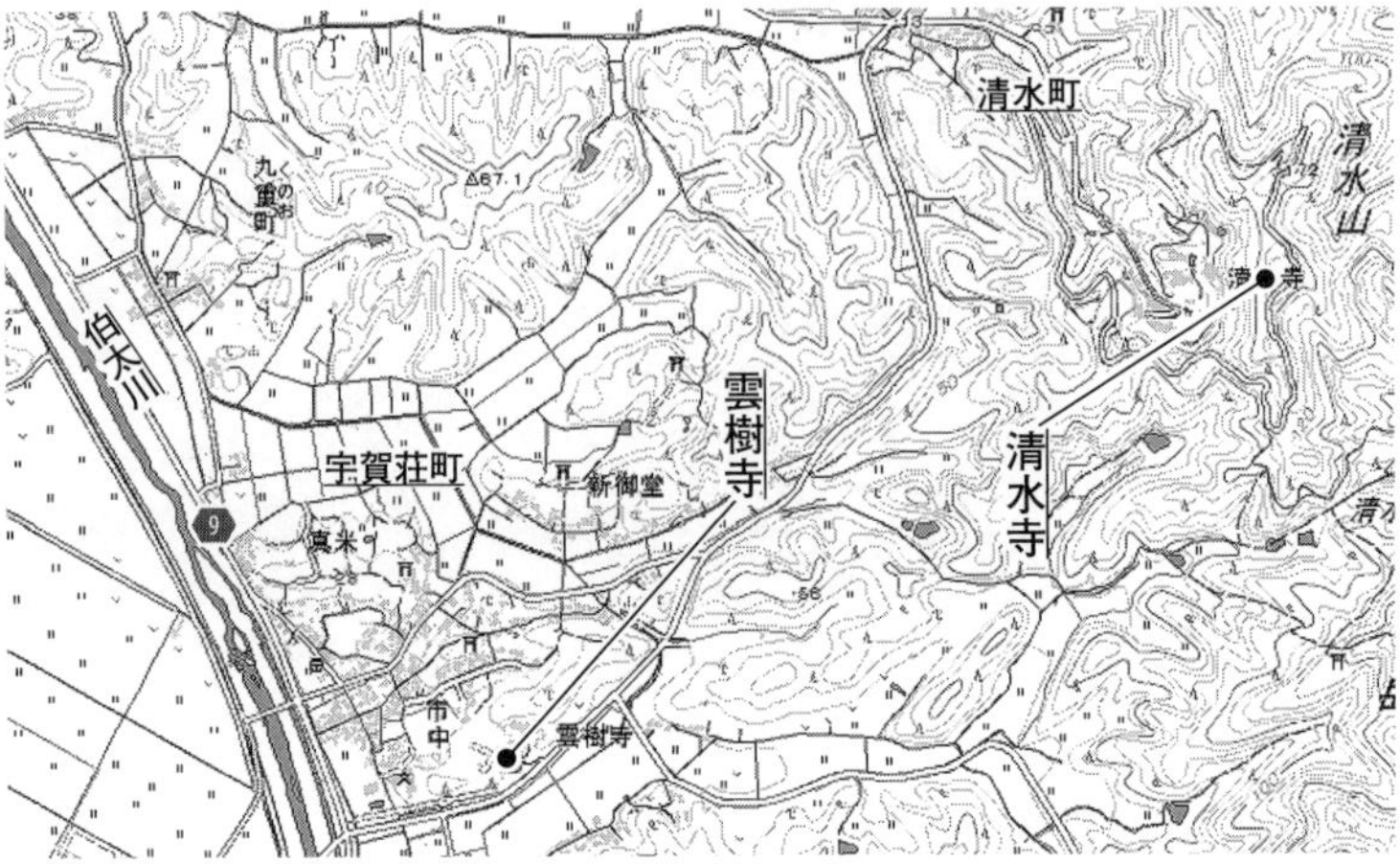

清水寺と雲樹寺

は他にも候補があるようだが……）。県道九号・安来伯太日南線の伯太町横屋と同町峠之内《たわのうち》の境付近の標高三百二十メートルの山頂には神陵も置かれる。麓の横屋、伯太川の橋の袂に比婆山久米神社が建ち、由緒を記した解説板が安来市の手で設けられている。

寺院に目を転じれば、やはり県道九号線やや東の安来市清水《きよみず》町に清水寺がある。寺伝には創建は推古朝とあるが、本尊の木造十一面観音立像が平安初期の作であることから、この頃と考えられるという。いずれにしても歴史ある寺である。参道の入り口には参拝する人のために竹杖が用意されている。そこからは、急ではないが長々と石段が続き、建物の姿が見えて胸を撫で下ろすと、実は道半ばにある古い造りの、精進料理を供する門前の料理旅館で、またひと踏ん張りせねばならない。登りつめると、広い寺庭に立派な本堂が建ち、やや小高いところ

清水寺参道（まだまだ続く石段）

清水寺参道口

清水寺本堂

に三重塔が周囲の緑を背景に姿を見せている。

また、宇賀荘町の雲樹寺は、その開山は元亨二年（一三二二）、弧峰覚明によるとされる。臨済宗妙心寺派の禅寺で、参道中程の唐様の四脚門は創建当時のままの姿を見せ、国の重要文化財に指定されている。隠岐に配流された**後醍醐天皇**は、その道中この寺に滞在したとのこと、以後南朝方の帰依を受けている。清水寺、雲樹寺とも、南北朝以降守護職と勢力を競ったとのことである。

『名寄』には「能伎郡」、『松葉』には「能義郡」として、「雨ふら《〔降〕》て《で》宿のしつく《〔雫〕》の落くる《落ち〔来〕》は　のきのこほりのとく《〔溶〕》る成へ《なるべ》し」が載る。しかし、この歌の第四句を見て、この出雲の古い郡名「能伎《のぎ》の郡」とするには無理があり、「軒の氷の」と解釈した方が歌意が素直ではなかろうか。だからと言ってこの地が、神代より開かれ、語り伝えられてきた地であることに異存はなく、歌枕集に合わせて項を立てた。

寺社数多能義《のぎ》の郡《こほり》の其処此処に　史を語りて吾を迎へ居る

雲樹寺四脚門

雲樹寺本堂

伊弉冉《いざなみ》の葬られたる伝へあり　能義の郡の比婆山頂に
杖借りて長き石段喘ぎつつ　能義の郡の清水寺に登る

三、月《つき》の山《やま》

『松葉』には、何れも『**夫木和歌抄**』から、**大進**の「久かた〔方〕の月の山へ〔辺〕に家ゐ〔居〕して　い〔入?〕る時もなき影を見るかな」と、加賀とあるから**加賀左衛門**のことであろうか、「月の山くもら〔曇〕ぬ影はいつ〔何時〕となく　ふもと〔麓〕の里に住〔住む〕人そ〔知〕しる」の二首が載る。二人共、**勅撰和歌集**にも収められる女流歌人である。

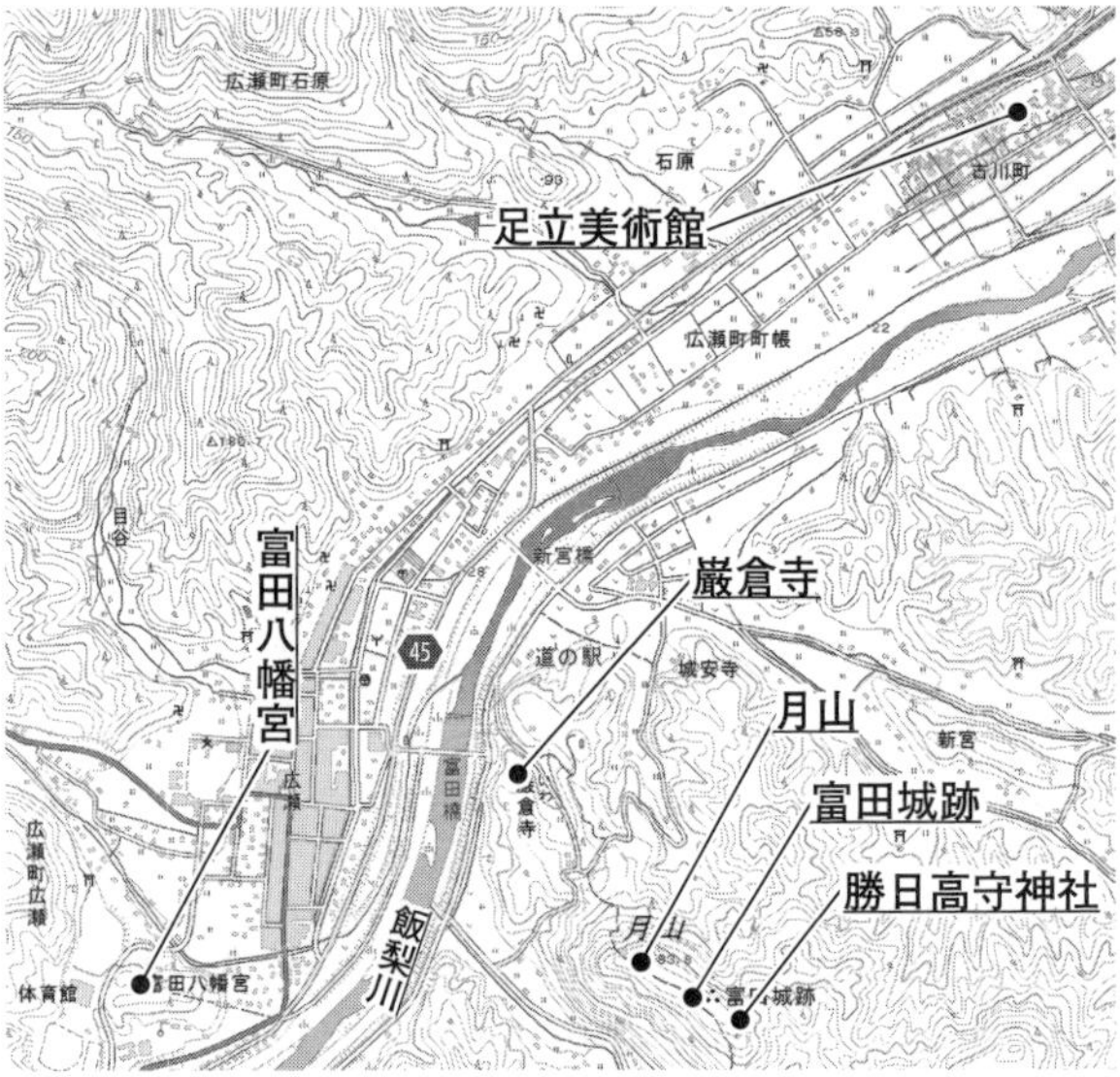

月山付近

月山遠景

ここ出雲において「月の山」と言えば、「一二」で記した能義神社の南西五キロメートル余り、飯梨川の右岸にある標高百八十三・八メートルの月山《がっさん》を指す。古くには勝日《かつひ》山とも富田《とだ》月山とも呼ばれた。頂上には本丸、二の丸、三の丸など、国指定の史跡・富田城跡がある。築城は平安末期と推定されている。城の主は、京極―山名―京極―尼子―毛利―吉川―堀尾と、その変遷は目まぐるしく、慶長年間（一五九六～六一五）に廃された。

安来市広瀬町富田、飯梨川右岸にある市立歴史資料館の裏手から登山道が通じる。中腹の山中御殿跡から先は、大小の石は敷き詰められてはいるものの、凹凸が激しい七曲がりの山道を三十分ほど登る。やがて辿り着く三の丸跡には石垣が残り、その奥に二の丸跡、本丸跡と続く。本丸跡には城としての構造物は無い。なお、戦国時代、毛利に降った主家・尼子家の再興を再三謀った悲運の武将・山中鹿介幸盛は、この城を拠点として活躍した。

勝目高守神社

月山・富田城跡三の丸跡

月山・山中御殿跡

本丸跡の東奥には勝日高守《かつひたかもり》神社が座す。『**出雲風土記**』によれば、創建時は「加豆比乃高《かつひのたかの》社」と呼ばれ、この山上で大己貴命《おおなむちのみこと》（**大国主命**の別名）が幸魂《さきみたまの》神に遇ったとの伝えから、幸魂神を祀ったとされる。一方、大己貴命は麓の「賀豆比乃《かつひの》社」に祀られたが、前出の富田城の築城により移されて、

巌倉寺本堂

巌倉寺山門

現在は富田八幡宮の境内社となっている。

月山の西北、飯梨川の近くには、人々の信仰を集めていた月山の洞穴の一つに安置されていた仏像が、文治年間（一一八五〜九〇）に現在地に移されたとされる巌倉《いわくら》寺がある。本尊の檜一木造、像高百七十九センチメートルの木造聖観音像は、平安期の作とされ、国の重要文化財である。

月山の三キロメートル程下流に、昭和四十五年（一九七〇）に地元の実業家・足立全康によって開館された足立美術館がある。千三百点余の、**横山大観**をはじめ多くの所蔵する美術品もさることながら、五万坪に及ぶ日本庭園の造形美は圧巻で、庭園目当ての来訪者も多い。

足立美術館庭園

神世より伝へ残れる月山に　石垣のありて武者の城跡
葛折《つづらをり》の月山の道登り詰め　頂より見し意宇《いう》の街並
月山に登りし体休めたり　名高き庭の山水眺め

四、錦《にしきの》(ノ)浦《うら》

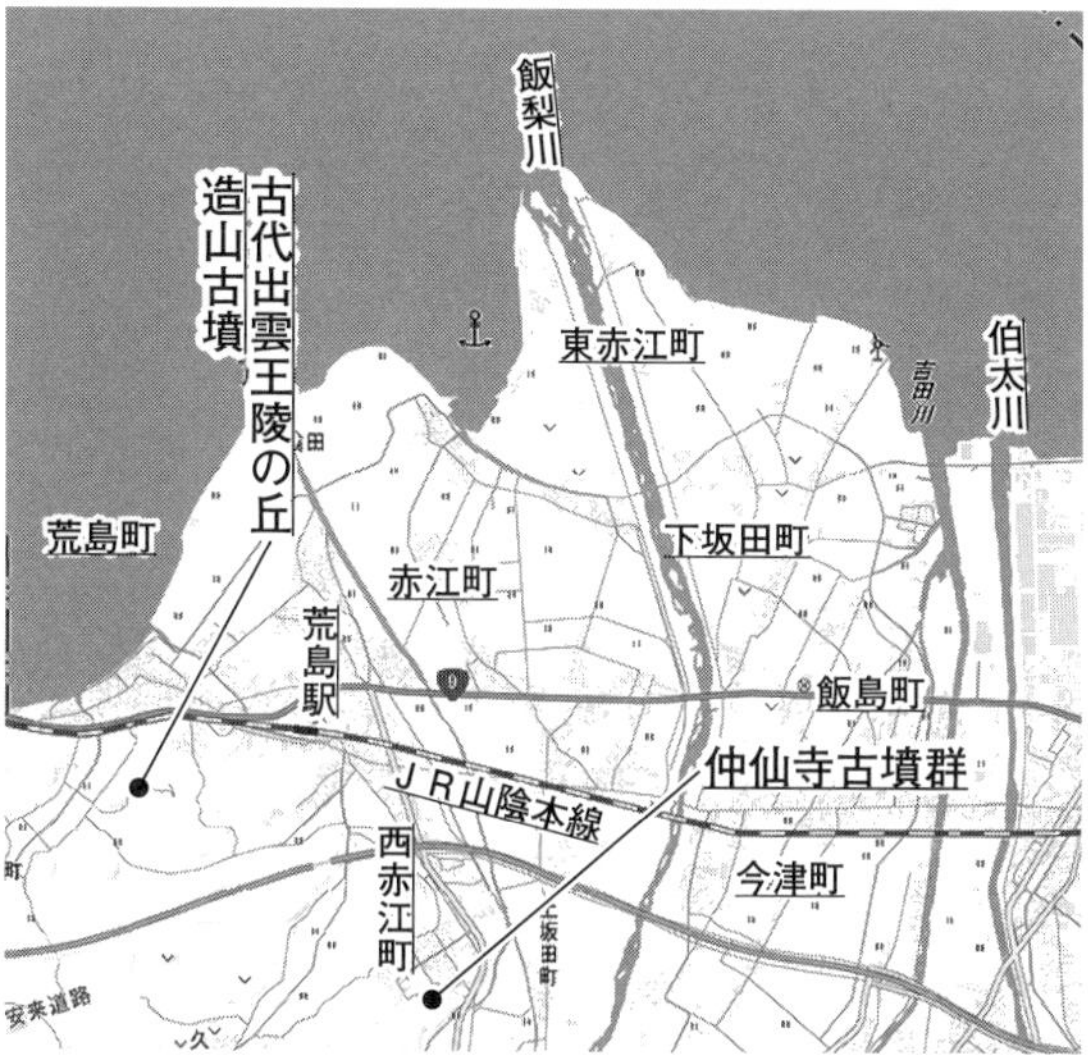

伯太川と飯梨川の河口付近

島根県の東部の日本海近くには、西は宍道湖と大橋川で結ばれ、東は鳥取県の弓浜半島に遮られ、半島北端の境水道によって日本海に通じる中海がある。日本で五番目の広さの湖沼で、海水と淡水が混じりあう汽水湖ゆえ、生息する魚類は多種にわたる。

この中海の東南部には、本編第二項「能伎郡《のぎのこおり》」に記した伯太川と、同じく第二項と第三項「月の山」で述べた飯梨川が、二キロメートル足らずの間隔で流入し、三角州を形成している。今から千年、二千年前の海岸線がどれ位内陸部にあったかは定かではないが、その沖積地には飯島町、下飯田町、東赤江町、赤江町、西赤江町、荒島町などの町名が認められる。『出雲国名所歌集』は、その赤江地区辺りの海を歌枕「錦浦」とし、その論拠は、**本居宣長**門下の国学者・衣川長秋《きぬがわながあき》によって文政五年（一八二二）に刊行された『田簑の日記』の八月八日条に、「赤江を過ぐ。此処を錦ノ浦といへり。」とある故という。

この地は、一帯の中心として古くから開けていた。沖積平野の周辺の低丘陵地には古墳群が複数存在する。

ＪＲ山陰本線荒島駅の西方一キロメートルには、弥生時代後期（三世紀頃）から古墳時代前期（四世紀頃）の大型古墳があり、その規模もさることながら、三角縁神獣鏡、ガラス製管玉、鉄製刀剣などの出土品の質と量は古く

王陵の丘から見た錦浦

造山古墳

から注目されてきた。ここは造山《つくりやま》古墳群と呼ばれ、一帯は「王陵の丘」として整備されている。

また、西赤江町の山陰自動車道のすぐ南には、仙石寺古墳群が残る。こちらも三～四世紀頃のものとされ、十八基が確認されたが住宅化の波には勝てず、現在残るのは八、九号基の二基のみである。共に四隅突出型墳丘墓という聞きなれない形式である。

このように多くの古墳群が散在するということは、大和朝廷による全国統一がなされる以前の王国割拠の時代に、この出雲にあった王国の中心の地であったのであろう。

『類字』、『松葉』に「名に高き錦の浦をき《〔来〕》てみ《〔見〕》れは《ば》　かつ《〔潜〕》かぬ海士はすく《〔少〕》なかりけり」が、また更に『松葉』に「春のきる《〔霧?〕》にしき《〔錦〕》の浦の朝かすみ《〔霞〕》　花ともいは《〔言〕》し《じ》沖つ白なみ《〔波〕》」が載る。前歌は『**後拾遺和歌集**』から**道命法師**が、後歌は『**雪玉集**』から**逍遥院**、即ち**三条西実隆**が詠んだものである。ところが前歌につき、『道命阿闍梨集』には「志摩の国、錦の浦といふ所にて」とあり、『和歌の歌枕・地

仲仙寺

名大辞典』はそのことから、「錦浦」を志摩国の歌枕としている。なるほど、『出雲国名所歌集』に収められる歌は、山中通道、奥田親子、進藤千尋と、近世の詠者のものであって、古歌はない。

以上のことから、編末の一覧に載る歌の歌枕「錦浦」は、『和歌の歌枕・地名大辞典』に従って、三重県度会《わたらい》郡大紀《だいき》町錦にある錦浦とするが、ここ出雲国の赤江の浦も、その歴史的な重みから、間違いなく歌枕に相応しい地であると考える。

なお、「六」の「袖師浦」が、古くには「錦ノ浦」と呼ばれていて、あるいはその地の別称としての歌枕であるとも考えられるが、真偽の証はない。

錦浦と中海挟む弓浜に　メガソーラーの並び煌めく
王国の割拠せる代の墳墓あり　錦の浦を望む岡の上
中海の多久の島より眺むれば　錦浦の辺朧に霞む

仲仙寺古墳群９号墳

仲仙寺古墳群入口

五、飯《お》〔飫〕宇《うのノ》海《うみ》（併せて同河原）

『名寄』、『松葉』に、『**万葉集**』巻第三より「おふ《〔飫宇〕》の海のかはら《〔河原〕》の千鳥な《〔汝〕》か《が》なけ《〔鳴〕》は《ば》　わ《〔吾〕》か《が》さほ《〔佐保〕》川のおほ《〔思〕》ゝゆらく

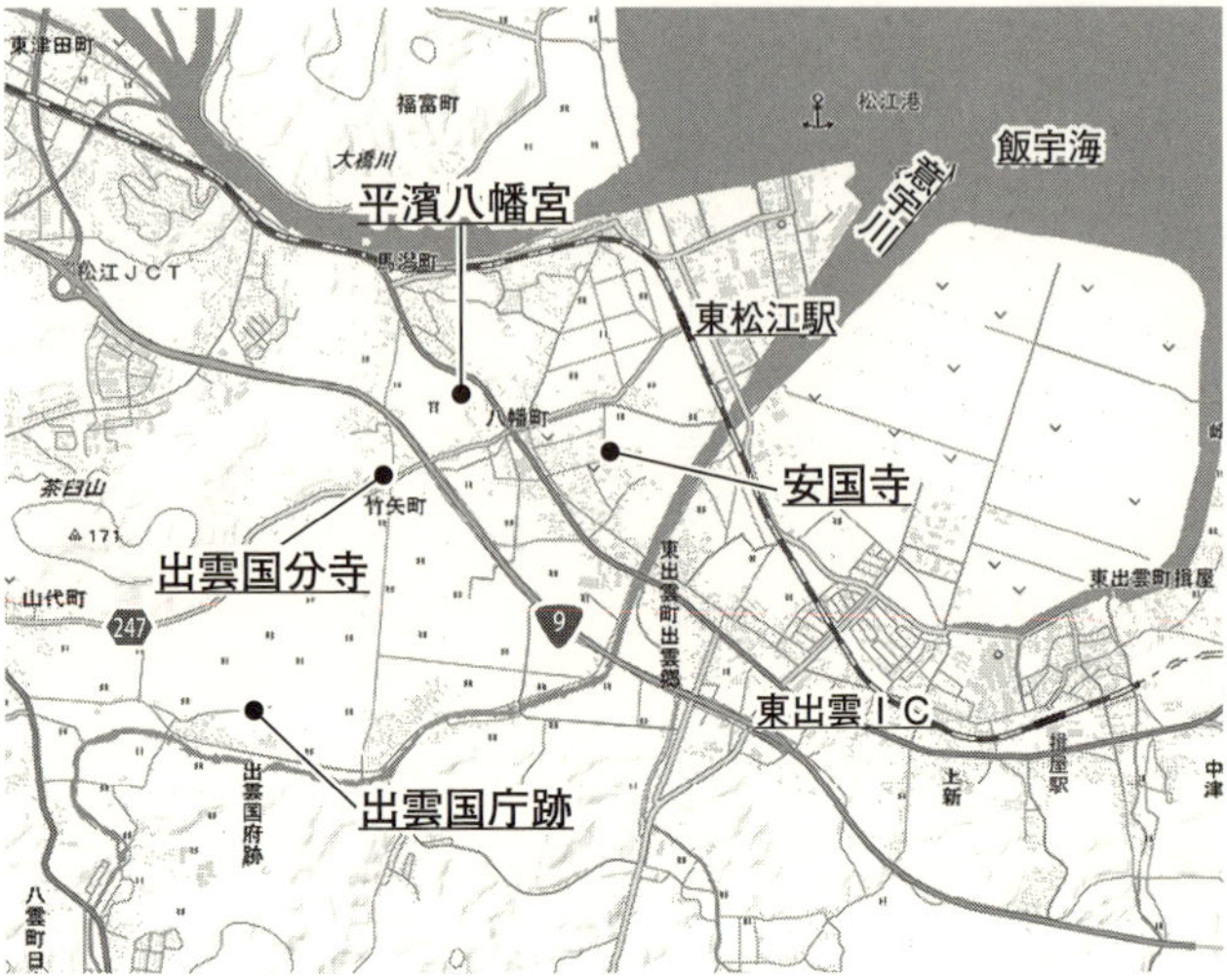

意宇川河口付近

に（飯宇《おう》の海に注ぐ飯宇川の河原の千鳥よ、お前が鳴くと、私の佐保川がしきりに思われるよ）」、『名寄』単独に巻第四より、「おふ《飫宇》の海のしほ《潮》ひ《干》くかた《潟》のかたおも《片思》ひ《ぃ》に　おも《思》ひ《ぃ》やゆか《行》んみち《道》のなかち《長路》を（飯宇の海の潮が引いた潟のように、片思いにあなたを思いながら通って行くことだろうか、この長い道のりを）」が載る。何れも**門部**《かどべの》**王**《おおきみ》の歌であり、『名寄』の前歌の添書に「右出雲守国郡王思京哥」とあることで、王が出雲守に就いたことがあるのが判る。また、『名寄』、『類字』に、『**新勅撰和歌集**』より**寂蓮**の「おふ《飫宇》の海のおも《思》は《わ》ぬ浦にこ《越》すしほ《潮》の　さてもあやな《文無》くた《立》つけふり《煙》かな（飯宇の海の浦に越す潮ならぬ思いもかけない心の裏につのる恋の思いの、それにしても訳が判らず立つ塩焼きの煙ならぬ思いの煙よ。）」が、更に『名寄』、『類字』、『松葉』には、「飫宇河原」として『**新古今和歌集**』より、入道前関白太政大臣とあるから**藤原兼実**の「五月雨はおふ《飫宇》の河原のまこもくさ《真菰草》　か《刈》らて《で》や浪の下にく《朽》ちなん」も収められ、古くから良く知られた歌枕の地であったと思われる。なお、「真菰草」は筵などを編むイネ科の多年草である。

出雲国庁跡

出雲国分寺跡

前項に述べた中海の西南に流れ込む川、現在の意宇川が飯（飫）宇川、流れ込む湖域が飯宇海である。川が運ぶ土砂で三角州が形成されて、湖岸は古い時代の位置よりは北東に移ったと考えられる。この辺りは古代の出雲国の中心地であった。国府跡、国分寺跡が残る。

国府跡は昭和四十三年（一九六八）からの発掘調査により、松江市大草町、意宇川の北岸に位置していたと判明した。一辺が約百七十メートルの敷地に、正殿、脇殿など政庁が建てられていた。付近の田畑には条里制の区画も残る。緑の広場に成っている跡地には、政庁の土台を示す太杭が並べられ、巡らされていた堀の跡が復元されている。

国府跡から一・五キロメートルほど北、松江市竹矢町に国分寺跡の碑が建つ。昭和三十年（一九五五）からの発掘で、多くの門や堂宇の跡がほぼ当時のまま出土した。中門跡には推定復元図が掲げられ、その規模や様相を窺い知ることができる。

この他にも歴史ある寺社も立ち並ぶ。

国分寺跡から県道二百四十七号・八重垣神社竹矢線を東に進み、国道九号線を左折して二百メートル余り、やや高みに平濱八幡宮が在る。出雲国最古の八幡宮で、京都・石清水八幡宮の別宮とされる。主祭神である**応神天皇**、**仲哀天皇**、**神功皇后**の他、境内社に**仁徳天皇**などを祀る。訪れたのは九月

平濱八幡宮

十五日、「八幡さん祭り」として親しまれる御礼祭の当日で、境内は、正装した氏子や白い法被に赤い襷を掛けた子等で溢れていた。

更に東方七〜八百メートルの街中には安国寺が建つ。宝亀四年（七七三）に**光仁天皇**の勅願で円通寺として開かれ、康永四年（一三四九）、現在の寺名に改められた。出雲国分寺の衰退に際しては、本尊の十一面観音菩薩像、国分寺印を預かったという。

飯宇《おふ》の海近く国府や国分寺の　芝生広場となりて残りぬ
大祭に神輿装束の子等燥《はしや》ぐ　飯宇の海近き高台の宮
衰へし国分の寺の御印を　守りし寺あり意宇《おふ》の町端に

安国寺山門

安国寺本堂

六、袖師浦《そでしのうら》

この地を読んだ歌は数多い。**勅撰和歌集**から収録する『類字』には五首が載る。『**後拾遺和歌集**』から**藤原国房**の「から《唐・韓》衣袖師の浦のうつせ貝　むなし《空》き恋にとし《歳》のへ《経》ぬらん」、『**新勅撰和歌集**』から**藤原信実**の「よる《寄》波の涼しくもあるかしき《敷》妙の　袖師の浦の秋の初風」、『**続古今和歌集**』から藤原成実の「恋すてふ《ちょう》袖師浦に引《引く》あみ《網》の　め《目》に

袖師ヶ浦

たま《溜》らぬは涙なりけり」、『**新続古今和歌集**』から**多々良持世**の「さら《然》てた《だ》にほさ《干》ぬ袖師の浦千鳥　いかにせよとてね《寝》覚《ざめ》問《とう》覧《らん》」、『**続拾遺和歌集**』から**源俊頼**の「侘人《わびびと》のなみた《涙》は海の波なれや　袖師浦によら《寄》ぬ日そ《ぞ》なき」である。『松葉』には、先の五首のうち前四首に加えて、**後柏原天皇**、**正徹**などの十二首が載る。広く知られた歌枕の地である。なお藤原成実については、生年が建久二年（一一九一）の鎌倉前期の公卿としか筆者は辿り着いていない。

　島根県東北部に位置する宍道湖は、国内七番目の面積を有する汽水湖である。北、西、南から二十以上の河川が流れ込み、東の大橋川から中海、そして日本海へと流れ出る。生息する魚種は豊富で、スズキ、モロゲエビ、ウナギ、アマサギ（ワカサギ）、シジミ、コイ、シラウオが宍道湖七珍とされ、中でもシジミは全国の漁獲量の約四十％を占める。また、有数の渡り鳥の飛来地で、確認される鳥類は二百四十種を超えると言う。

　この宍道湖の東岸に袖師ヶ浦、即ち歌枕「袖師浦」がある。古くには錦の浦と呼ばれた時代もあったという。沈む夕日は絶景で、海岸沿いの道路は「宍道湖夕日通り」と呼ばれる。この海岸から二百メートルに、湖唯一の島・嫁ヶ島が浮かぶ。島までの

宍道湖と嫁ヶ島

松江城遠景

水深は一・五メートル以下で、ロープを伝って渡るイベントも行われていると言う。

　袖師ヶ浦の北方、大橋川を渡ると、天守閣が重要文化財に指定される松江城（別名千鳥城）が、陽を受けて美しい。慶長十二年（一六一一）から同十六年にかけて、それまで藩政の拠点としていた月山富田城が山城であって近世の統治には不向きとなったため、堀尾氏によって築城された。明治六年（一八七三）の廃城令で、払い下げの上撤去されるという憂き目にさらされたが、天守閣だけが地元の有志の拠出によって保存された。城山公園は「日本さくら名所百選」に選ばれていて、その季節には多くの人で賑う。

　尚、城山公園のすぐ北には、明治二十三年（一八九〇）に来日した、**小泉八雲**（ラフカディオ・ハーン）の記念館と旧居跡が並ぶ。八雲の最初の赴任がここ松江の尋常中学校英語教師で、この地での小泉節子との結婚を機に日本に帰化、『怪談』ほか多数の作品を残し、同三十七年（一九〇四）に没した。

　袖師の浦に浮かぶ小島の松ヶ枝の　緑色濃く宍道湖に映ゆ

　毀《こぼ》たるる運命《さだめ》にありし松江城　袖師の浦に影を映せり

　わが国を愛し案じし文豪も　遊びたるかな袖師の浦辺

小泉八雲の旧居

七、多久島《たくしま》

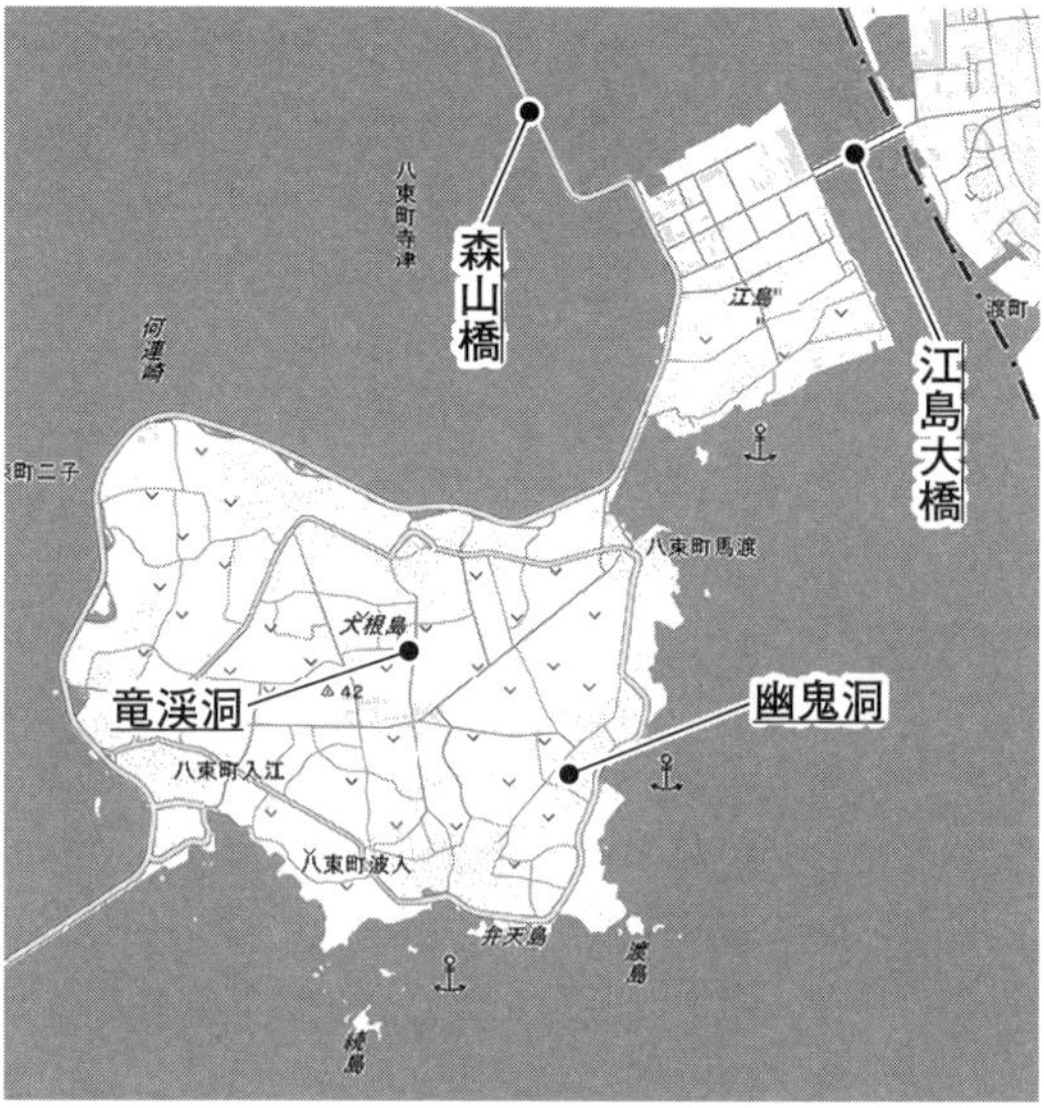

大根島と江島

『万葉集』巻第七の「乙女らか《が》をる《〔織〕》はた《〔機〕》の上《え》をまくし《〔真櫛〕》もてかゝ《〔掻上〕》け《げ》たく《〔多久〕》嶋浪間よりみ《〔見〕》ゆ（少女らが布を織る織機の上の糸を櫛を使って綰《た》く〔掻き上げる〕と言う。その綰くと同じ名の多久島が波間から見える。）」が『松葉』に収められる。第三句目の「ま」は、「そのものである」の意の接頭辞、四句目の「たく」は、「綰く」と「多久」を掛けている。詠者は明らかでない。

「四」の錦浦、「五」の飯宇《おうの》海で述べた中海のほぼ中央に、面積五平方キロメートル強の島が浮かぶ。古くには蛸島と呼ばれ、風土記の時代には、誤って栲島とも呼ばれたと言う。それが「太《たく》根」、「大根《たいこ》」と呼名が変わり、中世に至って現在の呼称「大根島《だいこん》」に変わったとのことである。尚、後述の人参を大根と呼び変えたという、笑いを誘う説もある。

島全体が火山性の玄武岩の溶岩台地で、今から十二万年から三十万年前に形成さ

大根島遠景

幽鬼洞入口

れたと推定されている。玄武岩の溶岩は粘度が低く流れ易いため、島は高低が無く、最高でも海抜四十二メートルしかない。島の南東部、八束《やつか》町遅《おそ》江《え》には二本の溶岩隧道・幽鬼洞があり、国の特別天然記念物に、また北部の八束町寺津には天然記念物の第二溶岩隧道・竜渓洞がある。幽鬼洞の入り口は、今は洞内が危険なため鉄柵で囲まれ立ち入れないが、地底に通じる入り口は十分に地球の造形の力を感じることができる。

島内には水田が皆無に近く、年貢も大麦、小麦、大豆、胡麻によって課せられていたが、火山灰地の土壌が高麗人参と牡丹に適していることが判り、江戸時代から盛んに栽培され、現在まで続いている。

もちろん古くには舟での往来であったが、今は昭和五十四年（一九七九）に、干拓に伴う堤防道路が築かれ、西は松江市大海崎町と、また北は江島を経由して森山橋で松江市三保関町と繋がる。更には、平成十六年（二〇〇四）、全長千四百四十六メートルの江島大橋が、江島と鳥取県境港市の間に架けられた。橋脚と橋桁が一体構造になったアーチ型の美しい橋である。

中海の真中に横たふ多久の島　湖《うみ》と空との境に低く
多久島の人里近く口開ける　地底に通ふ溶岩の洞窟

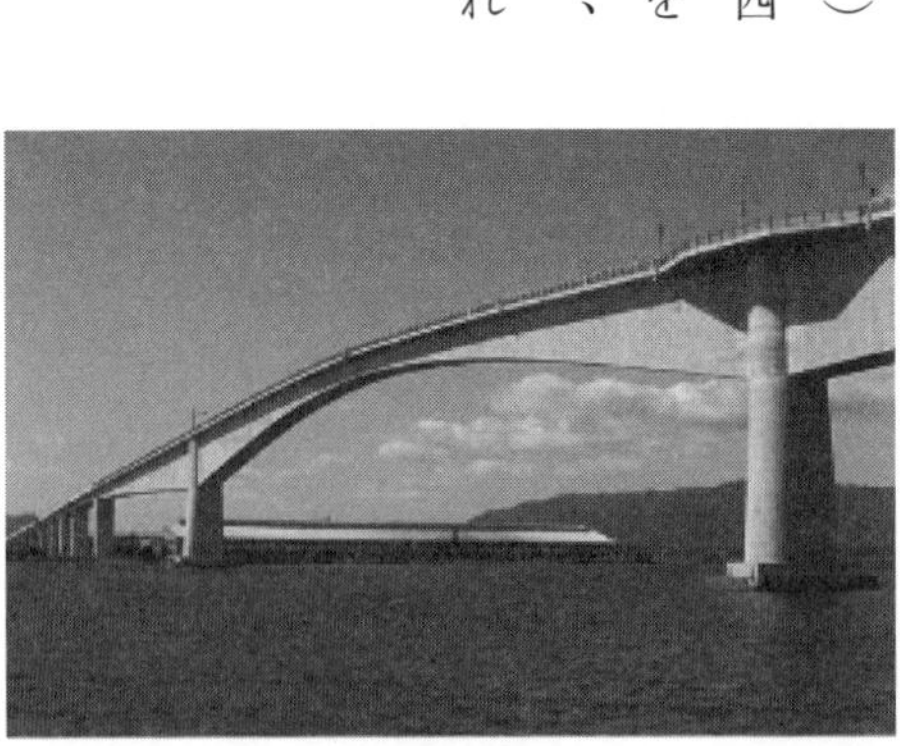

江島大橋
（松江観光協会八束町支部HPより）

赤茶色の多久島の畑の其処此処に　芍薬、牡丹の株並び居り

八、三穂崎《みほのさき》

出典は明らかにされていないが、**源師俊**の「みことのみかしこみてこそもろた船　これよりみほのさきにつくせな」が『名寄』、『松葉』に収められる。「もろた船」は「諸手船」と表記し、多数の櫂を持つ船のことである。

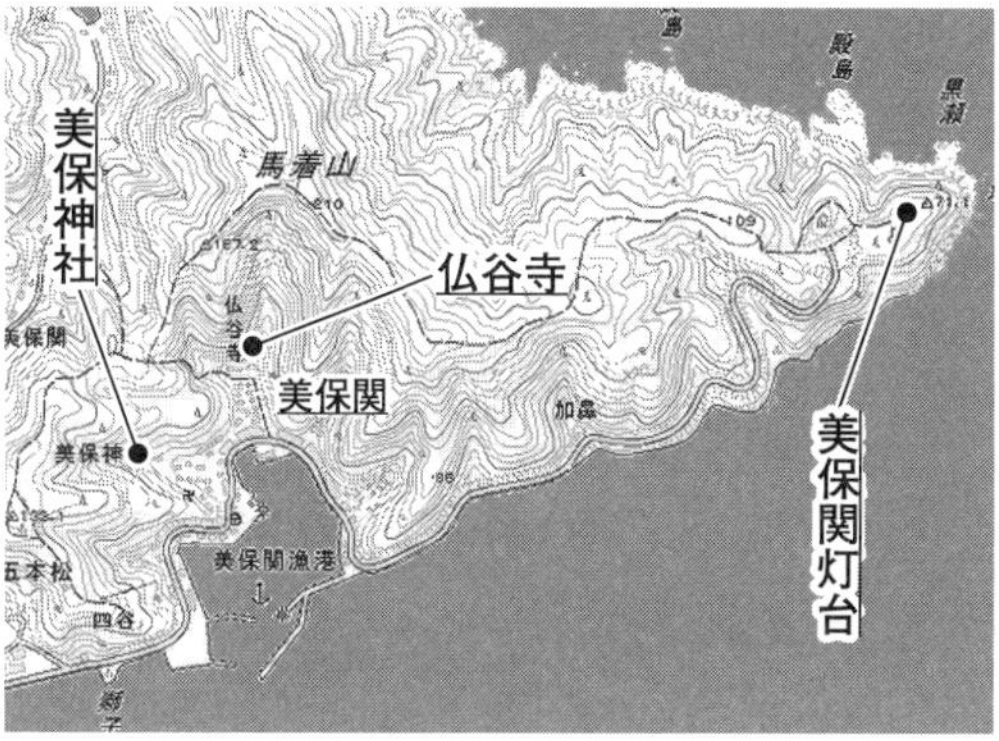

松江市美保関

この三穂崎は、鳥取県境港市の北、境水道を挟んで東西に横たわる島根半島の最東端、松江市美保関《みほせき》町の地蔵崎に比定される。南は三保湾、東、北は日本海に面している。**『出雲風土記』**には、「周《めぐ》りの壁《きし》、峙嶵《さが》しき定岳《やま》なり」と記述、形容される。

地蔵崎の先端、海抜七十三メートルの高台には、明治三十一年（一八九八）に建てられた高さ

灯台直下の海

美保関灯台

美保神社拝殿・本殿

十四メートルの美保関灯台が四方の海を見守る。灯台の横には、以前は職員の休息所であったとか、カフェが観光客を迎える。

岬近くには、三尾関、見尾関、三保関、仁保関などと様々に記された海関の美保関があった。中海や宍道湖、更には多くの良港があり、山陰と若狭を結ぶ海路を管理し、加えて隠岐国へ渡る拠点でもあり、非常に重要な関であった。

また二キロメートルほど西方には、美保関漁港を見下ろして美保神社が建つ。創建は定かではないが、**延喜式**の神名帳に記載があることから、九世紀以前と考えられる。永禄十二年（一五六八）の隠岐為清の乱で灰燼に帰し、文禄五年（一五九六）に吉川広家により、再建が始まったと言う。現在の本殿は文化十年（一八一三）に建てられた。大社造の左右二棟から成る珍しい様式で、国の重要文化財に指定されている。

また、美保神社の右奥に、奈良時代前期の創建と推察される仏谷寺がある。後に**弘法大師**により真言宗に、永正十二年（一五一六）には浄土宗に改宗している。何れも隠岐に流された**後鳥羽上皇**、**後醍醐天皇**が逗留したのがこの寺で、港から通じる道は「行幸《みゆき》の路」と呼ばれる。更に、浄瑠璃や歌舞伎で知られた八百屋お七の恋人とされる吉三が、お七処刑後慰霊の全国巡礼の後、元文二年（一七三七）、この地で果てたとのことで、この寺の境内の片隅に、吉三地蔵が建てられている。

尚、美保神社には古い形態の神事が残る。中でも十二月三日には、二隻の諸手船、一隻のそりこ船（舳が著しく反っている、島根県の中海を中心に用い

仙谷寺本堂

られる小漁船）が湾内を六周すると言う。冒頭の歌の詠者の意識の中には、この神事のことがあったのだろうか。加えて、蛇足ではあるが、**源師俊**は永治元年（一一四一）に没しているから、後鳥羽、後醍醐の配流よりはるか以前であり、であれば、歌中の「みこと」はこの二帝のことではない。

百歳を越えて海路を守りたる　灯火の塔の三穂崎に建つ
三穂崎に近き港の浜際に　本殿二棟の社建ち居り
隠岐の島に流さるる上《かみ》三穂崎の　古刹に宿りぬその道の途に

仙谷寺吉三地蔵

九、千酌浜《ちくみのはま》〔濱〕

島根半島の日本海に面した海浜はリアス式とされ、急峻な斜面、出入りの激しい崖、そして岩礁も多く、半島南側の境水道側から地蔵崎を廻って、半島北側を海岸沿いに往来するには、難所が多く安全ではなかったのであろう、日本海側に出るには、東西に横たわる半島を横断し、立ちはだかる北山山系を越えねばならなかった。今回の踏査も、前項の地蔵崎から一旦境水道に沿って西に、中海北岸の手角《たすみ》町まで戻り、当時の往来の一つであったと

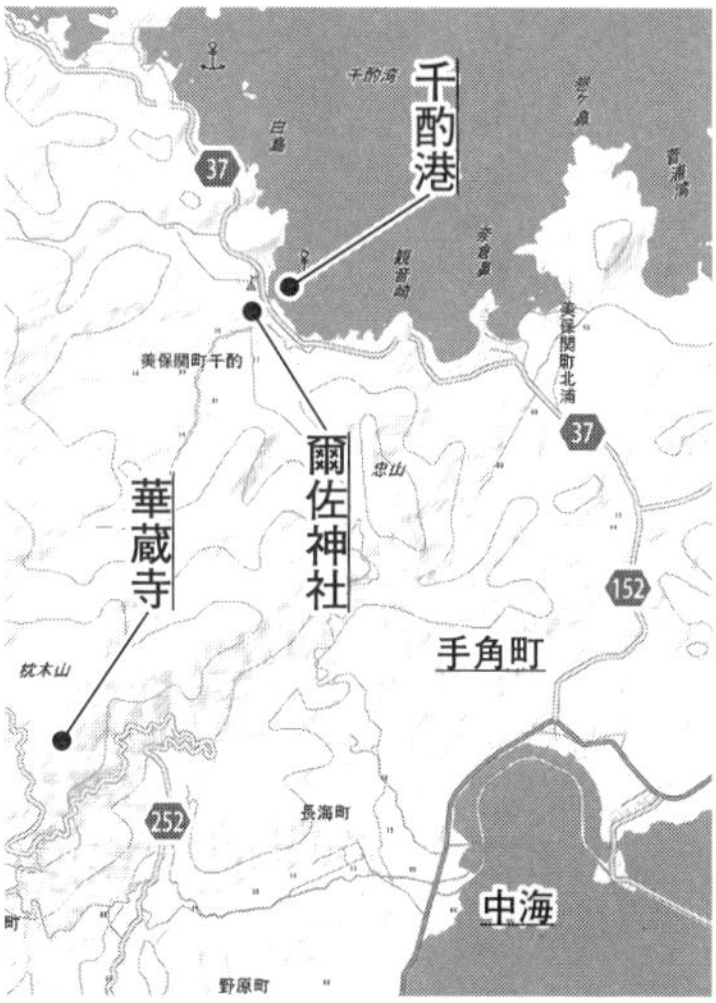

手角町から千酌浜へ

千酌の浜

思われる県道百五十二号・松江七類《しちるい》港線、同三十七号・松江鹿島美保線を北上した。その県道三十七号の西進に従ってしばらく進むと、男性的で激しい日本海側にしては珍しく砂浜が幾つか広がる。その一つが歌枕とされる千酌《ちくみ》浜である。**伊弉諾尊**《いざなぎのみこと》の子の都久《つく》豆美命《みのみこと》がこの地で生まれたとされ、本来であれば「つくみ」と呼ぶべきが、「ちくみ」と変じたという。

この浜につき『**出雲風土記**』は、「広さ一里《さと》六十歩《あし》。東に松林あり。南の方に駅家《こほりのみやけ》、北のほうに百姓《おほみたから》の家あり。郡家の東北一十七里一百八十歩。此は則ち所謂隠岐の国に度《わた》る津、是矣《これなり》」と述べる。

『能因』、『松葉』に『**夫木和歌抄**』より、「出雲なるちくみ（千酌）の浜のかさ（風）なき（凪）に　漕出《漕ぎ出で》て行《ゆか》は《ば》（隠岐か沖？）おきの嶋みゆ（見）」が載る。詠者は中務卿親王、即ち宗尊《むねたか》親王である。まさにこの歌にある如く、また『**出雲風土記**』にある如く、この千酌浜には昔日の隠岐国に渡る港があり、駅家が置かれていた。現在は、東の七類港がその役割を担っている。末句の「おきの嶋」に「沖の嶋」を当てる資料もあるが、歌意から「隠岐の嶋」とした。

この浜のある美保関町千酌には、**伊弉諾尊**、**伊弉冉尊**《いざなみのみこと》、都久豆美命の三神を祀る爾佐《にさ》神社がある。『**出雲風土記**』にも「尓佐社」と記されると言う。

爾佐神社拝殿

爾佐神社鳥居

華蔵寺本堂

華蔵寺参道口

少し離れるが、この浜から南南東四キロメートル程に華蔵寺が建つ。この浜から直接通う道は少なくとも道路地図には無く、いったん中海北岸まで引き返し、西岸の邑生《おう》町から県道二百五十二号・枕木山線を北上、曲がりくねった、車の対向がぎりぎりの道をひたすら登る。途中に三～四基のテレビ放送の電波塔が立ち、その先右手に、ここからが表参道と思われる石段がある。と言っても山門が見えるわけではなく、遥かな距離と高さが想像された。ために、本来の参詣の有り様ではないが、標高四百五十六メートルの枕木山頂にある寺の駐車場まで直行した。古色格式のある仁王門に立つ金剛力士像は**運慶**作とされる。延暦年間（七二八～八〇五）の創建時は天台宗であったが、十三世紀後半に臨済宗南禅寺派に改めた。戦国時代に戦禍に見舞われ消失したが、十七世紀に再建されたとのこと、幽遠、素朴な趣のある本堂は当時の造りである。

荒波の寄する岩場のふと途切れ　千酌の浜の平らかに続く
千歳越え千酌の浜の浜際に　社の建ちて波音清し
古刹あると聞きて参りぬ千酌浜に　通ふ道より一度《ひとたび》戻り

十、左《さ》〔佐〕太《た》〔大〕乃《の》浦《うら》

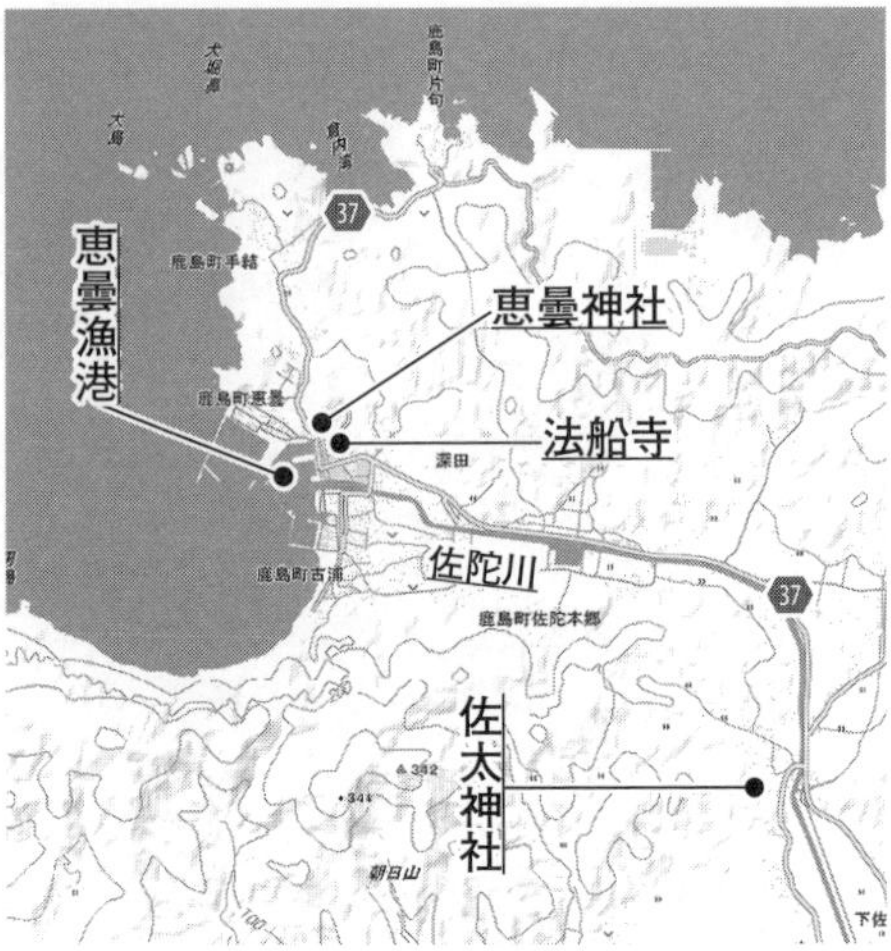

松江市鹿島町恵曇

『能因』に、『万葉集』巻第十一から、「奥つ浪へなみ《〔辺波〕》のきよる《〔来寄〕》さた《〔左太〕》の浦の　此《この》さた《だ》過《ぎ》て後《のち》恋むかも（沖の波や岸辺の波が打ち寄せる佐太の浦のように、このさだ―あなたと逢っているこの一時―が過ぎてしまえば、あとで恋しくなることだろうかなあ）」が載り、『松葉』には同歌が巻第十二からとして載る。実は、『万葉集』には重載される歌が複数あり、これもそのうちの一首である。歌は**柿本人麻呂**の作とされる。「さだ」は「時」のことで、左太浦は序詞の働きをしている。また、『能因』には、更に『**万葉集**』巻第十二、読み人知らずの「さた《〔左太〕》の浦によ《〔寄〕》する白波あひだ《〔間〕》な《〔無〕》く　思《おもい》をいかに妹にあひ《〔会〕い》かた《〔難〕》き（左太の浦に打ち寄せる白波、その波のように、これほど絶え間なく思い焦がれているのに、どうしてあの子に逢えないのであろう）」、『名寄』、『松葉』に**藤原家隆**の「人こゝろ《〔心〕》おもひ《〔思〕い》いづ《〔出〕づ》るもいつも《〔出雲〕》なる　さた《〔左太〕》の浦《うら》なみ《〔波〕》さため《〔定〕》かねつゝ」が載る。

この左太浦は、島根半島日本海側のほぼ中央、佐陀《さだ》川が流れ出る松江市鹿島町恵曇《えとも》辺りをいう。地形的にも明らかなように、入海となっていて船泊りとして

佐太浦

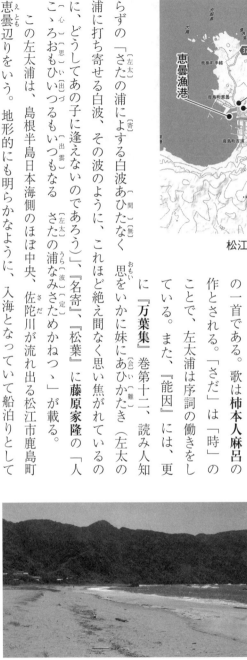

適していたことは疑うべくもない。『**出雲風土記**』には、秋鹿《あいか》郡の四つの郷《さと》の一つが恵曇郷であり、以下の解説がある。「恵曇の郷、郡家《こほりのみやけ》の東北九里《さと》四十歩《あし》なり。須作能乎命《すさくのをのみこと》、磐坂日子命《いわさかひこのみこと》、国巡《め》行《ぐ》りしし時に、此処に至り坐《ま》して詔《の》りたまひしく、「此処は、国稚《わか》く美好《うるはし》く有り。国形《くにかた》、画鞆《えとも》の如き哉《かも》。吾が宮は、是処《ここ》に造《つく》事らむは。」故、恵伴と云ふ。神亀三年、字を恵曇と改む。」

ここの浜では、明徳二年（一三九一）から製塩が始まったとされ、江戸中期には一帯に塩田が開発されていて、住民の八割が製塩に携わっていたという。しかし、度重なる宍道湖、あるいは大橋川の氾濫を防ぐため、松江市の宍道湖畔、浜佐陀町、西浜佐陀町の境と、日本海に注ぐ旧佐陀川を結んで運河が開かれ、真水が大量に流入することとなり、天明七年（一七八七）頃に製塩は衰退したという。

恵曇神社拝殿

恵曇神社鳥居

集落内には幾つかの寺社が見られる。『**出雲風土記**』に「恵曇海辺の社」と記される恵曇神社は集落の街中にある。拝殿、本殿が周囲の緑に映えて美しい。また、その直近には、平成十九年（二〇〇七）に再建された曹洞宗の法船寺もある。

更に、佐陀川の中流域の佐陀宮内に佐太神社が建つ。創建は**垂仁天皇**の代

法船寺本堂

と言うから、記紀伝承の時代である。『**出雲風土記**』では「佐太御子社」、**延喜式**神名帳には「佐陀神社」と記載があり、その後「佐陀大明神」、「佐陀大社」などと呼ばれ、現在の呼称になったのは明治に入ってからと言う。
社殿は大社造りで、中央の本殿、右の北殿、左の南殿の三本殿が並立する国の重要文化財である。境内は厳かな雰囲気で、社殿もそれぞれに格調が高い。また、九月二十四日の御座替《ござかえ》祭で舞われる佐陀神能は、出雲神楽の源流と言われ、国の重要無形文化財とされる。

神代より讃へられきし郷《さと》のあり　波穏やかなる佐太の浦辺に
佐太の浦の浜際の里の古き寺社　潮騒の音を聞きつつ参る
本殿の三棟並ぶ宮の在り　佐太の浦より遡り来て

佐陀神社三本殿

十一、簸《ひ》の川上《かわかみ》

『**古事記**』の上に、「(**素戔鳴尊**《すさのおのみこと》**は**)出雲国の肥の河上、名は鳥髪といふ地《ところ》に(高天原から)降《くだ》りましき。」で始まる「八俣《やまた》の大蛇《おろち》」の伝承の記載がある。この肥の河が、『**日本書紀**』には「簸《ひ》の川」、『**出雲風土記**』には、山間部は「斐伊《ひい》川(河)」、平野部は「出雲川(大川)」などと記されているとのこと、歌枕「簸の川上」は、この現在の斐伊川の上流である。『**古事記**』にある鳥髪は、仁多《にた》郡奥出雲町の鳥取県境にある船通山《せんつうざん》とのことであり、八合目

船通山

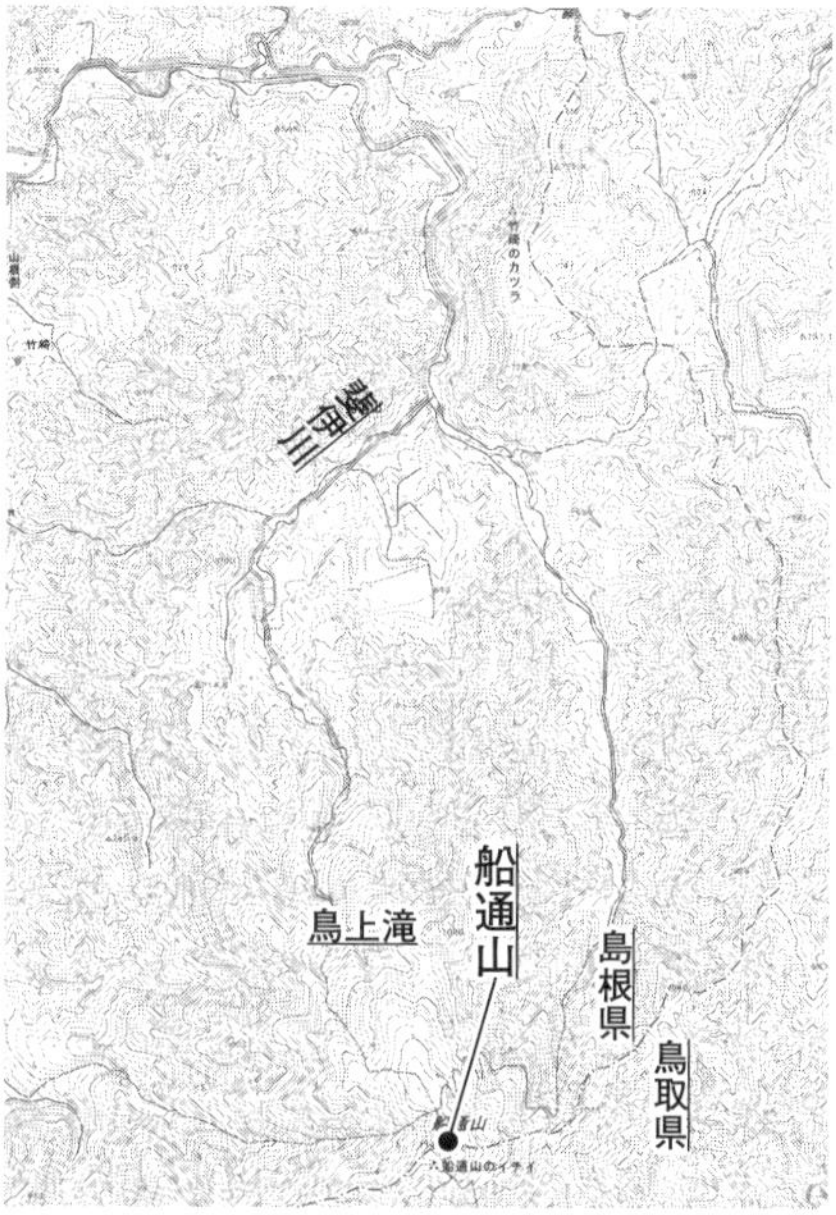

船通山

にある鳥上滝が八俣の大蛇の棲息していたところとされ、斐伊川の源流である。流れ下って雲南市との境には、高さ九十メートルの尾原ダムが平成二十三年（二〇一一）に完成し、その結果造られた湖は、伝承に因んで「さくらおろち湖」と命名された。四月から十一月の第二土曜日には「ヤマタノオロチ伝承バス」が、第四土曜日には「スサノオ伝承バス」が、JR木次線（松江市宍道駅〜広島県庄原市備後落合駅）の木次駅から添乗員同行で運行される。

　室町時代の歌人・**正徹**は、その私家集『**草根集**』に「待出《まちいづ》るひ〔簸〕の川

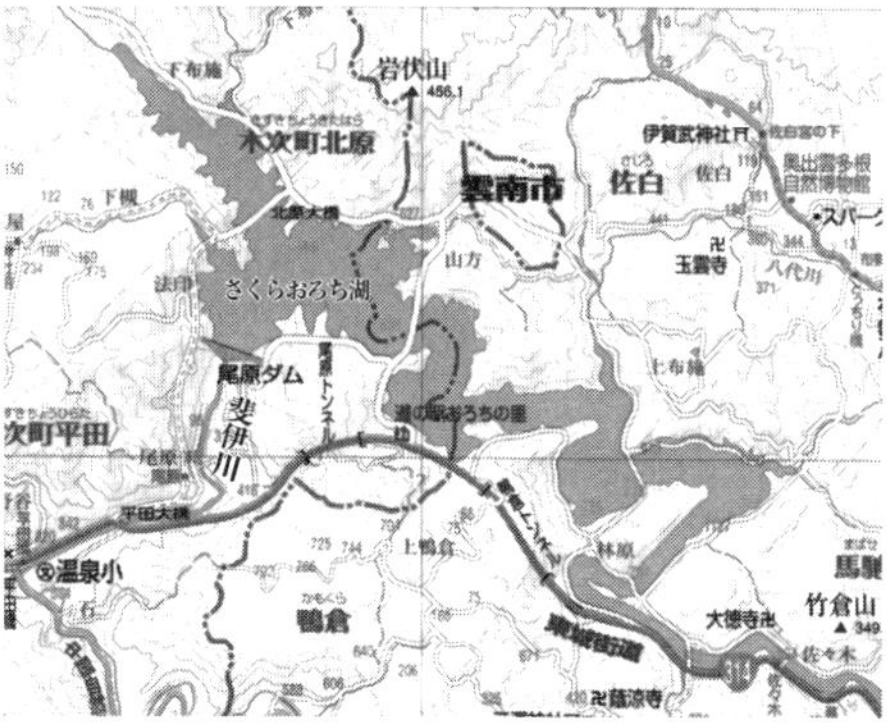

さくらおろち湖
県別マップル32島根県道路地図、昭文館（2011）p.38

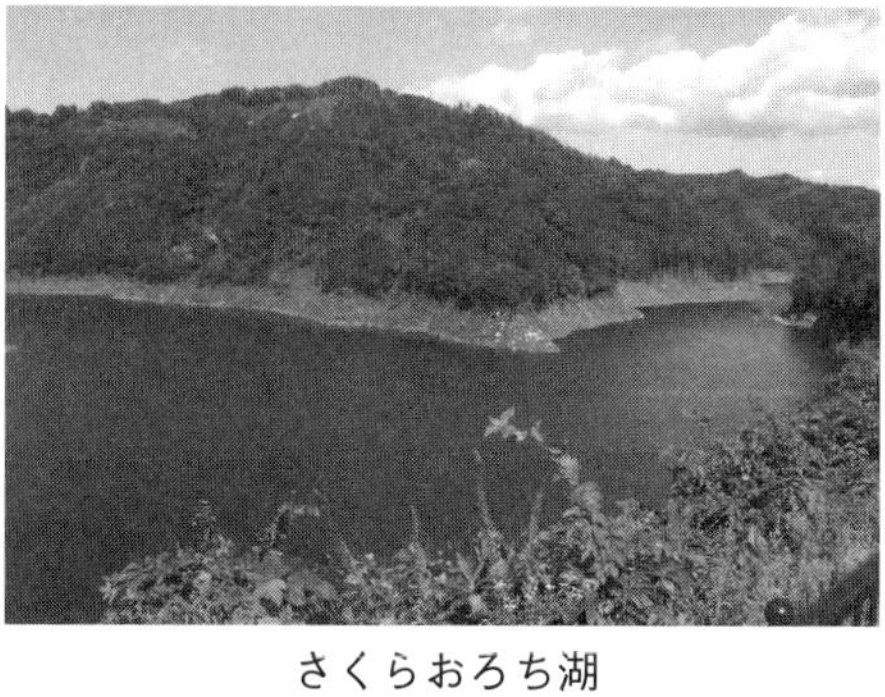
さくらおろち湖

斐伊川中流堤防の桜並木

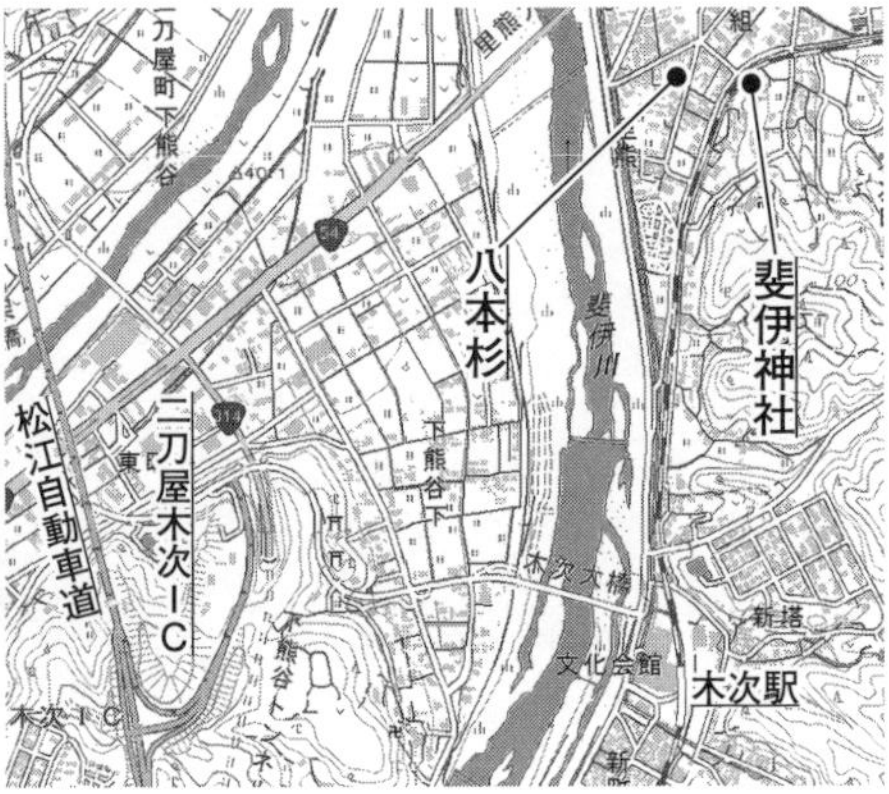

木次駅付近

上の山桜　いつも〔出雲〕しかくや花の八重くも〔雲〕」と詠う。『松葉』には、これを含めて三首が載る。

ところで、この歌にある如く斐伊川の流域は桜木で知られていて、先の人造湖も然りだが、中流域の木次駅の付近には、川の堤防沿いに約二キロメートル、八百本のソメイヨシノを中心とした桜並木の名所もある。残念ながら、訪れたのは晩夏、花の季節はさぞかし圧巻であろうと想像できる。

また木次町里方には、創建が伝承時代にまで遡るという斐伊《ひい》神社がある。『**出雲風土記**』には樋《ひの》社と呼ばれる神社が二社あるとされ、これが**延喜式**の時代までに一社に統合されて今に続くと言う。ＪＲ木次線を挟んだ西側には、八本杉と呼ばれる神社の飛地がある。**素戔鳴尊**が八俣の大蛇を退治し、その八本の角を埋めた所との伝承が残

八本杉

斐伊神社拝殿

る。先に述べた二社のうちのもう一社があった地とも伝えられる。
なお、船通山から東、鳥取県側に流れ出る日野川が肥《ひ》の河であるとの説もあり、論議がある。

桜木の続く堤に歩み止む　簸《ひ》の川上を目指す道の辺
辿り行く簸の川上の源に　神の伝へる所残り居りけり
人造湖の神の伝へに消りて　名付けられたり簸の川上に

十二、出雲河《いずもがわ》

『夫木和歌抄』を出典として中務《なかつかさ》の「出雲川底のみくつ《水屑》の数さへに　み《見》えこそ渡れよは《夜半》の月影」が、『能因』、『松葉』に載る。『松葉』には、「いつも《出雲》のきつき《杵築》の宮にまうで《詣で》、いつも《出雲》の川のほとり《辺》にて」と詞が添えられる。「きつきの宮（杵築宮）」は、現在の出雲大社である。

前項「斐の川上」で述べたように、斐伊《ひい》川はその下流部を出雲川と呼ばれていた。現在は出雲市大津町の東で、それまでの西に向いていた流れを北に変え、更に武志町の北で北東に転じて宍道湖に注ぐ。しかしこの流路になったのは江戸初期の川違え以降で、それまでは幾筋かに分かれて、出雲大社の南をそのまま西の

現在の斐伊川河口

神西湖

神西湖

日本海に注いでいたと言う。それ故に冒頭に見た**中務**の歌の詞書通りなのである。

また、これらの流路のうちの一つは、**『出雲風土記』**に「神門水海《かんどのみずうみ》」と記述される、現・神西《じんざい》湖を経るものであった。神西湖は宍道湖、中海と同様汽水湖で、湖沼面積当りのシジミの生産量は日本一である。推察するに、この神西湖を通って流れ出る出雲川の河口が、『松葉』に収められる**寂蓮**の、「出雲川ふる《（古）》きみなと《（湊）》を尋《尋ぬ》れは《ば》　はるか《（遥）》につた《（伝）》ふ《う》若のうらなみ《（浦波）》」にある「ふるきみなと」であったのだろう。

さて、この歌枕「出雲川」に縁ある名所は出雲大社であるのだが、これについては、「十四、出雲宮」で後述する。ここでは近隣の、出雲大社との両参りの風習のあった一畑《いちばた》寺を紹介する。

宍道湖の北岸に沿って走る一畑電車の一畑口駅から北方、バスで十分程のところ、出雲市小境町に一畑寺はある。寛平六年（八九四）に天台宗医王寺として創建され、正中二年（一三二五）臨

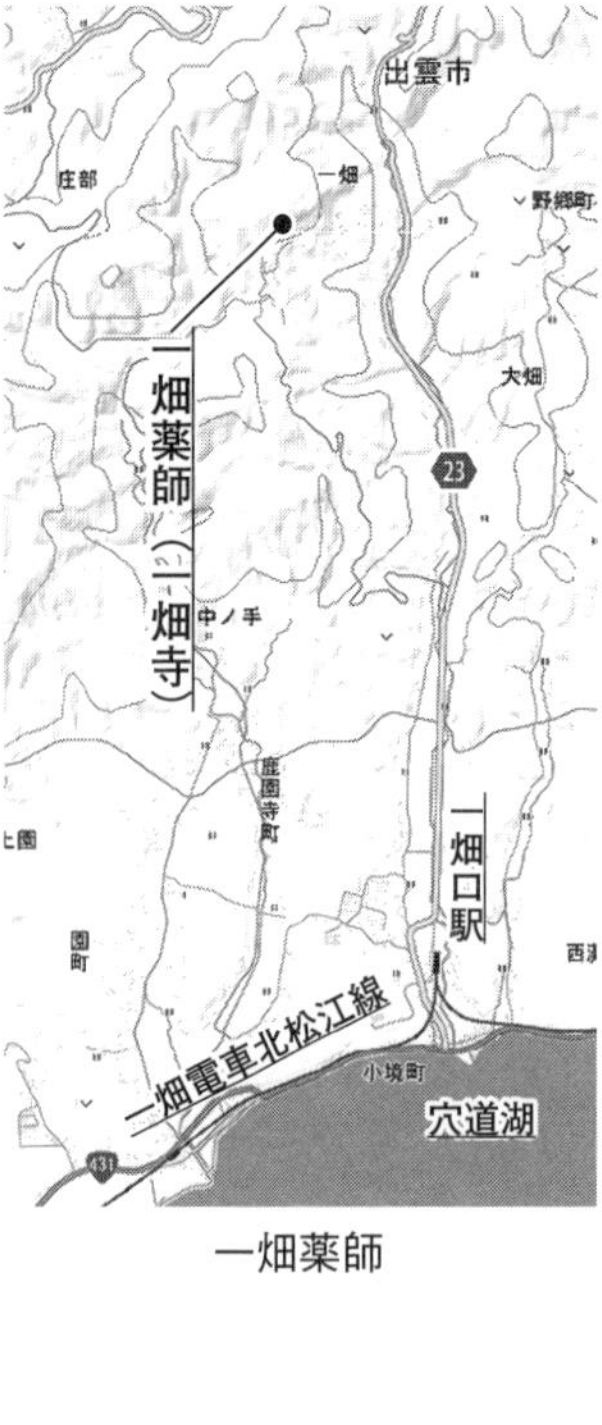

一畑薬師

一畑寺本堂

済宗南禅寺派成徳寺として再興、承応二年（一六五三）に一畑寺と改名、寛政二年（一七九〇）臨済宗妙心寺派に転属と、変遷を重ねた歴史がある。「目のお薬師様」として民衆の信仰を集め、それ故に出雲大社との両参りであった。その便宜のため、大正四年（一九一五）一畑電鉄が両門前を結んで開通した。今は、湖岸の一畑口駅からバスが通うが、門前の商店街の手前の駐車場には、以前の電鉄の「山の駅」の駅舎が残されている。境内は広く、本堂、観音堂、法堂（座禅堂）はもちろんのこと、庭園のある書院、茶室を備えた東陽坊など多くの堂宇が配置されている。本堂左には十六羅漢の像が並び、「め」、「医」と書かれた木の円形の御札が所狭しと掛けられていた。

今は無き出雲川路を偲びつつ　水鳥遊ぶ湖《うみ》を眺める
出雲川を離れ参れる老いの眼の　健やかなれと一畑薬師に
宍道湖に豊かなる水注ぎ居り　出雲川の流れ移りて

「め」の字の丸い御札が並ぶ

十三、出雲浦《いずものうら》

『能因』に、『**万葉集**』巻第四より**山部赤人**が詠んだとして、「河上のいつもの浦のいつも〱　きませ我せこ絶す待はた」が載せられるが、『**万葉集**』巻第四はもとより、巻第二十に至るまで、**山部赤人**作としてのこの歌は見当たらない（目溢しは無いと思うのだが……）。ただし、巻第四には、吹芡刀自《ふふきのとじ》の作として、「川の上のいつ藻の花のいつもいつも　来ませ我が背子時じけめや（水面に咲く厳藻《いつも》の花の名のように、いつもいつもお出で下さいな、あなた）」が載る。「いつも」は「出雲」ではなく、釈文にあるように厳藻である。厳は「斎つ」のことで、「神聖な」と言う意味の接頭辞とのことである。それ故、この歌は収載の誤りとすべきであろう。

『松葉』には『**夫木和歌抄**』から、「いかにしてをはす《〔姨捨〕》て山の月よりも　いつも《〔出雲〕》の浦にて《〔照〕》りまさ《〔勝〕》るらん」と「神のます《〔坐〕》いつも《〔出雲〕》の浦にや《〔焼〕》くしほ《〔塩〕》の　けふり《〔煙〕》ややか《が》て八雲なるらん」が収められる。これらは間違いなくここ出雲の浦の歌である。

十六島湾と鰐淵寺

ところで、歌枕「出雲浦」をどこに比定すべきかは確たる資料がない。であれば、特定の海域とするよりは、「出雲国の浦々」と解すべきと考え、出雲半島の日本海側、東の地蔵崎か

十六島湾

鰐淵寺本堂

ら西の日御碕《ひのみさき》までの一帯の海と考えた。尚、東部にある歌枕の三穂崎、千酌浜、佐太浦については既に記述したので、半島の西部を巡って見たい。

西端から東約十二キロメートルに、「十六島」と書いて「うっぷるい」と読む、西に開けた湾がある。語源についてはアイヌ語とも朝鮮語ともする説があるが、定かではない。この海で収穫される岩海苔は、奈良、平安の時代から朝廷への貢納品とされたほどの高級品で、生産量も限られ、入手しにくい品とのことである。湾の北岸には、まさか地名の数字に肖ってのことではないだろうが、見える範囲で十六基の風力発電用の風車が並び、日本海の風を受けてゆったりと回っていた。

湾岸から県道二百五十号・鰐淵《がくえん》寺線を南に三～四キロメートル進むと、**推古天皇**の勅願によって建立されたと伝わる天台宗の鰐淵寺が建つ。平安末期には修験の寺として全国に知られていたという。寺は**後醍醐天皇**の隠岐脱出を助けたり、**後村上天皇**宸筆の願文を賜ったりと、南朝との関係が深かった。出雲大社の別当寺として共々発展した時代もあったという。駐車場から鰐淵寺川の渓流美を楽しみながら歩くこと二十分、仁王門を潜り、大慈橋を渡り、更に二百七十八段の石段を上ると、林が開け本堂が陽を浴びて建つ。

半島の最西端の日御碕には、『**出雲風土記**』に「美佐伎神社」と記される日御碕神社が鎮座する。上下二社から

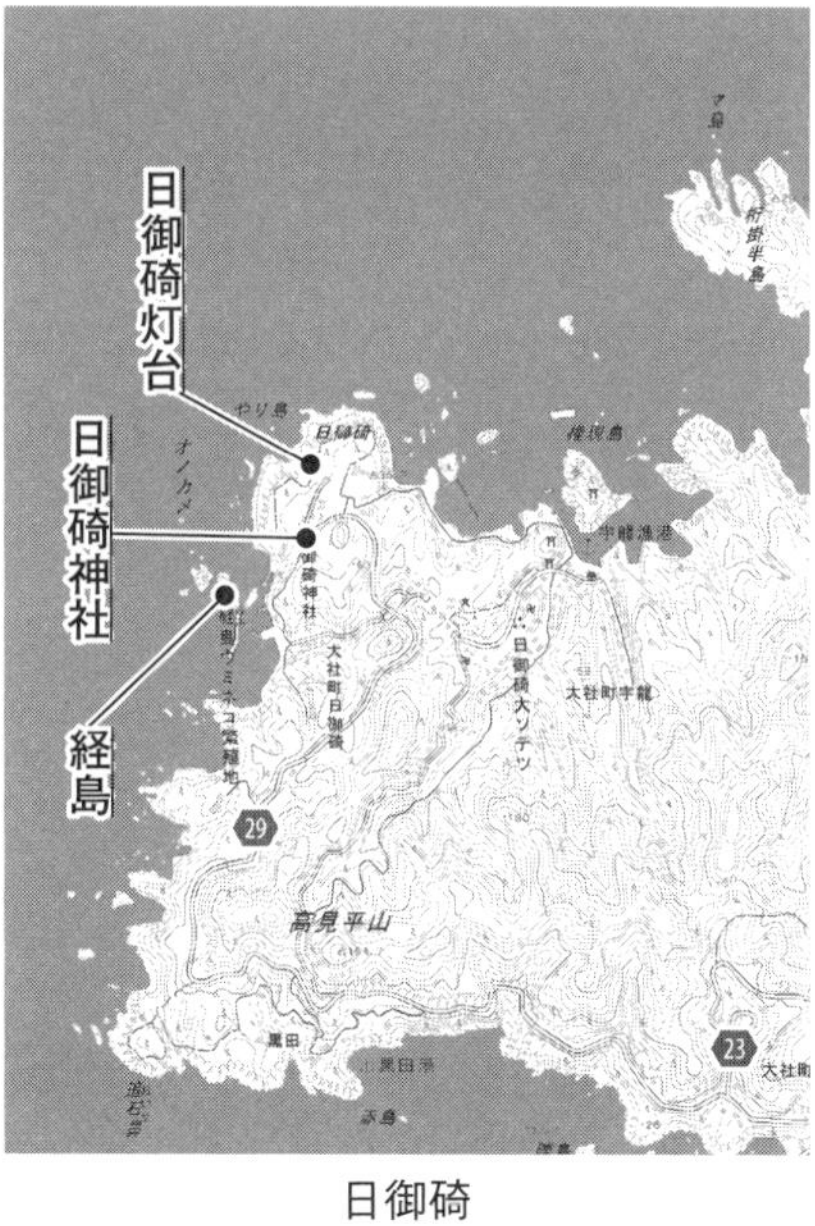

日御碕

日御碕神社「上の宮」

日御碕神社「下の宮」

成り、下の宮の「日沈宮《ひしずみのみや》」の創建が天暦二年（九四八）は納得できるが、上の宮の「神の宮」が**安寧天皇**の代まで遡るとするのは、あくまで伝承上のことであろう。日沈宮には**天照大神**《あまてらすおおみかみ》が、神の宮には**素戔嗚尊**《すさのおのみこと》が祀られる。両社とも、徳川三代将軍家光の命により幕府直轄事業として再建されたもので、二百五十年を越す歴史があり、国の重要文化財に指定されている。社殿の朱塗りの鮮やかさは、周囲の木々の緑や澄み切った青空に生えて美しい。ただ訪れた日は、上の宮の本殿、下の宮の拝殿の一部が修復中で全容を見ることが出来なかったのが残念であった。

また近隣には、東洋一の日御碕灯台、ウミネコの繁殖地の経島《ふみ》などの景勝地がある。

出雲浦古き伝への社寺ありて　歩み進まずそれぞれ詣づ
見返れば奇岩海崖連なりて　出雲の浦に荒波寄する
灯台の白きが眩し出雲浦　いよいよ青き海空に映ゆ

日御碕灯台

十四、出雲宮《いずものみや》

衆知のように、島根県出雲市に出雲大社がある。歌枕では「出雲宮」である。**慈鎮**の「はるか《遥》なるいくよ《幾代》やくも《八雲》に成ぬらん　いつも《出雲》のみや《宮》のちき《千木》のかたそき《片削》」が『名寄』、『松葉』に、更に**霊元院**の「此《この》神の宮ゐ《居》もいつも《出雲》八重垣に　春や千とせ《歳》をこめ《籠》て来ぬらん」以下五首が『松葉』に載る。

出雲大社

出雲大社は平成二十五年(二〇一三)、約六十年毎の大遷宮が行われ、伊勢神宮の二十年毎の式年遷宮と時を同じくしたため、両参りツアーも企画されるなど大いに賑った。大社の呼称は歴史的には様々で、『**日本書紀**』には「天日隅宮《あめのひのすみのみや》」、「出雲大神宮《いずものおおかみのみや》」、『**延喜式**』には「杵築大社《きづきのおおやしろ》」、『**古事記**』には「出雲石硐之曽宮《いずものいわくまのそのみや》」等々である。その『**古事記**』の「大国主命の国譲り」の条には、**大国主命**は自身が支

出雲大社拝殿

出雲大社大鳥居（二の鳥居）

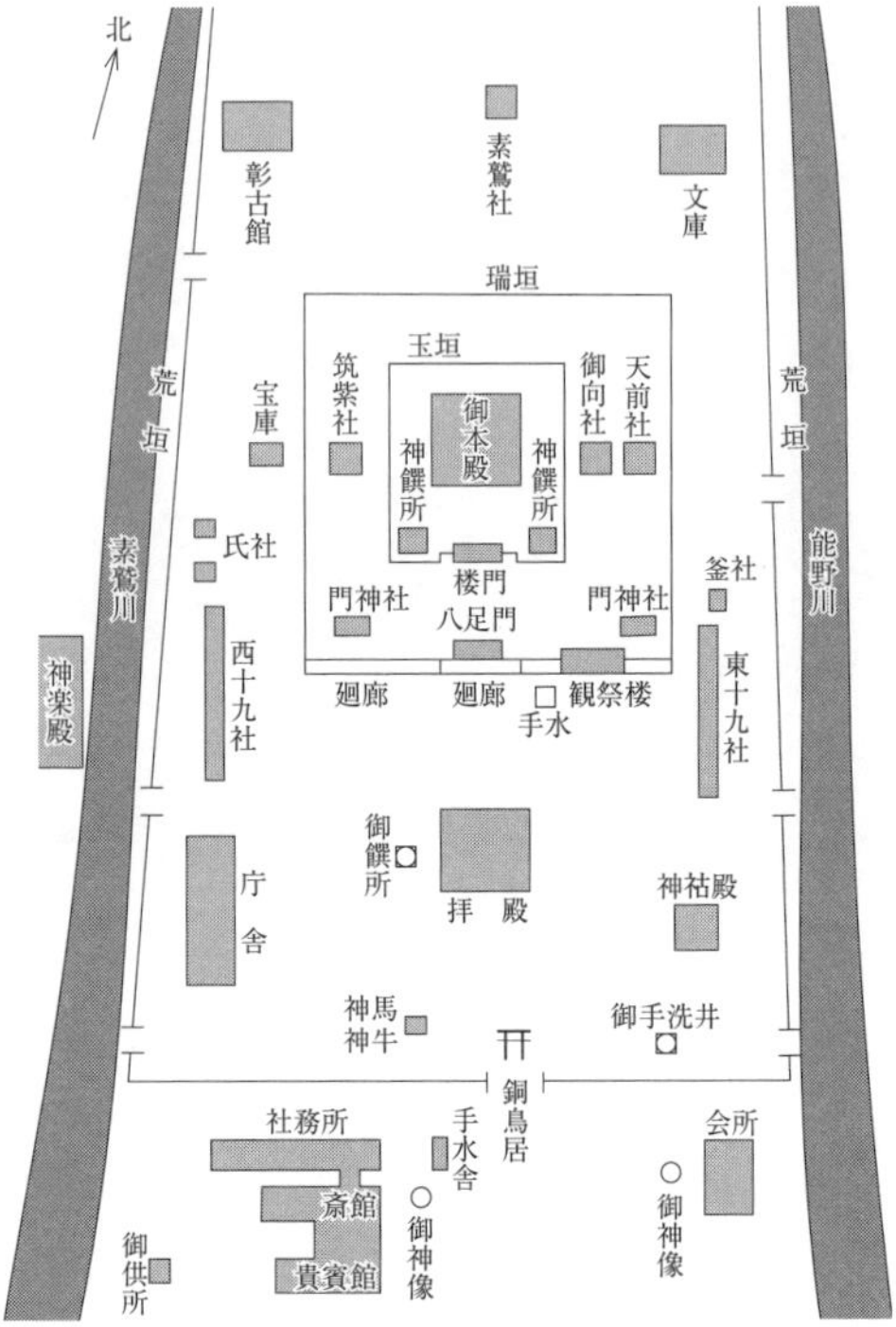

出雲大社境内概略図
「出雲大社由来略記」掲載図より作図一部加筆

拝殿右奥から八足門・本殿を見る

配していた豊葦原の国（日本国のこと）を高天原の天照大神《あまてらすおおみかみ》に譲るに当たって、「僕《あ》が住所《すみか》は、天つ神の御子の天つ日継《ひつぎ》知らしめす、とだる天の御単《みす》の如くして、底つ石《いは》根《ね》に宮柱ふとしり、高天原《たかまのはら》に氷木《ひぎ》たかしかりて治めたまはば（わたしの住む所は、天つ神の御子が皇位をお継ぎになるりっぱな宮殿のように、地底の磐石に宮柱を太く立て、大空に千木を高々とそびえさせた神殿をお造り下さるならば）―講談社学術文庫『古事記（上）』」と求めた。その結果建てられた住所《すみか》が大社である。

その**大国主命**が祭神として坐す国宝の本殿は大社造で、**天照大神**を祀る神明造りの伊勢神宮と並んで神社建築の代表様式である。高さは日本一の二十四・二メートル、切妻造、妻入りの檜皮葺きの屋根には、長さ七・九メートルの千木が美しい。境内は外側から荒垣、瑞《みず》垣、玉垣の三重の垣が巡らされ、玉垣に守られて左右の神饌所と共に本殿が建つ。瑞垣の内側には御向社《みむかいのやしろ》、筑紫社、天前社《あまさきのやしろ》、二宇の門神社《みかどのかみのやしろ》が配置される。更に瑞垣の外側、左右対称に、またの名を八百萬神遥拝所とする細長い十九社《じゅうくやしろ》が並ぶ。陰暦十月に全国の神が参集して宿泊する社である。為に、

神楽殿

他の地では十月を「神無月」と称するが、ここ出雲では「神在月」と呼ぶ。また荒垣の西外側には、出雲大社教の神楽殿があり、そこに掛けられる長さ十三メートル、太さ九メートル、重さ五トンの大注連縄は日本一である。とにもかくにも境内を巡るだけで荘厳な雰囲気に浸ることが出来る。

出雲大社が、その創建の伝承から皇室の崇敬を受けてきたのは当然であり、鉄道網が整えられて後、大正(皇太子時代)、昭和、今上の各天皇も御参拝されている。

県立古代出雲歴史博物館

出雲宮広き社領の奥に坐し　三重に取り巻く垣は守れり
雲一つ無く澄み渡る空に映ゆる　出雲の宮の千木高々と
厳かな出雲の宮の神楽殿　巨大《おほ》注連縄に我圧せらる

十五、出雲山《いずものやま》

『能因』、『松葉』に、『**万葉集**』巻第十一よりとして**大伴家持**の「しらま弓いつもの山のときはなる　命かあやな恋つ、あらん」が収められる。もっとも、原の万葉歌は「白真弓石辺の山の常盤なる　命なれども恋ひつつ居らむ

八雲山

（『萬葉集釋注六』―伊藤博）」であり、「石辺の山」は滋賀県湖南市の磯部山かとも言われる。果たして、ここ出雲の国の歌枕歌とすべきかは悩むところである。

一方、『松葉』によれば、『**夫木和歌抄**』に兼経作の「いつも《出雲》山こよひ《今宵》の月のさやけさは　雪の朝《あした》のこゝち《心地》こそすれ」が載るという。『承保三年（一〇七六―筆者注）十一月源経仲朝臣出雲国名所歌合』が出典とされるからして、これは間違いなく当国の歌であろう。ただし、源経仲が出雲国守に任じられたのが承暦元年（一〇七七）と伝えられ、時の前後に疑問が残る。また詠者の兼経は、実は経仲の子の経兼の誤りとも言う。

ところで、この歌枕「出雲山」の特定は難しい。『和歌の歌枕・地名大辞典』は、「出雲の山々」と解する説を挙げつつ、一方で、論拠は無いまま「弥山《みせん》」を候補とする説も挙げる。また『出雲国名所歌集』は、後述の「八雲山」をその地としている。歌枕の比定を意図する筆者としては、出来ることなら漠然とした「出雲の山々」説は避けたい。また、「弥山」については、「十九」に述べるが、歌枕「能野山《よしの》」の方がより相応しいと考えている。であれば残るは「八雲山」説であるが、これは決して消去の結

修復中の素鵞社

素鵞社
（出雲大社参詣案内より）

果ではない。

八雲山は出雲大社本殿の後背に本殿を守るように聳え（前項地図参照）、神体山として入山が禁じられている。決して大きな山ではなく、標高は百七十五メートルしかない。しかし、その麓、大社本殿の後ろに、出雲大社の祭神・**大国主命**の父神である**素戔嗚尊**《すさのおのみこと》を祀る素鵞社《そがのやしろ》が密やかに建つ。『**古事記**』には、**素戔嗚尊**が八岐大蛇を退治した後、「宮造るべき地《ところ》を出雲国に求《ま》ぎたまひき。…（中略）…そこに宮を作りてしき」とある。そして、その宮より雲が騰《のぼ》ったのを見て詠んだのが、編初に挙げた「八雲立つ出雲八重垣妻籠に　八重垣造るその八重垣に」であり、**紀貫之**はこれを和歌の祖とする。まさに歌枕に相応しい伝承と言えよう。

雲南市須我神社

なお、八雲山といえば、松江市の最南端近く、雲南市の東端との境にも標高四百二十四・一メートルが聳え、西側を南北に走る県道二十四号・松江木次線沿いの雲南市大東町須賀には、同様に『**古事記**』の伝承を受けて須我神社も建つ。こちらの八雲山も歌枕の「出雲山」とするに不足はないが、裏付ける資料はない。

それ故、先に述べた如く、出雲大社の神体の山であること、**素戔嗚尊**、**大国主命**の父子神が並び祀られることなどから、出雲を代表する山としての歌枕「出雲山」は、大社の背に立つ八雲山に比定したい。

定めたり諸説に迷へる出雲山　大社の背に立つ八雲の山と
出雲山の神なる山と崇められ　いと昔より人の入るなし
素戔嗚《すさのお》を祀る社の密やかに　出雲の山の裾に建ち居り

十六、素《そ》〔宗〕我《が》〔鵝・鵞〕（ノ）河原《かわら》

『能因』、『名寄』、『松葉』に、**『万葉集』**巻第十二の「真菅《ますげ》よきそか《〔素我〕》の川原に鳴《鳴く》千鳥　ま《〔間〕》な《〔無〕》し我《我が》せこ《〔背子〕》わ《〔我〕》か《が》恋らくは」が載る。歌意は「菅が一面に生える素我《そが》川の川原に鳴く千鳥のように、絶え間もありません、貴方。私が恋い焦がれていることは……」である。「菅」は山野に自生する細長い草。「真」は真実、正確、純粋、称賛、強調の意を表す接頭辞。「背子」は女性が恋人や夫を呼ぶ語。「らく」は文末に使われる詠嘆的表現の接尾語。「も」、「に」を伴うことが多い。歌意から判るように、初句は「素我」の枕詞、上三句は「間無し」を起す序である。

この他にも、『名寄』、『類字』、『松葉』に収められる**『続古今和歌集』**の「千鳥なく《〔鳴〕》そか《〔素我〕》の河風身にしみ《〔沁〕》て　ますけ《〔真菅〕》かたしき《〔片敷〕》あか《〔明〕》すよい《〔宵〕》かな（**讃岐**）」など、九首を数える。これら合計十首のうち、「菅」を詠み込んだ歌が、枕詞として使われているものも含めて八首ある。素我川と菅は、まさに切っても切れない関係であったのだろう。

ところで、これらの歌が、ここ出雲国の歌である証はどの歌にも無い。更には、冒頭の万葉歌の解説には、素我川は奈良県御所《ごぜ》市から橿原市を経て大和川に注ぐ曾我川のこととある。編末の歌枕歌一覧に載る歌のほぼ全てが、本来大和国の歌枕歌とすべきであろう。

しかし、ここ出雲国にも歌枕に相応しい素鵞《そが》川が存在する。前項の出雲山で解説した八雲山の真西五キロメートルほどを水源とし、南南東に下り、大社の西を荒垣に沿って流れ、大社の南で、大社の東を流れ下ってきた吉野川

素鵞川（左は神楽殿）

素鵞川上流の風景

と合流して堀川に流れ込む（十四、出雲宮の地図参照）。素戔嗚尊《すさのおのみこと》を祭神とする、この川と名前を一にする素鵞社が大社本殿の後ろに建つことは前項で既に述べた。創建の伝承、そして以後の皇室、鎌倉以降の各幕府、はたまた民衆からも絶大な崇敬を受けた出雲大社との係りを考えれば、この川を歌枕「素我河原」とするのに不足は無い。

なお歌枕には、「河原」とあるが、現在は流路が人工的に整備されて、大社の付近には川原は無い。中上流部には現在もゲンジボタル、ヘイケボタル、ヒメホタルが棲息し、島根県の「みんなで守る郷土の自然」に指定されている。上流は人の手の入らない自然林と見受けられ、渓流と呼ぶに相応しい。右岸の八雲山を含め神を憚っての人跡未踏の地域であった故と思われる。

素鵞川上流の風景

素鵞《そが》川の上流目指し荒垣の　内の賑はひ聞きて辿れる

人入らぬ木立の谷間素鵞川の　流るるを知るせせらぎの音

河原求め素鵞川辿れどホタル棲む　渓流続きその痕跡もなく

十七、出雲森《いずものもり》〔杜〕

出雲の森

『堀河院後度百首』から藤原仲実の「ちはやふる《〔千早振〕》いつも《〔出雲〕》のもり《〔森〕》にみは《〔酒甕(みわ)〕》すへ《〔据〕え》てねき《ぎ》そ《ぞ》かけたるもみち《〔紅葉〕》ちら《〔散〕》すな」が、『名寄』、『松葉』に収められる。歌中の「出雲の森」は、『和歌の歌枕・地名大辞典』には出雲大社の森としている。なる程、出雲大社を取り巻く、あるいは後背の山々は、緑の森に包まれている。また、門前は今は飲食店、土産物屋、そして民家が軒を連ねるが、古くには大社の社領は遥かに広く、社殿を取り巻く木々も鬱蒼としていたに違いない。

一方、「出雲の森」と今でも呼ばれる椋の大樹がこの地にある。出雲大社のすぐ東隣の出雲教の境内の南端、真名井社家通りに面して荒垣に囲まれ枝を広げる。

出雲教については少し解説をしておく。

古来、それぞれの神社には、その信仰を全国に広めるため、各地を巡り歩いてお札を配り、祈祷を行い、講話をしたりする「御師（おし、おんし）」と呼ばれる人たちがいた。その例としては、伊勢神宮や熊野三山、石清水八幡宮などが良く知られているが、出雲大社も戦国時代頃から御師らが広く活

出雲教神殿（背後は亀山）

出雲大社北島国造館周辺図
出雲教「出雲大社北島国造館かいわいぶらりマップ」パンフレットに加筆

動して来たという。

ところが明治維新によって、神道は宗教ではなく、日本国の国体の柱となる宗祀であり、全ての国民が崇敬すべきものとしたのである。それ故、神社を参拝するのは宗教行為ではなく、国家国民の道徳であると解釈された。神道国教化である。そして、明治十五年（一八八二）、神官による布教活動が禁止されることとなった。時の大社の大宮司・千家尊福《たかとみ》と少宮司・北島脩孝《ながのり》は、そのままでは**大国主命**の信仰を広めることが途絶えることに危機感を抱き、共に職を辞し、それぞれ現在の出雲大社教、出雲教を設立し、布教活動を継続した。第二次大戦敗戦後、ＧＨＱの命で国家神道が消滅、神社も宗教とされたが、両教ともそれぞれに宗教法人として継続、活動を続けている。現在、出雲大社教は大社西の出雲大社教教務本庁に、出雲教は大社東の出雲

出雲教社門

教総本院に独立する。

その出雲教の案内書には出雲の森について以下の解説がある。

「出雲の森は樹木の茂ったいわゆる森ではなくこのあたりの小字名で、出雲の森は、ご神木であるムクの大樹のまわりを荒垣で囲ってある斎場のことをいい、ここで例年六月一日に涼殿祭《りょうでんさい》（すずみどののまつり）、別称真菰神事《まこものしんじ》がおこなわれます。」

とは言いながら、すぐ東に建つ命主社《いのちのぬしのやしろ》の側には、株元が根別れして千年と言われる樹齢を納得させる、これまたムクの巨木がある。先の神木といい、この巨木といい、その昔の一帯のムクの森の名残であろうと想像し、出雲教の案内書にある小字名も、あるいはその景観を受けて後世に名付けられたと解釈して、実在する神木「出雲の森」はそれとして、歌枕「出雲森」は、『和歌の歌枕・地名大辞典』に記す如く、出雲大社を囲む森と比定する。

今はただ出雲の森を偲ぶのみ　椋《むく》の巨木の独り茂りて

門前の開けたる宮古《いにしへ》は　埋もれたるか出雲の森に

今一木命《いのち》の主《ぬし》の社《やしろ》脇《わき》　出雲の森の名《な》残《ご》り木《ぎ》のあり

命主社とムクの巨木

十八、能野川《よしのかわ》

現在、「よしのがわ」と言えば、高知・愛媛両県境の石鎚山系を源とし、高知県、徳島県を流れて紀伊水道に注ぐ、全長百九十四キロメートルの吉野川が有名である。上流部は渓流と呼ぶに相応しく、河口部は大河の様相を呈していて、四国三郎と別称される、しかし、手元の歌枕集には項が立てられていない。

他方、歌枕として重要なのは奈良県の吉野川である。全長百三十五・九キロメートルの紀の川の、奈良県内の七十キロメートルの上・中流域を呼ぶ。歌枕として読み込まれた歌も非常に多く、**勅撰和歌集**からのみ収載した『**類字名所和歌集**』を紐解いてみても、八十首を越える。

しかしここ出雲国にも、吉野川と呼ばれる川がある。前々項で述べた素鵞《そが》川は出雲大社の西側を流れるが、吉野川は東側を流れる。

能野川

『松葉』は、**順徳院**の「八雲たつ《〔立〕》出雲のこら《〔娘〕》か黒髪《が》は　よしのゝ《〔能野〕》川の奥になつ《ず》さふ《う》」の歌中の「よしのゝ川」を「能野川」として項を立て、『出雲国名所和歌集』はこれを、先の出雲の「吉野川」と比定している。現在、一般には「吉」が用いられるが、古文書には「芳」の字を当てたものがあり、更に、出雲国造家では「能」を使うと言う。なるほど、大社の東隣の北島国造館の周辺図にも「能野川」と記載されている。小河川ではあるが、素鵞川と共に、出雲大社と一体として神聖な川と崇められていたと想像するに難くない。

吉野川の東、前項で述べた命主社の更に百数十メートル東に

能野川

は、「真名井の清水」が湧き出る（前項マップ参照）。鎌倉時代の古地図にも描かれていて、出雲大社の神事に関わる神聖な湧水である。昭和六十一年（一九八六）に治山工事が行われるまでは水量豊かで、近隣の生活用水としても用いられていたという。さらに、出雲大社北島国造館の案内書によると、寛文年間（一六六一〜七二）の出雲大社の拡張造営に伴う流路整備以前は、吉野川は度々氾濫を繰り返したという。これらのことを総合すると、古の吉野川は、その伏流も含めて真名井の清水、あるいはその更に三百メートル東を今も流れる薬師谷川と混流していたのかも知れない。大社との関りや流量の豊かさが歌枕として項を立てられた故であろう。

ところで、『**万葉集**』巻第三には、「溺れ死にし出雲娘子を吉野に火葬る《やきはぶ》時に、**柿本朝臣人麻呂**が作る歌二首」の二首目に、「八雲さす出雲の子らが黒髪は　吉野の川の沖になづさふ」が載る。「なづさふ」は「水に浮かぶ、水に漂う」の意である。歌意は「盛んに差し上がる雲、その雲のようであった出雲娘子の美しい黒髪は、吉野川の沖で漂っている」である。この歌が、先に挙げた**順徳院**の歌に酷似、いやそのものである。であれば、詞書からして、この歌を出雲の歌とするのは無理がある。大和国の歌枕歌とすべきであろう。歌中の出雲は、奈良県桜井市の東部、長谷寺の西に大字名として今に残る。このことについては、『出雲大社北島国造館と真名井社家通りご案内』の冊子の巻末に詳細が記される。

以上のことから、『松葉』に収められる「八雲たつ……」は出雲国の

真名井の清水

歌では無い。しかし、能野川（吉野川）は、先述のようにここ出雲国の歌枕として十二分に相応しい川である。『**出雲国名所歌集**』は、この地の歌枕歌として「尽くせじなうべもよしの丶川水と　ともにすむべき家づくりして」を挙げる。詠者は出雲大社上官で二条派歌人の森脇孝唯である。

並び建つ社の狭間に能野川　僅かに流るるふと目にしたり
能野川上流辿る道の無く　唯眺めたり小さき橋より
古《いにしへ》は能野の川の流れゐし　今湧き出づる真名井の清水

十九、能野山《よしのやま》

『松葉』に、『七帖抄』を出典として「山きは《〔際〕》にいつも《〔出雲〕》のこし《？》は霧なれや　よし《〔能・吉〕》の《〔野〕》丶山のみね《〔峯〕》にたなひく《〔棚引〕》」が載る。詠者は記載されていない。

『七帖抄』は、『**国歌大観**』にも収録がなく、『和歌文学辞典』にも記載が無い。神作光一先生は、『松葉名所和歌集・本文及び索引』の解題で、同抄は散佚歌集であろうと述べられる。となれば、原歌に辿り着く術が無くあきらめかけていたが、前項の「能野川」を調べていて思いがけなく原歌と思しき歌にめぐり合うことが出来た。

前項で、歌枕歌として挙げられている**順徳院**の歌が、実は『**万葉集**』巻第三の「溺れ死にし出雲娘子を吉野に火葬《やきはふ》る時に、柿本朝臣人麻呂が作る歌二首」のうちの一首に酷似していると述べた。そして残る一首が「山の際《ま》ゆ出雲の子らは霧なれや　吉野の山の嶺にたなびく」とあり、まさに冒頭の歌そのものと言えよう。であれば前項の

亀山

歌と同じく、この歌は大和国に収められるべきものである。

では、歌枕歌の所属国の真偽についてはさておいて、ここ出雲国に歌枕に相応しい「能野山」はあるのだろうか。残念ながら、『和歌の歌枕・地名大辞典』にも、また、『出雲国名所歌集』にも「能野山」の項目はない。もちろん、手元の地図を探してもそれらしき山は見つからない。しかし、出雲国内に「能野山」を定めるならば、私は前項の「能野川」の上流域の山が最有力であると考えている。

出雲大社の東を流れる吉野川は、歌枕「能野川」に比定するに不足が無いことは既に述べた。そして、北側に連なる亀山（「十七」の出雲森マップ参照）を中心とする連山は、「能野川」の源であるが故に、またその一つの亀山が、近世の和歌に読み込まれて『出雲国名所歌集』に項が立てられているが故に、古き時代の歌枕「能野山」と比定しても良いのではないだろうかと勝手に考えた。しかし、先に述べたように、詠み込まれる古歌がこの地を詠ったものでは無い以上、論拠は全く無く、推論の域を出ていない。

さらに、「十五、出雲山」の項で述べたように、亀山の東奥に連なる標高四百九十五・八メートル、国道四百三十一号線の北側になだらかな山容を見せている（「十四」の出雲宮地図参照）弥山《みせん》を、『和歌の歌枕・地名大辞典』は「出雲山」の候補としているが、あるいはこれも亀山と一体として「能野

出雲大社神苑から弥山を仰ぐ

山」としても良いのではとも考える。登山道は整備が進んでいるとは言えないとのことであるが、出雲大社の神官養成所のカリキュラムには、修行の意味もあるのか、弥山登山が組み込まれているという。

尚、「十四、出雲山」から本項までは、出雲教総務、馬庭孝司様に校閲を頂き、更には前頁の「出雲大社神苑から弥山を仰ぐ」の写真も頂戴した。深く感謝を申し上げます。

探せども歌の枕の能野山　地図にも文にも見当たらざりけり

川あるが故に能野の山あるを　願ひ探せり大社を廻り

出雲教の社殿の背《せな》の亀山を　あるいは能野の山と見るなり

二十、高《たか》濱《はま》

歌枕「高濱」は出雲大社の東、一畑電車大社線の「出雲大社前駅」から三つ目の「高浜駅」付近を言う。現在町名としては残っていないが、この駅名のほか、小学校、コミュニティー・センターの名として見受けられる。高浜コミュニティー・センターのホームページに記されるように、この地区には、天平古道、山手往還、旧杵築《きづき》往還などの旧い道跡があり、歌枕の地であることも納得できる。あるいは大社参りの旅の最後の宿場であったのかも知れない。尚、

高浜駅付近

天平古道跡

「十二」で述べたように、現在斐伊《ひい》川は武志町付近で北東に向きを変え、宍道湖に注ぐが、古くにはこの辺りを通って西に流れ、日本海に向っていた。そしてその河岸には砂地が広がっていたことによって「高浜」の地名がついたとの説がある。

天平古道は、天平年間（七二九～四八）より通っていた美保関・日御碕《ひのみさき》間の古道で、出雲大社に通じる山沿いに在ったとされ、平成五年（一九九三）に伝承に基づいて再生し、現在、天平古道自然観察路として整備されている。この地区内は約四・二キロメートルである。起伏もあり、もちろん道幅も狭く、古代の往来の苦労が偲ばれる。

山手往来は、国道四百三十一号線が整備される以前の幹線道路で、現国道のすぐ北側を東西に通る。この往来に沿っては後述の如く、建ち並ぶ寺社も多い。

旧杵築往還は、国道四百三十一号線と県道百六十一号・斐川出雲大社線の間にあったとされ、出雲大社を抜けて現在の出雲市大社町杵築地区に至る、是も古い幹線道の一つであった。

高浜の東端近く、山手往還に沿った日下《くさか》町に久佐加神社が建つ。創建は不詳とされるが、「**出雲風土記**」に「久佐加神社」と記されていることから、歴史は古い。杉木立を背に、どちらかと言えばひっそりと佇む。祭

久佐加神社

永泉寺本堂

神は大穴持命《おおあなもちのみこと》（**大国主命**）や、この地を開いた日下部《くさかべ》氏の祖先神である日子坐王命《ひこいますみこのみこと》等である。

久佐加神社から山手往還に沿って西に七キロメートルほどに永泉寺が建つ。曹洞宗として五百余年の歴史があり、それ以前は真言宗に属していたと言う。境内に通じる石段の左側には、小さな観音堂が建てられているが、その背後の大きな欅の木が、その幹で堂を包み込むように立ち、枝葉が覆い被さるように茂っている。この欅が伝えでは樹齢千年とのこと、であれば寺の創建も或いは千年を越える以前かもしれない。境内はよく整備され、落ち着いた雰囲気の寺院である。

『松葉』に「漕かへ〔帰〕る小舟も見るや
夕風に　雪の波よる〔寄〕高濱のまつ〔松〕」が載る。出典は『出雲大社八景』とのこと、これは僧・釣月が出雲大社の景勝地の詠歌を京の公家八名に依頼し、享保十三年（一七二八）大社に奉納されたものである。歌枕「高濱」は摂津、伊勢、越後等にも見られるが、この歌は、その出典からここ出雲の高浜の歌である。詠者は江戸時代の堂上歌人・**武者小路実陰**である。

永泉寺観音堂と欅の巨木

高濱に古来の道の通ひ居り　大社目指して二《ふた》筋三筋
千歳越ゆる寺社建ち並ぶ高濱は　歌の枕に相応しき街
古の大社参りの宿数多　在りしと思ふここ高濱に

二十一、三尾浦《みおのうら》

『名寄』には、**後鳥羽院**の「おも《〔思〕》ひ《い》やれう《〔憂〕》きめ《〔目〕》をみお《〔三尾〕》の浦風に　な《〔泣〕》く〳〵しほ《〔絞〕》る袖のしつく《〔雫〕》を」が載る。ここに読み込まれた「三尾浦」については、「八」で述べた三穂崎、現在の地蔵崎の近海に比定する説もある。しかしながら、『名寄』の添え書きには、「右御製遠所より七条院御方へ奉給《たてまつりたまふ》と見えたり然者《しかれば》隠岐国在之歟《か》当国現在之問載レ之畢《おわんぬ》可レ詳（ルビ、レ点は筆者による）」とある。

後鳥羽院は、鎌倉幕府倒幕を試みて**承久の乱**に敗れ、承久三年（一二二一）隠岐に配流された。その時の心情を母・七条院に送ったのがこの歌とされるが、京都と地続きの出雲で詠んだというよりは、日本海を挟んで十三里隔てた配流地の隠岐での作とした方が、この深い哀感を偲ぶことが出来るのではないだろうか。『名寄』の添え書きの所以《ゆえん》であろう。なるほど、『松葉』はこれを隠岐国の歌枕として収載する。

以上のことから、歌枕「三尾浦」は隠岐国に譲り、隠岐編「一」に項を立てた。

二十二、袖《そで》ノ浦湊《うらみなと》入江《いりえ》

『松葉』に、「袖のうら《〔浦〕》みなと《〔湊〕》入江のみをつくし《〔澪標〕》　くち《〔朽〕》すは《ずば》なほ《〔猶〕》やうき名たつ《〔立〕》らん」が載る。出典は『**新後撰和歌集**』、詠者は**祝部成茂**《はふりべのなりしげ》である。『松葉』はこの初句及び第二句の「袖の浦湊入江」を出雲国の歌枕としているが、地名辞典にも記載はなく、また県別道路地図にも見当たらない。また、多くの歌枕を収める芦田耕一・蒲生倫子著の『出雲国名所歌集』にも記述が無い。加えて、『和歌の歌枕・地名大辞典』にも記載がない。ただし、「袖の浦」が出羽、現在の山形県の最上川河口付近として、**藤原定家**の「白妙のその《〔袖〕》の浦波よる《〔寄〕》〳〵《〔夜〕》は　唐土船《もろこしぶね》や漕ぎ渡るらん」を載せる。あるいは「湊入江」まで歌枕の地の呼称に入れるべきではなく、「袖ノ浦」にある湊の入江の意で、歌枕は、「袖ノ浦」なのかも知れない。であれば出羽国の歌枕とするのが妥当であろう。

祝部成茂は近江の人、出雲にも出羽にもことさら縁はないが、歌枕は必ずしもその地を訪れたとか、縁があるから読み込んだものばかりではなく、京にありながら、その地の持つ概念を詠んだ歌も数多い。先の**藤原定家**の歌も、白波に掛かる枕詞としての「白妙」の縁語として「袖」が詠まれたと考えられる。**祝部成茂**の歌にしても、第三句目の「みをつくし」をひきだすための修辞として用いられていると思われ、過言をご容赦願うとすれば、どこの「浦」でも可なのではなかろうか。

それでもなお出雲国に拘るとすれば、以下の仮説が考えられる。当時の表記はかな文字であり、それも変体仮名であった。「の」に当てる字母は「乃」、「能」、「農」、「濃」、「野」、「迺」であり、そのうちの「農」のくずしが、「し」の母字の一つ「志」のくずしと良く似る場合があり、あるいは原歌は「そでしうら」であったのかも知れない。影印本等で確認してはいないが、もしそうであれば、本編六で項を立てた「袖師浦」となり、当国に収めることが出来る。

何れにしても実証したわけでなく、筆者の推論の域を出ていないため項を立てるに止める。

二十三、水江能野宮《みずえのよしののみや》

『名寄』には、『**続後撰和歌集**』から鎌倉右大臣、すなわち**源実朝**の「朝かすみ《〔霞〕》たて《〔立〕》るをみ《〔見〕》れは《ば》みつのえ《〔水江〕》の　よしの《〔能野〕》、みや《〔宮〕》に春はき《〔来〕》にけり」や、『**新古今和歌集**』から**藤原季能**《すえよし》の「水の江のよしの《〔吉野〕》、宮は神《かむ》さひ《び》て　よはひ《〔齢〕》た《〔長〕》けたるうら《〔浦〕》の松風」ほか一首が載る。しかし、『類字』、『松葉』では、これを丹波国の歌枕とし、「一説出雲」との小書きを添える。

一方、『和歌の歌枕・地名大辞典』は、その他にも大和国、摂津国の説もあるとしながら、丹後説を採る。**契沖**が記した『新古今集書入』に、丹後国の熊野神社を「能野の宮」と書き誤ったものとある故としている。そして、京丹後市久美浜町の兜山山頂の熊野神社に比定する。

実は、「十八、能野《よし》川」、「十九、能野《よし》山」の関係から、今の出雲大社の東の出雲教、あるいはその北の丘陵地に、かつて何某かの神社があったのではないかと推察したが、出雲大社の神官の方に伺っても、そのような史実、伝承は皆無とのことで、その為、「水江能野宮」は丹後国の歌枕と結論した。何時の日か丹後国兜山を訪ねたい。

京丹後市久美浜町の兜山

二十四、蟻通神《ありとうしのかみ》

『枕草子』の二二七段（書写本の系統によって段数は異なる）の「社は」に、「蟻通の明神」の謂れが述べられる。唐《もろこし》の帝が日本を服従させようと、我が国の帝に幾つかの難問を吹きかけてきたが、とある中将の親がことごとく解決した。その難問の一つが、「七曲《ななわだ》にわだかまりたる（くねくねと曲がっている）玉の、中（中心）通りて（穴が通っていて）、左右に口空きたるが、小さきを、奉りて、『これに緒通して給はらむ』」であった。その解決法は、一方に緒を繋いだ細い糸を蟻に結び、反対側に蜜を塗って蟻を潜らせて、緒を通すというものであった。この、国の救世主であった中将の親が、死して神として崇められたのが「蟻通の明神」である。敬老精神を発揚する説話とも

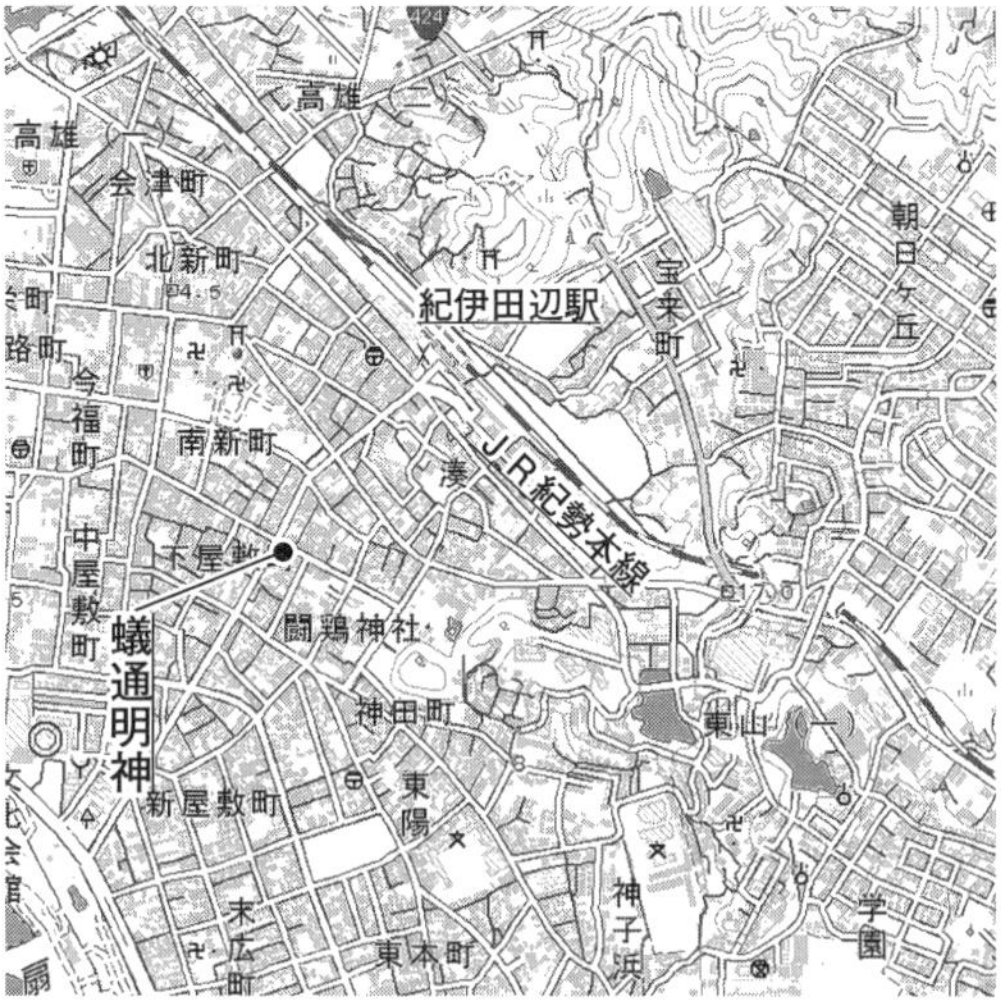

田辺市蟻道神社

田辺市蟻道神社拝殿

田辺市蟻道神社入口

云える段である。

　この段の最後に**清少納言**は、この明神が詠んだとして、「七曲に曲がれる玉の緒をぬきて　蟻通とは知らずやあるらむ」を段末に記す。そしてそれが、『名寄』に収められている。

　この「蟻通の明神」を祀る神社は二ヶ所ある。

　一つは、和歌山県田辺市のＪＲ紀勢本線・紀伊田辺駅西南西三百メートルほど、住宅地の中の商店街にある蟻通神社である。天平神護元年（七六六）の創建と伝えられ、当時は御霊牛頭天王と言われていたが、文化九年（一八一二）蟻通明神社、明治元年（一八六八）には、現在の蟻通神社と改称された。境内は広くないが、落ち着いた雰囲気がある。

泉佐野市蟻道神社

　今一つは、大阪府泉佐野市、ＪＲ阪和線・長滝駅北西一キロメートル足らずの、やはり蟻通神社である。由緒書きには紀元九十三年の創祀とのこと、第二次大戦末期に軍の飛行場用地接収により現在地に移転した。こちらの方は社領も広く、境内には能舞台も建てられていて、訪れた日は偶々遷座七十年記念事

泉佐野市蟻通神社拝殿と能舞台

業として、能楽「蟻通」を薪能として奉納する日に当たり、準備で慌しい神前であった。なお、旧社の跡には移転記念碑が建つ。

かの**紀貫之**は、玉津島参詣の折に、この付近で悪天候に見舞われ落馬、落冠したが、土地の人々に蟻通明神の怒りであると聞かされ、その怒りを鎮めるために和歌を詠んだという。「かきくもりあやめも知らぬ大空に　蟻通をば思うべしやは」である。その時の貫之落冠の地を、泉佐野市の蟻通神社では、「冠の淵」として特定している。

この二社のうち、どちらがその伝承に相応しいかの探究はさて置くが、少なくとも歌枕「蟻通神」は、そもそも神名であって、地名でなく、さらにはその神を祀る神社と解しても、残念ながらここ出雲とする根拠がないのである。ただし、二大女流古典文学の一つである『**枕草子**』に段が立てられ、さらには和歌文学史上最も重要な歌人の一人である**紀貫之**と関わりもあるとあって、他国ではあるが紹介をした。

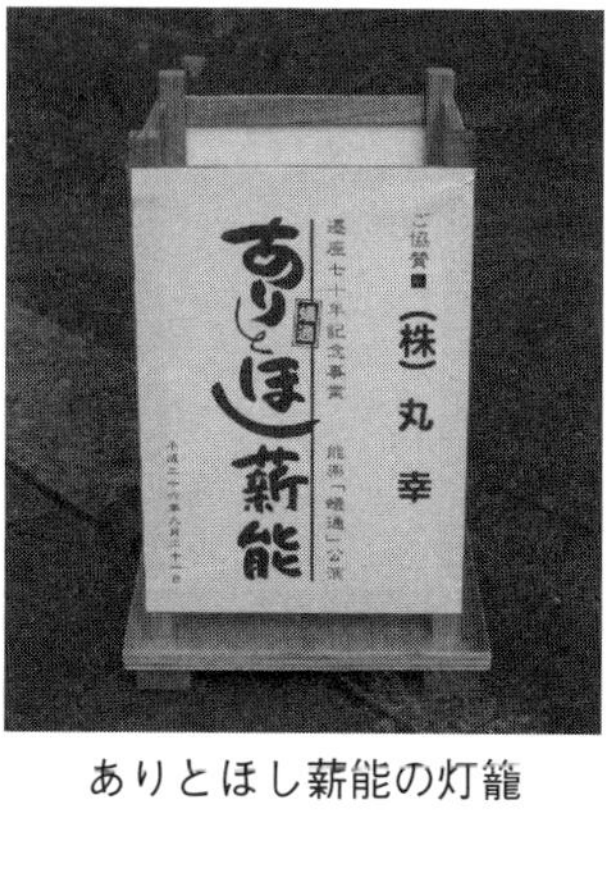

ありとほし薪能の灯籠

出雲路に探しあぐねて蟻通の　神祀る地を他国に求めぬ
紀の国の海風の吹く街中に　蟻通神祀られて居り
蟻通の神に奉ぐる薪能の　備へ慌しき和泉の里は

二十五、素戔烏《すさのお》

「すさのお《〔素戔烏〕》をのみこと《〔命〕》をいのる《〔祈〕》ともなしに　越《え》てそ《ぞ》見まし浪の八重かき《〔垣〕》」が『松葉』に載る。出典は『**夫木和歌抄**』で、**和泉式部**の作である。

素戔烏尊《すさのおのみこと》は**伊弉諾尊**《いざなぎのみこと》の子の末弟、他の二神は**天照大神**《あまてらすおおみかみ》、月読命で、併せて三貴神と言われる。十五の「出雲山」で述べたが、**素戔烏尊**は八俣大蛇を退治した後、出雲国に居を構えたとされる。それ故の出雲国の歌枕とされたのであろうか、前項「蟻通神」と同様、神名であって地名ではない。ために、項を立てるに止める。

出雲国歌枕歌一覧（名所の数字は各歌枕集収載ページ）

	手間(ノ)関（併せて同関山、隈（の）関）	能伎〔義〕郡
名所歌枕（伝能因法師撰）		
謌枕名寄	手間関（一〇三六） やくもたついつもの国のてまのせき いかなるてまに君さはるらむ 〔六帖〕 （「隈関」に重載―筆者注） 君か代に雲吹はらふあまつかせ こえてかへらんてまのせき山 （家隆） 隈関（一〇三六） 手間久間両哥躰也　一首を書様欤 如何不詳 やくもたついつもの国のくまのせき いかなるくまに人さはるらむ 〔俊成伝〕 （「手間関」に重載―筆者注）	能伎郡（一〇三七） 雨ふれはやとのしつくのおちくるに のきのこほりのとくるなるへし 〔懐中〕
類字名所和歌集		
増補松葉名所和歌集	手間ノ関（五三二） 八雲たつ出雲の国のてまの関 いかなるてまに君さはるらん 〔六帖〕 （「隈の関」に重載―筆者注） 待月のてまの関〈屋〉の板間あらみ 影もたまらす秋風そふく 〔玉吟〕（家隆） さりともと思ひしことも八雲たつ てまの関にも秋はとまらす 〔堀百〕（師頼） あかつきの袖のわかれをしはしとて とりたにとめよてまの関守 〔新六〕（知家） 手間ノ関山（五三二） 君か代に雲吹はらへ天つ風 越てかへらんてまの関やま 〔玉吟〕（家隆） 隈の関（四二二）或手間 八雲たつ出雲の国のくまの関 いかなるくまに君さはるらん 〔名寄〕 （「手間ノ関」に重載―筆者注）	能義郡（三八五） 雨ふらて宿のしつくの落くるは のきのこほりのとくる成へし 〔懐中〕

	月の山	錦ノ浦	飯〔飫〕宇ノ海（併せて同河原）
名所歌枕（伝能因法師撰）			
謌枕名寄			飯宇海（一〇三四）家隆詠之奥海之河原千鳥云々 おふ海のおもはぬ浦にこすしほの さてもあやなくたつけふりかな 〔新勅〕（寂蓮） おふの海のかはらの千鳥なかなけは わかさほ川のおほゝゆらくに 右出雲守国郡王思京哥 〔万三〕 春の夜はいくへか霜のおくのうみの かはらの千とり月うらむなり （家隆） おふの海のしほひくかたのかたおもひに おもひやゆかんみちのなかちを 右国郡王出雲守時娶郡内娘子贈哥 〔万四〕
類字名所和歌集		錦浦（四五）八雲御抄并勅撰名所抄當国載之藻塩草志摩国云ゝ 名に高き錦の浦をきてみれは かつかぬ海士はすくなかりけり 〔後拾遺〕（道命法師）	飯宇海（二五八） おふの海の思はぬ浦にこす塩の さてもあやなく立煙哉 〔新勅撰〕（寂蓮法師）
増補松葉名所和歌集	月の山（二八〇） 久かたの月の山へに家ゐして いる時もなき影を見るかな 〔夫木〕（大進） 月の山くもらぬ影はいつとなく ふもとの里に住人そしる 〔夫木〕（加賀）	錦ノ浦（七〇） 名にたかきにしきの浦をきて見れは かつかぬ蜑はすくなかりけり 〔後拾〕（道命法し） 春のきるにしきの浦の朝かすみ 花ともいはし沖つ白なみ 〔雪玉〕（逍遥院）	飫《オ》宇《ウ》ノ海（三九九） おうの海の河原の千鳥なかなけは わかさほ川のおもほらくに 〔万三〕（出雲守門部王） 〔「飫宇」「河原」に重載―筆者注〕 晴るよはいくへか霜もおうの海の 河原の千鳥月うらむ也 〔名寄〕（家隆）

<table>
<tr><th>袖師浦</th><th>飯〔飫〕宇(ノ)海（併せて同河原）</th></tr>
<tr><td></td><td></td></tr>
<tr><td></td><td>飯宇河原（一〇三五）
五月雨はおふの河原のまこもくさ
からてや浪の下にくちなん
〔新古〕</td></tr>
<tr><td>袖師浦（一八三）
から衣袖師の浦のうつせ貝
むなしき恋にとしのへぬらん
〔後拾遺〕（藤原国房）
よる波の涼しくもあるかしき妙の
袖師の浦の秋の初風
〔新勅撰〕（藤原信実朝臣）
恋すてふ袖師浦に引あみの
めにたまらぬは涙なりけり
〔続古今〕（従三位成実）
さらてたにほさぬ袖師の浦千鳥
いかにせよとてね覚問覧
〔新続古今〕（多ゝ良持世朝臣）
佗人のなみたは海の波なれや
袖師浦によらぬ日そなき
〔続拾遺〕（俊頼朝臣）</td><td>飯宇河原（二五八）
五月雨はおふの川原のまこも草
からてや波の下に朽南
〔新古今〕（入道前関白太政大臣）</td></tr>
<tr><td>袖師浦（二七五）
から衣袖しのうらのうつせ貝
むなしき恋に年のへぬらん
〔後拾〕（国房）
よる波のすゝしくも有か敷妙の
袖しのうらの秋のはつ風
〔新勅〕（信忠（実））
恋すてふ袖しのうらにひくあみの
めにたまらぬは涙也けり
〔續古〕（成実）
さらてたにほさぬ袖しの浦千鳥
いかにせよとて覚とふらん
〔新續古〕（多ゝ良持世）
玉そよる波にかすみを敷妙の
袖しのうらの春のはつ風
〔草根〕（正徹）
さほ姫の袖しのうらの朝かすみ
立かさねたる（ても）見ゆる春かな
〔新葉〕（中宮）</td><td>飫宇《オウ》ノ河原（四一〇）
五月雨はおうの河原の真こも草
からてや波の下にくちなん
〔新古〕（入道前太政大臣）
おうの海のかはらの千鳥なかなけは
我さほ川のおもほゆらくに
〔万三〕（門部王）
（「飫宇海」に重載―筆者注）</td></tr>
</table>

出典	袖師浦
名所歌枕（伝能因法師撰）	
謌枕名寄	
類字名所和歌集	
増補松葉名所和歌集	明にけり袖しのうらに影やとす 波のまもなき月のすゝしき 〔柏玉〕（後柏原） 塩たれぬひまこそなけれあま衣 袖しのうらの五月雨のころ 〔新類〕（為信） もしほやく袖しの浦の蜑衣 またほしあえぬ夕たちのそら 〔新類〕（晴朝） 身にあまる思ひを人に見せんとて 袖しのうらに飛蛍哉 〔名寄〕（土御門小宰相） 白妙の袖しのうらによる波の 数さへ見えて月そさやけき 〔宝治歌合〕（雅忠） 鹿のねは尾花か波になかれきて 袖しの浦の玉藻とそなる 〔夫木〕（有仲） かさねてもうすき袖しのうら風に 蜑やきぬたを猶いそくらん 〔年記不知御会〕（道応親王） 氷をもはこひそたえぬ夜しほくむ 蜑の袖しのうらの月影 〔草根〕（正徹） 白妙の袖しのうらの蜑衣 ほしあへぬ雪の波やかくらん 〔千首〕（宋雅） 塩のみつ袖しのうらの潟をなみ 芦への鶴の音をのみそなく 〔夫木〕（法印定範）

簸の川上	左〔佐〕太〔大〕(乃) 浦	千酌浜〔濱〕	三穂崎	多久島
	左太乃浦（三四一） 奥つ浪へなみのきよるさたの浦の 此さた過て後恋むかも 〔万葉十二〕（人丸） さたの浦によする白波あひたなく 思ふをいかに妹にあひかたき 〔万葉十二〕（よみ人しらす）	千酌浜（三四〇） 出雲なるちくみの浜のかさなきに 漕出て行はおきの嶋みゆ 〔夫木〕（中務）		
	佐大浦（一〇三七） 人こゝろおもひいつるもいつもなる さたの浦なみさためかねつゝ 〔家隆〕		三穂崎（一〇三八） みことのみかしこみてこそもろた船 これよりみほのさきにつくせな 〔師俊〕	
簸《ヒ》の川上（七四三） 待出るひの川上の山桜 いつもしかくや花の八重くも 〔草根〕（正徹） つまこめて八重たつ雲になる神や ひのくま川《川かみ》の夕立の空 〔夫木〕（権僧正公朝）	佐太浦（六〇八） 奥つ浪へなみのきよるさたの浦の 此さた過て後恋んかも 〔万十二〕（人丸） 人こゝろおもひいつるもいつもなる さたの浦波さためかねつゝ 〔名寄〕（家隆）	千酌濱（一〇二） いつもなるちくみの濱の風なきに こき出て行はおきのしま見ゆ 〔夫木〕（中務卿親王）	三穂崎（六七四） みことのみかしこみてこそもろた舟 これよりみ〈ほ〉の崎につくせな 〔名寄〕（師俊）	多久島（二四五） 乙女らかをるはたの上をまくしもて かゝけたく嶋浪間よりみゆ 〔万七〕 人しれぬ我恋なれやたくしまの 蜑のもしほの絶ぬ煙は 〔夫木〕（通貞）

	簸の川上	出雲河	出雲浦	出雲宮
名所歌枕（伝能因法師撰）		出雲河（三四〇） 出雲川底のみくつの数さへに みえこそ渡れよはの月影 〔夫木〕（中務）	出雲浦（三四〇） 河上のいつもの浦のいつも〱 きませ我せこ絶す待はた 〔万葉四〕（赤人）	
謌枕名寄			出雲浦（一〇三五）哥可検	出雲宮（一〇三六） はるかなるいくよやくもに成ぬらん いつものみやのちきのかたそき （慈鎮）
類字名所和歌集				
増補松葉名所和歌集	やはらくる光りは猶そあらはる、 ひの川上にいつも八重垣 〔神道百〕（兼邦）	出雲河（四〇） 出雲川そこのみくつの数さへに 見えこそわたれよはの月かけ いつものきつきの宮にまうて、い つもの川のほとりにて 〔夫木〕（中務） 出雲川ふるきみなとを尋れは はるかにつたふ若のうらなみ 〔家集〕（寂蓮）	出雲浦（二八） いかにしてをはすて山の月よりも いつもの浦にてりまさるらん 〔夫木〕 神のますいつもの浦にやくしほの けふりややかて八雲なるらん 〔夫木〕（後九条内大臣）	出雲宮（五〇） はるかなりいくよか雲になれぬらん いつもの宮の千木のかたそき 〔拾玉〕（慈鎮） 此神の宮ゐもいつも八重垣に 春や千とせをこめて来ぬらん 〔桃蘂〕（霊元院）

素〔宗〕我〔鵝・鷺〕(ノ)河原	出雲山	出雲宮
素我河原（三四〇） 真菅よきそかの川原に鳴千鳥 まなし我せこわか恋らくは 〔万葉十二〕（よみ人しらす）	**出雲山**（三四〇） しらま弓いつもの山のときはなる 命かあやな恋つゝあらん 〔万葉十一〕（家持）	
素鵝河原（一〇三五） ますけよきそかの河原に鳴千とり まなくわかせこわかこふらくに 〔万十二〕 千鳥なくそかの河風身にしみて ますけかたしきあかすよいかな （讃岐）		
素鷺河原（一八四）一説下野 千鳥鳴そかの川風身にしみて ま菅片敷あかすよはかな 〔続古今〕（二条院讃） 降初るそかの河原の五月雨に また水浅しますけから南 〔玉葉〕（藤原隆祐朝臣） こよひたれますけ片敷明すらん そかの河原に千鳥鳴なり 〔新続古〕（後京極摂政前太政大臣）		
素《ソ》我《ガ》ノ河原（一一七七） ますけよきそかの河原に鳴千鳥 まなし我せこわか恋らくは 〔万十二〕 （〔宗我河原〕に重載―筆者注） ちとりなくそかの川風身にしみて 真菅かたしきあかす夜は哉 〔續古〕（二条院さぬき） 降そむるそかの河原の五月雨に また水浅しますけからなん 〔玉葉〕（藤原隆祐）	**出雲山**（九） しらまゆみいつもの山のときはなる 命かあやな恋つゝあらん 〔家集〕（家持） いつも山こよひの月のさやけきは 雪の朝のこゝちこそすれ 〔夫木〕（兼経）	名にしおふその神垣の八重さくら 八雲の色に(そ)さそまかふらん 〔類題〕（師兼） 今もなほ同しひかりのへたてぬは 神代の月のいつも八重垣 〔千首〕（耕雲） 八重垣のいつものむかしへたてゝも てらすを仰く宮のともし火 〔大社八景〕（通躬） 八くもたつ出雲の宮の神代より 絶す物思ふみとのまくはひ 〔宝治百〕（寂能）

素〔宗〕我〔鵜・鷺〕(ノ)河原

名所歌枕（伝能因法師撰）

謌枕名寄

類字名所和歌集

増補松葉名所和歌集

万代といはふみそきはますけよき
　そかの河原の夕くれのそら
　　〔夫木〕（後徳大寺）

菅のねの長き世すめる月影に
　猶雲はらふそかの川風
　　〔雪玉〕（逍遥院）

月の夜は賤か真菅をかり鳴て
　千鳥たつ也そかの川波
　　〔草根〕（正徹）

風わたるそかの河原の冬かれに
　のこる真菅も露こほりつゝ
　　〔草根〕（正徹）

更にけん光やいと〻ますけ生る
　そかの河原の露の上の月
　　〔家集〕（牡丹花）

みきはなる岩根の真菅ふみしたき
　そかの河原に田鶴そ鳴なる
　　〔夫木〕（為家）

宗《ソ》我《カ》ノ河原（八〇二）

真菅よし宗我の河原に鳴千鳥
　まなし我せこ我恋らくは
　契沖云神名帳云大和国高市郡宗我坐
　宗《ソ》我《ガ》都《ツ》比《ヒ》古《コ》ノ神社
　万葉にかけるやう延喜式と同しければ大和なるべし蘇我氏をも宗我とも書たれは宅地に付て氏としける成へし
　　〔万十二〕

（「素我河原」に重載―筆者注）

袖ノ浦湊入江	三尾浦	高濱	能野山	能野川	出雲森〔杜〕
	三尾浦（一〇三七） おもひやれうきめをみおの浦風に なく〳〵しほる袖のしつくを （後鳥羽院） 右御製遠所より七条院御方へ奉給 と見えたり然者隠岐国在之欤当国 現在之問載之畢可詳				出雲森（一〇三五） ちはやふるいつものもりにみはすへて ねきそかけたるもみちちらすな （仲実）
袖ノ浦湊入江（二七八） 袖のうらみなと入江のみをつくし くちすはなほやうき名たつらん 〔新後撰〕（祝部成茂）	三尾浦〈隠岐〉（六七一） おもひやれうきめをみおの浦風に なく〳〵しほる袖のしつくを 〔名寄〕（後鳥羽	高濱（二四二） 漕かへる小舟も見るや夕風に 雪の波よる高濱のまつ 〔大社八景〕（実陰	能野《よしの》ゝ山（二〇二） 山きはにいつものこしは霧なれや よしのゝ山のみねにたなひく 〔七帖抄〕	能野川（二一四） 八雲たつ出雲のこらか黒髪は よしのゝ川の奥になつさふ 〔類聚〕（順徳院）	出雲杜（十八） ちはやふるいつもの杜にみはすへて ねきそかけつる紅葉ちらすな 〔堀後百〕（仲実）

	水江能野宮	蟻通神	須盞烏
名所歌枕（伝能因法師撰）			
謌枕名寄	水江能野宮（一〇三六） 朝かすみたてるをみれはみつのえの よしの、みやに春はきにけり 〔続後〕（鎌倉右大臣） 水の江のよしの、宮は神さひて よはひたけたるうらの松風 〔新古〕（秀能） 浦《うら》通《は》榜《こく》能野《よしの、》船《ふな》附《つき》目《め》頬《つら》志《し》久《く》 懸《かけて》不思《おもはぬ》月《つき》毛《も》日《ひ》毛《も》無《なし》	蟻通神（一〇三七） な、わたにまかれるたまのを、ぬきて ありとをしともしらすやありけむ 右かの明神の御もとに詣たりける 人にあらはれての給ひけるとなん 清少納言か枕草子にあり	
類字名所和歌集	水江能野宮〈丹後一説出雲〉（四一〇） 朝霞たてるをみれは水江の よしの、宮に春はきにけり 〔続後撰〕（鎌倉右大臣） 水の江の吉野の宮は神さひて 齢たけたるうらの松かせ 〔新古今〕（秀能） 神代よりくもらぬ影や水江の よしの、宮の秋のよの月 〔新後撰〕（右大臣）		
増補松葉名所和歌集	水江能野宮〈丹後　一説出雲〉（六九〇） 朝かすみ立るを見れは水江の よしの、宮に春はきにけり 〔續後拾〕（鎌倉右大臣） 水の江のよしの、宮は神さひて よはひたけたる浦のまつ風 〔新古今〕（秀能） 神代よりくもらぬかけや水の江の よしの、宮の秋のよの月 〔新後撰〕（右大臣） みても猶あかすそ有ける水江の よしの、みやの梅のはつ花 〔夫木〕（鎌倉右大臣）		須盞烏（七七九） すさのをのみことをいのるともなしに 越てそ見まし波の八重かき 〔夫木〕（和泉式部）

島根県　石見編

石《せき》州とも別称され、島根県の現出雲市南部から山口県との境に至る、日本海に沿う領域である。東北から南西に長いため、大田《おおだ》市を中心とする「石東」、江津《ごうつ》市、浜田市を中心とする「石央」、益田市を中心とする「石西」に三分される。

中世以降は、南朝方の影響下にあったり、戦国時代には大内、京極、尼子そして毛利との間で争奪が繰り返され、また江戸時代に入ると、徳川幕府が石見銀山のある周辺を直轄地とした。

出雲国と同様、神話や記紀伝承の地があり、また万葉歌人・**柿本人麻呂**の没した地とされることから、人麻呂に纏わる伝えも多い。歌枕も数多く、日本海沿岸のこの辺りは恰も歌枕のベルト地帯とも言えるほどで、隣り合う歌枕の地がオーバーラップするかの如き様相を呈するところもある。

その一因は、各地の歌枕歌として挙げられる、人麻呂が詠んだ『**万葉集**』巻第二の長歌「石見の海……」と「つのさはふ……」に多くの地名が詠み込まれ、それらが歌枕として項を立てられていることによる。

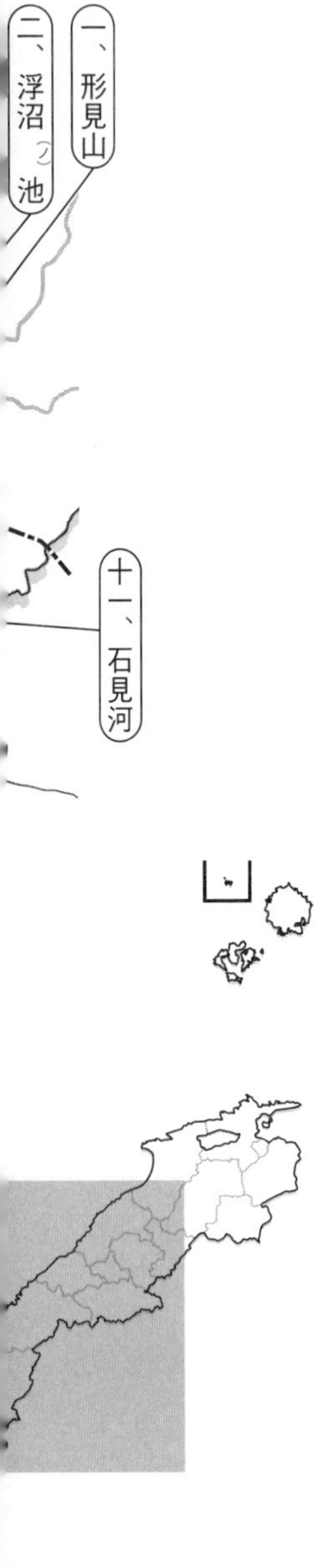

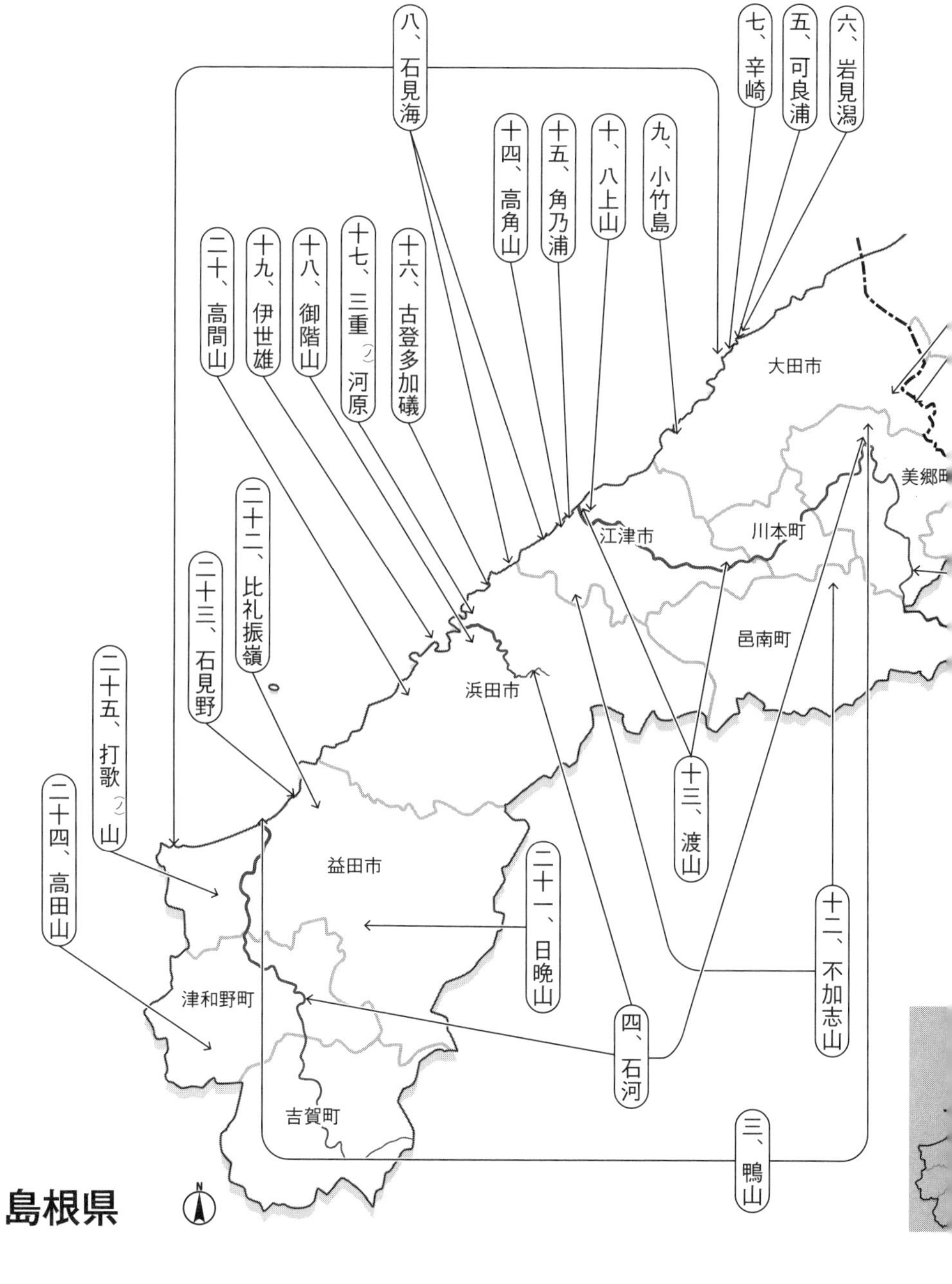
六、岩見潟
五、可良浦
七、辛崎
八、石見海
九、小竹島
十、八上山
十五、角乃浦
十四、高角山
十六、古登多加礒
十七、三重ノ河原
十八、御階山
十九、伊世雄
二十、高間山
二十二、比礼振嶺
二十三、石見野
二十五、打歌ノ山
二十四、高田山
大田市
江津市
川本町
邑南町
浜田市
益田市
津和野町
吉賀町
十三、渡山
十二、不加志山
二十一、日晩山
四、石河
三、鴨山
島根県
N

一、形見山《かたみやま》

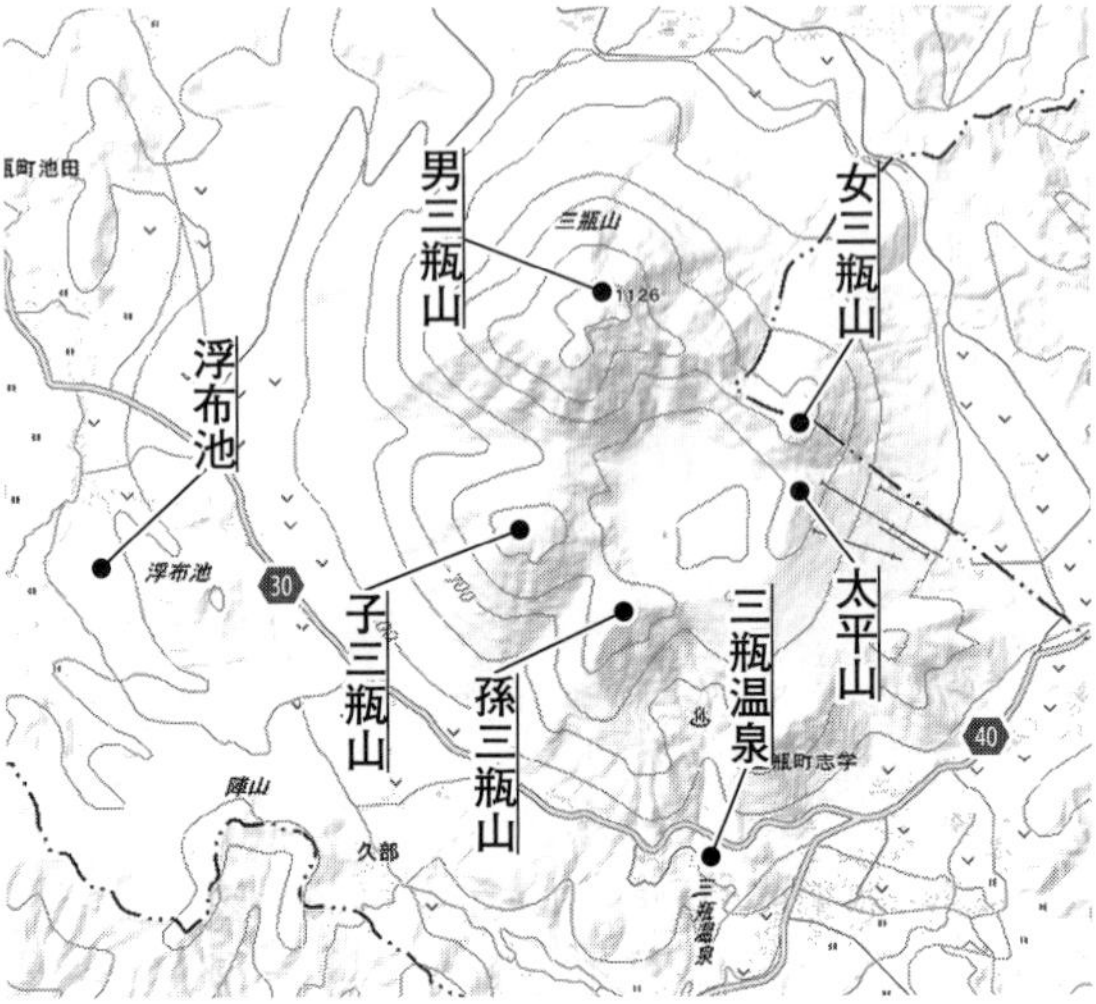

三瓶山

『松葉』に「或紀伊」の小書きと共に、「宮木引《ひく》袖さへ〈寒〉し麻ころも《衣》　かたみ《形見》の山にあらし《嵐》ふく《吹》也」と載る「形見山」は、出雲国と石見国の国境近く、現在の大田《おおだ》市と飯南《いいなん》町にまたがる山域を言う。片見山とも書き、正式な現在の呼称は三瓶山《さんべさん》である。

三瓶山は、標高千百二十六・二メートルの男三瓶山《おさんべさん》を中心に、女《め》三瓶山、子三瓶山、孫三瓶山、大平山が環状に連なり、中央に火口の「室の内」、更にその南東部には「室の内池」のある白山火山帯に属する火山である。火山活動は三千年前までで、有史以来活動の記録はない。一帯にはスキー場、キャンプ場、自然林などがあり、アウトドアライフには事欠かないところである。

県道三十号・三瓶山公園線沿いの西の原から東を眺めると、男三瓶、子三瓶のコニーデ型の山容に向かって美しい平原が広がり、行楽の人々が自然の雄大さを楽しんでいた。また、平原の一角には牛が放牧され、晩秋の短い青草をのんびりと食ん

左・男三瓶山、右・子三瓶山

三瓶ダムと噴水

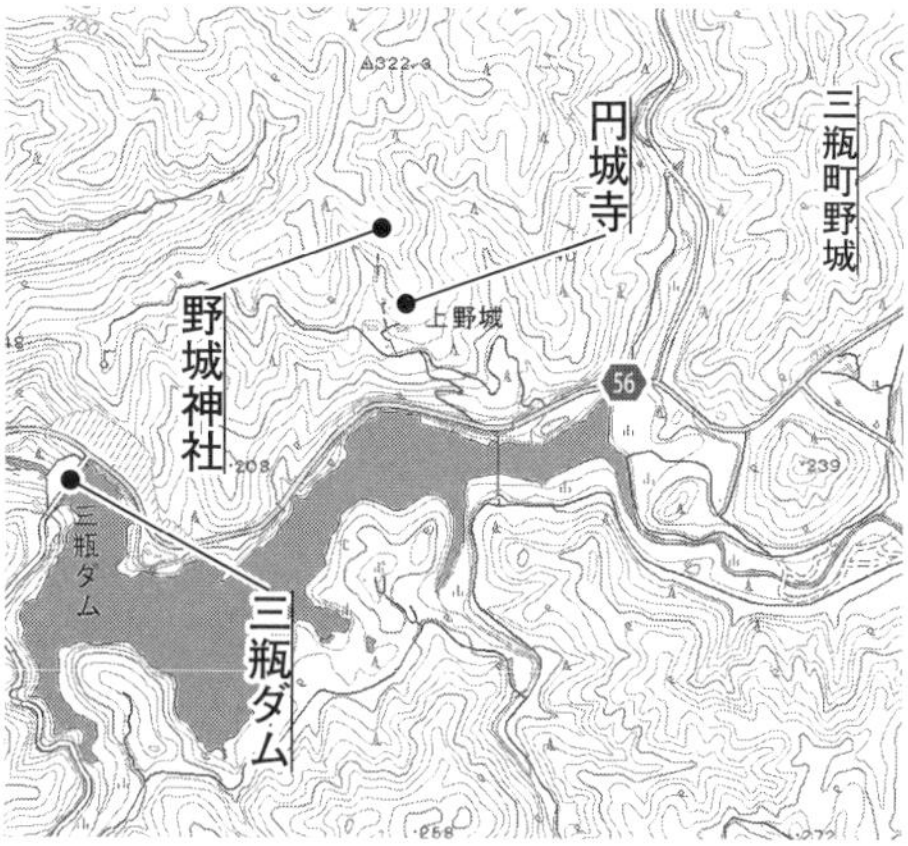

三瓶ダム付近

でいた。なお、孫三瓶山と南東の日影山の間から温泉が湧き出て、明治五年（一八七二）の浜田地震で湯温が上がり、三瓶温泉街が開かれた。

　この山系から流れ出る三瓶川は度々氾濫して被害を出したとのことで、三瓶ダムが平成八年（一九九六）に完成した。ダムの中ほどに三十メートルまで吹き上げる噴水の設備がある。これは単に観光景観のためではなく、プランクトンの活動を抑え水質の悪化を防ぐためとのことである。

　ダムの北側には、修験道の山であった三瓶山の修行の本拠地があり、往時には宿坊四十八を有した天台宗円城寺が建つ。

　創建は朱雀天皇の御代（九三〇〜四五）と言うから、既に千年を越える。醍醐寺の理源大師を師とした朝満上人が開祖とのこと、今は小振りの本堂が建つのみである。本堂前で偶々居合わせた、繁くお参りしてい

円城寺本堂

円城寺山門

ると推測されるお二人連れに誘われ、本堂に上がって般若心経を唱え、しばらく談笑した。正調安来節一宇流宗家と民舞彩川流家元で、信仰や島根県の歴史などをご教授頂いた。ツアーなどではあり得ない、偶然の出会いであった。

その昔、神仏習合の時代には、仏が日本の神に化身して神社を守るとされ、円城寺にも本堂奥の一段と高いところに、蔵王権現が祀られていた。明治に入っての神仏分離令により、鎮守蔵王権現は日下山神社として独立し、更には円城寺村、市野原村の神社を合祀して、現在は野城神社と称する。今でも野城神社は、林間から静かに円城寺を、そして三瓶川やダムの水面を見守っている。

なお、冒頭歌の出典は『**藻塩草**』である。

なだらかな山容連なる形見山　行楽の人数多愛で居り
昔日の修験の山の面影を　小寺に残す形見の山の
三瓶ダム形見の山を源に　流れ集めて水治め居り

二、浮沼《うきぬの》〔奴〕（ノ）池《いけ》

『**万葉集**』巻第七に、**柿本人麻呂**の「君か《が》〔為〕め《》うきぬ〔浮沼〕の池の菱とる〔取〕と　我そめ〔染〕し袖ぬれ〔濡〕にけるかな（あの方に差

野城神社本殿

浮布池（対岸には三瓶山）

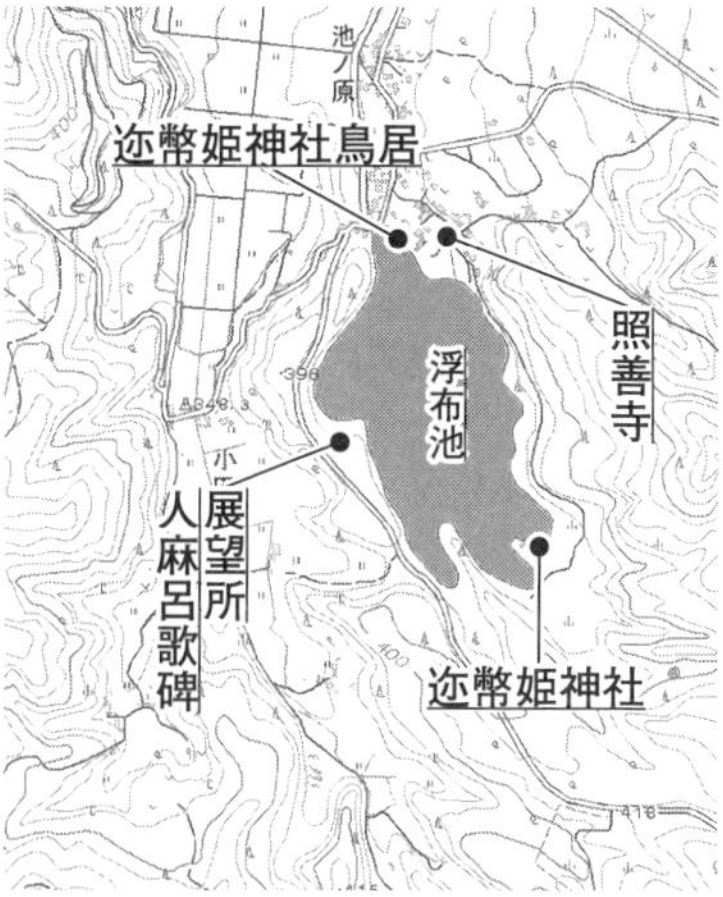

浮布池

し上げるために浮沼池の菱を取ろうとしたが、私が染めた着物の袖がすっかり濡れてしまったことよ）」が載り、『能因』、『松葉』に収められる。伊藤博の『萬葉集釋注』ではこの「うきぬの池」について定かでないとしているが、『和歌の歌枕・地名大辞典』では石見国と確定している。であれば、一の形見山で述べた三瓶山の西の麓にある浮布池である（前項地図参照）。白鳳期というから七世紀後半、大地震で谷が堰き止められて出来た周囲三キロメートル、面積十三・五ヘクタール、水深三・五メートルの美しい池で、西側には展望所が整備され、池を挟んだ東方の彼方には、一に記した男三瓶、子三瓶の麗姿を望むことが出来る。また公園の一角には、冒頭の**柿本人麻呂**の歌の石碑が建立されている。

その昔、この池の近くに住む長者の娘の迩幣《にべ》姫《ひめ》が、池に住む大蛇が変身した若者に恋をし、大蛇の跡を追って池に身を投げ、その時池面に姫の着物が白い帯となって輝いたとの、命名に関する伝説が残る。池の南岸には迩幣姫神社がある。この池は、流れ出る水が多くの水田を潤し、そのため霊池として信仰を集め、宝亀五年（七七四）に付近の丘に神社を創建、後に現在の地に移転したとのことである。池を周回する

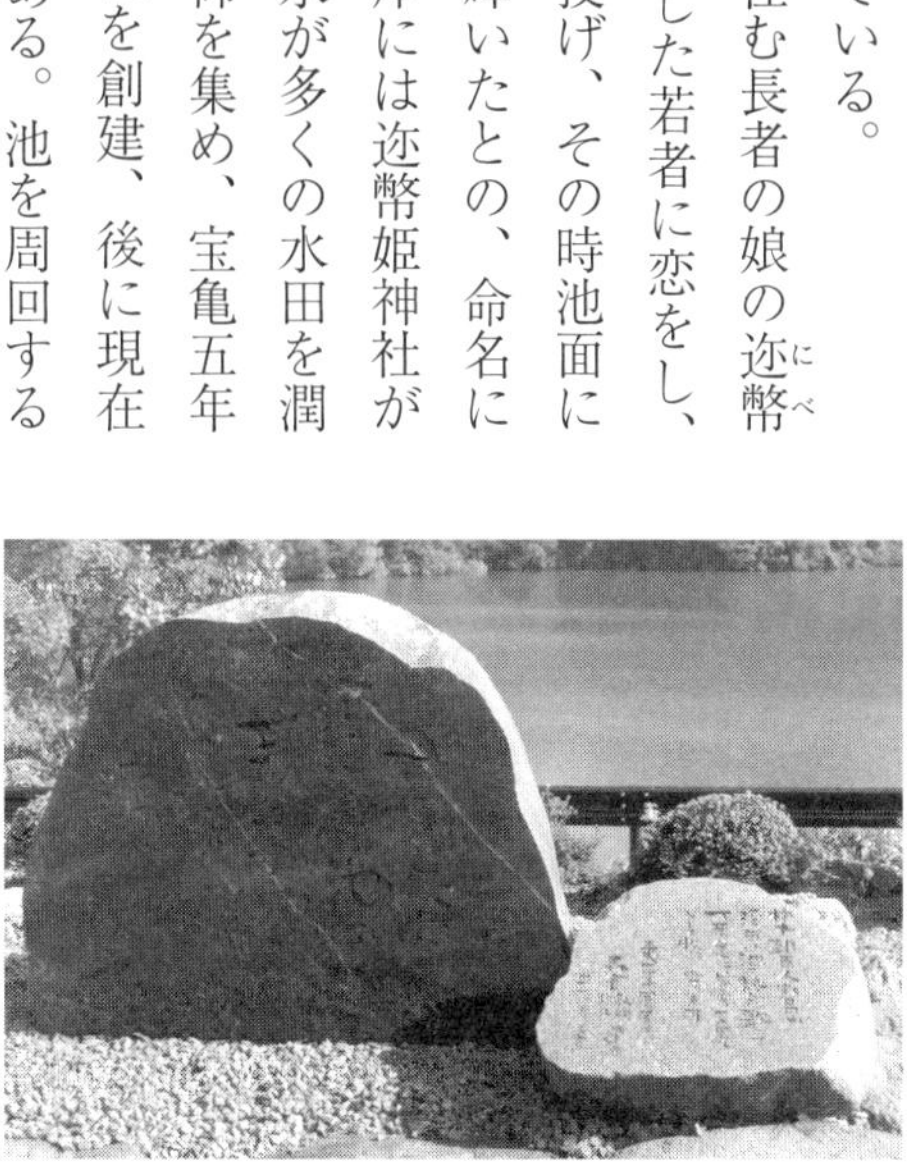

柿本人麻呂の歌碑

迹幣姫神社鳥居

道を辿って社殿に行き着こうとしたが、南岸は原生林とも思える樹林に阻まれて叶わなかった。神社には船で参詣すると土地の方に聞き、今回は北岸の池中に建つ鳥居にお参りし、解説板を読むに止まった。

また、池の北岸には照善寺が建つ。創建は天正五年（一五七七）、現在の本殿は文化年間（一八〇四～一七）に建てられたと言う。多分近年に葺き替えられたであろう明るい茶の瓦屋根と、純白の塀のコントラストが美しい寺である。

少し道筋から外れるが、国道三百七十五号線が三瓶川水系の静間川を跨ぐ辺りに、石見国一宮の物部神社が建つ。社名が示す如く、主祭神は物部氏初代の宇摩志麻遅命《うましまぢのみこと》、神武天皇の大和平定に力を尽くし、更に美濃国等を平定して、石見国のこの地で没したとの社伝が残る。社殿が創建されたのは**継体天皇**八年（五一四?）、現在の本殿は宝暦三年（一七五三）の再建で、春日造では全国一の規模である。社格も高く、宮中行事と同様の儀式も多く催行される。とりわけ陰暦十一月に行われる鎮魂祭（ちんこんさい・たましずめのまつり）は、奈良県・石上神宮、新潟県・弥彦神社と並んで有名であ

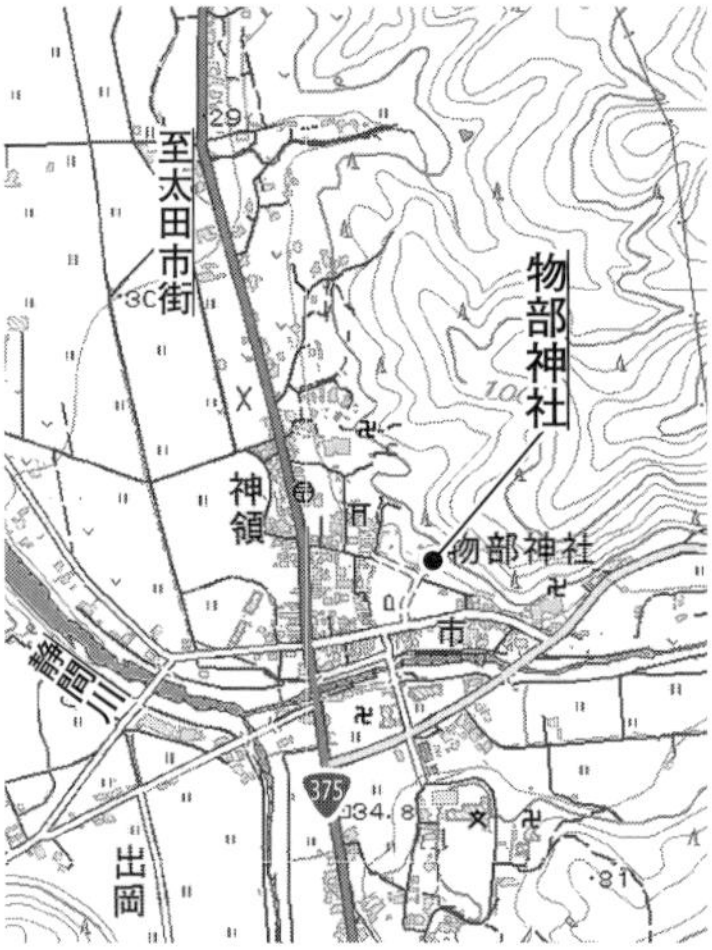

物部神社

物部神社

る。境内にある手水舎に据えられた水盤は、砂金を含む含金石を彫ったもので、更には四個の勾玉が埋め込まれていて、もちろん創建当時のものではないが、往時の物部氏の権勢を窺わせる。

林間の浮沼池の平らかな　水面に写る三瓶《さんぺ》の山々
悲話の姫祀る神社の木の鳥居　浮沼池の北岸に見ゆ
浮沼池目指す道端に史もあり　由緒も重き社鎮座す

三、鴨《かも》山《やま》（併せて妹山）

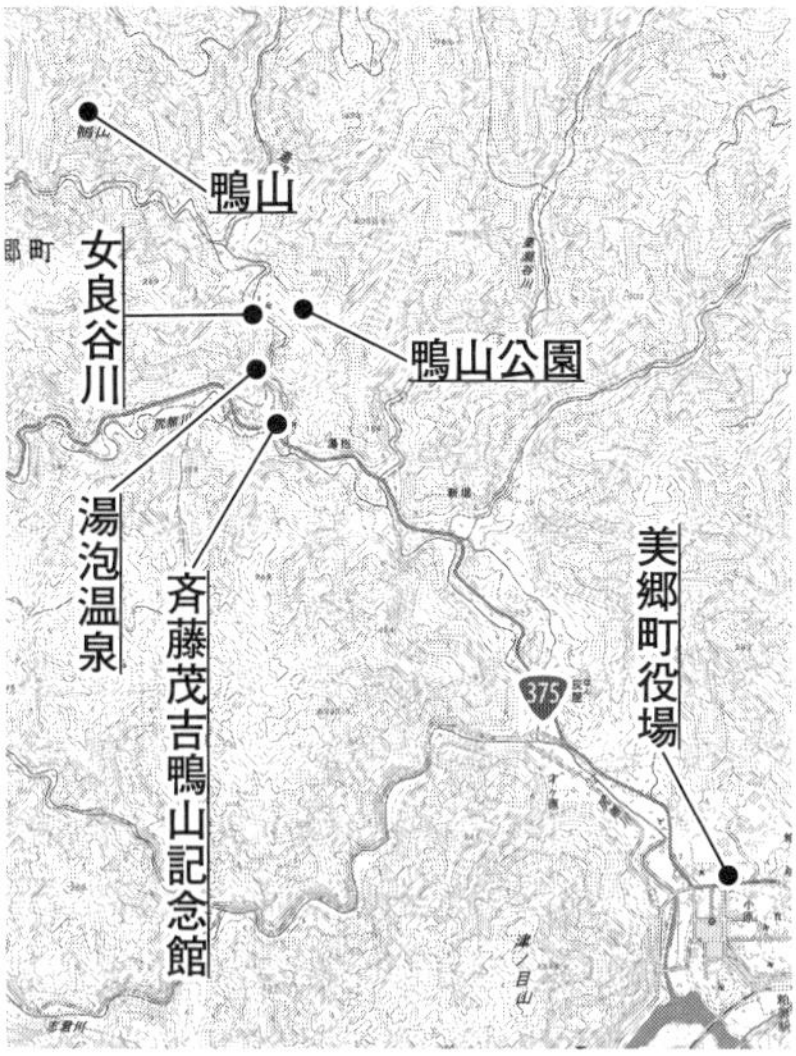

鴨山

『能因』、『名寄』、『松葉』に載る『**万葉集**』巻第二の「かも（鴨）山の岩ね（根）しま（枕）ける我をかも　し（知）らす《ず》と妹か《が》待《まち》つ、あらん（この鴨山の岩を枕にして横たわっている私を、そうとは知らずに妻は私が訪れるのを待っていることであろう）」は、『名寄』の後書にあるように、**柿本人麻呂**の辞世の歌とされている。人麻呂の没年は、慶雲四年（七〇七）、和銅二年（七〇九）、神亀元年（七二四）など諸説があり、また没地も、出雲国の安来市仏島など、ここ石見国以外の地とする説もある。

邑智《おおち》郡美郷《みさと》町湯抱《ゆがかい》温泉の北に、標高三百十七メートル、実名

斉藤茂吉鴨山記念館

の鴨山が聳える。歌人・**斉藤茂吉**は学士院賞を受賞するほどの人麻呂の研究の大家であるが、幾度となく石見の地に足を運び、研究の結果この山を歌中の鴨山と結論付けた。昭和十二年（一九三七）には「人麿がつひのいのちをはりたる　鴨山をしもこと定めむ」と詠んでいる。茂吉の鴨山探索の偉業を顕彰し、人麻呂終焉の地を広く世に知らしめるべく、平成三年（一九九一）に斉藤茂吉鴨山記念館が開かれ、年末年始を除く毎水・日曜日と祝日に無料で開館している。この記念館から女良谷《めらだに》川に沿って鴨山公園まで、先の歌以外にも、以下に列記する五首の茂吉の歌碑が建てられている。なお、鴨山公園に建つのは、茂吉自筆の先の歌である。

夢のごとき「鴨山」戀ひてわれは来ぬ　誰も見しらぬその「鴨山」を　（昭和九年詠）
年まねくわれの恋ひにし鴨山を　いめかとぞおもふあひ対ひつる　（昭和十二年詠）
鴨山をふたゝび見つゝ我がこゝろ　もゆるがごとし人にいへなくに　（昭和十四年詠）
いさぎよく霜ふるらむか鴨山が　すでに紅葉せるその色みれば　（昭和二十三年詠）
つきつめておもへば歌は寂しかり　鴨山にふるつゆじものごと　（昭和二十三年詠）

茂吉のこの地への強い思いが伝わって来る。

邑智郡美郷町鴨山

鴨山公園の茂吉の歌碑

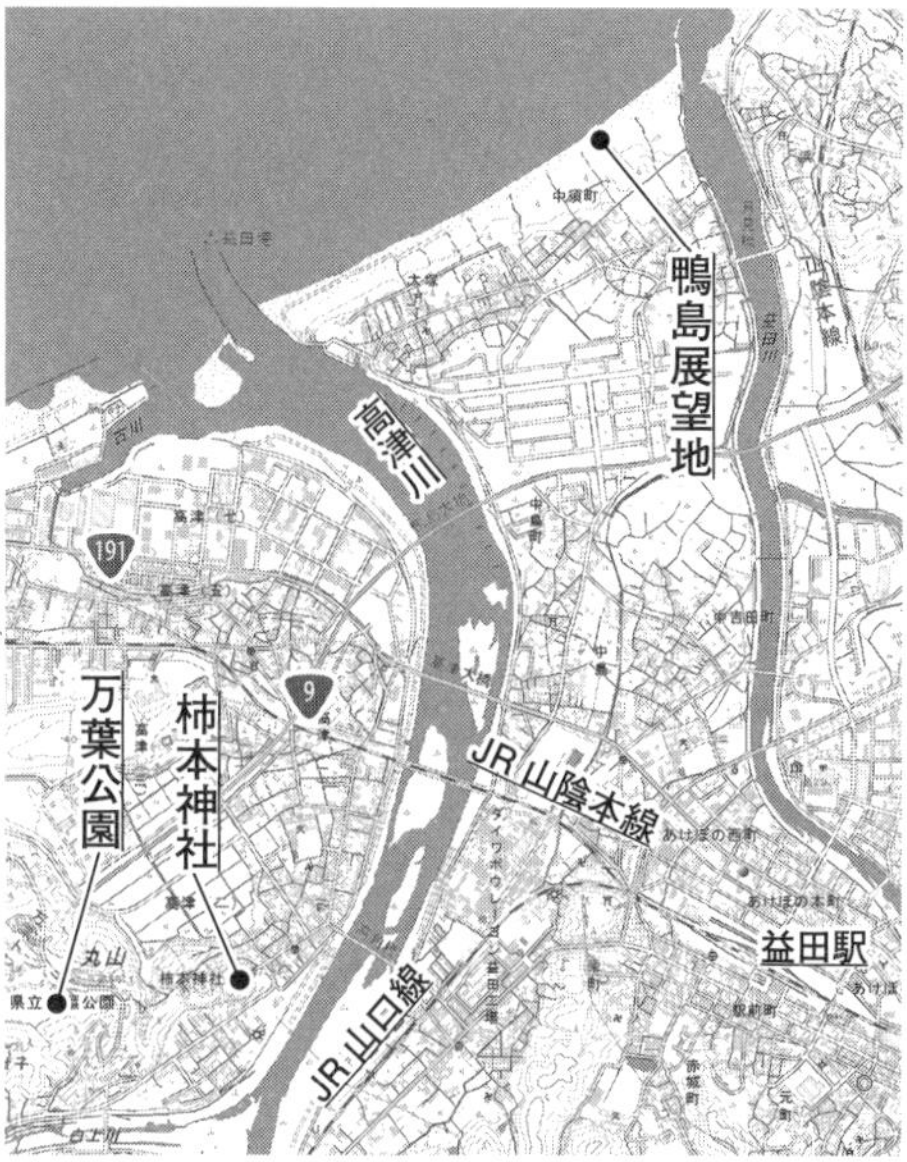

益田市付近

一方、益田市高津町、高津川（次項「石河」参照）の西岸に高津柿本神社が建つ。**柿本人麻呂**を祀る神社は日本各地に多数存在するが、ここがその本社であると主張しているとのことである。高津川の東で日本海に流れ出る益田川の河口から一キロメートル沖合いに、古くには鴨島が浮かんでいた。この島の高地を鴨山と呼んだと言う。この鴨島が人麻呂の没した地とされ、**聖武天皇**の勅命で石見国司により、神亀年間（七二四～八）に鴨島に人丸社を創祀した。ところが、万寿三年（一〇二六）の地震と津波で鴨島は海中に没してしまい、神像だけが本土の海岸に流れ着き、その地に社殿が再建され、更に延宝九年（一六八一）今の地に移されたという歴史がある。本殿は正徳二年（一七一二）の造営で、その前に位置する拝殿は平成十年（一九九八）の新築である。境内の一角にはなかなかの好好爺に彫られた人麿公像も置かれる。また宝物殿には、**零元天皇**、**桜町天皇**ほか歴代天皇の和歌の直筆短冊も展示される。なお、柿本を「火気の元」、人麿を「火止まる」と掛けて、火防《ひぶせ》の神としても崇め

益田市柿本神社

柿本神社内「人麿公像」

られると言う。

この神社を含む一帯は万葉公園として整備され、憩いの場として市民が訪れる。

また、益田川西岸河口には、かつてあった島を想像して観る鴨島展望地がある。防風林とも防砂林ともされる松林を抜けると広い砂浜が広がり、その境に益田市による解説板が立つ。風雨に晒されて表面の塗りが剥げかかっているが、昭和五十二年（一九七七）に行われた調査で、沖合いに石柱、石碑状の岩塊が確認され、先の高津柿本神社の由緒を裏付けたとの記載を読み取れる。

大歌人・**斉藤茂吉**を崇敬する筆者の心情としては、美郷町をその地としたいが、物証は益田市に分があるようで悩ましい。

しばしばに茂吉訪ねし湯の街を　抱き聳ゆる鴨山の峰
日本海の荒波寄する浜の彼方　鴨山の島今幻《まぼろし》に
鴨島に身罷りしと聞く人麻呂を　偲びて祀る高津の宮は

四、石《いし》河《かわ》

『**万葉集**』巻第二には、**柿本人麻呂**の妻の**依羅娘子**《よさみのおとめ》の作とされる「たゝ《〔直〕》にあは《〔遭〕》ゝ《ば》あ《〔遭〕》ひ《い》もかねてん石川に　雲立《立ち》渡れみ《〔見〕》つゝ、忍は《ば》ん（じかにお会いすることはもうできないでしょう。この石川に雲よ立ち渡れ、せめてそれを見てお忍びし

この浜の沖に鴨島があった

よう)」と、「けふ〳〵《〔今日〕》と我待《わが待つ》君は石河の　貝にまじり《〔混〕》て有《あり》といは《〔言〕》ず《ず》やも（今日か今日かと私がお待ちしていた貴方は、既に荼毘に付されてそのお骨が石川の貝にまぎれてしまったというではないか)」が載る。この二首が『能因』に、前一首が『名寄』に、また『松葉』にはこの二首に加えて、**『夫木和歌抄』**から**慈鎮**の「石川のつか《〔塚？〕》のむかし《〔昔〕》を尋ねしを　あはれとや見ん住よし《〔吉〕》の神」が並ぶ。『名寄』は巻末の「未勘国部下」に収めた上で、丹後の可能性を小書きし、『松葉』は「或肥前」とするが、**柿本人麻呂**がここ石見の地で落命したのはほぼ事実とされており、それ故、特定の川に絞り込むことはできなかったが、『和歌の歌枕・地名大辞典』が候補とする三つの河川を訪れた。

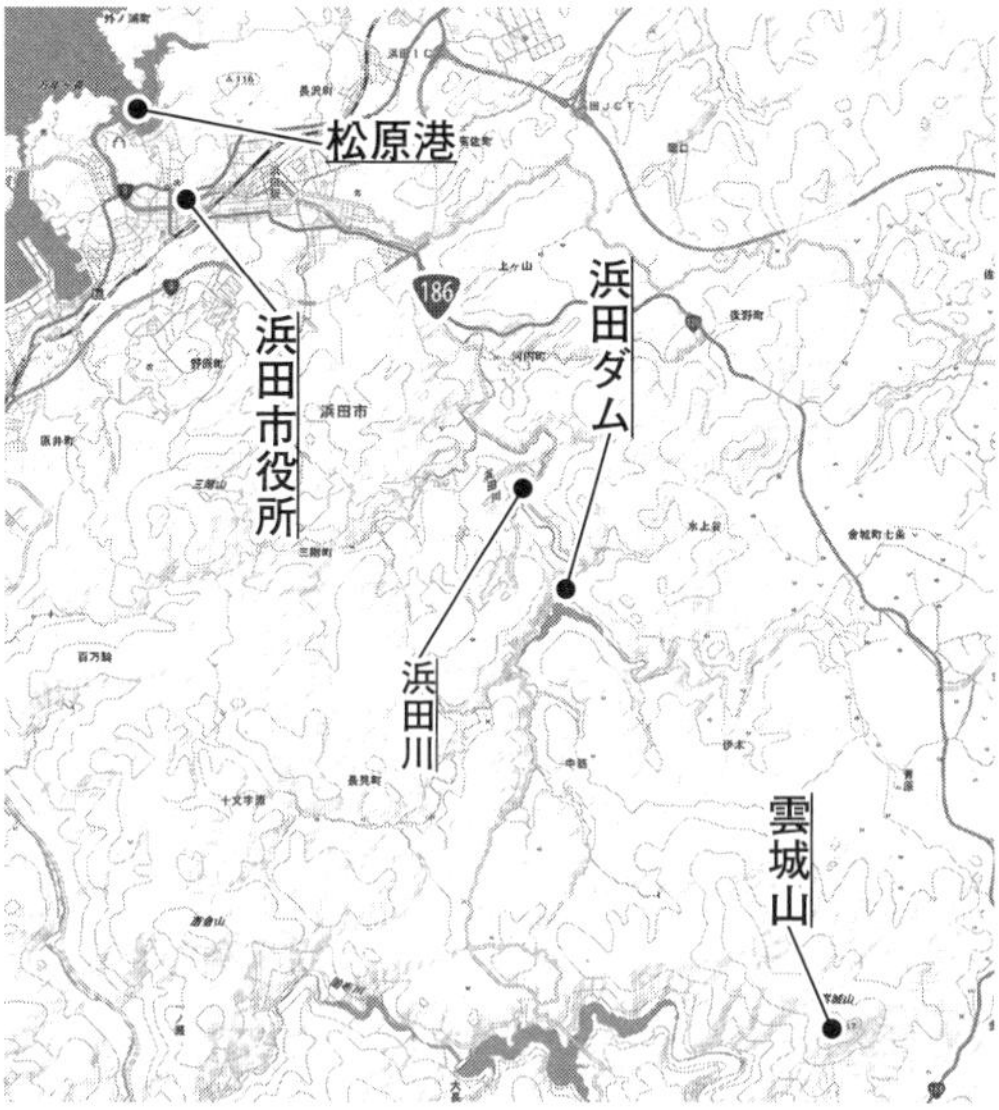

浜田市付近

（尚、『萬葉集釋注』―伊藤博―によれは、冒頭の歌の上二句は「直《ただ》の逢ひは逢ひかつましじ」であるが、『名所歌枕（伝**能団法師**撰)』収載のままを記した。）

第一の候補としては、美郷町《みさと》の湯抱《ゆがかい》温泉を流れる女良谷川《めらたに》である（前項美郷町地図参照)。前項で述べた斉藤茂吉鴨山記念館近くで尻無川にそそぎ、美郷町中心部で江の川に合流する。人麻呂終焉の地の候補がこの付近とする**斉藤茂吉**の論に立つならば、**依羅娘子**の歌意に相応しいのはこの川である。決して大きな川でなく、湯抱温泉街（と言ってもわずか十軒に満たない宿、商店が並ぶだけであるが……）を抜ければ、山

女良谷川

浜田ダム

建設中の第２浜田ダム

浜田川の源流、雲城山

間の渓流の風情である。

第二の候補は、浜田市金城《かなぎ》町の雲城《くもぎ》山（標高六百六十七・六メートル）を源とし、ほぼ国道百八十六号線に沿って北上、浜田市街地を西流して松原港南部から日本海に注ぐ、全長約二十キロメートルの浜田川である。河口の浜田城山には、**柿本人麻呂**に関する伝えも残る（十七、三重河原参照）。この川は度々洪水被害を出したとのことで、昭和三十八年（一九六三）に浜田ダムが完成したが、以後も二度の水禍を起したことから、現在第二浜田ダムの建設が始まっている。

更に第三の候補として、鹿足《かのあし》郡吉賀《よしか》町田野原を水源とし、吉賀町役場付近から国道百八十七号線、同九号線に沿って北上し、益田市中心部を通って日本海に抜ける高津川である。河口

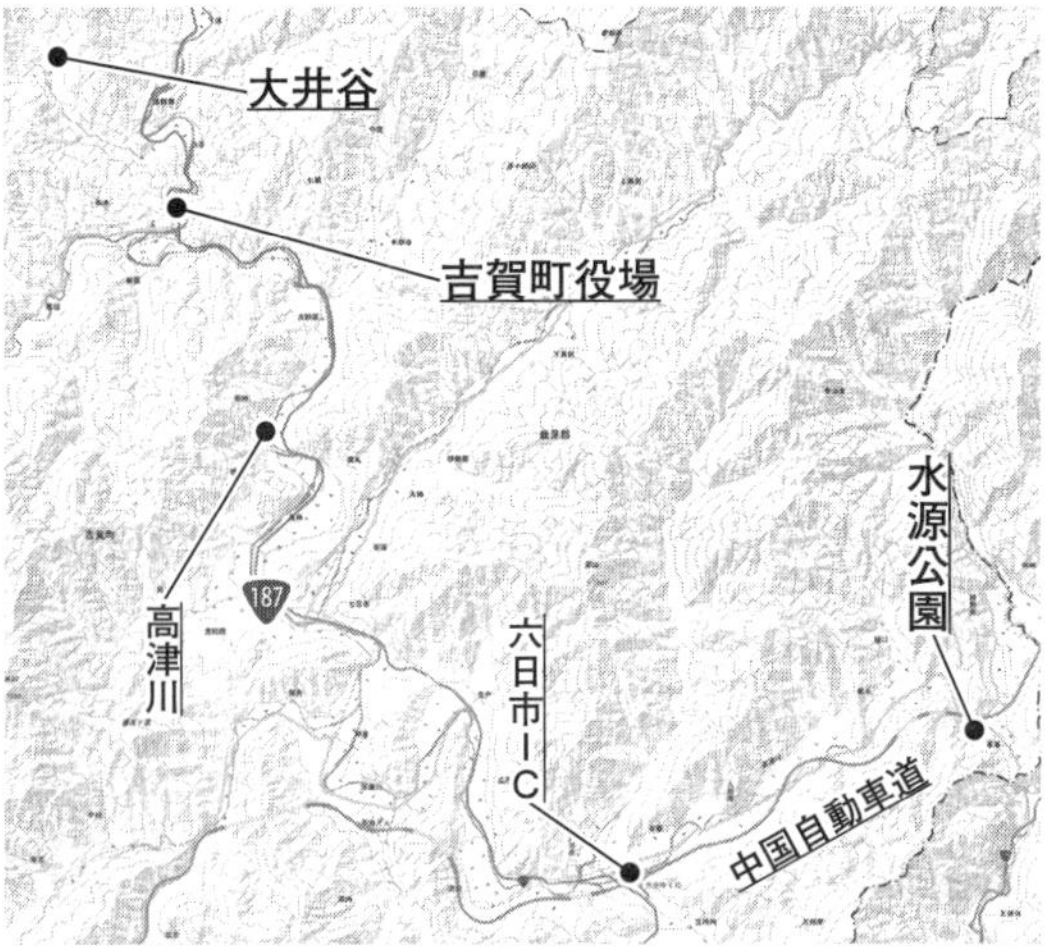

鹿足郡吉賀町付近

高津川水源公園一本杉

棚田祭の石見神楽

大井谷棚田

部近くには、三の「鴨山」の項に記したように、柿本神社の建つ万葉公園があり（三、鴨山の地図参照）、嘗ては沖合いに鴨島が存在したとされる故、この高津川が歌枕「石河」に最も近いと言えようか。上・中流域には人口密集地がほとんどない為に、清流として知られ、特に鮎釣りは盛んで、何と焼き鮎の出し汁を用いるという贅沢な石見雑煮が、家庭料理として伝わっているという。

　山口県岩国市錦町との県境近く、中国自動車道のすぐ南には水源公園があり、出雲から逃げ出してきた八岐大蛇の魂が宿ったとされる一本杉が茂っている。その根元からは高津川の水源の清水が湧出する。中流域の柿木村白谷には、日本の棚田百選にも名を連ねる大井谷の棚田の美しい風景が見られる。訪れたのは十月十三日、折しも第十六回大井谷棚田まつりの開催中で、一枚の棚田に野外演舞場を設えて石見神楽が演じられるなど、日本の農村の秋の原風景を見る如くであった。

湯抱《ゆがかひ》の街中流るる石河の　辺に建つ碑《いしぶみ》に歌枕偲ぶ
万葉の公園の下流るる石河の　依羅娘子《よさみのをとめ》の想ひを浮かべて
石河の清流下りて耳に聞く　村の祭りの神楽囃子を

高津川河口

五、可良《からの》(ノ)浦《うら》

歌枕「可良浦」については、次の次の項の「辛崎」との関連で、大田《おおだ》市五十猛町《いそたけちょう》大浦付近に比定する説が大方である。『石見國名所和歌集成』に収められる幾つかの石見国和歌集にもその旨の記載があり、更には、同書に収められる『角鄣経《つのさはふ》石見《いわみ》八重葎《やえむぐら》―石見国弐拾六ヶ所名所』には、その絵図がある。そこには大浦、大崎ヶ鼻など今の地図に記される地名を見ることが出来、この地が歌枕「可良浦」と識れる。ただし、地名表示は「辛の浦」である。

五十猛漁港付近

湾は左右の岬に抱かれるかのように、深く切れ込む天然の良港であり、現在は五十猛漁港として多くの漁船が係留されている。その南岸には韓神《からかみ》新羅神社が鎮座する。地元では大浦神社とも明神さんとも呼ばれるという。延長三年（九二五）、二キロメートルほど北にある五十猛神社（次項石見潟参照）の境内社として建てられた。この地に本殿が移されたのは明治四十年（一九〇七）、その三年後に拝殿が建てられた。韓神とは、宮内省に守護神として祀られていた神で、朝鮮から渡来した神を意味するという。平安時代には、韓神の祭りが盛大に行われたとのことである。この神社の主祭神は、**天照大神**《あまてらすおおみかみ》の弟神の**素戔嗚尊**《すさのおのみこと》で、神社の解説板によれば、命は出雲の国で八岐大蛇《やまたのおろち》を退治した後、御子の三兄妹と共に新羅に渡って植林の技術を伝え、その後の帰国の地がこの辺りとされるとのことである。

また、正月十一日には、神社の下に「グロ」と呼ばれる仮小屋を建て、神事を催行した後、十六日に解体してどんと焼きを行うが、この行事が韓国釜山地方に伝わる旧正月の「月の家焼き」に酷似しているという。朝鮮半島は、神代の時代から、まさしく隣国であったのである。

韓神新羅神社

この「可良浦」を詠み込んだ歌は、『能因』、『松葉』に「沖へ《〔辺〕》より塩満く《満ち〔来〕》らしから《〔可良〕》の浦に　あさり《〔漁〕》するたつ《〔鶴〕》鳴《鳴き》てさはき《〔騒〕ぎ》ぬ」が収められる。『**万葉集**』巻十五を原典とする。しかし『**万葉集**』には、この歌を含む四首について、「熊毛の浦に船泊りする夜に作る歌四首」と詞書があり、筆者の先著『歌人が巡る中国の歌枕・山陽の部』でも、周防国の歌枕として記述した。『石見國名所和歌集成』に収められる「石見名所方角図解」、「角鄣経石見八重葎」、「石《いわ》見海底能伊久里《みかいていのいくり》」に、この地の歌枕歌とするのはこの万葉歌のみであり、「石見国三拾八之名所」だけが、この万葉歌に加えて、出典も詠者も判っていない「ふり《〔降〕》しき《〔頻〕》る雨にはあらで唐の崎　松吹《吹く》風の音ぞはげ《〔激〕》しき」を並べるのみである。更には、「石見国名所歌集」は、この万葉歌につき「周防国熊毛郡熊毛郷にあり」と明記する。

五十猛漁港

以上のことから、例歌として手元の歌枕集に載る万葉歌は石見国の歌ではないが、五十猛町大浦付近を歌枕「可良浦」の候補地として項立てする。

万葉の歌に詠まれし可良の浦を　ここぞと決める証なきが惜し
可良浦の港の辺り韓国《からくに》の　神の名残す社建ち居り
韓国と交はりしを識る祭あり　神話も残る可良の浦辺に

六、岩《いわ》〔石〕見《み》潟《がた》〔泻、瀉〕

『石見國名所和歌集成』中の諸文献は、石見潟を石見国の海辺の総称とする説があるとしつつも、迩摩《にま》郡磯竹の郷を候補としている。磯竹は同音の現在の大田《おおだ》市五十猛《いそたけ》のことであろう。とすれば、その地域は前項の「可良浦」の候補の地域とほぼ同じくする（地図は前項参照）。

この「石見潟」を詠み込んだ歌は多い。『類字』は**勅撰和歌集**に収められる歌枕歌を収載したものだが、「石見潟」の項には、六つの勅撰集から十首が載せられる。『**拾遺和歌集**』からは、何れも読人不知《よみびとしらず》の「つら《〔辛〕》けれと《ど》人にはい《〔言〕》は《わ》す《ず》石見瀉　恨そ《恨みぞ》ふかき《〔深〕》心ひと《〔一〕》つに（辛い思いがするが、人には言わない。だが、その恨みは深い。私の心の中では）」と「石見瀉何かはつら《〔辛〕》きつら《〔辛〕》からは《ば》　恨か《恨みが》てらにてもみ《〔見〕》よかし（石見潟の歌―前歌―のように、貴方は口に出しはしないけれど恨んでいるとのこと、何で辛いことがあろうか。本当に辛いのであれば、恨みながら遭いに来てみればいいのに）」の二首が、『**新勅撰和歌集**』からは真昭法師の「石見瀉波ち《〔路〕》へ《〔舳〕》たて《〔立〕》ゝ行《行く》舟の　よそ《〔余所〕》にこ《〔漕・焦〕》か《が》るゝ海士のも《〔藻〕》塩火」他二首が、『**新後拾遺和歌集**』からは**後鳥羽院**の、「いはみ《〔石見〕》潟高角山に雲はれ《〔晴〕》て　ひれふる《〔比礼振〕》嶺を出《いで》る月かけ《〔影〕》」等々で

神別れ坂

大崎ヶ鼻から神島を見る

ある。少なくとも十一世紀初頭には、歌枕「石見潟」は広く京で識られていたのである。その理由は、五十猛町に神々と縁のあると伝えられる場所が多い故であろう。

素戔嗚尊《すさのおのみこと》が天降《くだ》った新羅から帰国した際、上陸地点を求めて船泊まりしたとされる神島が、町西部の日本海に張り出した大崎ヶ鼻の東に浮かぶ。島というよりは、海面に顔を出した岩礁といったところで確信はないが、遠望するに注連縄らしきものが張られていて、其処と推定した。なお、その時の本土への上陸地点が神上《しんじょう》と呼ばれる海岸である。その後、尊とその子の五十猛尊、大屋都比売、都麻都比売《つまづひめ》が別れたと言われる「神別れ坂」が、ＪＲ五十猛駅の西五百メートルほどの、国道九号線と地方道の分岐のすぐ近くに有る。字画のはっきりした大きな石標が建てられていて、見逃すことはない。

また、地名の謂れと想像される五十猛尊を主祭神とする五十猛神社は、ＪＲ五十猛駅近くの、平らかな比較的広い社領に建つ。この地に社殿が創建されたのは延長三年（九二五）とされるが、それ以前から近くの宮山に鎮座する神霊を遥拝していたとのことで、信仰の始まりは時代を遥かに遡る。

五十猛神社社殿

更に、五十猛町の東隣の静間《しずま》町には、**大国主命**と**少彦名命**《すくなひこなのみこと》を祀る、仁和二年（八八六）創建の静間神社が建つ。創建当時は海浜の静之窟《しずのいわや》にあったが、延宝二年（一六七四）の高波による崩壊を機会に、現在地に遷されたとのことである。なお、静之窟には、その中で両命が国造りの策を練ったとの伝えが残る。

これら神代の伝承の数々が京の人々の知るところとなり、数多くの歌枕歌が詠まれたのであろう。

記紀の世の神々の言ひ伝へ石見潟の　其処此処にあり訪ひて見愛でる
神の舟繋ぎしと聞く小島あり　荒波洗ふ石見潟の沖
二神の図り合ひたる静之窟　石見の潟の崖下にあり

静之窟

静間神社

七、辛《から》（の《の》）崎《さき》

「つのさはふ」を初句とする**柿本人麻呂**の長歌が、『**万葉集**』巻第二に収められる。その第三句目からの「こと《〔言〕》さ《〔障〕》へ《え》くから《〔可良・唐〕》の崎なるいくり《〔海石〕》にそ《ぞ》　深みる《〔海松〕》生《おふ(う)》る荒磯《ありそ》にそ《ぞ》……」が『能因』、『松葉』に載る。「言障へく」は「言葉の通じにくい」の意で、唐、韓あるいは時に百済に掛かる枕詞、「海石《いくり》」は日本海沿岸地方の方言で岩礁のこと、「海《み》松《る》」は海藻の一種である。

韓島・石見銀山近辺

この歌に詠まれる歌枕「からの崎」は、前項の大浦のある大田《おおだ》市五十猛《いそたけ》町の南隣の町・仁摩《にま》町宅野の港の沖合いに並ぶ三島の一つ、最も大きく、最も陸に近い韓島のことという。その昔は、或いは陸続きであったのかもしれない。**素戔鳴尊**《すさのおのみこと》が新羅からの帰途に立ち寄ったとか、**大国主命**が高麗からの帰りに船泊りしたとか、島名の謂《いわ》れに関する伝承も幾つかある。

街中には幾つか寺院がある。「宅野の観音」と呼ばれる波啼寺は、十一面観世音菩薩を本尊とする真言宗の寺で、延喜十七年（九一七）の創建とされる。

仁摩町宅野、現在は半農半漁の小さな港町である。が、石見銀山隆盛時には、北前船が寄港し、大いに賑ったと言う。更には、鉱山で用いられる資材の生産加工も行われ、周辺の港町以上に活況を呈していたとのことである。町並は、白塀や蔵を散見することができ、歴史を感じさせる風情である。

宅野の街風景

宅野港より韓島を見る

石見銀山　龍源寺間歩入口

石見銀山は、筑前博多の回船問屋・神谷《かみや》寿禎《じゅてい》が宅野の沖合いから輝く山を認め、大永六年（一五二六）開発のために入山したのが本格的な採鉱の始まりとされる。最盛期の十七世紀には、世界の銀産出量の一割を占めたと推定され、その量もさることながら、品質の高さもあって世界の交易において重要な役割を果たした。

大田市中心街から国道三百七十五号線を南下、市民公園を右折して県道四十六号・大田桜江線を下るか、仁摩町仁摩から県道三十一号・仁摩邑南《おおなん》線を南東に進むと大田市大森町に出る。この一帯が平成十九年（二〇〇七）に世界遺産に登録された石見銀山遺跡である。県道三十一号の新大森トンネルを過ぎての石見銀山資料館（旧大森代官所跡）から石見銀山公園までの約〇・八キロメートルは、武家、商家、寺社が混在する銀山の行政、経済の中心地であったところで、「町並み地区」とされる。公園から銀山川に沿っての約二・三キロメートルは「銀山地区」となっていて、大小六百を超える間歩《まぶ》（坑道）が点在し、その一つ、二番目に長い龍源寺《りゅうげんじ》間歩（六百メートル）の一部が観光のために公開されている。坑道を進むと、人一人が通るのがやっとの狭い「ひ押し抗」が、漁骨のように左右に口を開けて闇に向かって伸びている。その技術や力もさることながら、貴金属への人の執念を思い知らされた。

石見銀山　佐毘売山神社

この世界規模の石見銀山の経済を支え、産出された銀の搬出の役割を担ったのが、宅野を初めとする幾つかの港であった。

なお、龍源寺間歩の手前左の林間に、永享六年（一四三四）に幕府の命により現在の益田市から分祀した佐毘売山《さひめやま》神社が建つ。益田市の同神社は、歌枕「比礼振嶺《ひれふる》」の中腹にあり（「二十二」参照）、歌枕の直接の地ではない石見銀山を訪ねたのも縁があったのかも知れない。

辛の崎年経て今は島となり　宅野の街の沖辺に浮かぶ
銀山と共に栄えし津の街か　辛の崎臨む家並みに偲ぶ
辛の崎を訪ひがてら寄りし銀山に　余所に見し宮祀られて居り

八、石見海《いわみのうみ》

前項と重複して、『**万葉集**』巻第二の**柿本人麻呂**の長歌の初句から五句目までの「角さ《〔障〕》は《わ》ふ《う》いはみ《〔石見〕》の海のことさ《〔言障〕》へ《え》く　辛の崎なるいくり《〔海石〕》にそ《ぞ》（石見の海の辛の崎にある暗礁にも）」が『能因』、『松葉』に収められる。「角障はふ」は「石見」の枕詞、「言障へく」も「辛（唐）の崎」の枕詞である。

この歌枕「石見海」の特定は悩ましい。「石見国にある海」と広範囲に解すべきなのか、それとも特定の海域を指すのか判じがたく、更には海域の候補も多い。

まずは北から。大田市《おおだ》仁摩町《にま》の入海というから、ＪＲ山陰本線・馬路《まじ》駅西の琴ヶ浜を中心とする海域と想定さ

琴ヶ浜

琴ヶ浜の「琴姫の碑」

れる。寿永四年（一一八五）、源平合戦に敗れた平家の一人の姫がこの浜に流れ着き、村民の介護で一命を取り留め、お礼に毎夜琴を奏でたとの伝えから、浜の名が付いたとされる。浜際の道沿いに立派な琴姫の碑が建てられている。この海岸の砂は石英が多く、「鳴り砂」と呼ばれて歩くと澄んだ音色がする。国道九号線から県道三十一号・仁摩邑南《おおなん》線が分岐する交差点にサンドミュージアムが開かれ、「砂暦」と呼ばれる世界最大の一年砂時計が展示されている（前項地図参照）。

江津《ごうつ》市の中心から南西、ＪＲ山陰本線・都野津駅西の海浜一帯を「石見海」とする説もある。ここは歌枕「角乃浦」とオーバーラップする故、「十四」で詳述する。

更に江津市大崎鼻から浜田市赤鼻までの全長五・五キロメートルの海岸を指すとの説もある。現在、県立石見海浜公園として整えられていて、海水浴場はもちろんのこと、キャンプ場、オートキャンプ場、テニスコート、アスレチックエリア、シロイルカで有名な水族館・しまね海洋館アクアスなどの諸施設も豊富、ジェットスキーやシュノーケリングなどのマリンスポーツも体験でき、季節を問わず県の内外からレジャーに訪れる人で賑うという。私の住む人口百万人の香川県と比べて、七十万人余りの県の施設としては、非常に豪華で羨ましい。

サンドミュージアム

世界最大の砂時計

石見海浜公園の海岸線

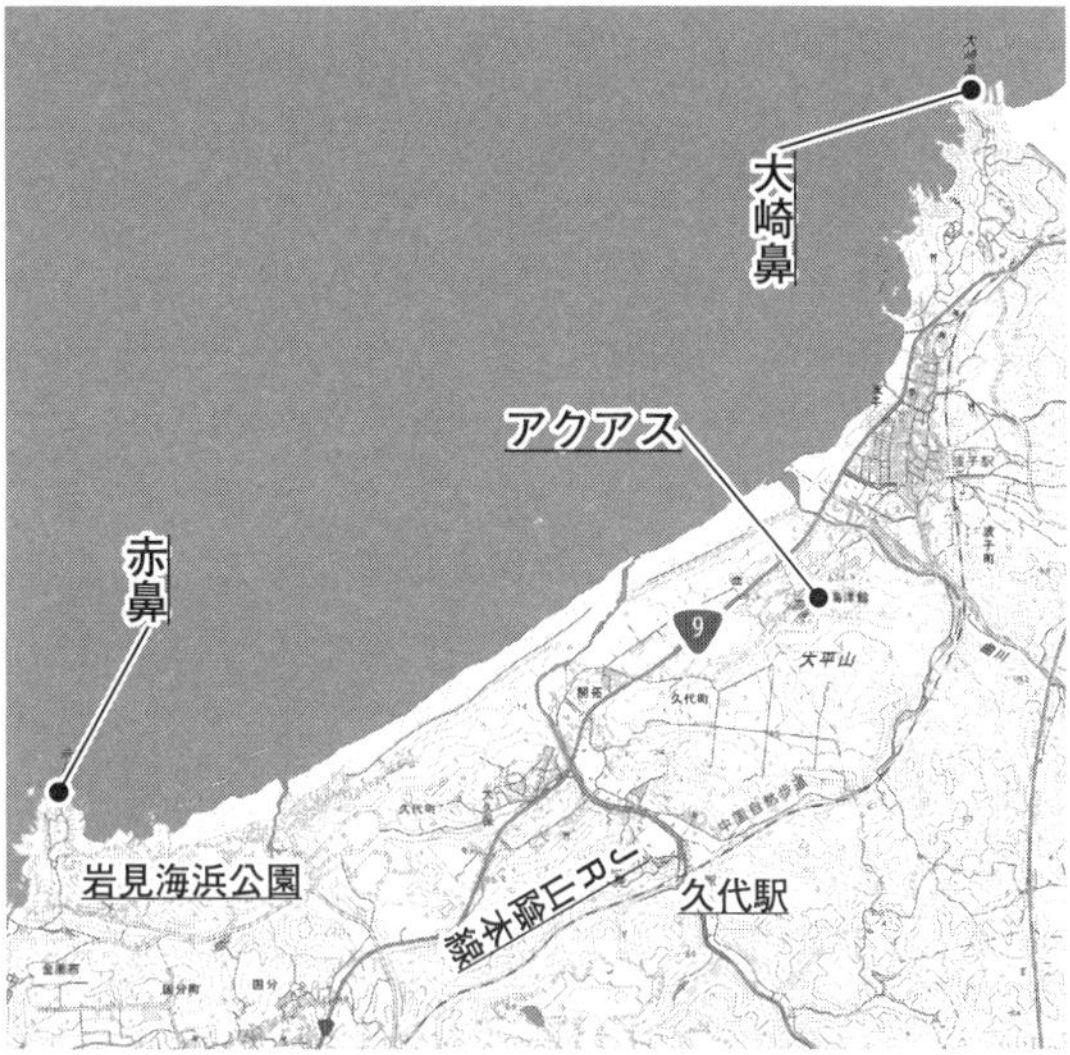

江津市石見海浜公園

最後に最南端の候補地として、山口県との県境、益田市飯浦《いいのうら》の海域がある。陸側は三方を人形峠、傾成峠、仏峠に囲まれる交通の難所にもかかわらず、十七世紀初頭までは、近隣で唯一の交易港として栄えたとのこと。街中は古い家並みを垣間見ることができ、また往時を偲ぶことが出来る。

冒頭に述べたように、この四ヶ所の候補地から歌枕「石見海」を比定するのは悩ましい。「辛の浦」に近い「琴ヶ浜」、重複する「角乃浦」、現代における知名度が高い「石見海浜公園」、国境《くにざかい》に静かに時を経てき

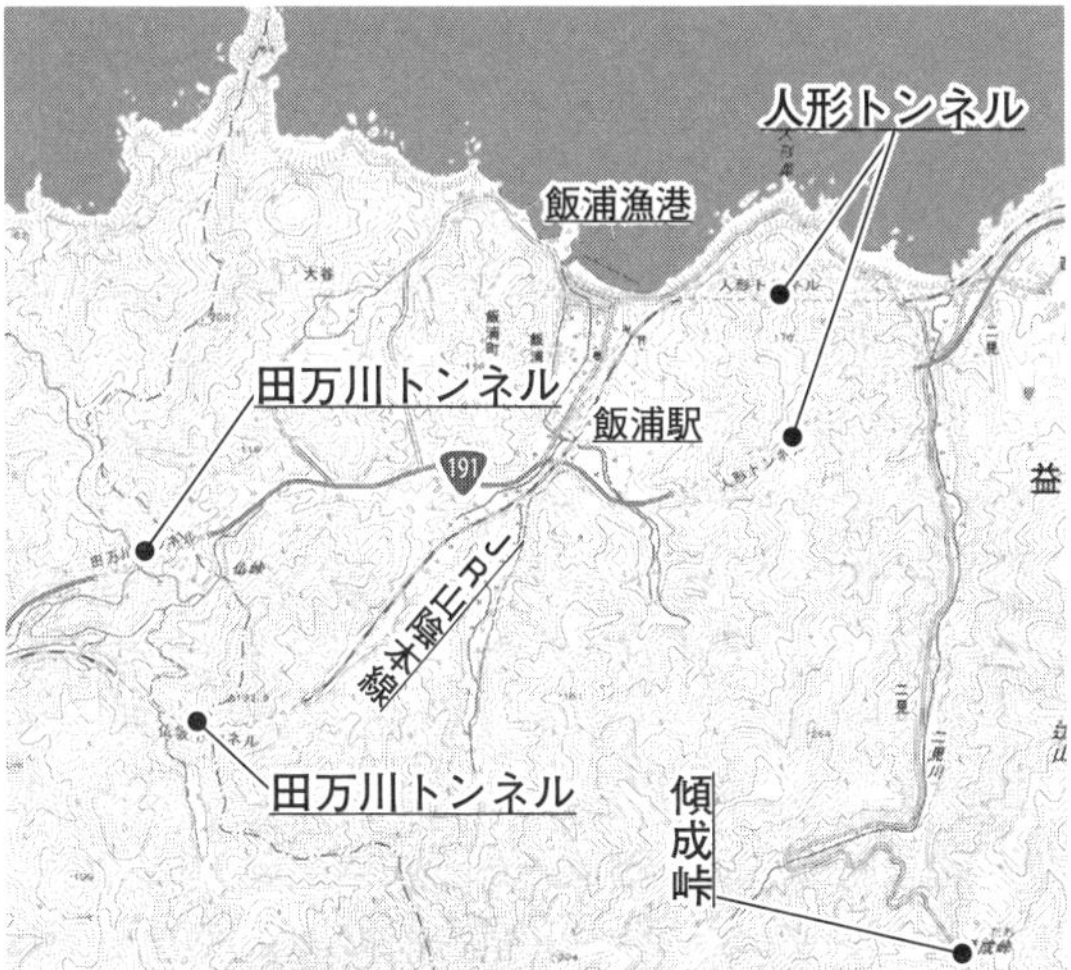

益田市飯浦

益田市飯浦の海

た「飯浦」とあるが、それぞれに特徴がある。また、冒頭の万葉歌の歌意からすれば、特定の海域とするよりは「石見国にある海」とするのが、あるいは無理がないのかもしれない。

石見の海に漂ひ着きたる姫の弾く　琴音に紛ふ浜の鳴き砂
古歌に謂《い》ふ石見の海は公園に　整へられて人数多訪ふ
県境の峠の囲む石見の海　往時を偲ぶ家並みも残せり

九、小竹島《ささじま》〔嶋〕（併せて同ノ磯）

『能因』、『名寄』、『松葉』に、『**万葉集**』巻第七から「夢にのみ継《つぎ》てみ《〔見〕》ゆれは《ば》さゝ《〔小竹〕》島の　礒こそ浪のしく《〔類〕》〳〵そ《ぞ》思ふ《う》（夢にばかり続けて見ていて、小竹島の礒を越す波のように、あとからあとからひっきりなしに貴方のことを思われることだ）」が載る。伊藤博はこの「さゝ島」を「高島」として現在の滋賀県高島市、即ち近江国の歌枕としている。一方、『和歌の歌枕・地名大辞典』では「笹島」と表記し、愛知県知多半島南端、三河湾口に浮かぶ島としている。

また、『名寄』、『類字』、『松葉』には、『**続拾遺和歌集**』から「さゝしま《〔小竹島〕》や夜わた《〔渡〕》る月のかけ《〔影〕》さえ《〔冴〕》て　いそ《〔磯〕》こす《〔越〕》なみ《〔波〕》に秋風そ《ぞ》ふく《〔吹〕》」

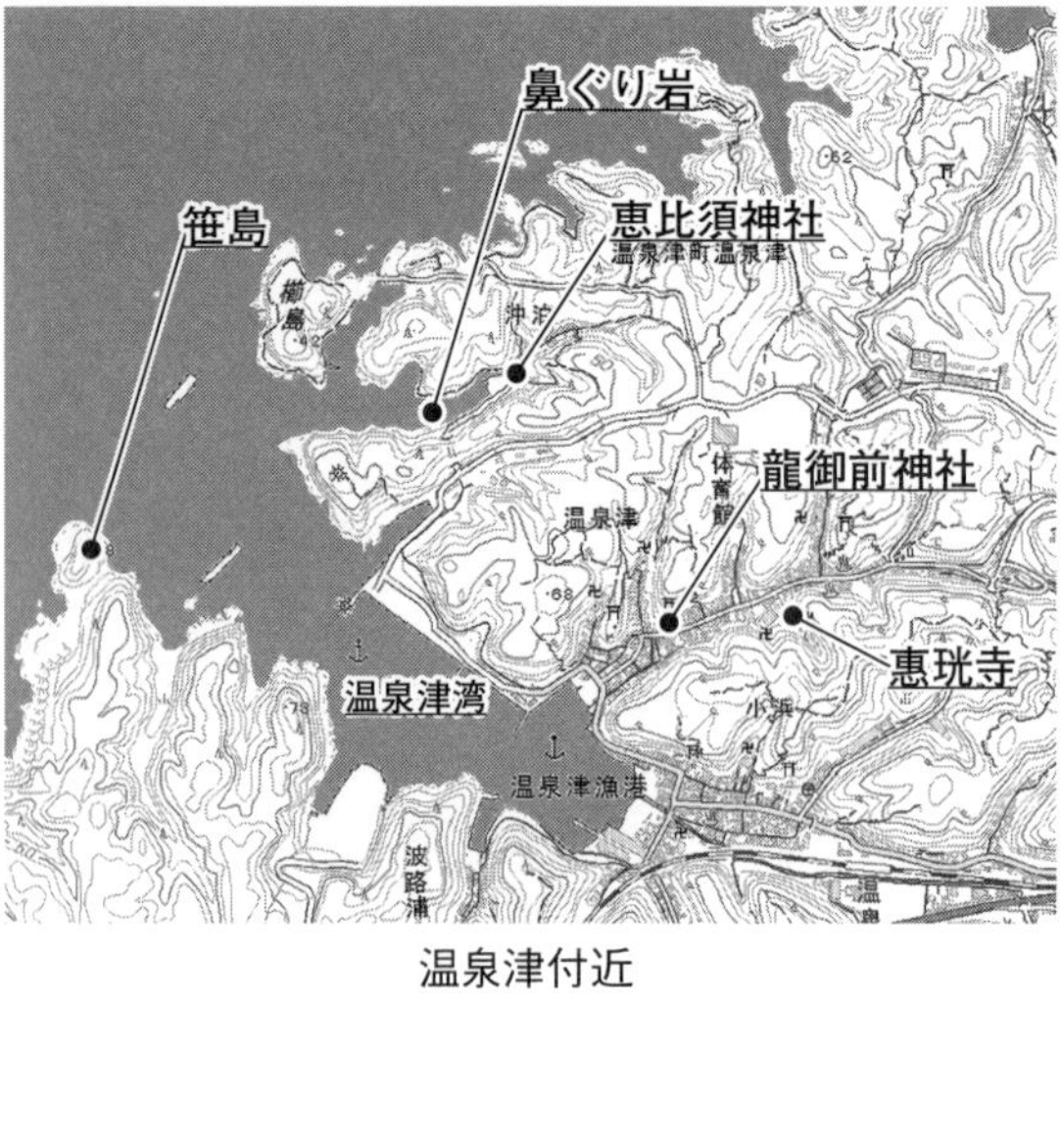

温泉津付近

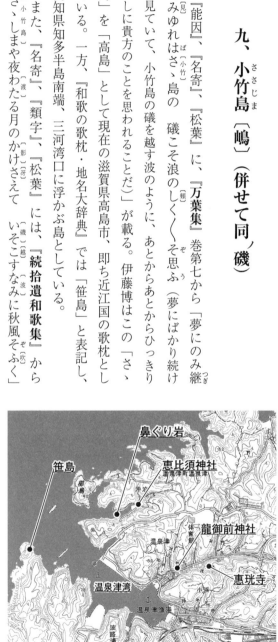

笹島

が載る。詠者は右衛門督実冬とあるから、**滋野井《しげのい》実冬《さねふゆ》**であろう。この両歌に限らず、収載される他の歌の大方に「磯越す波」が詠い込まれている。

冒頭歌に解説した如く定め難い歌枕であるが、『石見國名所和歌集成』の記述を拠り所にして、大田《おおだ》市温泉津《ゆのつ》湾の西の湾口に、今は陸続きになっている笹島に比定する。

石見銀山は、天文二年（一五三三）灰吹法が導入され、また永禄五年（一五六二）毛利元就による石見制圧により産出量が増大するに連れて、その積み出し港の温泉津も重要視されるようになった。それ故、この地の歴史を物語る史跡、寺社も中世後期を起源とするものが多い。

温泉津湾口の笹島の対岸には、水深に恵まれた、沖泊《おきどまり》と呼ばれる深く切れ込んだ入り江が有る。北岸には櫛山城、南岸には鵜丸城があった。五の「可良浦」で述べた宅野と同様、石見銀山の外港の役割を担い、そこに出入りする船の監視と警備のための毛利水軍の拠点が先の二城であった。湾口には船を係留するため岩礁を削って造られた「鼻ぐり岩」が残る。「鼻ぐり岩」は往時には四百を数えたという。湾の少し奥まったところには、大永六年（一五二六）創建の恵比寿神社が鎮座する。訪れた時は修理中で全面工事用シートで覆われ、その姿を目にすることは出来なかった。

深く切れ込んだ沖泊の入江

鼻ぐり岩

龍御前神社（右上に旧本殿）

温泉津温泉の中心街には、天文元年（一五三二）創建の龍御《たつのご》前《ぜん》神社が建つ。社殿の背後の崖には、龍に似た巨岩が座し、その前には旧本殿が残っている。また、大永五年（一五二五）、加賀の僧・日慈聖人を招いて一宇を建てたのを始めとする恵珖寺の、厳かな山門が通りに面して建っている。恵珖寺には、戦国時代の武将で歌人の**細川幽斎**が天正十五年（一五八七）に逗留し、日慈聖人と百韻連歌を催したという。

恵珖寺山門と本堂

銀山に通ふ港の湾口に　波の寄せ来ず小竹島ありて
小竹島を巡り沖泊に来し船を　繋ぎ留めたり鼻ぐり岩に
岩龍を背《せな》に負ひたる宮のあり　小竹島望む出湯の街に

十、八《や》〔屋〕上山《がみのやま》

国道九号線とＪＲ山陰本線は、日本海沿岸を離合しながら併走するが、大田《おおだ》市から江津《ごうつ》市に入ると右に左に縺れ

ＪＲ浅利駅付近

る如く走る。そのＪＲ線の、江津市に入って二つ目の駅・浅利駅の周辺が浅利町である。

浅利の地名の由来は、**大国主命**が神々の饗宴を催すべく魚介をこの地に求めたところ、「あさり貝」が大漁であったことによると伝えられる。「あさり貝」の当時の漢字表記については、研究不足で辿り着いてはいないが、「漁り」と関連のある表記であったと推量している。現在の「浅利」となったのは、神亀五年（七二八）との説がある。

ＪＲ浅利駅の西一キロメートル弱の国道の南側に、寄江神社の社殿が建つ。その昔、一体の木像が鮑の貝殻に乗ってこの海岸に流れ着いた。それを祀ったのが始まりとされるが、境内に解説板がなく、創建年代などには至っていない。国道を挟んだ海側に一の鳥居が建つ。

寄江神社の東二百メートル、国道の南の少し奥まったところに、浄土真宗本願寺派の西方寺が建つ。もともとは禅宗であったが、明暦年間

西方寺

寄江神社
（一の鳥居と二の鳥居の間を国道が走る）

国道９号線から室神山を望む

（一六五五～七）に改宗した。何度かの移転の後、現在地で再建されたのはさらに下って文化四年（一八〇七）のことという。訪れた春三月春分の日、境内の日影には、ところどころ雪が残り、山陰の旅を実感した。

これらの社寺のほぼ南方一キロメートルに、その山容の美しさから浅利富士と呼ばれる、標高二百四十五・九メートルの室神山が日本海を見下ろす。「七」の辛の崎、「八」の石見海で引用した、**『万葉集』**巻第二に載る**柿本人麻呂**の長歌「つのさはふ……」の後半の、「妹か《が》袖さや《〔明〕》にも見えす《ず》妻こ《〔籠・ご〕》もるやかみ《〔屋上、八上〕》の山の雲間より」に詠み込まれる「やかみの山」は、この山に比定される。『能因』、『名寄』、『松葉』に、その長歌のこの部分が歌枕歌として収載される。なお、「妻籠もる」は「妻が物忌みに籠もる」の意で、「やかみの山」の枕詞である。

中腹には、とある老夫婦が出雲から流れ着いた幼い女の子を養育したが、七年後娘は出雲に戻り、後を追った老夫婦が、この地で倒れたとの伝えのある「じいさん井戸」、「ばあさん井戸」が岩穴として残り、頂上には、弘化五年（＝嘉永元年・一八四八）建造と刻まれる地蔵尊の祀られる地蔵堂が建つという。頂上に至る道は途中から岩場状とのこと、訪れた日は冷たい雨が降り、残念ながら登頂はあきらめた。

麓近くの先の社寺の辺りからは、手前の山地が視界を遮って室神山を直接見通すことはできないが、東方から国道九号線を西走すると、正面にその山姿を望むことが出来る。

古歌に謂ふ八上の山に登らむと　するも雨降り遠きより眺む
国道を走りて望む八上山　名を合点せり浅利の富士の
八上山の麓なる宮参道を　車行き交ふ道の遮る

十一、石見河《いわみのかわ》〔川〕

江津《ごうつ》市で日本海に注ぐ江《ごう》の川は、「中国太郎」とも呼ばれる中国地方最大の川で、その流路は複雑である。広島県北広島町に源を発し、島根・広島の県境の南を南東に下り、北広島町市街地付近で東に、そして安芸高田市の八千代湖を経て北東に、さらに広島県三次《みよし》市中心部で大きく西に向きを変え、三次市と安芸高田市、三次市と島根県邑南《おおなん》町の境に沿って北上、美郷《みさと》町で島根県に入る。そのまま北に流れ、美郷町中心部で大きく蛇行して南西に、江津市に至って始めてほぼ西に日本海へと向う。中国自動車道の江の川ＰＡは三次市西部、河口からは思いもつかない所に位置する。延長百九十四キロメートル、流域面積三千八百七十平方キロメートルの一級河川である。この江の川が、『名寄』、『類字』、『松葉』に**『新勅撰和歌集』**から収められる、読人不知《よみびとしらず》の「あさことに〔朝毎〕いはみ〔石見〕の河のみを〔澪〕たへす〔絶〕えず

江の川広島県内流路

濁川中流の断魚渓

土師ダムと八千代湖

こひ《〔恋〕》しき人にあ《〔遭〕》ひ《い》み《〔見〕》てしか《が》な」に詠み込まれる「石見河（川）」に比定される。

八千代湖は、可愛川（江の川本流の上流部の嘗ての呼称）の安芸高田市八千代町下土師《はじ》に、昭和四十九年（一九七四）完成した土師ダムによって形成された人造湖で、町名に因んで命名された。湖畔には六千本のソメイヨシノが植えられていて、花の季節には、昼夜花見客で賑う。また秋には、周囲の山々の紅葉もさぞかしと思われる。

江津市因原で江の川に流れ込む支流の濁《にごり》川の中流域は、渓流美に溢れていて、断魚渓《だんぎょけい》と呼ばれ、岩を噛む急流は川魚の遡るのをまさに阻んでいるかの如くである。なお現在は、国道二百六十一号線がこの付近で断魚トンネルを抜けるため見逃す恐れがあるが、トンネルの上・下の手前で旧道に向かえば、直下に美しい景観を見ることが出来る。

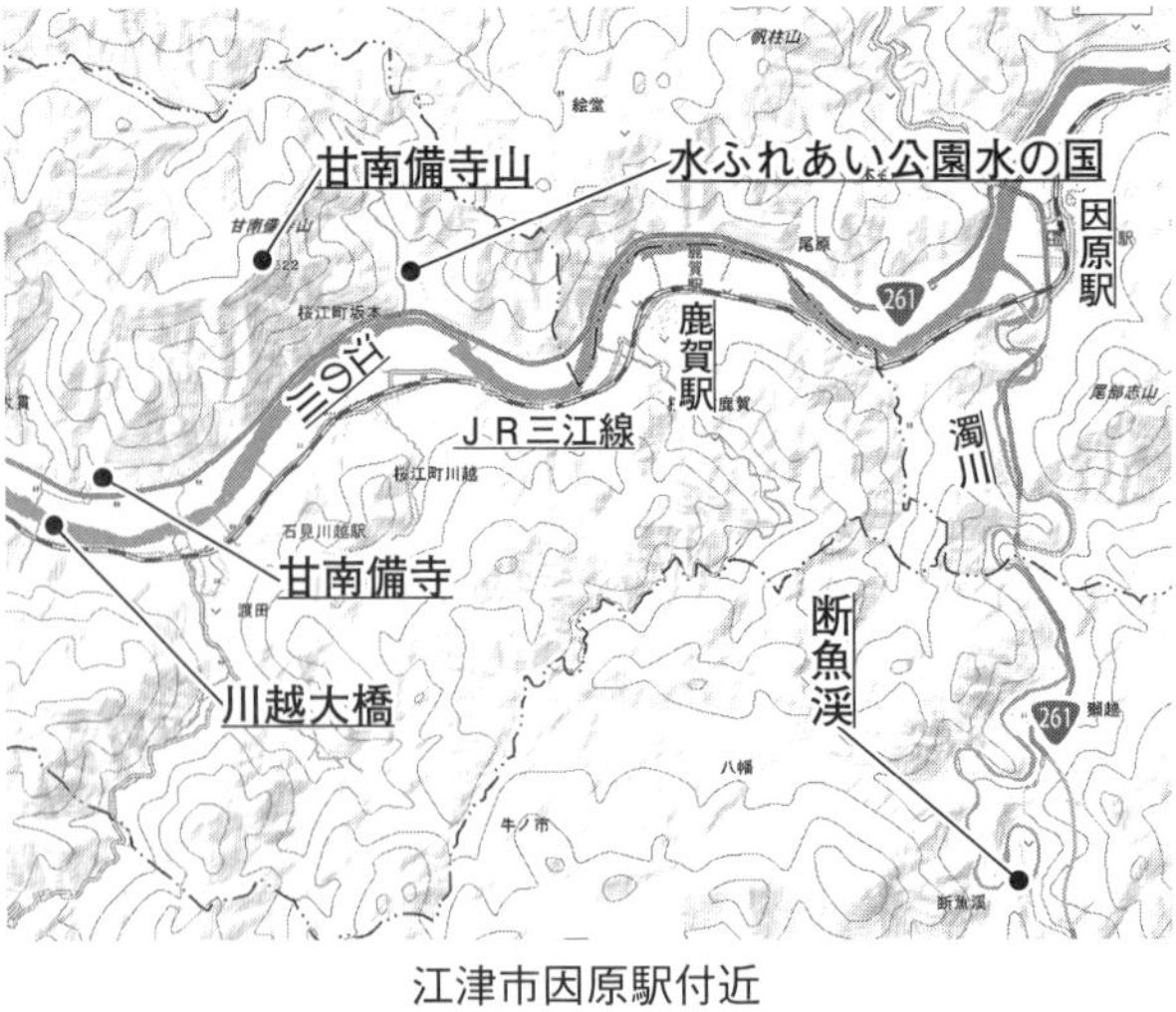

江津市因原駅付近

濁川と江の川の合流点の五～六キロメートル下流の右岸に、通称「水の国」、正式には「江津市水ふれあい公園水の国」の、水をテーマとしたミュージアムと公園がある。公園の西には「十三」で述べる甘南備寺《かんなびじ》山が全容を見せる。河口部は、地形的な理由で、大規模な沖積平野を形成してこなかったという。以下は筆者の勝手な推論であるが、これほどの川の土砂が沖積せずに海に流れ出したことで、それが大田《おおだ》市、江津市、浜田市に分布する豊かな海浜砂丘を形成したのかも知れない。

遥かなり石見の河の源を　探りて走る安芸の山の間
石見河の水治め居る土師《はじ》ダムの　湖巡《めぐ》り人憩ひ居り
岩を噛み魚道《うをみち》阻む渓《たに》のあり　石見の河に流れ入る前《さき》に

江の川河口部

十二、不加志山《ふかしのやま》

『松葉』には、**『懐中抄』**より「な《〔並〕》へ《べ》てそのふかし《〔不加志〕》の山に入《入り》ぬれは《ば》　帰らん道もしら《〔知〕》れさ《ざ》りけり」が載る。歌枕「不加志山」について、『石見國名所和歌集成』に収められる「石見国名所歌集」は、諸本が邑智《おおち》郡井原村（現・邑南《おおなん》町伊原）にある冠山《かんざん》に比定すると述べ、冠山を布冠山と書くこともあったが故に「布加志山」と当てたのだと解説する。ただし証はないと付記し、更には「かの歌を値《あて》たるも由なし」と結論する。

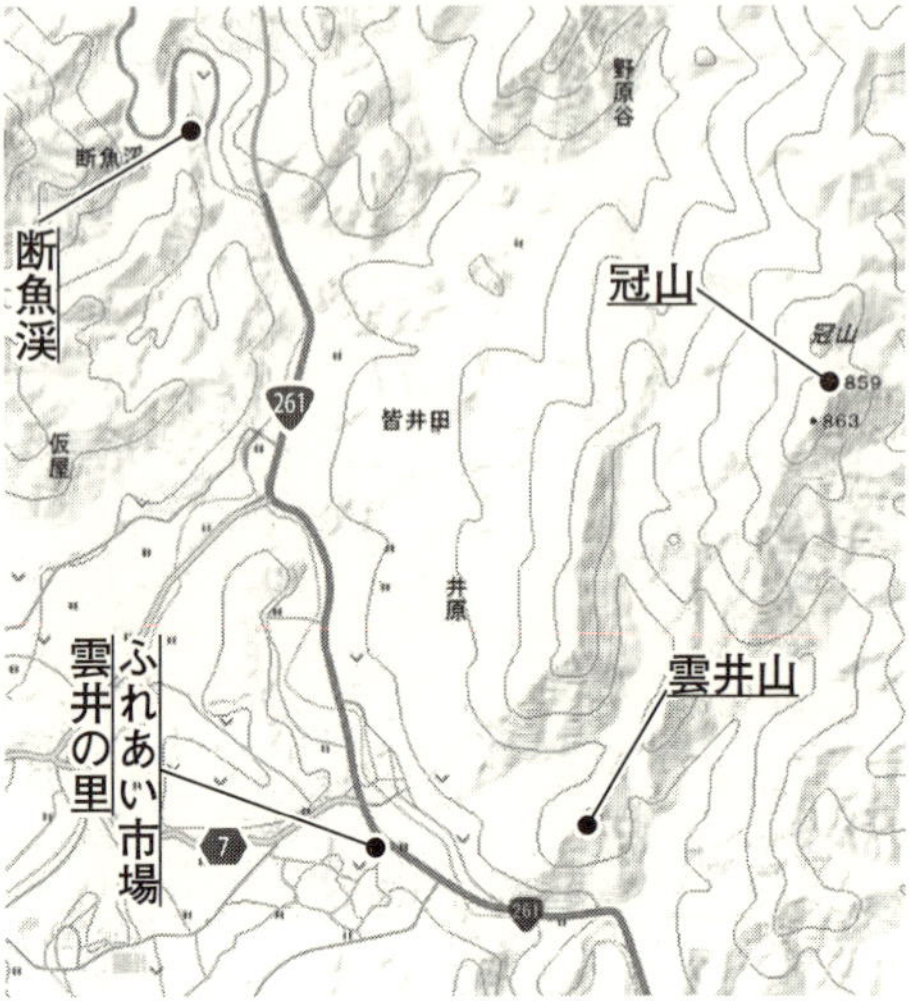

冠山

また、『角川日本地名大辞典』は、冠山に比定されるとしながら、江津《ごうつ》市の本明《ほんみょう》山説もあると記す。さらに、『和歌の歌枕・地名大辞典』は、「深師《ふかし》（の）山」として項を立て、現在の長野県松本市の古名の「深志《ふかし》」にある山としている。

前項で辿った国道二百六十一号線を、断魚渓《だんぎょけい》を過ぎて更に南進すると、左手に標高八百五十九・三メートルの冠山が見え隠れする。県道七号・浜田作木《さくぎ》線の分岐のすぐ先に「ふれあい市場・雲井の里」がある。そこからの山容の眺めが良いと聞くも、間に立つ雲井山（四百三十一メートル）の山腹が張り出して視界を遮り、ごく一部しか見えない。少し北側、国道の西の丘からその姿を確認した。野原谷の登山口から山頂まで三時間余りとのことで、登頂は断念した。

一方、浜田市の北東、「十六」の「古登多加礒《ことたかいそ》」に記す石見畳ヶ浦の南約二・五キロメートル地点から国道九号線を離れ、山間を通る県道五十号・田所国府線を東に辿ると、市境を越えて江津市に入り、有福《ありふく》温泉に出る。有福温泉は七世紀中頃発見され、以来福のある湯の湧く温泉として親しまれたと言う。レトロな雰囲気に新しい設備が加えられ、「美人の湯」として今も湯

冠山

冠山登山口

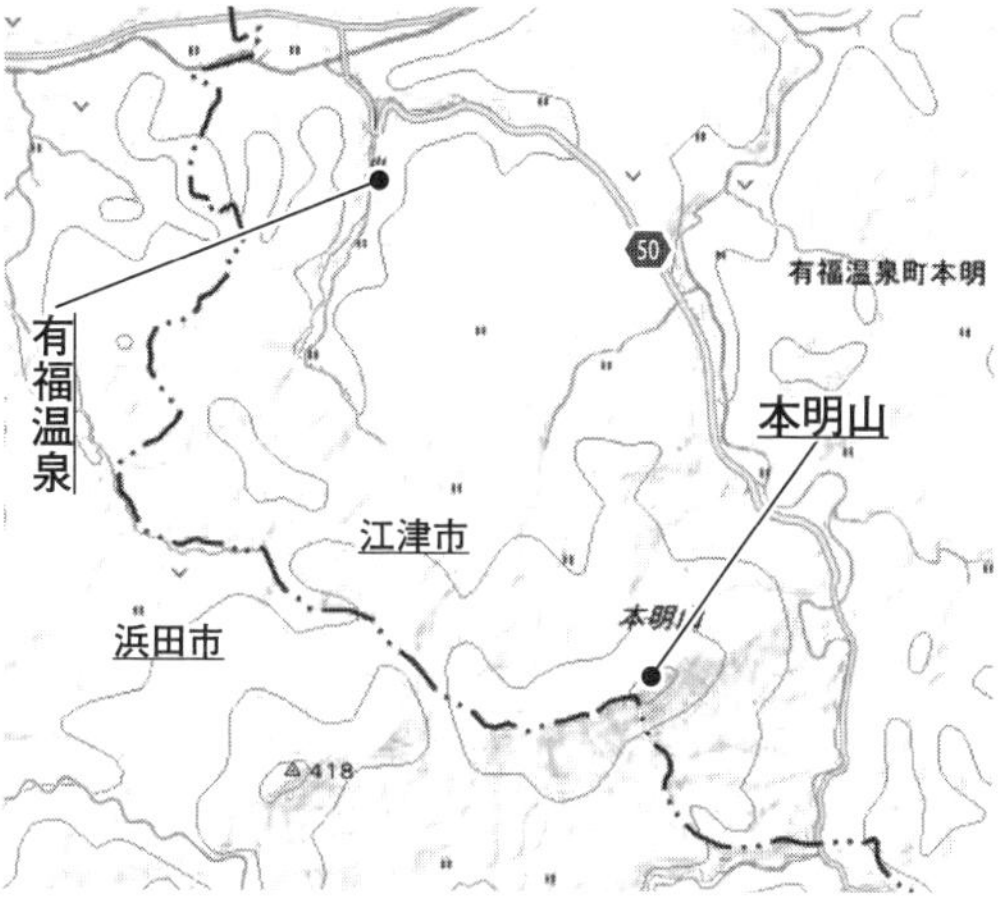

有福温泉と本明山

治客が絶えない。

ここから南東に向きを変える県道五十号を走ること二キロメートル余り、右手に本明《ほんみょう》山の山容を望むことができる。なだらかで優しい山姿である。頂上近くには、本明城跡や本明金比羅神宮もあるという。

なお、『和歌の歌枕・地名大辞典』が掲げる「深志」は、現在は松本市中心部の町名として残り、三丁目に、歴応二年（一三三九）創建の、諏訪明神と菅原道真を祭る深志神社が建つが、もちろん山と呼べる高地は無い。松本は、武田氏の侵攻によって一度はこの地から落ちのびた小笠原氏が、十六世紀末に復帰してよりの地名であり、それまでは「深志の里」と呼ばれていた。「深志山」は「深志の里」、即ち松本盆地を取り巻く山々のことであったと思われる。

直売の市場の彼方に不加志山　雲井の峰の肩越しに見る

共々に山容良くて決め難し　不加志山の名の山二つあり

信濃路に不加志の山のありと聞き　訪ふ日のあるを願ひたりけり

本明山

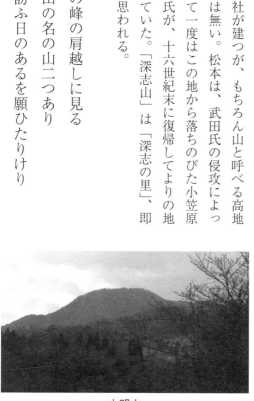

十三、渡《わたり》（の《の》）山《やま》

『松葉』には、既に再三再四歌枕歌に挙げられた、『**万葉集**』巻第二・一三五の**柿本人麻呂**の長歌の一部「大舟の渡りの山のもみち《（黄葉）》はの　ちり《（散）》のまか《（乱）》ひ《い》に妹か《が》そて《（袖）》」、『**夫木和歌抄**』から**権僧正公朝**の「いと深き雪の波哉大ふね《（船）》のわたり《（渡）》の山の花のさかり《（盛）》は」、そして『名寄』、『松葉』に**藤原家隆**の「あかね《（茜）》さす《（射）》日もゆふしほ《（夕潮）》にこく《（漕）ぐ》ふね《（舟）》のわたり《（渡）》の山も紅葉しにけり」が載る。三首目の出典は明らかでない、これらの歌に詠み込まれる「渡（の）山」は、江《ごう》津《つ》市の江《ごう》の川河口の右岸に広がる渡津町の東の山並みのことと言う。「十」の八上山、即ち室神山の西麓になだらかに連なる山々であるが、それぞれの山名の確認はできていない。

江津市渡津町付近

渡津町内には浄土真宗本願寺派長徳寺を始め寺院が多い。

また、隣町・松川町には大飯彦命《おおいひこのみこと》神社がある。仁和二年（八八六）、出雲国三熊山からこの近くの飯ノ山へ勧進したことに始まるとのことで、『**三代実録**』には貞観十一年（八六九）に従五位上の神階を授かったと記されている

長徳寺前からの渡津町の山並

大飯彦命神社

長徳寺山門

という。それ以外の創建を証する記録は無く、確としていないようだ。現在の地に鎮座したのは明和六年（一七六九）とのこと、村の集落の奥の谷間の森の中に佇むが、なぜか進入禁止のロープが張られていて鳥居を遠望するに止まった。

この「渡（の）山」には他の説もある。

一説は、江の川を遡った江津市桜江町に聳える標高五百二十二・四メートルの甘南備寺山をそれとする。南を東西に流れる江の川の渡し場がこの付近に在った故の歌枕とするものである。渡し場は、現在の県道二百九十五号・日貫《ひぬい》川本《かわもと》線の川越大橋付近と勝手に想像した。甘南備寺山は、前々項で紹介した「江津市水ふれあい公園水の国」の西にその全容を見せている（「十二」の地図参照）。川越大橋のやや北東、国道二百六十一号線沿いに甘南備寺が建つ。天平十八年（七四六）、**行基**によって山の東側、即ち先述の「水の国」から見える中腹に創建された。以来隆盛を誇ったが、明治五年（一八七二）

甘南備寺

「水の国」から見た甘南備寺山

の浜田地震で維持が困難になり、現在の地に移築再建されたという。歴史があるが故に受け継がれる文化財も数多い。

更なる一説は、次項の「高角山」で詳述するが、江の川の左岸に聳える「島の星山」に比定する説である。

さて、これら三説の中で何れを「渡（の）山」とするかは悩ましい。第三説は、別に確とした歌枕がある故、やや漠とした歌枕と重複させる理由はないと思われる。

第一説は、その地の古くからの地名が連綿として受け継がれて、現在の町名に残っていると解釈することで整合性がある。

第二説は、そこに建つ寺院の歴史の重さ、また地理的にも旧き街道の道標としても相応しく、例歌に詠み込まれる「舟」から想起される水運も、当時としては海に限ったことではなく、川も十二分にその機能を果たしていたと思われ、まして江の川は「中国太郎」と呼ばれる大河なのであって不足はない。

以上のことから、渡津町の山並か甘南備寺山のどちらかであることで考察を留めたい。

決め難き渡《わたり》の山は何処《いづく》かと　訪ね巡れり石見河辺り
海近くなだらかに見ゆる渡山　名を継ぎ残す街の背に在り
江《ごう》の川に沿ふ道の端《は》に聳えゐる　渡山在り古寺を抱きて

十四、高角山（併せて同沖）

江津《ごうつ》市のほぼ中央、島の星町、金田町、川平町の境界に、標高四百七十・一メートルの島《しま》の星《ほし》山がある。北西の

島の星山遠景

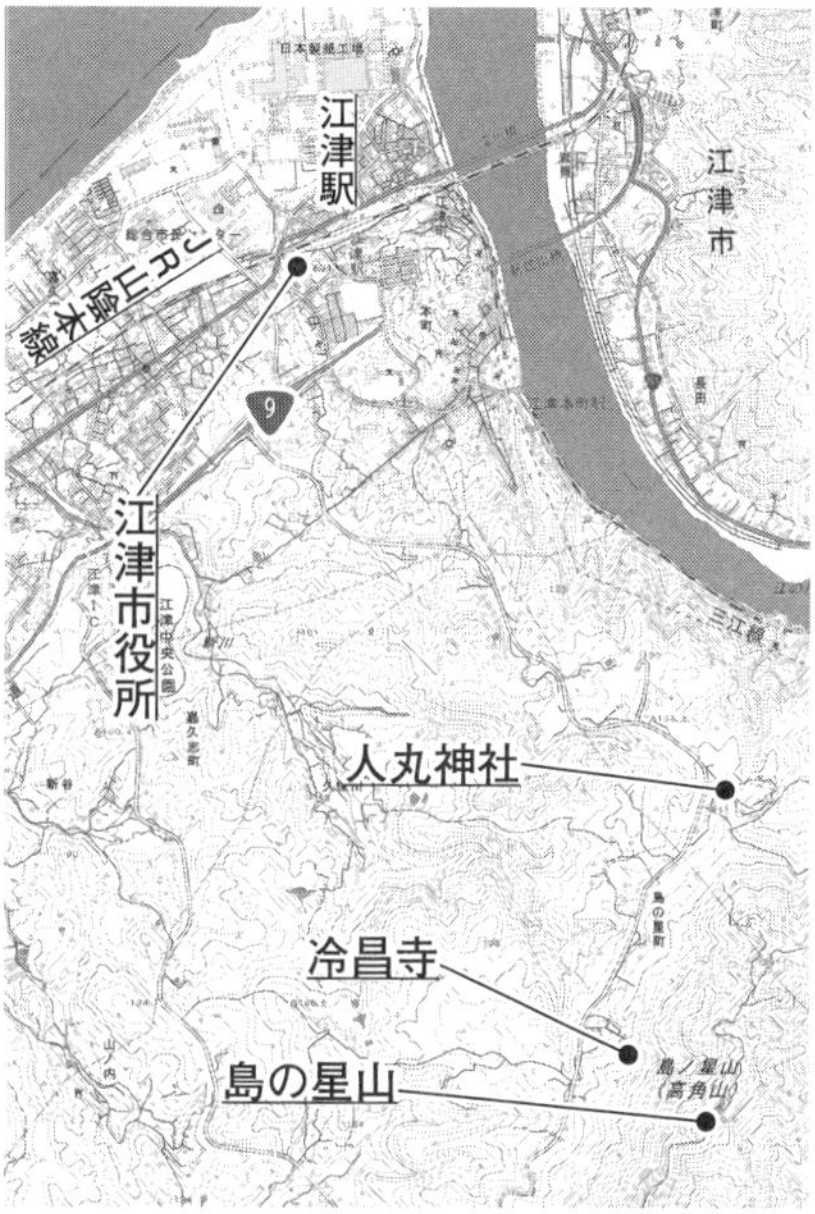

島の星山付近

中腹の、現在は無住となっている真言宗冷昌寺の寺伝には、「貞観十六年（八七四―筆者注）九月八日星東天より降る。依て堂を建てて祀る」とあるという。隕石落下説の拠であり、それが島の星山の名の由来である。冷昌寺の境内の奥には、その隕石を祀る「隕石大明神」の祠が建つが、江津市商工観光課によればあくまでも言い伝えとのことである。

柿本人麻呂は、一説によれば、持統七年（六九三）から同十年（六九六）まで石見国に赴任していた。その後、奈良への帰任の際に、妹（この地における妻）・**依羅娘子**《よさみのおとめ》との別れを惜しんで詠んだ歌群（一三一～一四〇）が石見相聞歌と呼ばれる。その最初の長歌「石見の海……」の反歌、「石見のや高角山の木間《このま》より　我《わが》ふ《〔振〕》る袖を妹み《〔見〕》つらんか」が『能因』、『名寄』、『松葉』に載る。詠い込まれる「高角山」がこの「島の星山」に比定されるという。次項に述べるが、この山の西北の、現在の都野津《つのつ》町の海岸線が「角の浦」、その人里が「角の里」と呼ばれていたという。そ

冷昌寺と隕石大明神を祀る祠
（江津市商工観光課ご提供）

人丸神社と歌碑

の里から上京する途上の山の意で「角山」、それに形容詞「高し」を接頭辞的に添えて「高角山」と称するようになったとの説がある。

山の東北の中腹には「島の星山・高角山万葉公園」があり、鳥居と人丸神社と呼ばれる祠がある。鳥居の脇には、昭和四十八年（一九七三）に建てられた高木市之助博士揮毫の「石見のや……」を刻んだ自然石の碑があり、一画には**依羅娘子**の、そして小高い丘の上には、人麻呂の像が建っている。

『名寄』、『類字』、『松葉』には、『**続古今和歌集**』から**藤原為氏**の「いはみ《石見》野やゆふ《夕》こえ《越》くれ《暮》て　みわたせ《見渡》は《ば》　たかつ《高角》の山に月そ《ぞ》さやけき」が、『類字』、『松葉』には『**新後拾遺和歌集**』より**後鳥羽院**の「石見潟高角山にくも《雲》晴《晴れ》て　ひれふる《比礼振》岑をいつる《出づ・ず》月かけ《影》」も載る。また、『松葉』には単独で九首もの歌が収められる。そのうちの七首は、江戸時代の様々な年代の「柹本社御法楽」が出典である。柹は柿の本字で、この御法楽は実は益田市高津町の柿本神社で営まれたものである。この神社については既に「三」の鴨山の項で述べたが、享保八年（一七二三）、人麻呂を和歌の神として崇敬した**霊元上皇**が、この柿本神社で人麻呂一千年祭を催行し、以後歴代天皇等が法楽を催した。であれば、これらの七首は高津町の柿本神社で詠まれた歌で、「たかつの山」は「高角山」ではなく、あるい

人麻呂像

依羅娘子像

は「高津の山」かも知れない。古歌の表示が仮名であったことを考えれば、あながち筆者独《ひと》りの推論とはいえないだろう。他の歌についても検証の要があるとも思える。

ただし、冒頭の万葉歌が「島の星山」を「高角山」として詠んだのは間違いのないところであろう。

古《いにしへ》に星の降りたる伝へあり　角の里抱く高角山に
石見去る人麻呂妹を偲びたり　高角山に祠のありて
迷ひたり高角山の歌数多　高津の山を詠みたる歌かと

十五、角乃《つのの》〔の〕浦《うら》（併せて角）

前項でも触れたが、江《ごう》の川河口の左岸から敬川《けいがわ》町の大崎鼻までの、江津浦、喜久志浦、和木浦、都野津《つのづ》浦、敬川浦の海岸線が、古くには「角の浦」と呼ばれた。和木町で張り出す真島（陸続き）以外は全て砂浜で、その中心は都野津町である。『石見國名所和歌集成』に収められる「角鄣経《つのさはふ》石見《いわみ》八重《やえ》葎《むぐら》―石見国弐拾六ヶ所名所」の絵図では、一体の浜の中で「ツノヅ村」の浜際にのみ舟が描かれていることからしても、そのことが判る。もともと半農半漁の村であったが、旧山陰道から安芸国に通じる街道が分岐する要衝の地で、江戸時代の流通の発達につれて、都野津商人と云われる行商従事者の拠点ともなったという。

都野津町の海岸

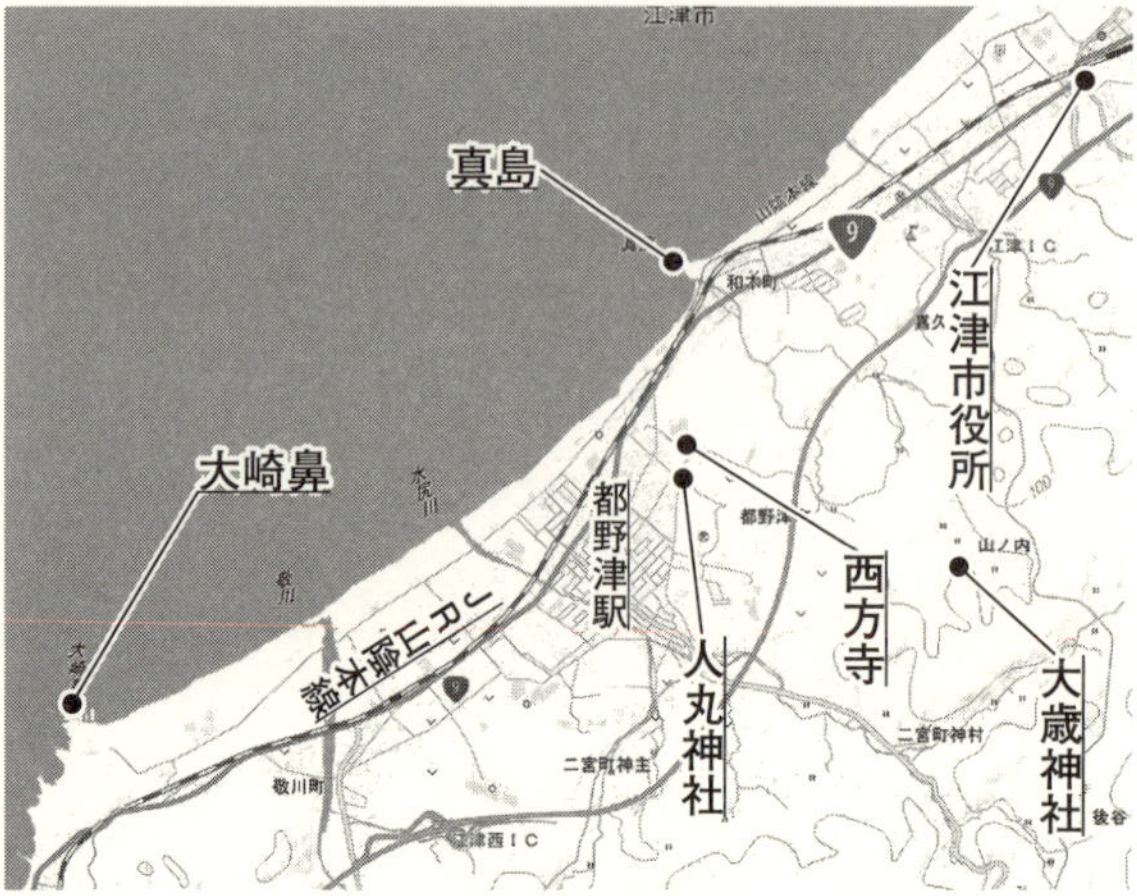

都野津町付近

柿本人麻呂の石見相聞歌と呼ばれる十首の最初の歌・『**万葉集**』巻第二・一三一の長歌は、「石見の海角の浦みを浦なしと　人こそ見らめ潟なしと（伊藤博著『萬葉集釋注 一』）」から始まる。歌意は「石見の海、その角の入り江を、良い浦がないと人は見もしよう、良い干潟がないとも……」である。これがここ「角乃（の）浦」の歌枕歌として手元の歌枕集に収められるが、それぞれ表現に若干の差異がある。『能因』には「石見の海つの、浦はを浦なみと……」、『松葉』には「石見の海つの、うらわをうらなみと……」、そして『名寄』は、出典を巻第三とし、「いはみ海角思ふにうらかなしと　人こそ見らめいそなしと人こそみらめ」と、むしろ別の歌に近い。しかし、巻第三にはこれらの句を含む歌はなく、間違いなく同一歌と見るべきであろう。更に、この長歌の結びの五句「夏草の思ひ萎《いしな》えて偲ふ《ぶ》らむ　妹が門見む靡《なび》けこの山（強い日差しに萎む夏草のように気落ちして沈んで私を偲んでいるだろういとしい人の門を見たい。この山よ、邪魔だから靡いてしまえ）」が、「偲ぶ」が「歎く」、「妹が門」が「角の里」と言い換えられて、『能因』、『名寄』に併載される。何れも古き時代の書写の難しさを思わせる。

前項の「高角山」で、江津《ごうつ》市島の星山町に人丸神社が建つと述べた。この都野

都野津柿本神社

大年神社

津町にも**柿本人麻呂**を祀る社がある。ＪＲ都野津駅の真東六百メートルほどに芝生の広場があり、そこは嘗て「姫御所」と呼ばれた、**柿本人麻呂**のこの地における妻とされる**依羅娘子**《よさみのおとめ》の寓居があったとされ、明治四十三年（一九一〇）、その跡に社殿が建てられた。また、人麻呂がここに仮住まいした記念に植えたと伝えられる樹齢八百年の「人麿の松」が、枯死が確認されて伐採された平成九年（一九九七）まで、枝を広げていたという。現在その株の一部が、拝殿の横の展示館に置かれている。また、万葉研究家で元大阪大学名誉教授の犬養孝博士揮毫の石碑も建つ。ただし刻まれる歌は、前項に挙げた、この長歌の反歌「石見のや高角山の木間より　我ふる袖を妹みつらんか」で、「角乃（の）浦」は詠み込まれてはいない。

都野津町には寺社が多い。先の柿本神社の北二百メートルの路地奥には、立て込んだ住宅や狭い道路の街中にしては意外に広い境内の大年神社が建つ。創建は神亀二年（七二五）と古く、現在地に遷されたのは正徳元年（一七一一）とのことである。祭神は大年《おおとしの》神、稲倉魂《いなくらたまの》命で、ともに農事を司る。また大年神社のすぐ東には、創建は天正年間（一五七三〜九一）と比較的新しいが、落ち着いた雰囲気の西方寺が建つ。

歌枕探り巡りてまたもまた　人麻呂神社の角《つの》の浦に在り

西方寺

偲びたり角の浦辺の風受けし　人麻呂松の在りし雄姿を
角の浦に沿ふ街並みに史深き　大年神社の静かに建ち居り

十六、古登多加《ことたか》〔賀〕礒《いそ》〔磯〕

「古登多加礒」を歌枕とする歌は、「石見かた《〔潟〕》ことたかいそ《〔古登多加礒〕》による《〔寄〕》浪の　くだけ《〔砕〕》てかへ《〔帰〕》るものとしら《〔知〕》す《ず》や」が、『堀河百首』を出典として『名寄』、『松葉』に収められるのみである。しかし、この磯と思しき地の後背は、石見国の中心であったことを物語る史跡があり、この歌の詠者・**源俊頼**は一流の歌人であって不足はないが、更に多くの歌人に詠まれたとしても不思議ではない地で、その意味で若干の寂しさを覚える。

下府駅付近

伊甘神社

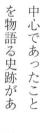

国府跡碑

「八」の「石見海」の項で、その地の候補として三番目に紹介した現・県立石見海浜公園の直ぐ南東に国府町がある。町名が示す如く石見国の国府、国分寺が置かれていた。

ＪＲ山陰線・下府《しもこう》駅の北二百五十メートル、山陰線の直ぐ東に伊甘《いかん》神社が建つ。道脇に一の鳥居、二の鳥居が前後に並ぶように立ち、その奥に小振りの社殿が建つ。創建は貞観三年（八六一）、**延喜式**神名帳にも登載される名社である。境内右手のやや奥に「國府跡」の石碑があるだけだが、石見国府の跡地であったことが識れる。また、社殿左手の奥には小さな池が水を湛える。傍らに、昭和五十九年（一九八四）に設けられた以下の解説板がある。

この池は、「御所の池」と呼ばれている。このあたりの字名を御所と称し、石見国庁跡とされているが、「御所の池」は嘗ては国庁庭園の池であったと古老は伝える。ここら一体は、下府砂丘下の、清水がこんこんと湧き出る水筋にあたり、どんな日照り年でもこの水が涸れたことがない。この地域に国庁が置かれた理由の一つに挙げられている。

この池を「伊甘の池」ともいう。古き伊甘郷の中心にある池の意か、または現存する伊甘神社に因んだものか。なお、「伊甘」を「井甘」として「甘水の湧き出る井」に解し伊甘郷名の起源とする説（石見八重葎）もあるが、それよりも、大昔この地を開拓した「猪甘部」によるとするのが有力である。

伊甘神社の北北東二・五キロメートル、国道九号線国分寺バス停の西六百メートルほどに、寛文五年（一六六五）に創建された浄土真宗金蔵寺が、美

御所の池

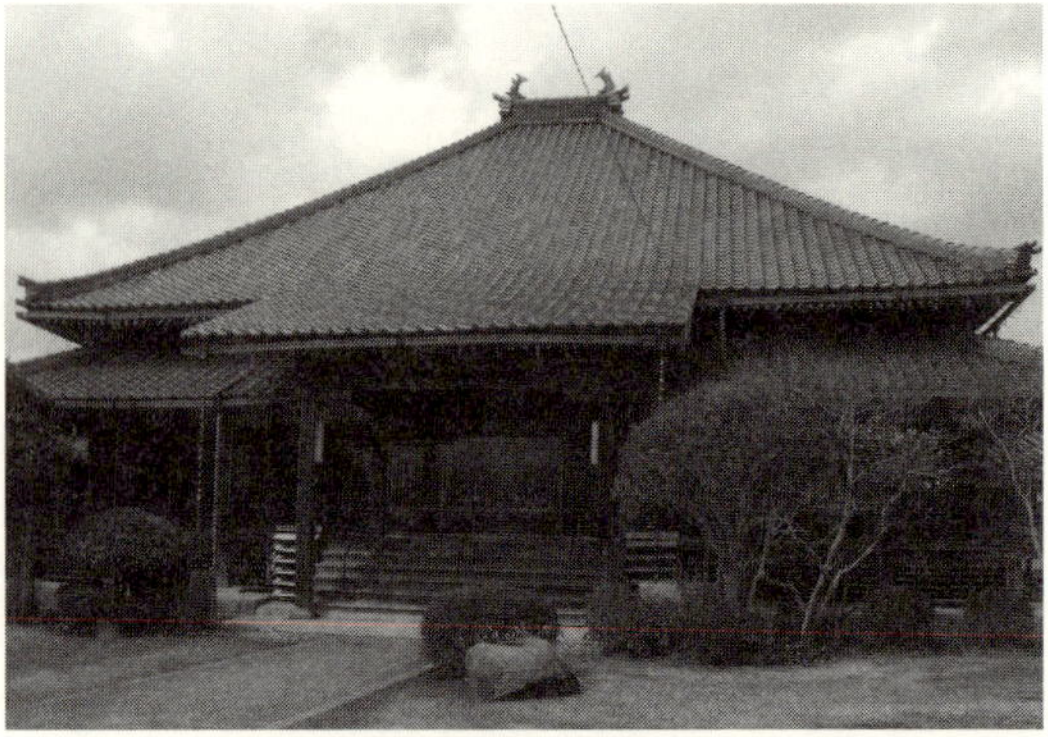
金蔵寺本堂

国分寺跡・出土品

しい赤銅色の瓦屋根の山門、本堂を見せてくれる。この寺の寺領が、天平十三年（七四一）、**聖武天皇**の詔によって造営された石見国分寺の跡とされる。本堂の東南には塔跡と推定される礎石も残る。寺庭のお手入れをされていたご住職の奥様に多くのお話を頂戴し、また出土した瓦を拝見させて頂いた。歴史、文化の上で貴重な足跡を、ご住職一人のご努力で明らかにし、また保存するのは並大抵のことではない。先の国府跡もそうだが、行政のいま少し深い関与があってもと感じた。

国府町の西、唐鐘漁港の北にある人専用の二百メートルのトンネルを抜けると、四万九千平方メートル（東京ドーム一・一個分）の波食棚《はしょくだな》、高さ二十五メートルにも及ぶ海食崖が広がる奇観が開ける。国指定天然記念物の石見畳が浦の景勝で、この美観のみをもってしても歌枕の地とするに十分である。

古登多加の磯辺の寺の境内に　国分の寺の跡埋もれ居り
国府跡古登多加磯の浜近く　古き小社の片隅に在り
文や史訪ふ旅の目を癒しけり　古登多加磯の奇なる景色に

石見畳ヶ浦

十七、三重《みえの》（ノ）河《かわ》〔川〕原《ら》

浜田市浜田川

『能因』、『松葉』に、『**万葉集**』巻第九の「我畳《我が》みへ《〔三重〕》の河原の礒の裏に　かは《ば》かりかもと鳴蛙《鳴くかわず》かも（妻と暮らした私の家の畳は三重というわけではないが、この三重の河原の岩陰で、これでもかと鳴くカジカのように家が恋しいことよ）」が載る。初句の「我畳」の意は『萬葉集釋注―伊藤博』に従うが、古くには夫婦の寝室は、現代の洋間のベッドの如く畳が三重に敷かれていたのかもと想像した。詠者は生没年も事跡も全く未詳の伊保丸である。また、『松葉』にのみ、**藤原季経**の「わ《我》か《が》た〻み《〔畳〕》みへ《〔三重〕》の河原にいくしたて夕かた《〔方?〕》待《待ち》て夏はらへ《〔祓?〕》しつ」が載る。第三句目の「いくしたて」が解読できず、歌意は不明であるが、察するに「夏越《なごし》の祓」の様を詠んだと思われる。出典は『正治百』とあるから、**後鳥羽院**主催の『**正治二年院初度百首**』であろう。

しかし、この二首を見る限り、ここ石見国の歌とする証が無い。『名寄』は両歌とも伊勢国に収載する。**万葉集**解説書でも、三重川は四日市市で伊勢湾に注ぐ内部《うつべ》川と比定している。

また、『石見國名所和歌集成』にも、これらの歌は「石見にあらざるなり」との解説がある。一方で、手元の歌枕集には無い**壬生忠岑**の「石見潟三重の河原に立帰り見ずにはいかゞ山吹の花」を挙げ、那賀郡浜田に在りとしている。現在の浜田市の浜田城跡下を流れて松原港に注ぐ浜田川の河原とのことである。同書の影印の部には古い絵

秋葉神社

浜田川河口部と城山

図が載り、図中に記される小書きの地名から現在の場所を類推できるのだが、「三重川原」の図中には小書きが皆無で、解説を信じるしかない。

現在の浜田川は、両岸ともコンクリート堤防が施され、河原を想い起こさせるような自然景観は、少なくとも下流部には無い。右岸には標高六十八メートルの浜田城山があり、浜田城の本丸跡、石垣などが残る。築城は、元和五年（一六一九）に伊勢国松坂から移封された古田氏によって同九年に完成した。以後、徳川三百年の太平の世にありながら城主の移封、転封四度に及び、幕末慶応二年（一八六六）長州藩大村益次郎が進軍し、城主以下戦わずして敗走した際、城側によって焼かれて灰燼に帰した。

ところで、**柿本人麻呂**の事跡が石見各所に重複して伝えられていることは、「三」の鴨山、「四」の石河ほかで述べてきた。実はこの浜田城山にも一説がある。

浜田城山は「亀山」とも呼ばれるが、築城時に亀の縁起にちなんで改称したとのこと、元々は「鴨山」と呼ばれていたという。加え

浜田城本丸跡

浜田城石垣跡

て、浜田河を「石河」に比定する説があることは、「四」の第二候補として既に述べた。であれば、この城山は「三、鴨山」の新たな第三候補となり、筆者の混乱は更に深まる。そして今は秋葉神社に合祀されるが、幕末まで雁木社が山中に独立して鎮座し、そこには、ここが終焉の地とされる**柿本人麻呂**が祀られると言う。悩ましい歌枕の地である。

古の三重の河原の今は無し　堤の高く流れ治めて
主代はり城焼け落つも石垣の　今に見つめる三重の河原を
人麻呂の伝へまた残り居り　三重の河原の城跡近くに

十八、御階山《みはしのやま》

浜田市中心街の南に標高三百七十八・八メートルの三階山《みはしやま》が聳える。浜田漁港の西、浜田市原井町と瀬戸ヶ島を結ぶ、平成十一年（一九九九）開通の、全長六百十五メートルの浜田マリン大橋の瀬戸ヶ島側から、橋の正面にその山容を望むことが出来る。

浜田市街地から「海の見える文化公園」あるいは島根県立大学を目指せば、たやすく三階山への登山道に至る。途中までは車で登ることができるが、駐車場の

浜田市中心部

三階山神社

マリン大橋より見る三階山

先は進入禁止の看板が立っている。車両通行可能とは思えるが、看板の指示に従い急坂を歩き登ると、一気に視界が開け、頂上に達する。刈り込まれた平坦な広場に、一本の真っ直ぐな舗装された道が伸び、その中途の真っ白な鳥居が目を引く。その先に三階山神社が鎮座する。開山は不明であるが、古くに山岳信仰の道場として始まったとのことで、祭神は**天照大神**《あまてらすおおみかみ》、月読命、**素戔嗚尊**《すさのおのみこと》である。帰路、登山道の木の間から北方を見遣ると、足下の浜田の街並みや日本海の眺めが素晴らしい。

この山が歌枕の御階山《みはしの》である。『松葉』に『**夫木和歌抄**』より、「わたる《（渡）》ともつく《（尽）》へ《べ》くもなし君か《が》代の　みはし《（御階）》の山の動きなければ《ば》」が収められる。しかしながら、歌意または語句にここ石見国とは確定は出来ない。

『和歌の歌枕・地名大辞典』は、石見国の歌枕と表記しつつ、解説においては、兵庫県たつの市新宮町觜崎《はしさき》にある鶴觜《つるはし》山のことという。その論拠は、『播磨風土記』の「揖保《いぼ》郡越部《こしべ》里」の項に、「大汝命積俵立橋。山石似橋。故號御橋山（大汝命《おほなむぢのみこと》、俵を積みて橋を立てましき。山の石、橋に似たり。故、御橋山と号《なつ》く）」と記されることによる。

JR姫新線・東觜崎駅の北一キロメートル余り、揖保川の東岸に、ほぼ垂直に切り立った岩が露出している。「觜崎の屏風岩」であり、この山が鶴觜山、即ち『和歌の歌枕・地名大辞典』が歌枕とす

三階山山頂より見る浜田市街

屏風岩

東觜崎駅付近

る「御階山」である。揖保川を挟んだ西には旧出雲街道の国道百七十九号線が走り、古の頃から往来盛んで、この奇岩が広く知られていたことは想像に難くない。

揖保川の西岸は、平安時代には越部荘と呼ばれ、**藤原俊成**、**藤原定家**の荘園であった。俊成の孫娘・越部禅尼は仁治二年（一二四一）よりこの地に住み、建長六年（一二五四）没している。その墓が「てんかさん」と呼ばれる祠として、「橘のにほふあたりのうたゝ寝は　夢もむかしの袖の香ぞする」の歌碑とともに集落の西の丘の麓にある。また、承平二年（九三二）創建の越部八幡神社、更に古くからとされる越部廃寺、新宮藩旧陣屋門を山門とする心光寺など、歴史、文化の跡が多くある。歌枕の地としては播磨国の方にやや分があるだろうか。

越部禅尼の祠「てんかさん」

三階山《みはしやま》を見上げたる橋頂《いただき》を　目指す道より見下ろし認む
頂の参道途中の三階山の　社の鳥居白鮮やかに
播磨なる三階の山の裾近く　御子左家の縁《えにし》の地あり

十九、伊世雄《いせお》〈潟《がた》〉

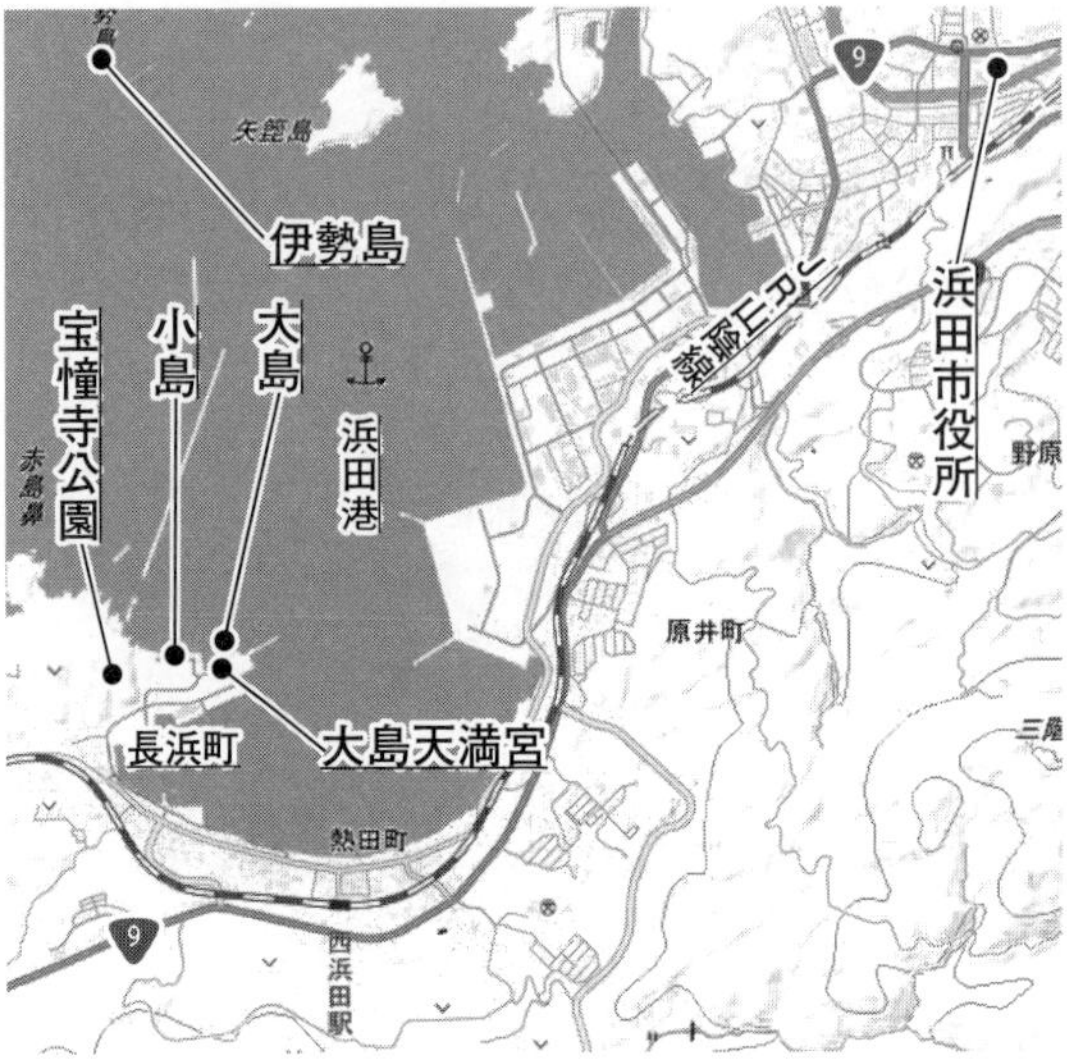

浜田湾付近

浜田市中心部の南南東、三階《みはし》山の西に、日本海が切れ込んで湾を形成し、更に風波を遮るように半島状に張り出した陸地が囲み、浜田海上保安部のある浜田商港を守っている。一帯は現在長浜町と呼ばれている。その陸地は小高く、宝幢寺《ほうどうじ》山と呼ばれ、今はその跡も判然としないが、少なく

長浜（伊世雄潟）と浜田商港

とも、江戸時代の記録には宝幢寺が建っていたという。現在は公園となっているが、訪れた時は豪雨被害の修復が未了で、遊歩道が通行止めであった。

陸地の先端には、古くにはそれぞれ島であったが、今は陸続きの大島、小島があり、その大島には大島天満宮が建つ。この二つの島には、その成り立ちにつき以下の昔話が残っている。


昔、大勢の人が住む長浜という村があった。ところが、その庄屋さんがどういう訳か賑やかなことが嫌いで、独り村から離れたところに愛犬と暮らしていた。庄屋さんは、その生活に満足していたが、「目の前の海にもし二つぐらい小島があったらいい景色なのに」と普段から思っていた。

ところがある朝、日課の釣に浜に出てみると、目の前に二つの小島が浮かんでいるではないか。日ごろの願いが叶ってびっくりするやら喜ぶやら。しかしこの時庄屋さんの頭に「島が突然現れたとあっては、人が大勢やって来て一日中賑やかになってしまう」という考えが浮かんだ。そこで家にとって返して、大きな扇子を持ち出して、「島さん、どうかもそっと余所の海に行ってくれ」とあおいだ。すると島はゆっくりと浜を離れ、長浜の海に落ち着いた。以後、長浜の村は大いに繁盛し、庄屋さんは静かな生活を続けた。

大島天満宮

これは、昭和五十年（一九七五）から平成六年（一九九四）まで、ＴＢＳ系列で放映されたＴＶアニメ「まんが日本昔ばなし」でも市原悦子さんのナレーションで取り上げられ、データーベース化されていて、パソコンで視聴できる。
この長浜一帯が歌枕「伊世雄《いせお》〈潟〉」の地とされる。『松葉』に、**『夫木和歌抄』**から**藤原為家**の「いせを《〔伊世雄〕》潟〈けふ〉《〔煙〕》りも波もつら《〔辛〕》からす《ず》　それにも秋の色し見えねは《ば》」が載るが、初句の「いせを潟」を「伊勢を潟〈「を」は語調を整える間投助詞というが……）」として、伊勢国の浜とする説もある。

伊世雄の名称は、浜田港の沖合いに浮かぶ、伊勢島に因るとされる。大島天満宮の更に先の海崖に張り付いて北の海を眺めると、堤防の彼方に、それと思しき岩礁状の島がかすかに見える。

伊世雄潟囲む高みに続く道　水禍に通はず俯瞰叶はず
海崖を登り沖辺を眺むれば　島かすかなり伊世雄縁《ゆかり》の
伝へ残る昔話の微笑まし　伊世雄の潟なる古《いにしへ》の島

二十、高間山《たかまのやま》

浜田市のＪＲ山陰本線折居《おりい》駅の東方三キロメートルに、標高五百九十九メートルの大麻山《たいまさん》がなだらかな山容を見せる。折居川に沿う道を上流に辿ると、大きな鳥居のある大麻山に向かう道が左に分岐する。そこから頂上まで、舗装はされているが曲がりくねった登り道が通じていて、頂上近くには大麻山《おおあさやま》神社が建つ。

私の住む四国の、高松自動車道・鳴門西ＰＡのやや東、坂東谷川を渡る辺りの北方、徳島県鳴門市坂東に、朱の大きな鳥居が見える。大麻比古神を主祭神とする、阿波国一宮の大麻比古神社である。その大麻比古神社を仁和四年（八八六）

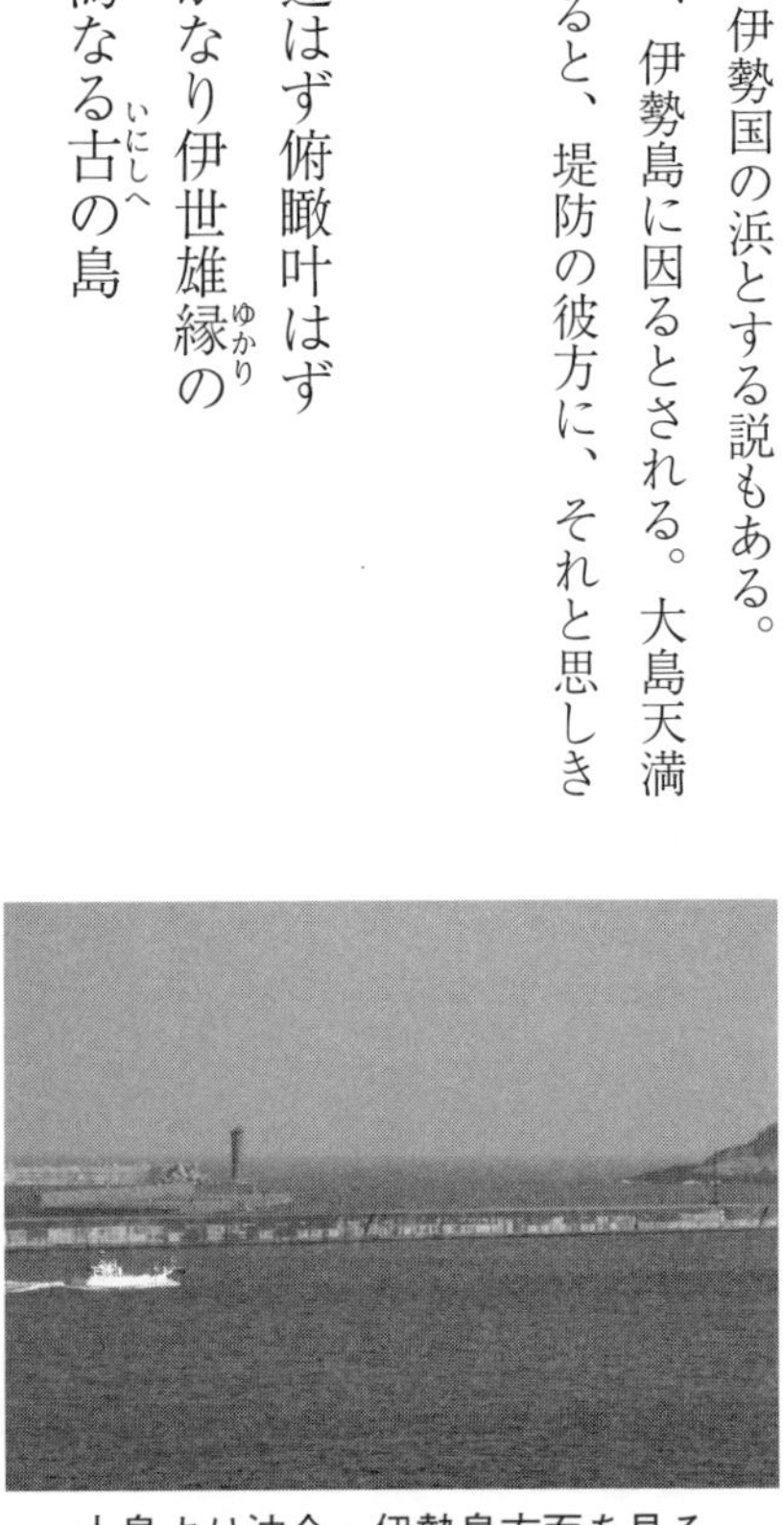
大島より沖合・伊勢島方面を見る

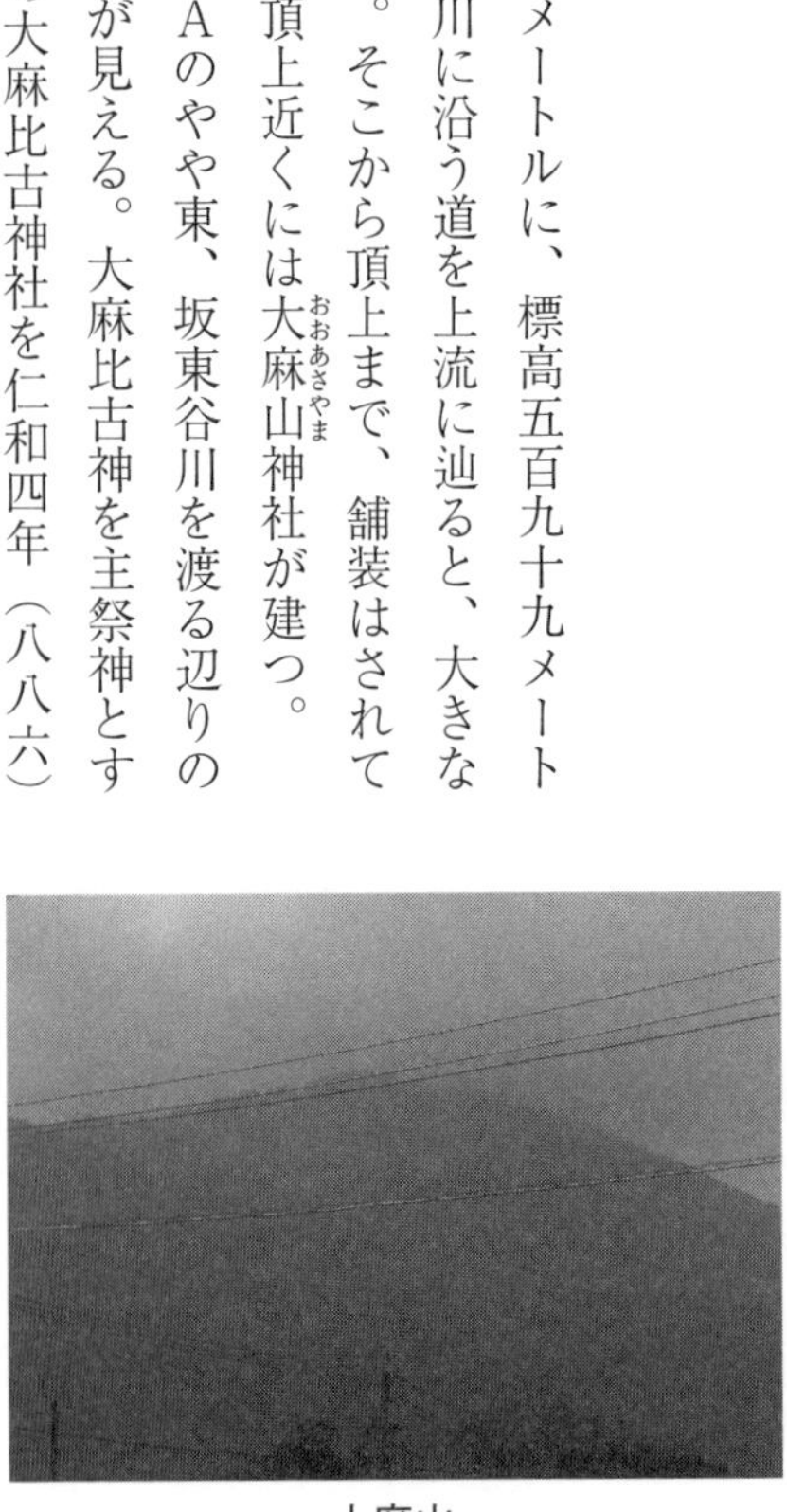
大麻山

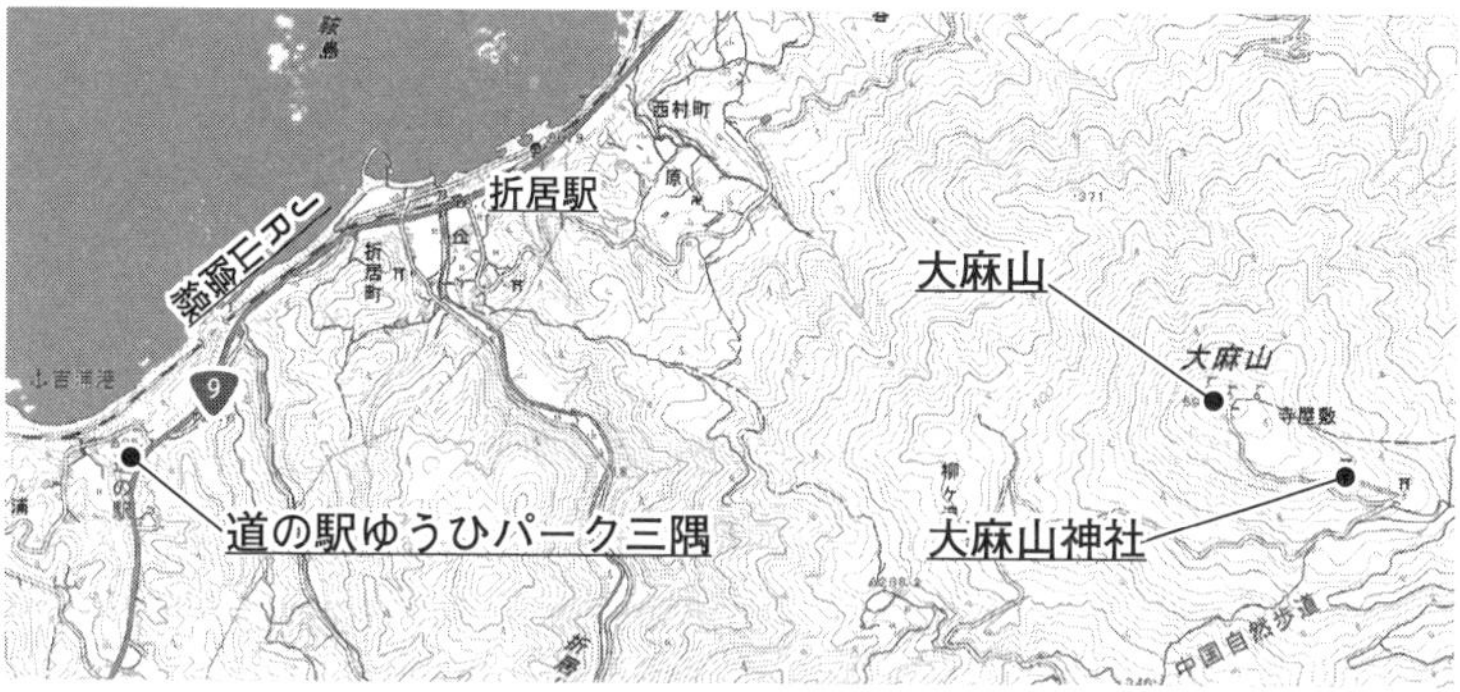

大麻山

にこの地に勧請し、更に寛平元年（八八九）社殿を建立したのが、ここ浜田市の大麻山神社である。一の鳥居から参道の石段を見上げると、さほどの高さとは思えない彼方の林間に社殿を目にすることが出来、気軽に登り始めたが、この石段、踊り場が長いため、途中の状況が全く見えず、実際には百九十段あった。拝殿の屋根の張りが鶴翼《かくよく》のように美しい。

頂上には、ラジオ、テレビの中継のためであろう電波塔が林立している。その片隅に、大麻山神社の小さな山頂社が日本海に背を向けて建つ。筆者の写真は曇天に加えて逆光の位置からのため、山頂社は影としてしか写っていないが、ＮＨＫの電波塔が白く聳える。その頂上の一角には、十メートルほどの高さの展望台があり、日本海と沿岸の眺めは素晴らしい。また、その海岸の一角に道の駅「ゆうひパーク三隅」があり、文字通り、夕日の美しい浜であるとのこと、そして、「夕映え見ごろ時間帯」なる掲示板が立っている。

大麻山神社山頂社とＮＨＫテレビ塔

大麻神社

『能因』には『**万葉集**』巻第二から、また『類字』、『松葉』には『**拾遺和歌集**』からとして、**柿本人麻呂**の「石見なる高間の山の木間《このま》より　我ふ〔振〕る袖を妹み〔見〕けんかも」が載る。この高間山が『角川日本地名大辞典・島根県』では大麻山に比定されている。しかし、たしかに『**拾遺和歌集**』には収められているが、『**万葉集**』巻第二には、第二句が「高角山の」とされる「十三」で挙げた歌しかない。八字目が「ま」と「つ」と異なるだけの二歌である。これをどう理解するかは悩ましい。『和歌の歌枕・地名大辞典』は「高角山」の誤りとし、『石見國名所和歌集成』収載の各書にも古き時代の書写の誤りとある。

見上ぐれば手に届くかと思へども　石段長き高間山の社
登り来し高間の山の頂の　鉄塔の陰に小社佇む
高間山の麓の浜の道の駅　没陽《いりひ》を愛でるよき時掲げ

二十一、日晩山《ひぐらしのやま》

『能因』、『類字』、『松葉』には、『**後撰和歌集**』から**菅原道真**の「ひくらし〔日晩〕の山ち〔路〕をくら〔暗〕みさよ〔小夜〕更て　木の末《すゑ》毎に紅葉照《てら》せる」が載る。

大麻山山頂からの日本海

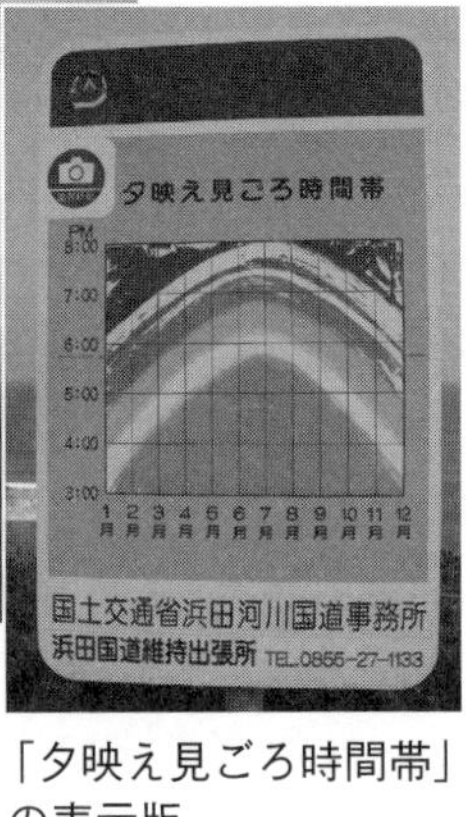

「夕映え見ごろ時間帯」の表示版

日晩山と思しき連山

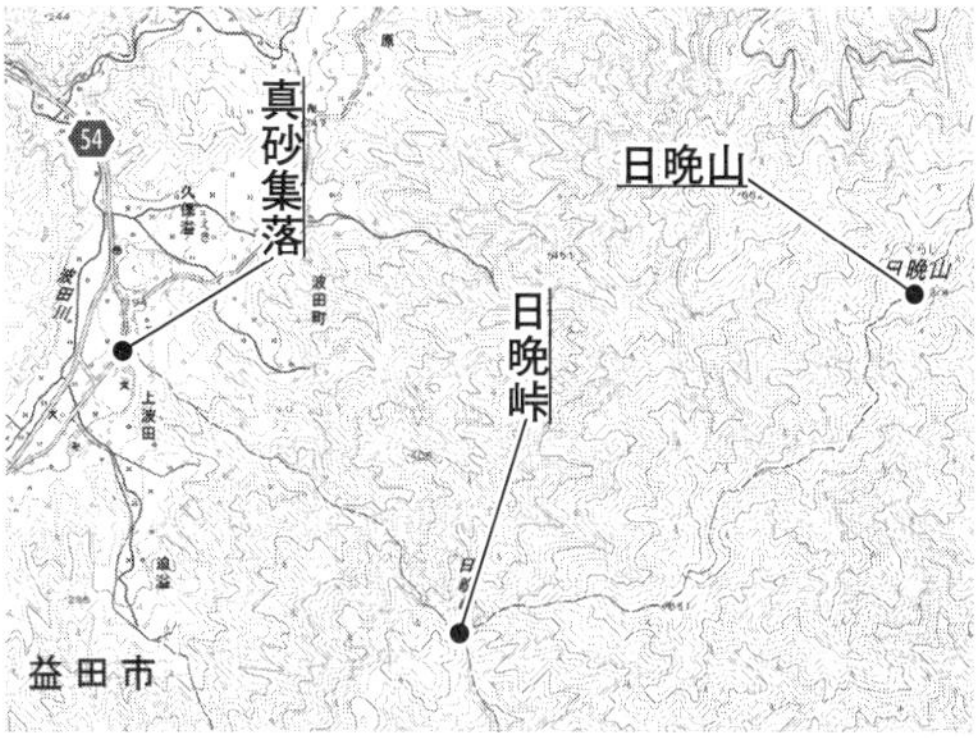

日晩山付近

この歌に詠まれる歌枕「ひぐらし山」は、益田市匹見《ひきみ》町と同美都《みと》町の境にある標高七百四十三・五メートルの日晩《ひぐらし》山山塊であろう。その稜線の鞍部の四百八十メートルには日晩峠があり、古くには匹見街道、後には現在の広島県廿日市市を通って大竹市、あるいは山口県岩国市に抜ける広島街道の要路であった。

菅原道真は**宇多天皇**の信任を得て、昌泰二年（八九九）には右大臣となるが、他氏排斥を目論む藤原氏により、延喜元年（九〇一）太宰権帥に左遷、九州に追放されて、その地で生涯を終えた。その任地への道程が、備後から匹見街道を経ての陸路であり、この日晩峠を越えた。

益田市中心部で、国道九号線と同百九十一号線が交叉するが、そこから百九十一号線を東進、美都町で右折して県道五十四号・益田澄川線を南に下ると、程なく波田町真砂地区に出る。地区振興センターから右手に向かうと、寄り添うように並立する社がある。八幡宮と天満宮で、天満宮は嘗て山の中腹に座していたものを遷したとのことである。

麗に並ぶ天満宮と八幡宮

猿田彦神を祀る石柱

　そこから峠までが、標高差二百八十メートル、距離一・六キロメートル余り、更に、二・三キロメートルの道のり、二百六十三メートル登ると日晩山山頂である。

　峠に至る道半ばには、猿田彦神を祀る石柱と鳥居があり、峠の林間には四基の歌塚が建てられる。冒頭の**菅原道真**の歌を刻んだ「ひぐらし塚」、**松尾芭蕉**の「雲雀よりうへ《〔上〕》に休らふ多《う》うけ《〔峠〕》哉」の「雲雀塚」他二基である。これらがあると聞き、登頂は無理としても、せめて峠までと一時間を掛けて登ったが、砂岩が砕けたような質の土の上に落ち葉が被り滑りやすい。加えて、事前の情報では、秋口にはマムシに注意とのこと、更には上り口にある溢田商店のご主人に頂戴した登山道案内図には、「熊注意」とあるから、長靴にステッキという出で立ちでの二時間の往復であった。

　なおこの真砂地区は、過疎の集落を活性化する活動が認められて、総務省による「平成二十六年度過疎地域自立活性化優良事例表彰団体」を受賞した。先の溢田商店のご主人は、この活動を牽引されている方と察せられ、更には、石見神楽の面の製作者として、秀甫の雅号をお持ちの方であった。後日、有難くも「恵比須」の面を一頭お送り頂き、当日のご助言と共に、ここに深く感謝申し上げます。

雲雀塚

ひぐらし塚

日晩《ひぐらし》の山に向ふる道の途に　標《しるべ》の神の祀られて居り
菅公や蕉翁の歌碑並び居り　日晩山の峠の道の端
列なして稲田を区切る彼岸花　日晩山の麓の村には

二十二、比礼振嶺《ひれふるみね》〔峯〕

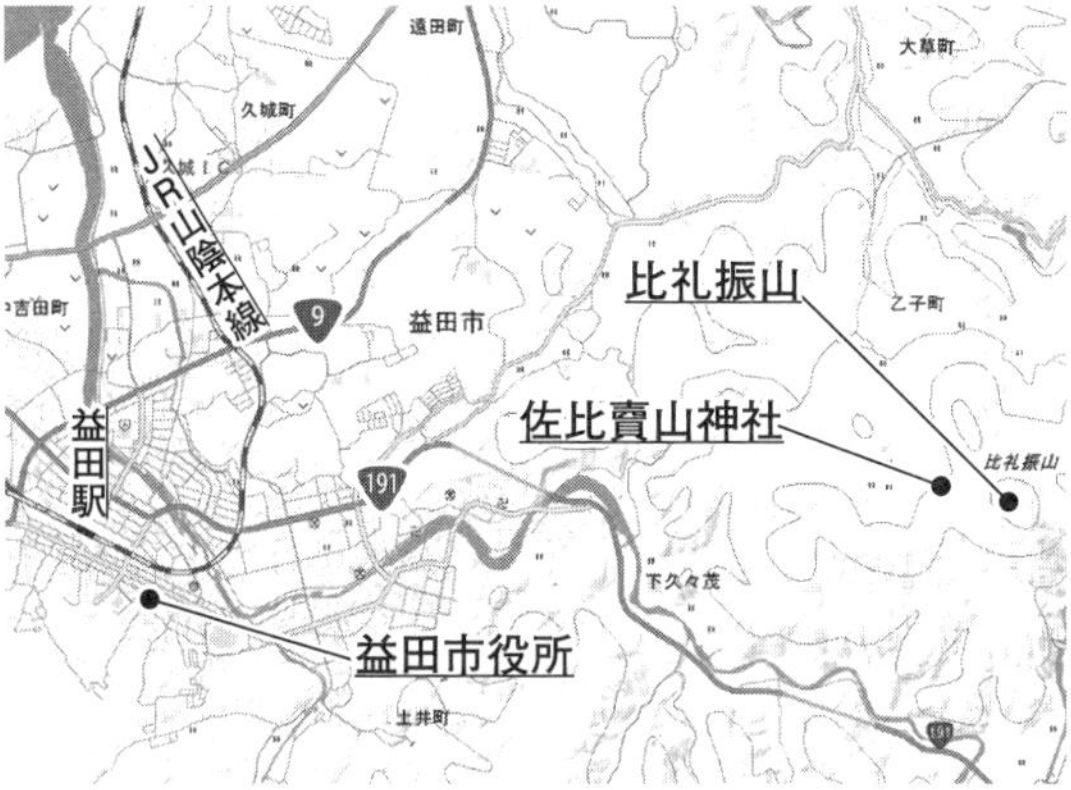

比礼振山

前項でも述べたが、山陰地方の日本海沿岸を走る国道は益田市で入れ替わる。鳥取側は九号線（京都府京都市〜山口県下関市）が、山口側は百九十一号線（広島県広島市〜山口県下関市）が、益田市中吉田町で交差し、以後百九十一号線は内陸を益田川に沿って東進する。その益田川に設けられた益田川ダムの北一キロメートルに、権現山とも呼ばれる比礼振《ひれふり》山（三百五十八・八メートル）がある。佐比賣《さひめ》山、乙子山の別称もあるという。頂上に至る中途には、別名の由来である佐毘賣山《さひめやま》神社が、そして

佐毘賣山神社

山頂の蔵王権現

頂上には、上古より鎮座していた蔵王権現を今に祀る社がある。

佐毘賣山神社の創建は不明とのことだが、**延喜式**神名帳に「石見国美濃郡佐毘賣山神社」とあり、少なくとも十世紀には既に形をなしていたと言える。古くには金山姫《かなやま》、埴山姫《はにやま》、木花咲耶姫《このはなさくや》を祀って山頂に御座《おわ》させ、姫山神社と称していたと言う。寛平五年（八九三）に金山彦命、大山祇《おおやまつみの》命を合祀して五社大権現と呼ばれるようになった。文安三年（一四四六）には中腹に、さらには万治三年（一六六〇）に現在地に遷座した。

比礼振山は石見小富士とも呼ばれる程山姿はなだらかで美しく、石見八景に数えられ、**柿本人麻呂**も**雪舟**も愛したと伝えられる。

益田川のやや下流の右岸に、その雪舟の手による庭園で知られる医光寺、万福寺が並び建つ。

雪舟は一般に、「秋冬山水図（東京国立博物館所蔵）」や「天橋立図（京都国立博物館所蔵）」などの北画系の山水画、人物画の画僧として著名であるが、京都東福寺の芬陀院《ふんだ》（別名雪舟寺）の書院の南庭をはじめ、多くの庭園を築いている。中でも、医光寺、万福寺は雪舟四大庭園に数えられる。

医光寺は、現在は東福寺派の臨済宗の寺であるが、もともとは正平十八年（一三六三）創建の天台宗崇観寺の一堂塔であったと言う。雪舟は、その崇観寺第七代住職で、文明年間（一四六九～八六）に築庭した。国の史蹟、名勝

医光寺本堂

医光寺雪舟庭園

医光寺雪舟廟

に指定される、鶴池に亀島を配置した池泉鑑賞半回遊式の庭園である。国道百九十一号線の益田トンネルのすぐ南にある。

万福寺は、医光寺の西五百メートルばかりにあるが、創建当時は、天台宗安福寺として益田川河口近く、現在の益田市中須町にあったとのこと、応安七年（一三七四）に現在地に移築された。庭園は文明十一年（一四七九）の作庭で、築山と心字池を配した池泉鑑賞兼回遊式、寺院様式須弥山風で、これも国の史跡、名勝に指定されている。

『類字』、『松葉』に『**新後拾遺和歌集**』から、**後鳥羽上皇**の「石見かた《（潟）》高つの山に雲はれて《（晴）》　ひれふる《（比礼降）》岑を出る《出づ》月かけ《（影）》」が載る。なお、「十三」でも記したが、「高つの山」が「高角山」、即ち「島の星山」なのか、あるいは「高津の山」なのかは迷うところである。

万福寺雪舟庭園

万福寺山門

頂《いただき》の姫神の社《やしろ》時を経て　比礼振嶺《ひれふる》を下り遷れり
比礼振の嶺の麓に雪舟の　造りし庭の二つ三つ見る
雪舟の比礼振嶺を愛でながら　この地の寺を守ると聞きたり

二十三、石見野《いわみの》

『松葉』には、**藤原実家**が自身の歌集に載せる「石見野や春の雪ちる《散》花さかり《盛》　高つの山に風や吹《吹く》らん」が収められる。また、手元の歌枕集には見当たらないが、『**続古今和歌集**』に**藤原為氏**が「石見野や夕こえ《越》くれ《暮》て見渡せば高津の山に月そ《ぞ》いさ《ざ》よふ」と詠っている。「いざよふ」は「進もうとしながら進まない、ためらう」の意である。

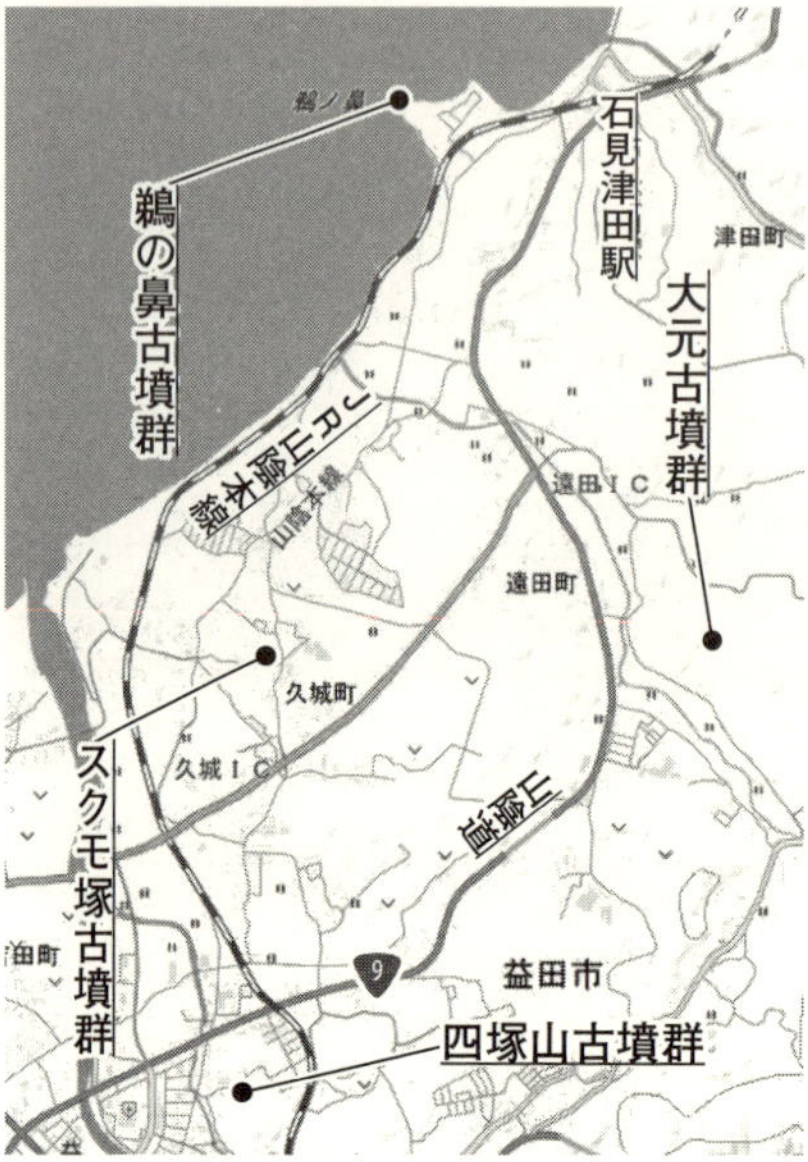

遠田町付近の古墳群

この歌枕「石見野」の特定は類推の域を出てはいないようである。が、『角川日本地名大辞典』は益田市遠田《とおだ》町を候補としている。また、『石見國名所和歌集成』の「角鄣《つのさ》経《わう》石見《いわみ》八重《やえ》葎《むぐら》」の影印の図でも、「ツダムラ（現・益田市津田町）」、「下ホンゴウ（益田市下本郷町）」、「益田川」に

鵜の鼻古墳円墳

鵜の鼻古墳前方後円墳

挟まれた地域が示されていて、まさしく遠田町である。
　遠田町は、ＪＲ山陰本線の益田駅の、一つ鳥取側の石見遠田駅から内陸に広がる。歌枕の地を証する事跡は見当たらないが、この辺りには古墳が数多く分布する。隣接の下本郷町に四つ塚山古墳群、久城町にスクモ塚古墳群、そしてここ遠田町には、内陸部に大元古墳群、海浜部の高台、遠田港の北に突き出た鵜の鼻の岬の上には、横穴式石室を持つ円墳、前方後円墳が五十基以上も点在する鵜の鼻古墳群がある。六世紀半ばから七世紀後半に造られたと言う。高台からの海浜の眺めは見る目を癒してくれる。
　ところで、冒頭に掲げた二首には、「高つの山」、「高津の山」が詠み込まれていて、共に「十四」の高角山に収載される。その項で述べたように、「高角山」は江津市島の星町にある島の星山に比定される。ここで問題なのは、この二地点間の距離（直線で五十キロメートル程）と見通しの効かない地形である。観念的に二地点が詠まれたのか、あるいはどちらか（ここ石見野の方であろう）

鵜の鼻古墳群への登り口

鵜の鼻古墳群足元の港

の比定に無理があるかである。もし後者であれば、石見野は『和歌の歌枕・地名大辞典』の解説の如く、江津市《ごうつ》を中心とする江《ごう》の川下流の沖積地辺りとするのが自然かも知れない。

ただしこの推論は、「高つの山」を「高角山」と解してのことであり、「十四」で述べたように、また為氏の歌にあるように、「高津の山」と読み解くならば、益田市の益田川左岸の万葉公園のある丘（「三」の地図参照）がそれにあたり、地形的には遠田町から充分に見通すことが可能である。

一に、「高つの山」の比定如何によるところである。

何処《いづこ》とも識れぬ石見野を古墳数多　ある地を訪ねあるひはと想ふ
石見野と思しき丘の本々の間に　古墳口開け吹く風寂し
迷ひたりたかつの山を決め難く　連れて石見野定め難かり

二十四、高田山《たかだのやま》（併せて高田）

手元の歌枕集全てに『**拾遺和歌集**』から、「なけ《（鳴）》やなけ《（鳴）》高田の山の郭公此《この》五月雨に声なをし《（惜）》みそ」が載る。「郭公」はカッコウではなくホトトギスと読む。詠者は不明である。この高田山は、山陰の小京都と呼ばれる鹿足郡《かのあし》津和野町中心部から西南三キロメートル程にある、標高五百二十三メートルの雲井峰のことだと言う。

雲井峰

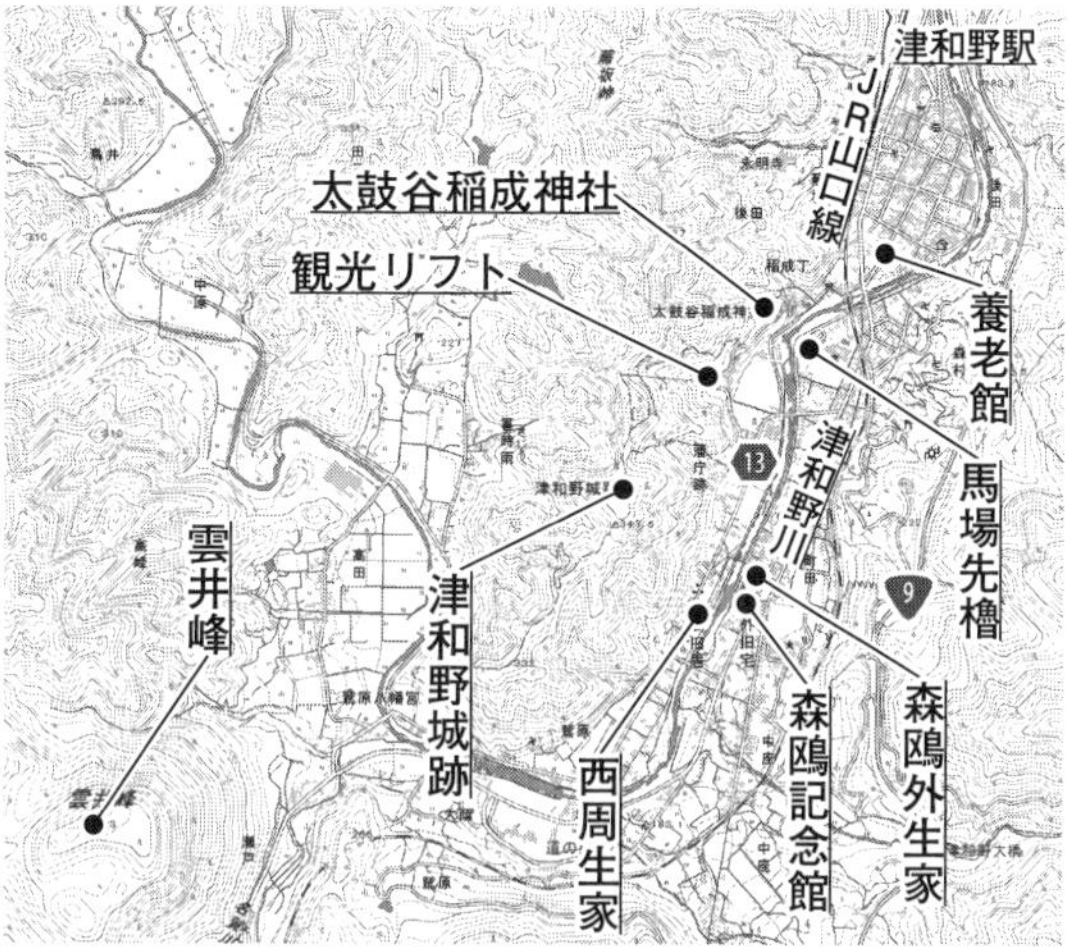

津和野駅付近

雲井峰は、福井県大日岳、鳥取県大山《だいせん》、島根県三瓶《さんぺ》山から九州の大分県九重山、そして長崎県雲仙岳に至る大山火山帯（白山火山帯とも）の一部である青野火山群の一山で、形成する岩石は二十万年前のものとのことである。その火山群の、この付近の中心である青野山（九百七・六メートル）は、津和野市街地を挟んだ東に聳える。

津和野町の見所は多い。

永仁三年（一二九五）、鎌倉幕府の命で能登吉見氏によって築城された津和野城は、明治六年（一八七三）破却されたが、石垣はほぼ完全に残っている。約五分の観光リフトの山上駅から、上り下りの山道を歩くこと十分余り、山上駅に竹杖が用意されているのも尤もである。山頂の本丸跡からは、南方に歌枕「高田山」の雲井峰が、また東には津和野川に沿って開ける、石州瓦が陽に映えて美しい市街地を望むことができる。

先の観光リフトの乗り場を過ぎてそのまま進むと、日本五大稲荷の一つ

津和野城跡、連なる石垣

津和野城跡から見る津和野町

太鼓谷稲成神社

に数えられる太鼓谷稲成神社の朱塗りの美しい社殿が姿を表す。なぜか稲荷でなく稲成の字を当てる。創建は新しく、安永二年（一七七三）である。回廊のように建ち並ぶ約千本の朱の鳥居は良く知られている。

また街中には、**西周**や**森鴎外**などの多くの人材を輩出した、天明六年（一七六八）創設の養老館や、幕末に建てられた旧津和野藩馬場先櫓など、江戸期の建造物も多く、さらに、ＪＲ津和野駅から南に二キロメートル程に、明治の文豪・**森鴎外**の生家と記念館、啓蒙思想家・**西周**の生家など、近代文化の発展に欠かせない足跡も残されている。

津和野の目抜き通りは「殿町通り」と呼ばれ、古い町並みと道路脇の水路の錦鯉に代表される風景である。季節を問わず老若男女の観光客で賑う。

津和野川の流れの南秋空を　背に横たふる高田の山は

辿り着きし本丸跡の真向ひに　高田の山のまろやかに見ゆ

高田山麓の街の津和野なる　史や文の跡数多訪ねる

森鴎外生家

西周生家

二十五、打歌《うった》（ノ）山《やま》

『**万葉集**』巻第二の**柿本人麻呂**の作、「石見の海打歌の山の木の間より　我が振る袖を妹見つらむか（石見の海の近くの打歌の山の木の間から私が振る袖を、つまはみていてくれているだろうか。）」が『能因』、『名寄』、『松葉』に収められる。これは長歌一三八の反歌であるが、実はこの長歌は、その七首前の一三一の長歌に酷似している。少し冗長になるが、伊藤博著『萬葉集釋注』を参考に両歌を並記してみよう。

一三一　石見の海　角の浦みを　浦なしと　人こそ見らめ　潟なしと（一には「磯なしと」といふ）人こそ見らめ　よしゑやし　浦はなくとも　よしゑやし　潟は（一には「磯は」といふ）なくとも　鯨魚《いさな》取り　海辺を指して　和田津《にきたづ》の　荒磯《ありそ》の上に　か青く生《お》ふる　玉藻沖つ藻　朝羽振る　風こそ寄らめ　夕羽振る　波こそ来寄れ　波の共《むた》　か寄りかく寄る　玉藻なす　寄り寝し妹を（一には「はしきよし　妹が手本《たもと》を」といふ）　露霜の　置きてし来れば　この道の　八十隈《やそくま》ごとに　万《よろづ》たび　かへり見すれど　いや遠に　里は離《さか》りぬ　いや高に　山も越え来ぬ　夏草の　思ひ萎《しな》えて　偲ふらむ　妹が門見む　靡けこの山

一三八　石見の海　津の浦をなみ　浦なしと　人こそ見らめ　潟なしと　人こそ見らめ　よしゑやし　浦はなくとも　よしゑやし　潟はなくとも　鯨魚取り　海辺を指して　和田津の　荒磯の上に　か青く生ふる　玉藻沖つ藻　明け来れば　波こそ来寄れ　夕されば　風こそ来寄れ　波の共　か寄りかく寄る　玉藻なす　靡き我が寝し　敷栲《しきたへ》の　妹が手本を　露霜の　置きてし来れば　この道の　八十隈ごとに　万たび　かへり見すれど　いや遠に　里離り来ぬ　いや高に　山も越え来ぬ　はしきやし　我が妻の子が　夏草の　思ひ萎えて　嘆くらむ　角の里見む　靡けこの山

そしてこの両長歌にそれぞれ反歌が添えられるが、一三一の反歌が「石見のや高角山の　木の間より　我が振る

戸田柿本神社

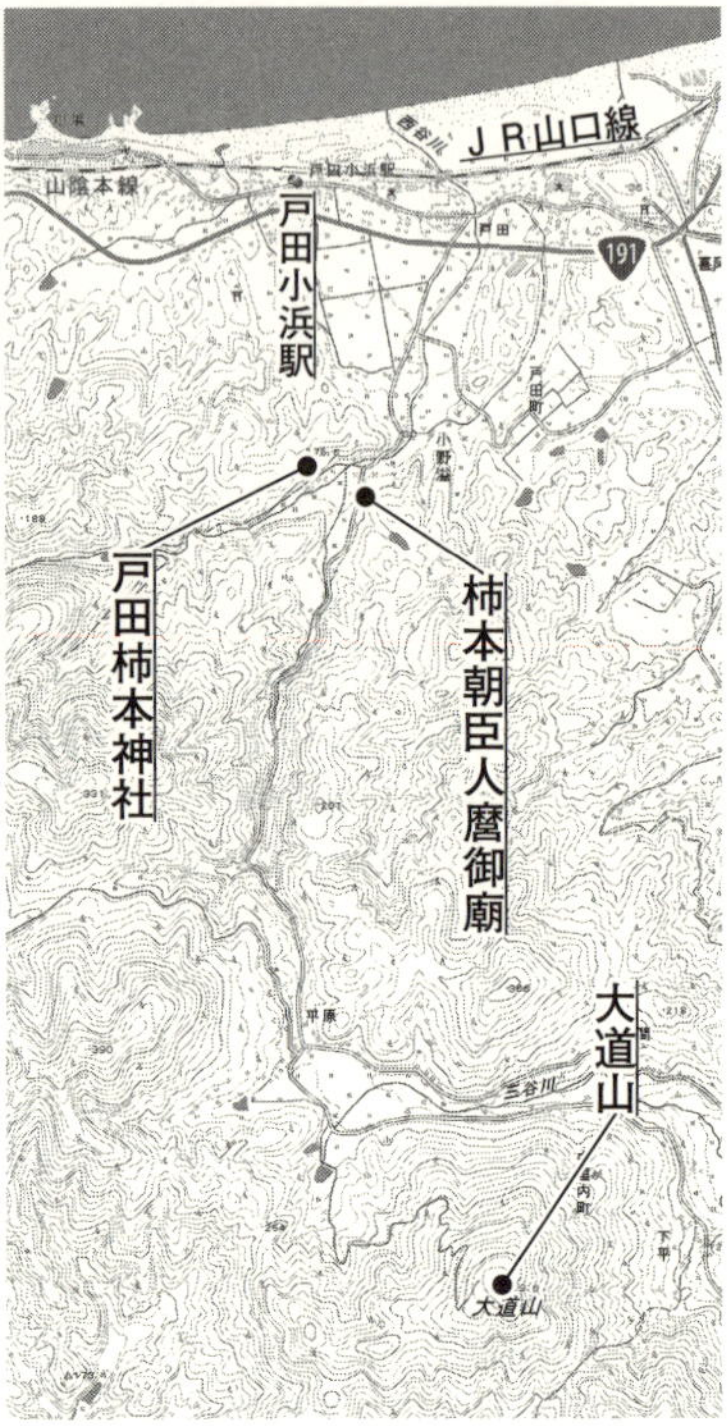

益田市中垣内町大道山付近

袖を　妹見つらむか」であり、冒頭の歌の吹き替えとしか思えない。『**万葉集**』には、「右は、歌の躰《すがた》同じといへども、句々相替れり。これに因りて重ねて載す」と断り書きが加えられている。

さて、この両歌を同一と見るか否かの論議は置いて、**源俊頼**や**藤原隆祐**も詠った歌枕「打歌《うったの》山」は、山口県との県境近く、益田市中垣内町にある標高四百十九・六メートルの大道山《おおどう》に比定するのが一般的である。国道百九十一号線のJR戸田小浜駅近くから、戸田柿本神社の道理標識に従って南進すると、道辺《べ》に「柿本人麿生誕地」の石碑が置かれている。ただし、『万葉集歌人辞典』には出生地の記載は無く、『和歌文学辞典』には本貫（本籍地）が大和国添上

柿本朝臣人麿御廟

柿本人麿生誕地の碑

左上が大道山

大道山登山道入口案内板

郡櫟本の東（現天理市）とあるから、真偽は定かではない。この石碑の奥には「柿本朝臣人麿御廟」が建てられている。ここはやや西の小山の中腹に座す戸田柿本神社の、四十九代続く宮司・綾部家の庭の一角である。戸田柿本神社には権現造の小振りの拝殿が林間にひっそりと建つ。

綾部家の脇の道をそのまま南に向かうと、二股道に大道山登山道入口の標識と案内図があり、右手を登る。砂利だらけの細い曲がりくねった道で、軽四の四駆でなければまず無理である。道中これと言った史跡はなく、山頂にテレビの電波塔が四基が建つのみであった。

大道山山頂

打歌《うった》山望む木々の間人麿を　崇め祀れる社建ち居り

人麿の生まれし処《ところ》と碑《いしぶみ》に　ありて驚く打歌の山辺に

登りつめし打歌の山の頂に　青空高く電波塔の建つ

二十六、石見浜

歌枕「石見浜」の特定は難しい。『石見國名所和歌集成』にも『和歌の歌枕・地名大辞典』にも項が立てられていない。

「石見浜」は『名寄』にのみ項が立てられているが、載せられている歌は「いはみかたたかつの山の松にして浮世の月をみはてぬるかな」であり、歌中に「石見浜」がない。第二句目の「たかつの山」は、「十四」で述べた「高角山」であろうし、であれば間違いなく出雲国の歌であろう。詠者は「人丸」とあるから**柿本人麻呂**、出展は明らかにされておらず。**『万葉集』**や『人麻呂集』を探しても収載がない。初句を「いはみはま」としても同様である。『名寄』の歌枕の項名と収載歌が合致せず、他の歌も見当たらず、類推する手掛かりも無い以上、歌枕「石見浜」は今のところ未勘とせざるを得ない。

石見国歌枕歌一覧（名所の数字は各歌枕集収載ページ）

	形見山	浮沼〔奴〕ノ池	鴨山（併せて妹山）
名所歌枕（伝能因法師撰）		浮沼池（三四四） 君かためうきぬの池の菱とると 我そめし袖ぬれにたるかな 〔万葉七〕（人丸）	鴨山（三四三） かも山の岩ねしまける我をかも しらすと妹か待つゝあらん 〔万葉二〕（人丸） 妹山（三四一） 石見に侍りてなく成侍るへき時に のそみて 妹山の岩根における我をかも 知すて妹か待つゝあらん 〔万葉二〕（柿本人丸）
謌枕名寄			鴨山（一〇四一） かも山のいはねしまける我をかも しらすしていもかまちつゝあらん （人丸） 右在石見国臨死時自傷作哥
類字名所和歌集		浮奴池（一二三四） 身はかくて浮ぬの池の菖蒲草 引人もなき根こそつきせぬ 〔続後撰〕（正三位知家）	妹山（二八） 石見に侍りてなく成侍るへき時に のそみて 妹山の岩根にをける我をかも 知すて妹か待つゝあらん 〔拾遺〕（柿本人丸）
増補松葉名所和歌集	形見山（一五〇）或紀伊 宮木引袖さへ〈寒〉し麻ころも かたみの山にあらしふく也 〔藻塩〕	浮沼ノ池（二六九）或未勘 君か為うきぬの池のひしとると 我そめし袖ぬれにけるかも 〔万七〕（人丸） 身はかくてうきぬのいけのあやめ草 引人もなきねこそつきせね 〔續後撰〕（知家） 諸声にいたくな鳴そさもこそは うきぬの池の蛙なりとも 〔六百番〕（兼家） 水浅き鳰のうきぬの池よりも うきたる身こそかくれかねたれ 〔夫木〕（後九条内大臣）	鴨山（一五一） かも山の岩ねしまける我をかも しらすて妹か待つゝあらん 〔万二〕（人丸） 妹山（九）紀伊有同名 石見に侍りてなくなり侍るへき時 にのそみて 妹山のいはねにおふる我をかも しらすて妹か待つゝあらん 〔拾遺〕（人丸） いも山の岩ねに生るまろこ菅 まろこすとてや露けかるらん 〔夫木〕（行家）

	石河	可良（ノ）浦	岩〔石〕見潟〔泻、瀉〕
名所歌枕（伝能因法師撰）	石河（三四二） たゝにあはゝあひもかねてん石川に 雲立渡れみつゝ忍はん 〔万葉二〕（依羅娘子） けふ〳〵と我待君は石河の 貝にましりて有といはすやも 〔万葉二〕（依羅娘子）	可良浦（三四二） 沖へより塩満くらしからの浦に あさりするたつ鳴てさはきぬ 〔万葉十五〕（よみ人不知）	岩見潟（三四一） つらけれと人にはいはす石見潟 恨そふかき心ひとつに 〔拾遺〕（よみ人しらす） 石見潟何かはつらきつらからは 恨かてらにきてもみよかし 〔拾遺〕（よみ人しらす）
謌枕名寄	石河〈未勘〉（一三〇一）顕照哥枕 丹後入之 たゝにあはゝあひもあきてんいし河に 雲たちわたれみつゝしのはん 〔万〕		石見泻（一〇三八） つらけれと人にはいはすいはみかた うらみそふかき心ひとつに 〔拾〕 いはみかたなにかはつらきつらからん 恨かてらにきてもみよかし 〔拾〕 石見かたうらみそふかきおきつ波 よする玉もゝうつもるゝ身は 〔新勅〕 いはみかた人の心はおもふにも よらぬ玉ものみたれかねつゝ 〔新勅〕（西園寺入道） いはみかた我身をよそにこす波の さのみやとはにかけてこふへき （継司円明）
類字名所和歌集			石見瀉（二七） つらけれと人にはいはす石見瀉 恨そふかき心ひとつに 〔拾遺〕（読人不知） 石見瀉何かはつらきつらからは 恨かてらにきてもみよかし 〔拾遺〕（読人不知） 石見瀉恨みそ深き沖つ波 よする玉藻にうつもるゝ身は 〔新勅撰〕（読人不知） いなみ瀉人の心は思ふにも よらぬ玉もの乱れかねつゝ 〔新勅撰〕（入道前太政大臣） 石見瀉我みのよそにこす波の さのみやとはすかけてこふへき 〔新後撰〕（津守国助）
増補松葉名所和歌集	石河（三七）或肥前 たゝにあはゝあひもかねてん石河に 雲立わたれ見つゝ忍はん 〔万二〕（依羅娘子） けふ〳〵と我まつ君はいし河や（の） 貝にましりて有といはすやも 〔万二〕（依羅娘子） 石川のつかのむかしを尋ねしを あはれとや見ん住よしの神 〔夫木〕（慈鎮）	可良ノ浦（一七二）或周防 沖へより汐みちくらしからの浦に あさりする田鶴鳴てさわきぬ 〔万十五〕	石見潟（三四） いはみかたうらみそふかき沖つ波 よする玉もに埋もるゝ身は 〔新勅〕

石見海	辛（の）崎	岩〔石〕見潟〔泻、瀉〕
石見海（三四一） 角さはふいはみの海のことさへく 辛の崎なるいくりにそ 〔万葉二〕（人丸）	辛の崎（三四二） ことさへくからの崎なるいくりにそ 深みる生る荒礒にそ 〔万葉二〕（人丸）	
石見海（一〇三八）万葉哥以下処々載之 つのさふるいはみの海のふりみるも ふかきうらみはほす袖そなき 〔光明峯寺入道〕	辛崎（一〇三九）万葉長哥始下	身のほとはいはてそおもふ石見かた なにをうらみて千鳥なくらん 〔現六〕（下野）
		石見瀉波ちへたてゝ行舟の よそにこかるゝ海士のも塩火 〔新勅撰〕（真昭法師） いはみ瀉高角山に雲はれて ひれふる嶺を出る月かけ 〔新後拾遺〕（後鳥羽院） 〔「高角山」、「比礼振嶺」に重載—筆者注〕 いかにせん袖のみぬれて石見かた いはぬうらみは知人もなし 〔続拾遺〕（藤原為綱） かけてたに又いかさまにいはみ瀉 猶波高き秋の汐風 〔続千載〕（定家）
石見海（二七） つのさはふいはみの海のことさへぐ からのさきなるいくりにそ略 〔万二〕（人丸） 角さはふ石見の海のふかみるの 深きうらみはほす袖そなき 〔類聚〕（光明峯寺入道）	辛の崎（一七三） ことさへくからのさきなるいくりにそ ふかみる生るあらいそにこそ 玉もは生る 〔万二〕（人丸）	身のほとはいはてそおもふ石見潟 何をうらみてちとり鳴らん 〔名寄〕 石見かた波路へたてゝゆく舟の よそにこかるゝあまのもしほ火 〔新勅〕（真昭法し） 石見かた高つの山に雲はれて ひれふるみねを出る月かけ 〔新後拾〕（後鳥羽） 〔「高角山」、「比礼振峯」に重載—筆者注〕 夏としも誰かいはまし石見かた 波路すゝしき月のさよかせ 〔延享柿本御法案〕（重熙） 石見瀉島かくれゆく藻刈ふね 見あへぬほとに何こかるらん 〔丹後守家後度百〕（親隆）

<table>
<tr><th></th><th>石見海</th><th>小竹島〔嶋〕（併せて同ノ磯）</th></tr>
<tr><td>名所歌枕（伝能因法師撰）</td><td></td><td>小竹島（三四二）
夢にのみ継てみゆれはさゝ島の
礒こそ浪のしく〳〵そ思ふ
〔万葉七〕</td></tr>
<tr><td>謌枕名寄</td><td></td><td>小竹嶋〈豊後〉（一二二九）
顕昭哥枕当入一説伊勢国云々
夢にのみつきてみゆるはさゝしまの
いそこすなみのしく〳〵おほゝゆ
〔万七〕
さゝしまや夜わたる月のかけさへ《え》て
いそこすなみに秋風そふく
〔実基〕
あま衣なつともしらしさゝしまや
いそこす浪にやとる月かけ
〔通忠〕</td></tr>
<tr><td>類字名所和歌集</td><td></td><td>小竹嶋（三六九）
さゝ嶋やよわたる月の影さえて
礒こす波に秋風そ吹
〔続拾遺〕（右衛門督実冬）
塩風の音はかりしてさゝ嶋の
礒こすなみもかすむ春かな
〔続後拾遺〕（権大納言為世）</td></tr>
<tr><td>増補松葉名所和歌集</td><td>石見の海つの、浦〈ま〉をうらなしと
人こそ見るらめ潟なしと
〔万二〕（人丸）
（「角の浦」に重載—筆者注）</td><td>小竹島（六〇九）
夢にのみ継て見ゆれはさゝしまの
いそこす波のしく〳〵おもほゆ
〔万七〕
さゝしまや夜渡る月の影さえて
礒こす波に秋風そふく
〔續拾〕（実冬）
かりてかふ人しなけれとさゝ嶋の
あたりはなれすたてる春駒
〔新類〕（顕氏）
よもすから塩風さえてさゝ嶋の
礒こす波にたつ千鳥かな
〔新葉〕（関白左大臣）
小竹嶋ノ磯（六〇九）
塩風の音はかりしてさゝ嶋の
礒こす波もかすむ春かな
〔續後拾〕（為世）
ひく汐の跡そと見えてさゝしまの
磯へにとまるよはの月影
〔千首〕（為尹）</td></tr>
</table>

渡〈の〉山	不加志山	石見河〔川〕	八〔屋〕上山	小竹島〔嶋〕（併せて同」磯）
			八上山（三四三） 妹か袖さやにも見えす妻こもる やかみの山の雲間より 〔万葉二〕（人丸）	
渡山（一〇三九）万葉哥如下 あかねのさす日もゆふしほにこく舟の わたりの山ももみちしにけり		石見河（一〇四一）或抄載之当国 あさことにいはみの河のみをたへす こひしき人にあひみてしかな 〔読人不知〕	屋上山（一〇三九） 角障経石見之海乃言佐教久辛乃崎有 伊久里曽深海松生流大船乃渡乃山 之黄葉乃屋上乃山自雲間渡相月之 雖惜隠比来者天伝入日刺奴礼 （人丸） 反哥以下打歌山載之 右人丸朝臣従石見国別妻上来時作 哥	
		石見河（二八） 朝毎に石みの川のみお絶す こひしき人に逢みてしかな 〔新勅撰〕（読人不知）		
渡の山（一一九） あかねさす日もゆふしほにこくふねの わたりの山も紅葉しにけり 〔名寄〕（家隆）	不加志山（四八一）深師とも　或未勘 なへてそのふかしの山に入ぬれは 帰らん道もしられさりけり 〔懐中〕	石見川（四〇） 朝毎にいはみの川のみをたえす 恋しき人にあひ見てしかな 〔新勅〕	八上山（四三六） 妹か袖さやにも見えす妻こもる やかみの山の雪《ママ》間より 〔万〕（人丸）	冬のいろはそれとも見えぬさゝ嶋の いそ越波に千鳥なく也 〔夫木〕（順徳院） さゝ嶋のいその白波たつそ鳴 すむや汀の夜寒なるらん 〔夫木〕（顕氏）

	渡〈の〉山	高角山（併せて同沖）
名所歌枕（伝能因法師撰）		高角山（三四三） 石見のや高角山の木間より 我ふる袖を妹みつらんか 〔万葉二〕（人丸）
謌枕名寄		高角山（一〇四〇） いはみのやたかつの山の木の間より 我ふる袖をいもみつらんか （人丸） 右従石見国別妻上来時作哥 いはみ野やゆふこえくれてみわたせは たかつの山に月そさやけき 〔続古今〕（為氏） 石見ねやたかつの山のほとゝきす この五月雨にぬれつゝそなく 〔現六〕 たつないまたかつの山もよしさらは あはぬつらさにわれそひれふる （信実）
類字名所和歌集		高角山（一七二） 石見のや夕こえ暮て見わたせは 高角山に月そいさよふ 〔続古今〕（為氏） 石見潟高角山にくも晴て ひれふる岑をいつる月かけ 〔新後拾遺〕（後鳥羽院） （「石見潟」、「比礼振嶺」に重載—筆者注）
増補松葉名所和歌集	大舟の渡りの山のもみちはの ちりのまかひに妹かそて 〔万二〕（人丸） いと深き雪の波哉大ふねの わたりの山の花のさかりは 〔夫木〕（権僧正公朝）	高角山（二二七） 石見のや高角山の木の間より 我ふる袖を妹みつらんか 〔万二〕（人丸） いはみのや夕こえくれて見渡せは たかつの山に月そいさよふ 〔續古〕（為氏） いは見のや高角山の時鳥 此さみたれにぬれつゝそゆく 〔夫木〕（少将内侍） 石見かたたかつの山に雲晴て ひれふる山を出る月かけ 〔新後拾〕（後鳥羽） （「石見潟」、「比礼振峯」に重載—筆者注） 石見のやたかつの山のほの〳〵と かすみそめたる神垣のはる 〔延享元柿本社御法楽〕（御製） 神垣の花にゝほふも高角の 山のは高くかすむ月かけ 〔明和四同〕（為泰）

角乃〔の〕浦（併せて角）	高角山（併せて同沖）
角乃浦（三四二） 石見の海つのゝ浦はを浦なみと 人こそ見らめ潟なみと 〔万葉二〕（人丸） 夏草の思ひしなへと歎らん つのゝ里みんなびけこの山 〔万葉二〕（人丸）	
角（一〇三九） いはみ海角思にうらかなしと 人こそ見らめいそなしと人こそみらめ 〔万三〕（人丸） 反哥右哥己下高角山載之 夏草思萎而将嘆角里将見靡此山 右別妻上来之哥末也	
角の浦（二八五） 石見の海つのゝうらわをうらなみと 人こそ見らめ潟なみと 〔万〕（人丸） （石見海に重載―筆者注）	いはみのや春の雪ちる花盛 たかつの山に風やふくらん 〔夫木〕（実家） （「石見野」に重載―筆者注） 見し秋の月の木の間やいつくそと たかつの山のしけりゆくころ 〔延享元柹本社御法楽〕（尊―） 石見潟秋に劣らて夏の月 高つの山にすめるさやけさ 〔享保八柹本社御法楽〕（景忠） 降そむるたかつの山のみねの雪 けさめつらしと神も見るらし 〔明和四柹本社御法楽〕（典仁親王） うこきなきたかつの山のよゝかけて 神の守らん道はたえせし 〔延享元御法楽〕（公福） **高角山**（二六九） いく千代と道のさかへを守ります 高角山の神のみかつき 〔明和四柹本御法楽〕（職仁親王） **高角沖**（二四七） 秋のくる音をそはこふいはみ潟 松もたかつの沖〈つ〉しほ風 〔草根〕（正徹）

	古登多加〔賀〕礒〔磯〕	三重ノ河〔川〕原	御階山	伊世雄〈潟〉	高間山
名所歌枕（伝能因法師撰）		三重河原（三四四） 我畳みへの河原の礒の裏に かはかりかもと鳴蛙かも 〔万葉九〕			高間山（三四三） 石見なる高間の山の木間より 我ふる袖を妹みけんかも 〔万葉二〕（人丸）
謌枕名寄	古登多加礒（一〇三九） 石見かたことたかいそによる浪の くたけてかへるものとしらすや 〔堀百〕（俊頼）	三重川原〈伊勢〉（六四七） 範兼卿下野国立之或哥枕大和国 云々可群 我《ゆふ》たゝむみえの川原のいそ浦に かはかりなりとなくかはつかも 〔万〕 我たゝみみえの川原にいくしたて 夕かたまちて夏はらへしつ 〔季経〕			
類字名所和歌集					高間山（一七二）大和同名《ママ》 石見なる高間の山の木間より 我ふる袖を妹みけんかも 〔拾遺〕（人麿）
増補松葉名所和歌集	古登多賀礒（五二〇） いは見潟ことたか磯による波の くたけて帰る物としらすや 〔堀百〕（俊頼）	三重ノ河原（六八七） 我畳三重の河原の磯の裏《ウラ》に かはかりかもとなく蛙かも 〔万〕（伊保丸） わかたゝみみへの河原にいくしたて 夕〈か〉た待て夏はらへしつ 〔正治百〕（季経）	御階山《シ》（六五七） わたるともつくへくもなし君か代の みはしの山の動きなけれは 〔夫木〕	伊世雄〈潟〉（三四） いせを潟〈けふ〉りも波もつらからす それにも秋の色し見えねは 〔夫木〕（為家）	高間山（二二七） 石見なるたかまの山の木の間より 我ふる袖を妹見けんかも 〔拾遺〕（人丸）

高田山（併せて高田）	石見野	比礼振嶺（峯）	日晩山
高田山（三四三） なけやなけ高田の山の郭公 此五月雨に声なおしみそ 〔拾遺〕（よみ人しらす）			日晩山（三四四） ひくらしの山ちをくらみさよ更て 木の末毎に紅葉照せる 〔後撰〕（菅原右大臣）
高田山（一〇四一）拾遺異　手像見山 なけや〳〵たかたの山のほと、きす この五月雨に声なおしみそ （読人不知） せきとめてそかひの水にたねまきし たかたの山はさなへとるらし			
高田山（一七二） なけやなけ高田の山の時鳥 この五月雨に聲なおしみそ 〔拾遺〕（読人不知）		比礼振嶺（四四三） 石見かた高つの山に雲はれて ひれふる岑を出る月かけ 〔新後拾遺〕（後鳥羽院） （「石見潟」、「高角山」に重載—筆者注）	日晩山（四四三）八雲御抄當國載之 又筑紫かと云々 ひくらしの山ちをくらみさよ更て 木の末毎に紅葉照せる 〔後撰〕（管（ママ）原右大臣）
高田山（二二七） なけやなけ高田の山の時鳥 此五月雨に声なおしみそ 〔拾遺〕 せきとめてせかひの水に種まきし 高田の山は早苗とるなり 〔夫木〕（忠定 （「高田」に重載—筆者注） 高田（二三八） せきとめてせかひの水に種まきし 高田の山はさなへとる也 〔夫木〕（忠定 （「高田山」に重載—筆者注）	石見野（二一） 石見野や春の雪ちる花さかり 高つの山に風や吹らん 〔家集〕（実家 （「高角山」に重載—筆者注）	比礼振峯（七三七） 石見潟高つの山にくも晴て ひれふる嶺を出る月かけ 〔新後拾〕（後鳥羽 （「石見潟」、「高角山」に重載—筆者注）	日晩《クラシ》山（七三六） ひくらしの山路をくらみさよ更て 木の末毎に紅葉てらせる 〔後撰〕（菅原右大臣） 花盛きのふもけふも木の本に たれ日くらしの山路なるらん 〔夫木〕（後九条

	打歌(ノ)山	石見浜
名所歌枕（伝能因法師撰）	**打歌山**（三四三） 石見の海うつたの山の木の間より 我ふる袖を妹みつらんか 〔万葉二〕（よみ人不知）	
謌枕名寄	**打歌山**（一〇四〇） 石見の海のうつたの山の木間より 我ひれふるをいもみつらんかも （人丸） 右従石見国別妻上来時作哥 風をいたみうつたの山にちる花や ふりけん袖のなこりなるらん （俊頼） すむ月の光りをよする白浪の うつたの山にあらし吹らし （隆祐）	**石見浜**（一〇四一）在之如何 いはみかたたかつの山の松にして 浮世の月をみはてぬるかな （人丸）
類字名所和歌集		
増補松葉名所和歌集	打歌《ウツタノ》 山（三五三） 石見の海うつたの山の木の間より 我袖ふるを妹見つらんか 〔万二〕 風をいたみうつたの山にちる花や ふりけん袖の名残なるらん 〔散木〕（俊頼） すむ月のひかりをよするうら波の うつたの山にあらし吹らん 〔現六〕（隆祐） 秋風や身に寒からしから衣 うつたの山に鹿そ鳴なる 〔夫木〕（藤原基広） 夕日さすいはみの海の波遠く 打歌の山を舟のこす見ゆ 〔文明千〕（古衛門督）	

島根県　隠岐編

隠岐国は、今は一般には総じて隠岐島《おきのしま》と呼ばれているが、実は知夫里《ちぶり》島、中ノ島、西ノ島の島前《どうぜん》三島、そして島後《どうご》の計四島を主島とし、百八十以上の属島からなる群島を領域としていた。島根半島の北五十キロメートル、隠岐海峡を挟んだ日本海に浮かぶ島である。人口は四島合わせて二万四千人ほどである。

諸島には古く縄文早期からの居住の跡が認められ、本土との往来があったという。また、土佐、伊豆、佐渡、安房、常陸と並んで**延喜式**に定められた遠流の地でもあった。**小野篁**をはじめ、多くがこの地に流されているが、とりわけ、**後鳥羽上皇**、**後醍醐天皇**が著名であり、その事跡が群島各地に残る。自然景観も素晴らしく、平成二十五年（二〇一三）九月には、世界ジオパークネットワークに加盟した。

この地の歌枕は、「三尾浦」、「鼓嵩《つづみのたけ》」は比定が可能だが、「隠岐里」、「隠岐海」、「隠岐小嶋」、「隠岐湊」は、載せられる歌のほぼ半数が**後鳥羽上皇**の『遠島百首』からであり、察するに、**後鳥羽上皇**の御在所のあった中ノ島とその周辺海域であろうが、果たして特定の地を指しているのか、あるいは「隠岐にある〇〇」と解すべきなのか定かでない。これらの中で、「隠岐里」は、筆者の勝手な推定地を候補とし、他の三項は収載歌の紹介のみにとどめた。

なお、本著の目論むところとは趣を異にするが、筆者が隠岐の歴史と文化と景観を求めて、四島を巡った道程に沿っての紀行を付記することとする。

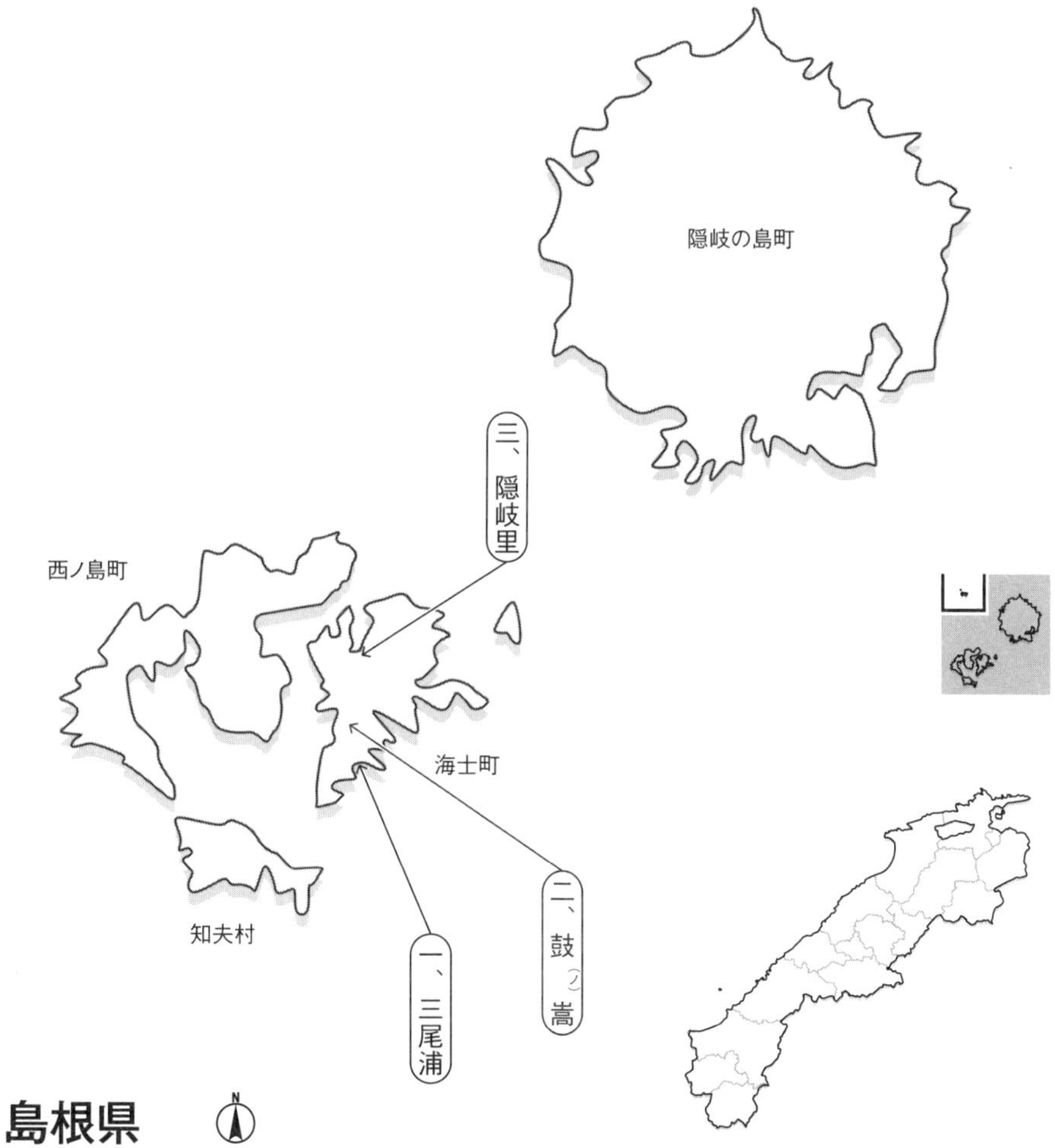
隠岐の島町
三、隠岐里
西ノ島町
海士町
知夫村
二、鼓(ノ)嵩
一、三尾浦
島根県
N

一、三尾浦《みおのうら》

崎漁港

「三尾浦」は『名寄』、『松葉』に出雲国の歌枕として収載されるが、隠岐国の歌枕とする方が相応しいと出雲編で既に述べた。

承久の乱に敗れた**後鳥羽上皇**は、承久三年（一二二一）七月、隠岐に配流された。風波に妨げられ、八月四日、隠岐の地を最初に踏んだのが、当初の目的地・苅田郷でなく中ノ島南端近くの「崎」の港、即ち歌枕「三尾浦」であった。船舶の大型化により、現在島根半島から来る船は、島の北の菱浦港に入るが、以前は、この崎の港が表玄関であったと言う。港の入り江の一番奥の浜に、上皇の上陸地点を示す石柱が立っている。そして、供の者が付近の民家に一夜の宿を探す間に休まれた路傍の石が、「後鳥羽上皇御腰掛之石」の石柱と共に残される。

付近の住人が上皇を泊めるのを畏れ多いと憚ったので、港近くの三穂神

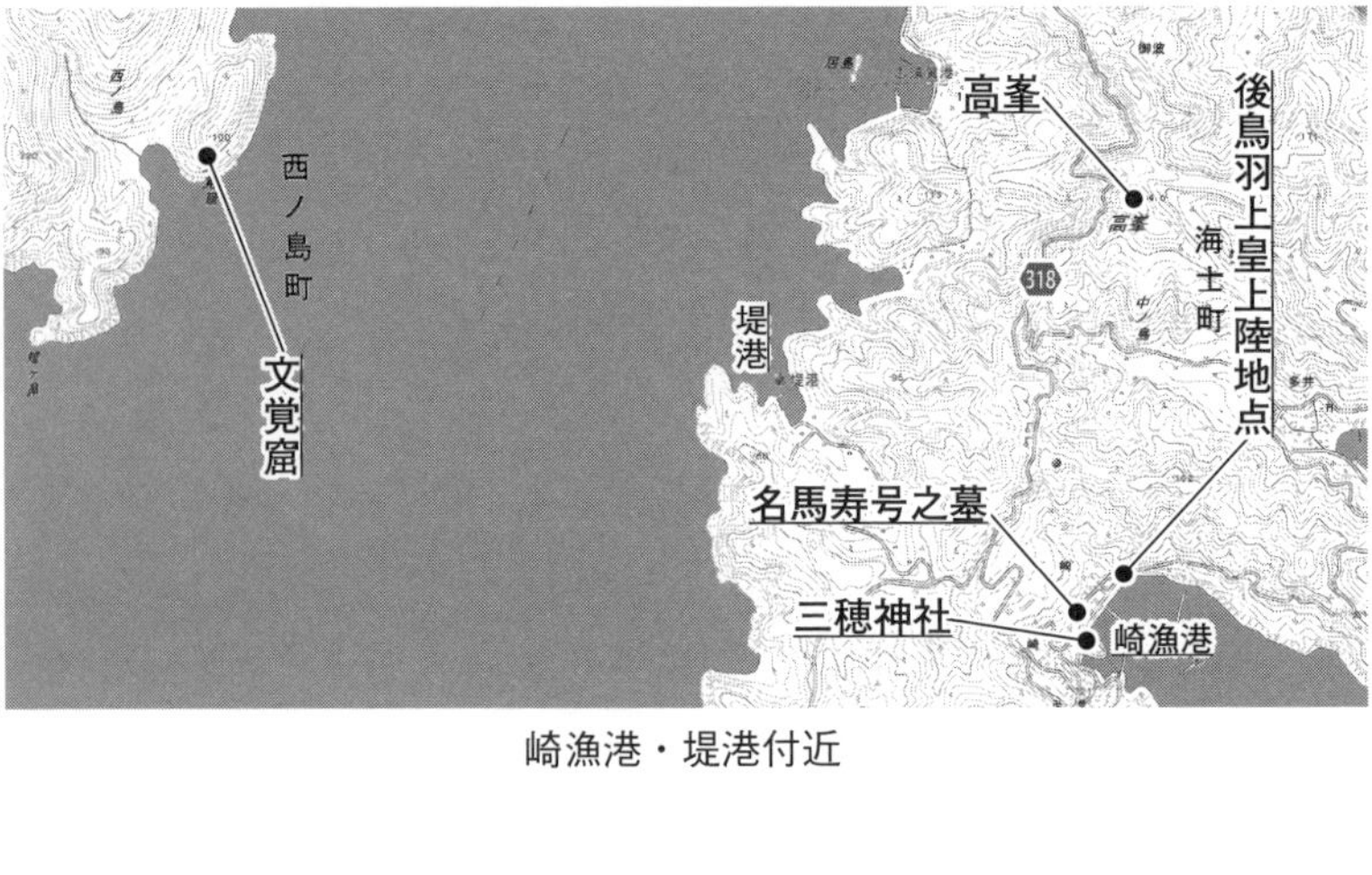

崎漁港・堤港付近

後鳥羽上皇御腰掛之石

後鳥羽上皇御着船の地

社で一夜を過ごされた。拝殿正面に向かって右には、「後鳥羽上皇御駐泊址」の石柱が、また裏参道の左には、上皇が詠んだ「命あればかやが軒端の月もみつ　知れぬは人の行く末のそら」の歌碑も据えられている。寂寥感の伝わる歌である。

神社から少し山手に向かうと、明治三十八年（一九〇五）の日露戦争旅順開城の際、ロシア軍ステッセル将軍から帝国海軍乃木将軍に贈られた、アラビア産良馬・寿《す》号の墓もある。寿号は晩年をこの地で飼育され、大正八年（一九一九）二十三年の生涯を閉じたとのことである。

『松葉』に『名寄』からとして、**後鳥羽院**の「おも《〔思〕》ひ《ぃ》やれ《〔遣〕》うき《〔憂〕》め《〔目〕》をみお《〔三尾〕》の浦風になく《〔泣〕》〳〵しほる《〔絞〕》袖のしつく《〔雫〕》を」が載る。まさに上皇の無念と悲哀が感じ取れる歌である。

なお、歌枕「三尾浦」は近江国にもある。『**新続古今和歌集**』に載る、永陽門院左京大夫の「秋の月山のは《〔端〕》いて《〔出〕で》、高嶋の　みお《〔三尾〕》の浦は《〔端〕》に影そ《ぞ》さやけ《〔清〕》き」などに

名馬寿号の墓

裏参道から三穂神社の本殿・拝殿

詠い込まれる「三尾浦」は、現在の滋賀県高島市安曇川町三尾里周辺の琵琶湖に面する辺りと比定されている。高嶋も、安曇川も万葉歌にも詠われるほどの古い地である。

荒海を越え来たりなば三尾の浦の　上皇の一夜安らかなりしか
上皇の寂しき歌の碑三尾浦の　社の影に静かに建ち居り
三尾の浦に名馬の墓の建ち居りて　思ひ起せり日露の史を

二、鼓《つづみ》（ノ）嵩《たけ》

『拾遺和歌集』に**紀輔時**が「かゝり《（篝）》火の所定《さだめ》す《ず》み《（見）》えつるは　なかれ《（流）》つゝみ《（鼓）》のたけ《（嵩）》は《ば》成《なり》けり」と詠う。『能因』、『類字』、『松葉』に収載される。

承久の乱に敗れた**後鳥羽上皇**は、承久三年（一二二一）隠岐に配流された。その隠岐の上陸地点が、前項に述べた海士《あま》町崎であり、そこから徒歩で峠を越え、在所のある同町の里《さと》（地名の固有名詞）に至ったという。現在は、県道三百十八号・日ノ津崎港線が通い、直ぐ東に標高二百三・九メートルの高峯が聳える。この高峰が歌枕の「鼓嵩」とされ、西に下ると、西ノ島との間に横たわる海峡の南部に面する、「堤」と呼ばれる海岸に出る。共に「ツツミ」の音であり、比定の理由の一つとなっている。

鼓嵩（高峯）

西之島雉ヶ鼻の海岸

県道から東に小道が分かれる。その先の上皇の辿った跡を、地元の文化史の研究グループが、探索中、あるいは探り当てたと聞いたが、定かでない。西に目を遣れば、西ノ島の雉ヶ鼻に至る海岸線が手に取るように見える。その海岸の、峰の中腹に木々の緑の無い、岩肌が露出した箇所があり、南の端近くに洞窟が遠望できる。それが文覚《もんがく》窟である。（以上前項地図参照）

　文覚は保延五年（一一三九）から建仁三年（一二〇三）の人、京都の神護寺再興を**後白河天皇**に訴え出て不興を買い、伊豆に流された。その地でやはり配流されていた源頼朝と交わり、神護寺中興の祖としてばかりでなく、鎌倉幕府の要人としての地位を得、東寺、東大寺など各地の寺院を勧進した。頼朝の死後、将軍家、天皇家の跡目争いなどの政争に巻き込まれ、一時佐渡に流された。赦されて帰京するも**後鳥羽上皇**に疑われ、正治二年（一二〇〇）、隠岐西ノ島に送られ、文覚窟で修行の日々を送ったとも、上皇を呪い祈ったとも伝えられ、この地で生涯を終えた。その墓は、知夫里《ちぶり》島《じま》の松養寺に通じる道沿いの林間に建つ。

　ただし文覚の隠岐配流は、『**平家物語**』に描かれる脚色された件《くだり》で、配流先は対馬国、その途上九州で落命したのが史実という

知夫里島文覚上人の墓所

文覚窟

説もある。それに基づいてか、『和歌の歌枕・地名大辞典』は、現在の福岡県太宰府市、糟屋郡宇美町、大野城市の境にある四王寺山の最北端の峰を鼓嵩としている。

自らの手で文覚を流刑し、十八年後、自らが流され人の身となった上皇は、この山間の道からどんな思いで対岸の文覚窟を眺めたのだろうか。上皇の一首が欲しいところである。

上皇の歩み越えたる鼓《つづみ》の嵩《たけ》　今木々覆ひ道を隠せり
偲びたり鼓の嵩の高みより　越え来し海を見遣る上皇
自らが配流したる文覚住みし窟　院如何に見しか鼓の嵩より

三、隠岐里《おきのさと》

「野へ《〔辺〕》そむ《〔染〕》る雁のなみた《〔涙〕》は色もなし《〔無〕》　物思ふ《う》露のをき《〔隠岐〕》の〈里〉には」が『松葉』に載る。**後鳥羽院**の『遠島百首』からで、第四十七番である。悲哀の漂う辛い歌である。この「隠岐里」の特定は出来ないが、**後鳥羽院**の御在所のあった、諏訪湾に面する海士《あま》町役場、ＮＴＴ、ＪＡ、などのある、中ノ島の中心の中里辺りとするのが自然であろう。勝手な推量、いや、こじつけではあるが、現在は中里の地名のみが残るが、嘗ては、例えば上里、下里などの地名があったればこその「中里」で、総じて「隠岐里」であったのかも知れない。騒々しさと

隠岐神社入口

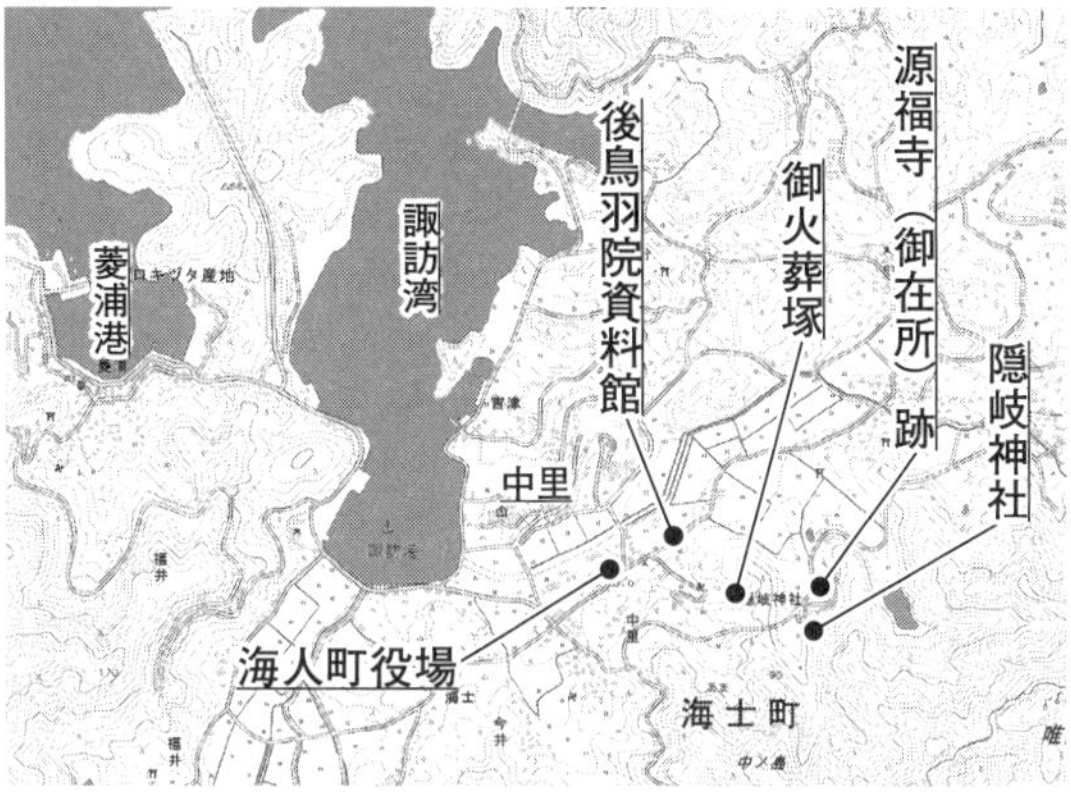

海士町中里

は無縁の穏やかな街の風情である。

菱浦港から東、諏訪湾を通り過ぎて県道三百十七号・海士島線を進むと、中里十字路の東に隠岐神社が建つ。昭和十四年（一九三九）、**後鳥羽院**没後七百年を機に創建された。本殿は銅版葺の隠岐造りである。県道から社殿前の広場に出る参道は桜並木で、その季節には花見客で賑うという。門前の後鳥羽院資料館は、院の関係資料のみならず、島の歴史を知る様々な資料が展示されている。

隠岐神社の直ぐ奥に、**後鳥羽院**の御在所とされた源福寺の跡がある。隠岐神社の参道脇の**後鳥羽院**の百人一首を刻んだ碑を左に曲がり、十数段の石段を登った先に石柱の玉垣で囲まれている。源福寺は、天平年間（七二九～四八）に**聖武天皇**の勅願によって建立された苅田《かった》寺を起源とし、院の御在所となった時期に改名した。当時は六坊を有していたが、明治の廃仏毀釈で廃寺となり、現在は礎石が残るのみである。なお、源福寺は場所を移して再建されている。

また、直ぐ近くには**後鳥羽上皇**火葬塚がある。今は宮内庁の管轄で、県

源福寺跡

隠岐神社拝殿

道沿いの入口には、「みだりに域内に入らぬこと」、「魚鳥を取らぬこと」、「竹木を切らぬこと」と書かれた宮内庁の立て札が立つ。院は配流から十九年後、京への想いを抱きながら延応元年（一二三九）六十歳の生涯を閉じた。ここに納められるのは遺灰で、遺骨は京の法華堂に送られ、明治になってから大阪の水無瀬離宮に合祀されたやに聞いた。

湾奥に隠岐の里あり島内の　要地なれども街穏やかに
隠岐の里御在所近く上皇も　散策せしか心荒《すさ》びに
海風の音の悲しも隠岐の里　後鳥羽の院の心偲べば

後鳥羽上皇火葬塚

宮内庁の立札

四、隠岐海《おきのうみ》

『松葉』には、**後鳥羽院**の「我こそは新島もり《〔守〕》よおきの海の　あらき《〔荒〕》波風心してふけ《〔吹〕》」と、「隠岐の海をひとり《〔独〕》やき《〔来〕》ぬるさよちとり《〔小夜千鳥〕》　鳴ね《鳴く〔音〕》にまかふ《〔紛〕う》磯の松かせ《〔風〕》」が収められる（『名寄』には前一首が）。何れも『遠島百首』が出典で、第九十七番、第八十五番の歌である。

また、『松葉』に「雲霞海より出て《出で》曙そむる《〔初〕》　をき《〔隠岐〕》の外山や春をしる《〔知〕》らん」が載る。**後水尾天皇**の歌である。天皇は、**後鳥羽院**四百回忌の寛永十五年（一六三八）、追善供養を催行している。その時の歌であろうか。

この「隠岐海」も、具体的な海域を指すと言うよりは、隠岐の島々を取り巻く海域と解すべきなのだろう。やや狭めるとすれば、中ノ島、西ノ島に挟まれた水道や、その二島と、南の知夫里島《ちぶりじま》を加えた島前三島に抱かれた内海のことになるであろう。三島を取り巻く荒き外海と比べて風波が穏やかで、島々の景観も変化に富んでいて、一幅の絵の中を進むが如くである。

隠岐の海に船滑り込み波静か　揺れ揺れし旅の終《つひ》に安堵す
島前の高みより見る隠岐の海　島散らばりて瀬戸内に似る
照りつける初夏の陽浴びて小さき波　煌きて居り隠岐の海の面

五、隠岐《おき》(ノ)小嶋《こじま》

『名寄』、『松葉』に共通に、『**千五百番歌合**』から**藤原保季**の「ひさき《〔楸〕》みふる《〔生〕う》おき《〔隠岐〕》の小嶋の浪の上　浦かせ《〔風〕》さそふ《〔誘〕う》ひぐらし《〔日暮〕》のこゑ《〔声〕》」が載る。保季は**後鳥羽院**歌壇で活躍していたが故に、隠岐に流された院を偲んでと思われるが、『**千五百番歌合**』は、院がまだ在京中の建仁三年(一二〇三)の成立で、隠岐を詠じたとは考え難く、更に第二句は「沖の小嶋の」と当てるのかも知れない。『松葉』に収められる**後鳥羽院**以外の詠者の歌も同様に、「おき」が「隠岐」なのか「沖」なのかの検証が必要と思われるが、今後の課題としたい。

しかし、『名寄』に載る「なみ間より……」、「数ならぬ……」、「おもひやれ……」の三首は、何れも**後鳥羽院**が詠じた歌で、しかも隠岐在島中に詠んだ歌である。何れも京にあった母・七条院に送ったとされる。院の母子の絆の強さを窺い知ることが出来る。ただ残念ながら、数ある属島のうちの何れかを特定する手立ては無い。「隠岐にある小嶋」と解するに止まっている。

四島を巡る船路に散らばれる　隠岐の小嶋の装ひそれぞれ
人渡らぬ隠岐の小嶋の数多あり　切り立つ崖の渚に在りて
優しきも険しきもあり隠岐小嶋　それぞれの名を頷きつつ見る

六、隠岐湊《おきのみなと》

『遠島百首』から「波間わけ《〔分〕》〈お〉き《〔隠岐〕》のみなと《〔湊〕》に入《入る》舟の　我そ《ぞ》こ《〔焦〕》か《が》るゝ絶《絶え》ぬ思ひ《い》に」が『松葉』に収められる。

現在、二千トンを越すフェリーが、島根半島の七類《しちるい》港との間を往復するが、そのフェリーが寄港するのは、知夫《ちぶ》里島《りじま》の来居《くりい》港、中ノ島の菱浦港、西ノ島の別府港、島後の西郷港の四港である。しかし今は漁港であるが、古くには商業港としても利用されていたであろう港は、各所にある。歌枕「隠岐湊」を比定するには悩ましいところである。ただし、この歌を詠んだのが**後鳥羽院**であることを考えれば、それらの多くの港の中でも、上皇の御在所近くの、現在の中ノ島の諏訪湾か、あるいは菱浦港であろうか。いずれにしても院の心中の想いがひしひしと伝わってくる。

島渡る人疎らなり吾の待つ　内航船寄る隠岐の湊に

隠岐の湊連休の日の帰省客　大型船より数多下り来る
数艘の漁《すなど》る舟の泊まり居る　隠岐の小湊そここにあり

隠岐国歌枕歌一覧（名所の数字は各歌枕集収載ページ）

	三尾浦	鼓（ノ）嵩	隠岐里	隠岐海	隠岐（ノ）小嶋
名所歌枕（伝能因法師撰）		鞁嵩（三四四） かゝり火の所定す見えつるは つゝみのたけを なかれつゝみのたけは成けり 〔拾遺〕			
謌枕名寄				隠岐海（一〇四二） 我こそはにゐしまもりよおきの海の ＊あらき浪風こゝろしてふけ	隠岐小嶋（一〇四二） ひさきおふるおきの小嶋の浪の上 浦かせさそふひくらしのこゑ （保季） なみ間よりおきのこしまの浜ひさし ＊ひさしくなりぬ都へたてゝ 〔浜廂〕
類字名所和歌集		鼓嵩（一八九） かゝりひの所定すみえつるは つゝみのたけを なかれつゝみのたけは也けり 〔拾遺〕）（紀輔時）			
増補松葉名所和歌集	三尾浦（六七一） おもひやれうきめをみおの浦風に なく〳〵しほる袖のしつくを 〔名寄〕（後鳥羽）	鼓〔ノ〕嵩（二八二） かゝり火のところさためす見えつるは つゝみのたけを なかれつゝみのたけはなりけり 〔拾遺〕（紀輔時）	隠岐里（一二六） 野へそむる鴈のなみたは色もなし 物思ふ露のをきの〈里〉には 〔百首〕（後鳥羽）	隠岐海（一一八） 我こそは新島もりよ〈お〉きの海の あらき波風心してふけ 〔百首〕（後鳥羽院） 隠岐の海をひとりやきぬるさよちとり 鳴ねいまかふ磯の松かせ 〔百首〕（後鳥羽院） 雲霞海より出て曙そむる をきの外山や春をしるらん 〔鷗巣集〕（後水尾院）	隠岐ノ小島（一二一〇） ひさき生る〈お〉きの小島の波の上に 浦風さそふひくらしのこゑ 〔千五百〕（保季）

隠岐湊	隠岐(ノ)小嶋
	数ならぬこしまかくれに年をへて ＊しほたれはつとはゝこたへよ （＊印―筆者注） 右三首後鳥羽院御哥七条院御方へ 奉給哥也 おもひやれうきめをみほの浦風に なく〳〵しほる袖のしつくを （後鳥羽院） 右一首詞書在前
隠岐湊（一一九） 波間わけ〈お〉きのみなとに入舟の 我そこかるゝ絶ぬ思ひに 〔百首〕（後鳥羽院）	はまひさしなけのかたみか友千鳥 とわたりすつる〈お〉きのこしまに 〔愚草〕（家《定》家） とにかくにつらきは〈お〉きの嶋つ鳥 う《き》をはなれる名にやかこたん 〔百首〕（後鳥羽院） わたの原〈お〉きのこしまの松風に うのゐる岩を」あらふ白なみ 〔月清〕（後京極） 朝またき〈お〉きの小島のはなれ岩も 塩みちくらし見えす成行 〔夫木〕（定家） 涙にはうきみやま木もくちぬへし 〈お〉きの小島の楸ならねと 〔六百番〕（経家）

付、隠岐四島紀行（島内移動時間は車による）

知夫里島《ちぶり》

島根半島の北、松江市美保関《みほのせき》町七類《しちるい》港から二時間、フェリーは知夫里島の来居《くりい》港に着く。隠岐の玄関口に横たわる面積十三・七平方キロメートル、人口約六百五十人の、島根県内唯一の村・知夫村の主島である。二度にわたる鎌倉幕府倒幕の企てに敗れた**後醍醐天皇**は、元弘二年（一三三二）に隠岐に流された。その上陸地がここ知夫里島である。故に天皇に纏わる遺跡が多い。

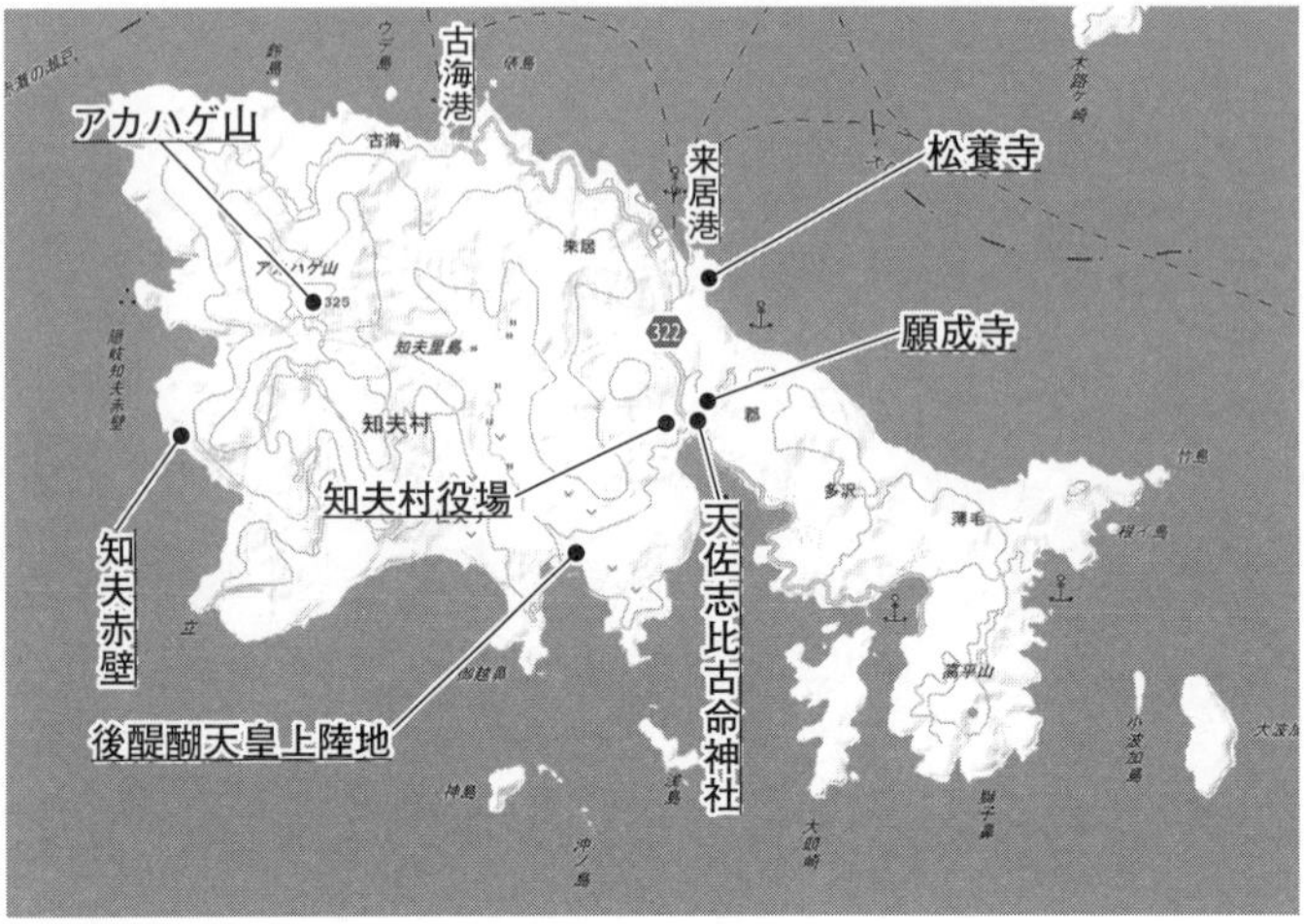

知夫里島

天佐志比古命神社

来居《くりい》港から県道三百二十二号・知夫島線を南に数分、湾が北に深く切れ込んだ知夫漁港に

天佐志比古命神社社殿

後醍醐天皇御腰掛の石

出る。村役場も置かれる「郡《こおり》」と呼ばれる島の中心の集落である。港を見下ろす高台に建つ天佐志比古命神社は、創祀が白雉四年（六五三）と言うから、既に千三百五十年を超える歴史がある。地元では親しみを込めて一宮《いっくう》さんと呼ぶ。**後醍醐天皇**は、上陸後この境内で暫し休まれたが、その時腰掛けたとされる「御腰掛石」が社殿右奥に残る。また、江戸中期がその起源とされる村民歌舞伎の、廻り舞台を有する屋外観覧の芝居小屋があり、隔年七月下旬に二昼夜、芝居が奉納されると言う。

なおここ隠岐には、このように祭神名をそのまま冠した神社が多い。

道の辺の後醍醐縁《ゆかり》の一宮《いっくう》さん　注連縄太く宮飾り居り

後醍醐天皇上陸地

知夫漁港の西岸に沿って左手に海を見ながら半島を廻ると、数分で仁夫《にぶ》の集落に出る。ここが**後醍醐天皇**が上陸した地とのこと、港の辺には上陸地を示す石柱が建つ。当時は、本州の出雲、伯耆との往来の、島前三島の表玄関の港であったと思われる。

後醍醐帝の上陸地跡は古《いにしへ》の　雲伯と通ひし浜際に在り

後醍醐天皇上陸地

赤壁《せきへき》

更に西に進路をとり、海が見え隠れする山沿いを十五分、島の西岸、赤壁に着く。訪れたのは五月初旬、隠岐固有のアザミやタンポポに加えて、放牧される牛が道中の目を和ませる。駐車場から遊歩道を十分足らずで展望台に出る。海から切り立った崖は、最も高いところで二百メートルあり、粗面安山岩質玄武岩の赤、黄、あるいは褐色が鮮やかな断層崖である。付近はやはり放牧場で、遊歩道は両側に柵が設けられ、ここでは牛が主役、人が柵の中を歩くのである。

切り立てる赤壁の下波洗ひ　海風強く恐る恐る見る

アカハゲ山・仁夫里《にぶりさと》坊跡・古海《うるみ》（宇類美）坊跡

北に向かって約十五分、標高三百二十四・五メートル、島の最高峰、アカハゲ山のほぼ山頂の展望台に着く。眺望は当然のことながら三百六十度のパノラマで、良く晴れた日には、本土も望むことが出来ると言う。周囲は草原地帯で、牛馬の放牧が行われている。

この一画に、**後醍醐天皇**が休息を取ったとの伝えが残る、仁夫里坊、古海坊の跡の石碑が建っている。共に島内最古の寺院である。天皇は、仁夫里坊には「春光」の山号を授け、以後「春光山願成寺」と称したと言う。『隠岐は絵の島

赤壁

アカハゲ山展望台付近

歌の島』には、廃仏毀釈後消滅して復興には到らなかったと記載があるが、現在、天佐志比古命《あまさしひこのみこと》神社の北東に同名の寺があり、ご住職に確認したところ、その歴史を受けたとのことである。

一方、古海坊には「松養」の寺号を与え、以後「松尾山松養寺」と称し、廃仏毀釈の後は、来居港から郡に至る県道三百二十二号の左の高台、歩いて十五分程に再興された。途中には本編「二」で述べた文覚上人の墓がある

アカハゲの頂近き草原に　後醍醐帝泊まりし坊跡二つあり

古海港《うるみ》

アカハゲ山から北西に下り、折り返すように東に、観光マップのドライブコースにはない牧道を通って島の北岸を走ると、二十分程で古海港に出る。ここから**後醍醐天皇**が配流地の西ノ島に渡ったとされる。そのまま左に海を見ながら東進すると、五分で来居港に戻る。

古《いにしへ》に牛飼ひ人の開きたる　道を下りたり古海目指して

展望台からの眺望

古海港

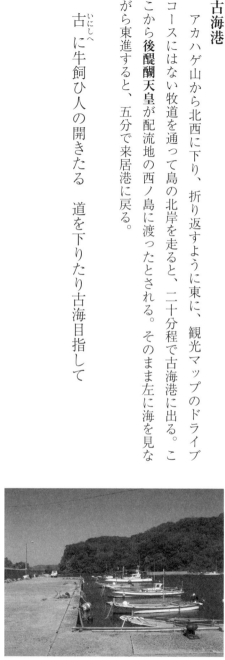

中ノ島

来居《くりい》港から島前内航船に乗り、約三十分余りで中ノ島の菱浦港に着く。島前三島で最も東にある、面積三十二・三平方キロメートル、人口約二千四百人の海士《あま》町の主島である。海士島の別名を持つ。この島は**後鳥羽院**配流の地として知られる。かの**小泉八雲**も明治二十三年（一八九〇）、妻・節子とこの地を訪れ、菱浦の海を「鏡浦」と名付けてこよなく愛したと言う。

隠岐神社・源福寺跡・後鳥羽上皇火葬塚

菱浦港の東南東、直線距離で二キロメートル余り、レンタサイクルで十五分程で県道三百十七号・海士島線の右側に隠岐神社の一の鳥居が建っている。途中に小さな峠があって、老体の身ゆえ自転車を押したが、程よきサイクリングコースである。（「三」、隠岐里参照）

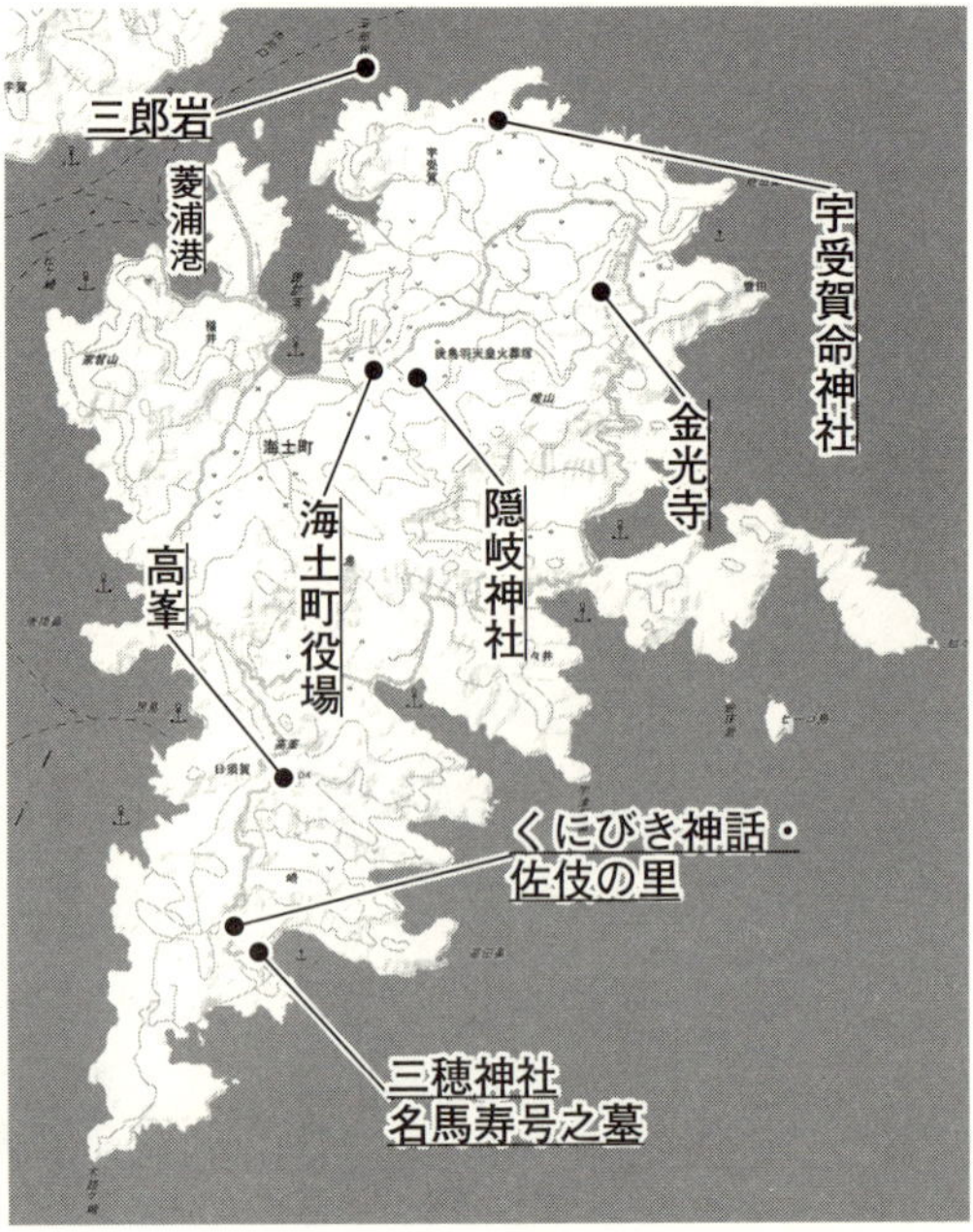

中ノ島

高峯

諏訪湾の奥から県道三百十七号を南下、更に県道三百十八号・日ノ津崎港線を南下すると、約十分で高峯の麓に

出る。歌枕「鼓嵩」である（二二、鼓嵩参照）。

三穂神社

　更に県道を十分程南に下ると、三穂神社のある崎の港に出る。歌枕「三尾浦」の地である（二一、三尾浦参照）。

　『**出雲風土記**』の冒頭近くには、島根半島の成り立ちが「国引き神話」として載る。八束水臣津野命《やつかみづおみづのみこと》が施した四回の国引きが記されるが、その二回目が、「北門《きたと》の佐伎《さき》の国を、国の余り有りやと見れば、国の余り有りと詔《の》りたまひて…（中略）…引き来縫《きぬ》へる国は、多久《たく》の折絶《をりたえ》より、狭田《さだ》の国、是也」である。狭田は左太《さた》として出雲編「十」に項を立ててある。そして「北門の佐伎」がここ、崎のことであると言う。浜のやや高みに「くにびき神話・佐伎の里」の石碑と解説看板が立てられている。

　神の代の国引く伝へ残り居り　三尾の浦辺の小高き丘に

金光寺《きんこうじ》

　一旦県道三百十八号を戻り、三百十七号を東に、そして島の東岸を北上すると、約二十分で豊田の集落に出る。金光寺入口を左に折れると金光寺に着く。

くにびき神話佐伎の里

金光寺拝殿

「後鳥羽上皇御製」の歌碑

飛鳥時代、推古天皇の時代の遣隋使として名高い小野妹子の末裔で、平安の女流歌人として名の高い**小野小町**の祖父ともされる**小野篁**は、これまた和漢に優れていた。承和元年（八三四）遣唐使に任じられるも進発せず、更には遣唐使派遣そのものを非難して**嵯峨天皇**の逆鱗に触れ、同五年（八三八）十二月、隠岐に流された。

その配流地がここ豊田であり、金光寺に百度参りをして帰京を願ったと言う。『金光寺縁起』によれば、篁は六地蔵に「ほのぼのと峯の細道わけ行かば　地蔵聖に遭うぞうれしき」と詠い掛け、地蔵菩薩は「今生と後生を助けん其の為に　無仏世界に出でて導く」と応歌したと言う（『隠岐は絵の島歌の島』）。篁は明屋の浜から島後に渡った。

境内傍らには**後鳥羽上皇**御製として、「去《い》来《ざ》佐《さ》良《ら》婆《ば》許《こ》々《こ》乎《を》　都《みやこ》　杼《と》定《さだ》牟《む》敝《べ》志《し》　松《まつ》尾《お》乃《の》山《やま》濃《の》将《あら》有《む》可《か》義《ぎ》理《り》般《は》」の歌碑もある。

また、明屋海岸を見下ろす展望台からの眺めは素晴らしい。蛇足であるが、この島の公衆用トイレの表示は「御筥処」とあり、なかなか優雅である。

明屋海岸を展望台より見る

「御筥処」の掲示板

愛でつつも恨みて明屋の海見しか　二度三度流されし篁《たかむら》

宇受賀命《うづかみこと》神社

宇受賀命神社社殿

　県道を離れて、島の北を巡る道を西に進み約十五分、宇受賀《うずか》の集落に出る。五月の連休、既に水の張られた田園の奥に、美しい社殿、本殿の屋根が見えてくる。ここに建つ宇受賀命神社は、嘉吉年間（一四四一～三）に縁起共々焼失し、創建等は定かではないが、『**続日本後紀**』に記載があるとのことで、九世紀半ばには既に実在していたことになる。本堂は大正六年（一九一七）に立て替えられた二間半四方の銅版葺である。

　海岸沿いを西に、そして南に進むと、中里の集落に戻ってくる。道が向きを変える辺りの沖合いには三郎岩を見ることが出来る。といっても、陸地からは三分割の様は確認できない。翌日、西ノ島から島後に向かう船上から、その奇景を楽しんだ。

三郎岩

煌きて水張りし田に映り居り　宇受賀命《うづかみこと》の社の屋根の

西ノ島

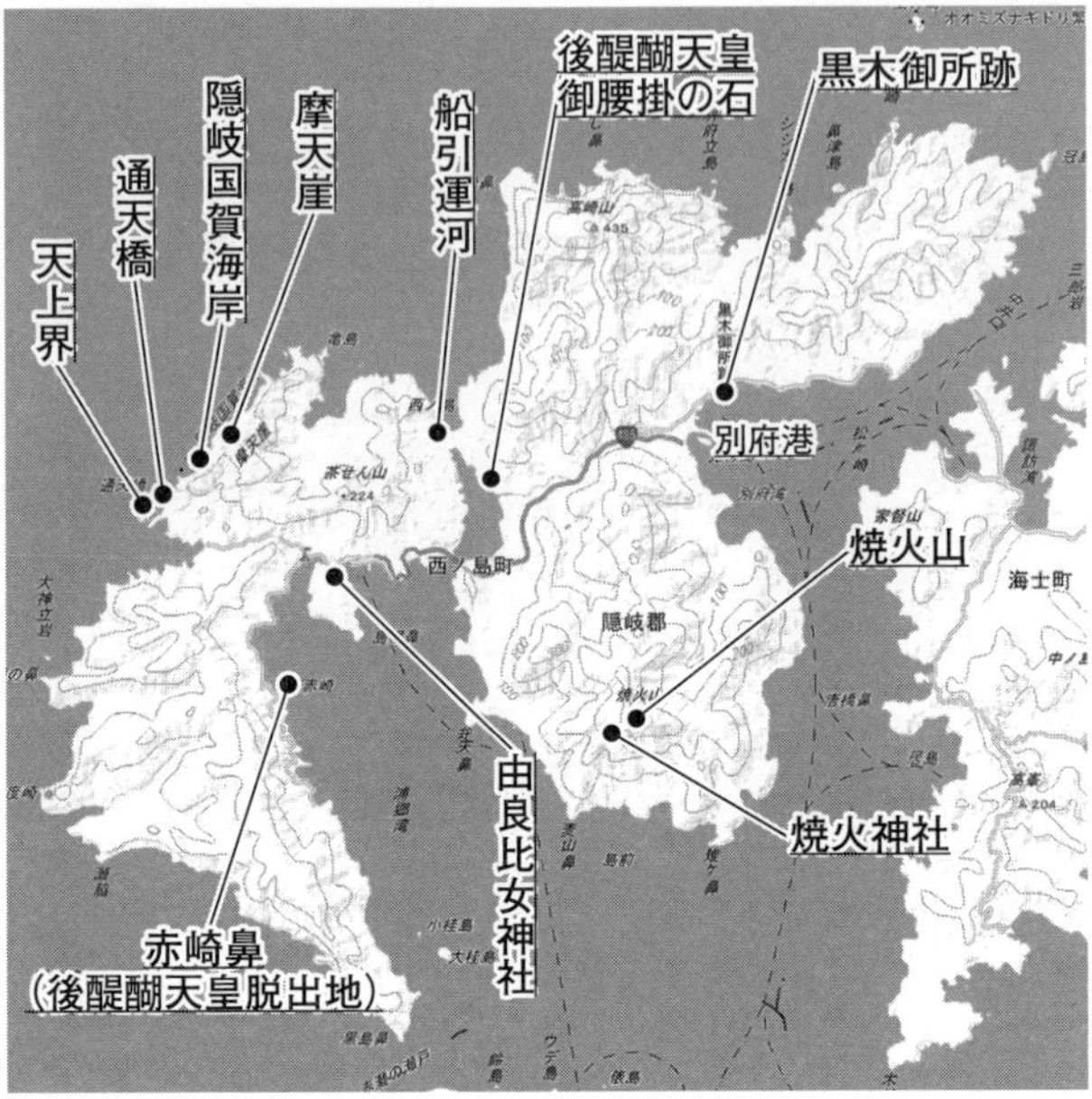

西ノ島

中ノ島の菱浦港から島前内航船で数分、目鼻先の西ノ島の別府港に着く。島前三島のうち西北に位置する西ノ島は、面積五十六平方キロメートル、人口約三千人の西ノ島町の主島である。大正四年（一九一五）島の中央部の最も括れた所に、幅十二メートル、長さ三百三十五メートルの船引運河が開削され、南の漁港と北の漁場が結ばれた。**後醍醐天皇**の配流地である。

船引運河

黒木御所跡

後醍醐天皇の隠岐行在所が置かれていたところである。別府港の東七百メートル程に、**後醍醐天皇**に関する資料、絵画、その他島の歴史資料が展示される碧風館があり、その後ろが黒木山、別名天皇山である。約百五十段の石段

黒木神社

を登ると、天皇を祭神とする黒木神社、その境内の奥三十メートルに、**比田井天来**による黒木御所跡の碑が建っている。傍らには、天皇御製の「こゝろさ《〔志〕》すかこ《〔過去〕》をと《〔問〕》は《わ》ゝ《ば》やなみ《〔波〕》のうへ《〔上〕》に　うき《〔浮〕》てたゝよ《〔漂〕》ふ《う》あま《〔海士〕》のつり《〔釣〕》ふね《〔舟〕》」の歌碑が据えられる。晩年には明治神宮宮司を務めた、日露戦争での旅順港閉塞作戦で知られる海軍大将・有馬良橘《りょうきつ》の揮毫による。

黒木御所跡の碑

後醍醐天皇御製の歌の碑

流されし天皇《すめろぎ》在りし館跡　港見下ろす黒木山の上に

焼火《たくひ》神社

別所港から国道四百八十五号線を西に、瀬戸山トンネルの手前で左折して海沿いを南下、波子港《はしみなと》から左山手に向かうと、標高四百五十一・七メートルの焼火山である。西ノ島のみならず、島前三島の最高峰で、古く平安の頃より航海の標であった。

赤の江付近からの焼火山

その八合目辺りに焼火神社が鎮座する。慶応四年（一八六八＝明治元年）の神仏分離（判然）令以前は焼火山雲上寺と号し、かつ焼火社《たくひのやしろ》とも称したとのことである。寺の縁起に依れば、**一条天皇**の御代と言うから、十世紀末から十一世紀初頭に、仏の形をした岩が光を放ちながら海中より山中に飛んだことから、社殿を造ったと言う。

また、**後鳥羽上皇**に纏わる伝えも残る。上皇が漁に出たある日、暴風に襲われたため、歌を詠じて鎮められた。その歌が「二」の「鼓嵩《つつみのたけ》」に挙げた「我こそは……」であると伝える。更には、ある時、やはり海上に在った時、俄かに暗闇となって、行くも帰るも儘ならなくなり、一心に念じたところ、神火が雲の上に現れ、この山の西の港に着くことができた。そこで祠を建て、薬師如来を安置、山を焼火山、寺を雲上寺と呼ぶようになったとも言う。

なお、本殿、通殿、拝殿は国の重要文化財に指定されている。駐車場から坂道を六百メートルは歩かねばならず、今回は時間にゆとりがなく参詣は叶わなかった。社殿の写真は西ノ島町観光協会の提供である。

あな惜しや時に追はれて焼火《たくひ》山　社参らず遠きにて見る

焼火神社（西ノ島観光協会ご提供）

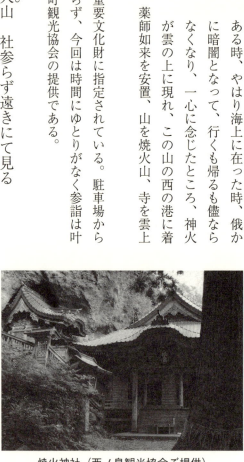

後醍醐天皇御腰掛の石

再び海沿いの道を戻り、国道四百八十五号線を横切って美田《みた》湾を左に見ながら北に進むと、古くに定期的に市《いち》が立っていた大津地区に出る。**後醍醐天皇**は、配流の翌年の元弘三年（一三三三）閏二月、密かに黒木御所を出て、ここ大津で休息した。その時腰掛けたのが市の敷地内にある霊石であったと言う。

配流地を逃れ出でたる天皇《すめろき》の　険しき道を哀れと思へり

由良比女《ゆらひめ》神社

由良比女神社山門

船引運河を渡り、美田《みた》湾、浦郷湾を左に見て十分余り、島根鼻のある小さな半島の付け根を横切る道沿いに、由良比女《ゆらひめ》神社が建つ。『**続日本後紀**』の承和九年（八四二）の条に記載があることから、その創建は九世紀、あるいはそれ以前とされている。中世以降衰微したが、江戸後期に復興された。隠岐国一宮と称している。本殿は二間社春日造変態で、拝殿、本殿、そしてそれを繋ぐ幣殿が一体

後醍醐天皇御腰掛の石

由良比女神社拝殿・本殿

となっていて美しい。
　神社の直ぐ西側に深く切れ込む由良の浜は「イカ寄せの浜」と呼ばれ、昭和二十年代まで、冬の季節にはイカの大群が押し寄せた。神社の参道の入り口近くの右手の林間には、宮司のアイデアとかで、イカののぼりが何本も掲げられている。近年は湾の外での漁の影響からか、浜まで押し寄せることは無いとのことである。

　古くにはイカの寄せ来《こ》し由良比女《ゆらひめ》の　社に近き浜の際《きは》まで

赤崎鼻
　海沿いの曲がりくねった県道三百二十号・珍崎浦郷港線《ちんざきうらごうこう》を更に十五分進むと赤ノ江集落で、更に進むと赤崎鼻に着く。**後醍醐天皇**は大津で休息した後、舟で赤ノ江に渡り、一夜明けて赤崎鼻を超えて、知夫里《ちぶり》島の港を目指した。そして伯耆国に上陸、**名和氏**一族等に迎えられ、船上山（伯耆編「二二」、御船上参照）に挙兵し、歴史は**建武の新政**へと進むのである。

　倒幕の思ひを秘めて後醍醐の　舟出せしとふ赤崎の鼻

イカ寄せの浜の番小屋

赤崎鼻

国賀《くにが》海岸・赤尾展望所

放牧される牛馬

県道三百二十号を赤ノ江集落まで戻り、西に進路を取り、赤尾スカイラインを走れば十分程で国賀海岸を望む赤尾展望所に出る。北に目をやれば、国賀湾を挟んで摩天崖、通天橋、天上界など、北西に十三キロメートルに亘って伸びる海蝕崖の海岸の南部を眼下に望むことが出来る。周囲の草原には放牧される牛馬がのんびりと草を食み、近づいても、全く警戒のそぶりを見せない。なお、摩天崖と通天橋の間は一キロメートルの遊歩道が通い、往復二時間の散策で、海岸の全貌を楽しむことが出来る。

赤尾展望所より国賀海岸を臨む

景勝の国賀海岸見下ろしぬ　牛馬遊べる展望の地より

島後《どうご》

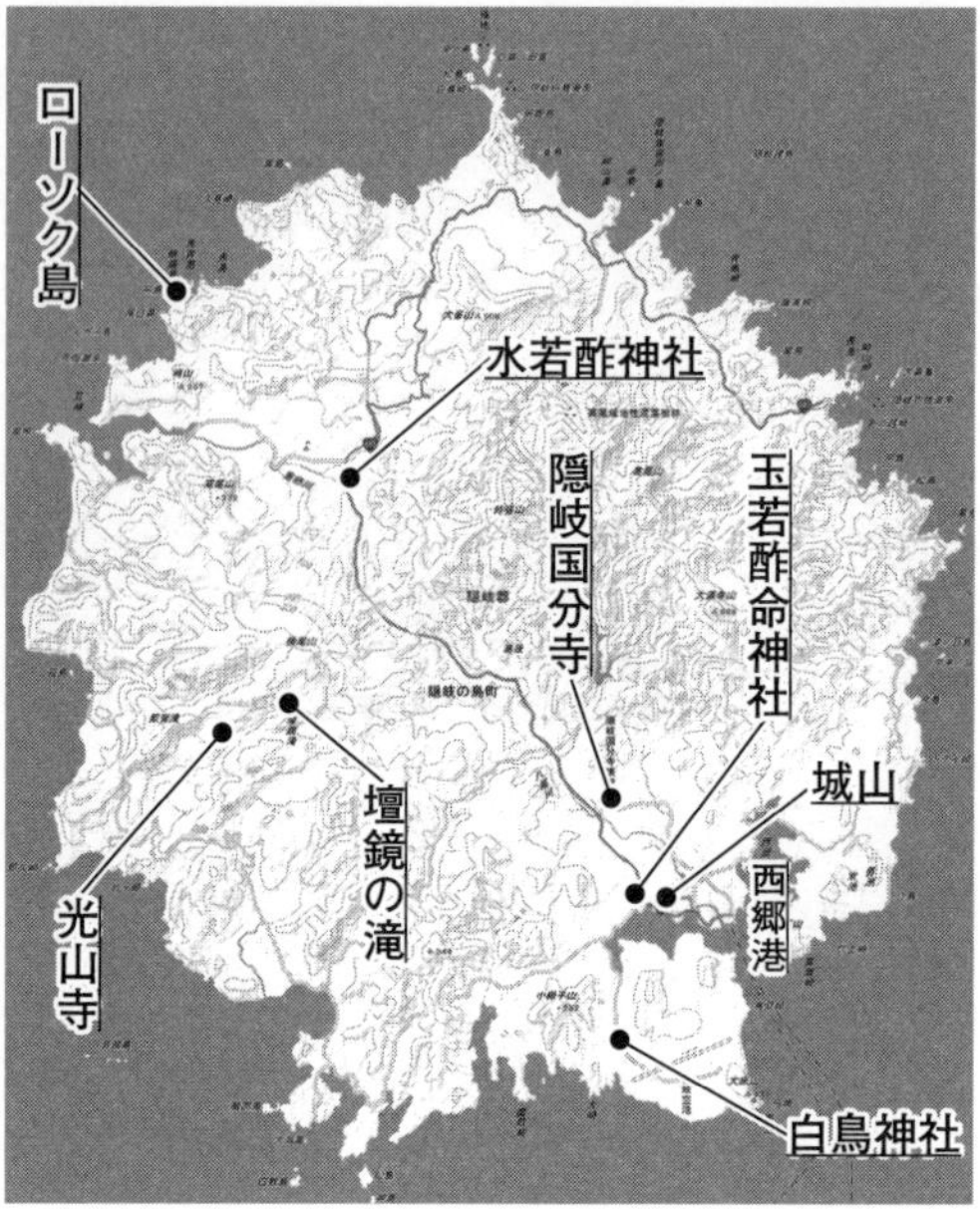

島後

島前三島の北東にある面積約二百四十三平方キロメートル、人口一万五千人弱の、隠岐群島最大の島である。平成十六年（二〇〇四）、隠岐郡西郷町、布施村、五箇村、都万《つま》村が合併して成立した隠岐の島町の主島である。西ノ島別府港からフェリーに乗り、一時間十五分で西郷港に着く。西郷は隠岐国の中心で、国府、国分寺が置かれ、近世には、北前船の寄港地として栄えた。残念ながら今回は、島の南西部を巡るに止まった。

隠岐国府跡

隠岐国の国府跡は、今のところ発掘された遺跡などは無い。八尾《やび》川の右岸、隠岐の島町港町と下西《しもにし》の境に標高百二十三・三メートルの城《しろ》山がある。嘗ては甲《こう》ノ尾《お》城が築かれていた。また国道四百八十五号線沿いには、「甲の原」というバス停もある。「国府」は「こう」とも発音され、「甲」に通ずるとして、こ

城山遠景

の辺りが国府跡と推測されている。

古に国府在りしの伝へある　城山《しろやま》島の入り江見下ろす

玉若酢命《たまわかすみこと》神社

玉若酢命神社拝殿と本殿

創建年代は不明とのことであるが、『**日本三代実録**』の貞観十三年（八七一）の条には記載があり、九世紀半ば以前であることは間違いない。嘉永五年（一八五二）造営の入母屋造茅葺の随身門、寛政五年（一七九三）建立の切妻造茅葺の本殿、境内に隣接する享和元年（一八〇一）に建てられた社家隠岐家住宅は、平成四年（一九九二）、国の重要文化財に指定された。また境内のひときわ目を引く杉の木は樹齢千年以上、八百《やお》杉と呼ばれて昭和四年（一九二九）に、国の天然記念物の指定を受けた。

玉若酢命神社随身門と八百杉

社家隠岐家住宅

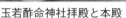

萱葺の屋根の厚みを冠りたる　随身門の奥八百杉高し

隠岐国分寺

国分寺山門

港を背に国道四百八十五号線を、北東に二キロメートル程進むと、右手奥に隠岐国分寺が建つ。明治の廃仏毀釈で破壊され、昭和二十五年（一九五〇）に再建されるも、平成十九年（二〇〇七）に焼失した。現在再建中で、既に棟が上がっている。その奥には明治以前の旧の本堂の跡の礎石が残る。なお、西ノ島の黒木神社が、**後醍醐天皇**の配流中のご在所であったと記したが、『**増鏡**』には、「国分寺といふ寺をよろしきさまにとりしひておはしまし所にさたむ」と記されることから、ここ国分寺がその地であったとの説もある。礎石の右手から少し奥まったところに、木々に囲まれてその行在所址があり、昭和十二年（一九三七）の、文部省の簡単な解説と注意書きの看板が立てられている。天皇の在所として、西ノ島の黒木御所、島後の国分寺、公

後醍醐天皇行在所跡

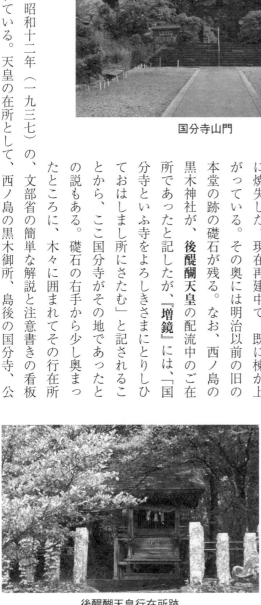

式的には後者にやや分があるようだが、一年後の脱出行の伝えの具体性は前者が勝り、筆者の勝手な思い入れは前者にある。

後醍醐帝の在りたる址の残り居り　再建最中《さなか》の本堂奥に

あごなし地蔵

更に国道四百八十五号線を北上し、日の津トンネルの手前、「あごなし地蔵道」の石柱を左折して、都万目《つまめ》に向かう。国分寺から十五分で地蔵を祀る堂に着く。中ノ島に流された**小野篁**が、翌承和五年（八三八）島後に移ったことは、中ノ島の金光寺の項で述べた。その際身を置いたのが後述の光山寺で、村娘の阿古那《あこな》と懇ろとなった。阿古那は歯痛に悩まされており、篁は地蔵菩薩像を彫って阿古那に与えた。すると忽ち歯痛が治ったと言う。篁は同七年に京に復するが、その別れにもう一体の地蔵菩薩像を刻んだ。この二体が堂内に座す。阿古那が訛って「あごなし」となったとのこと、決して「顎無し」ではない。念のため。地蔵像の開帳は、旧暦七月二十三日の祭りの日だけとのことである。

篁の刻みし仏祀り居る　小さき社の山間に在り

あごなし地蔵堂

水若酢《みずわかす》神社

水若酢神社境内正面より

更に国道を北上すること数分、右側に大きな鳥居を見ることが出来る。水《みず》若酢《わかす》神社である。隠岐一宮とされ、地元では「一宮《いっく》さん」の愛称で親しまれている。お気付きの事であろうが、知夫里《ちぶり》島の天佐志比古命《あまさしひこのみこと》神社が、地元ではやはり「一宮《いっく》さん」と呼ばれ、また、西ノ島の由良比女《ゆらひめ》神社が隠岐国一宮と証している。それぞれの島が自らの島を愛し、主張している如くで、ある意味では微笑ましい。古くには水若酢命《みずわかすのみこと》神社であったが、明治四年（一八七一）に、現在の社名となった。あくまでも伝承であるが、創建は**仁徳天皇**の時代と言うから五世紀まで遡る。なお、第十代崇神天皇の時代との説もあり、であれば更にその歴史は長い。寛政七年（一七九五）造営の、隠岐造の本殿は国の重要文化財の指定を受けている。

取り囲む松の林に本殿の　萱葺の屋根調ひて居り

水若酢神社本殿と拝殿

ローソク島

ローソク岩展望台入口

島後の北東部の岩礁続く海岸の沖合に、無人のローソク島が浮かぶ。浮かぶと言うより、屹立すると言った方が似つかわしい。高さ二十メートル、根元がやや細く、まさにローソク状である。形もさることながら、夕陽が島の頂と重なる瞬間は、文字通り巨大ローソクに火を点したように見える。福浦岸壁から、夕陽に合わせて遊覧船が出航する。

水若酢神社の先から左折して、県道四十四号・西郷都万郡線を西に、隠岐温泉から北への道を辿ると、展望台に着く。所要時間は二十分程である。

ローソク岩

ローソク岩岬の上より見下ろせば　近きへの道あきらめ惜しむ

壇鏡《だんぎょう》の滝

国道四百八十五号線を戻り、西郷までの道半ばで右折、山間の曲がりくねった道を西に向かう（ナビに従ったため経路不明）。三〜四十分も走っただろうか、目的地の至近を過ぎて数百メートル下ってから、左折してヘアピン状に戻ると、壇鏡の滝の駐車場に着く。それから那久川沿いの道を六百メートル登ると滝と神社に出る。古くから信仰の対象であったとのこと、**小野篁**もこの滝に打たれて復権、帰京を念じたと言う。

壇鏡の滝・壇鏡神社の道標

壇鏡の滝

壇鏡《だんぎょう》の滝を目指せば対岸に　倒木苔むしシダの茂れり

光山寺

壇鏡《だんぎょう》の滝を後に海岸を目指して西に下ると、道の左の高台に光山寺が建つ。宝亀年間（七七〇〜八〇）の創建とのこと、中ノ島豊田の郷から島前に移った**小野篁**が、ここに身を置いたとされる。廃仏毀釈により焼失、現在は大正九年（一九二〇）に再建された、小さな堂があるのみである。

篁の京に帰る日待ちわびて　留まりし寺は今ささやかに

船王《ふねのおおきみ》の墓

天武天皇の孫で、**万葉集**に和歌四首が収められる船王は、天平宝字八年（七六四）に恵美押勝（藤原仲麻呂）の乱に連座し、隠岐に流され、この地で没した。その墓が今津地区にあるという。隠岐観光協会に問い合わせて、県道四十三号・隠岐空港線の中途の白鳥神社を訪ねた。時間の余裕が無く、王の墓には辿り行かなかったが、美しい拝殿の軒下には船の模型が吊るされ、境内の一角には、上部に祠も狛犬も、何も載せられていない台座が一基ある。察するに、神事等の際は模型の船が据えられるのではなかろうか。**船王**と有縁であることを勝手に納得した。

道の辺の社殿の軒に小舟吊し　庭には主の無き台《うてな》建つ

白鳥神社拝殿

拝殿軒下の船の模型

事項略解

〔あ〕

出雲風土記（いずもふどき）
和銅六年（七一三）、**元明天皇**が諸国に対して地名の由来、産物、伝承などを纏めて記載した『風土記』の編纂を勅命。現存するのは常陸、播磨、豊後、肥前、出雲の五ヶ国で、出雲のみ完本。

謌枕名寄（うたまくらなよせ）
澄月（一七一四～九八）撰の名所歌枕集との説あるも不詳。一説には室町期の編纂とも。約六〇〇〇首収載。

影供歌合（えいぐうたあわせ）
影供とは神仏、故人の肖像に供物をささげて祀ること。十一世紀後半には、**柿本人麻呂**の図像を祀って和歌を詠ずる「人麿影供」が行われるようになり、正治年間（一一九九～一二〇〇）以降、歌合と融合した「影供歌合」が催行された。

延喜式（えんぎしき）
律令制定以後、律令条文の補足、改定のための法令を「格」、律令の施行細則が「式」。**醍醐天皇**勅命で、延喜七年（九〇七）に格十二巻が、延長五年（九二七）式五十巻が完成。式中の巻九、十に、毎年祈年祭《としごいのまつり》の幣帛《へいはく》にあずかる宮中・京中・五畿七道の三一三二神社を国郡別に登載した神名式があり、神名帳と呼ぶ。なお、延喜式は残るが、延喜格は現存しない。

奥の細道（おくのほそみち）
俳諧師**松尾芭蕉**が元禄二年（一六八九）、弟子の曽良を伴い、奥羽北陸の旅に出た。全行程六百里、五ヵ月間の長旅であり、道中の記録と、折々に詠んだ句を編集した書。一般には陸奥の歌枕の採訪が主眼であったとされる。

〔か〕

懐中抄（かいちゅうしょう）
室町期の歌学書。同名異書複数あり。

玉吟集（ぎょくぎんしゅう）──→**壬二集**（みにしゅう）

玉葉和歌集（ぎょくようわかしゅう）
　第十四番目の**勅撰和歌集**。**伏見院**の院宣により、正和元年（一三一二）、京極為兼が撰進。二千八百一首の収載は**二十一代集**中最多。新古今時代を中心とする古歌や、持統院統、京極派の歌人の歌が多い。

金葉和歌集（きんようわかしゅう）
　白河上皇の院宣による第五番目の**勅撰集**。院宣下命から二年後、大治元年（一一二六）、三度目の奏上で完成。撰者は**源俊頼**。最後尾に連歌の部。総歌数六三七首。連歌一一首。

建武の中興（けんむのちゅうこう）
　建武の新政とも。鎌倉幕府滅亡後、**後醍醐天皇**により行われた新政。古代的天皇親政復活を目指すが、足利尊氏の離反により、三年足らずで崩壊。

古今和歌集（こきんわかしゅう）
　醍醐天皇の勅命による初の**勅撰和歌集**。延喜五年（九〇五）、**紀貫之**、紀友則（百人一首「久方の光のどけき春の日に　しづ心なく花の散るらむ」）、**凡河内躬恒**、**壬生忠岑**の撰進。総歌数約一一〇〇首。

古今和歌六帖（こきんわかろくじょう）
　貞元・天元期（九七六～九八二）の成立とされる類題和歌集。歳時天象、地儀上、地儀下、人事上、人事下、動植物の六帖に、総じて二十五項目五百十六題を設けて『**万葉集**』から『**古今和歌集**』、『**後撰和歌集**』の頃までの約四千五百首を分類したもの。

古事記（こじき）
　現存する日本最古の歴史書。稗田阿礼が誦習した神代から**推古天皇**（五九二～六二八在位）までの帝紀、皇室伝承を、太安万侶が和銅五年（七一二）撰録献上。漢字音訓による日本語表現。

後拾遺和歌集（ごしゅういわかしゅう）
　白河天皇の勅命による第四**勅撰集**。応徳三年（一〇八六）藤原通俊が撰集。総歌数一二二〇首。

後撰和歌集（ごせんわかしゅう）
　村上天皇の勅命により天暦五年（九五一）、和歌所を設置。**清原元輔**など梨壺の五人により撰進。情趣的な歌が多い。第二番目の勅撰集。総歌数千四百余首。

国歌大観（こっかたいかん）
　松下大三郎、渡辺文雄による『**万葉集**』、**二十一代集**ほかの和歌を集成。明治三十六年（一九〇三）の刊。昭和元年（一九二六）に続刊。

〔さ〕

三十六歌仙（さんじゅうろっかせん）
藤原公任《きんとう》撰『三十六人撰』に基づく歌人三十六人。**柿本人麻呂**、**紀貫之**、**凡河内躬恒**、伊勢（百人一首「難波潟短き蘆のふしの間も　逢はでこのよを過ぐしてよとや」）、**大伴家持**、**山部赤人**、**在原業平**、紀友則、**小野小町**、**壬生忠岑**、**壬生忠美**などなど。

三代集（さんだいしゅう）
平安時代初期の三つの**勅撰和歌集**。古くは『**万葉集**』、『**古今和歌集**』、『**後撰和歌集**』とされたこともあったが、『**俊頼髄脳**』では**古今**、**後撰**、『**拾遺和歌集**』としている。

三代実録（さんだいじつろく）
→**日本三代実録**（にほんさんだいじつろく）

詞花和歌集（しかわかしゅう）
第六番目の**勅撰集**。**崇徳上皇**の院宣を受けて**藤原顕輔**が仁平元年（一一五一）第一次本総覧。総歌数四百九首。反古今的色彩あり。

釈教歌（しゃっきょうか）
経典や教理、あるいは仏事や無常観など、広く仏教に関する歌。『**千載和歌集**』に初めて独立した部立てとなる。

拾遺和歌集（しゅういわかしゅう）
第三番目の**勅撰集**。『**古今和歌集**』、『**後撰和歌集**』に漏れた歌を拾うの意。**花山院**が関与か。寛弘三年（一〇〇六）に成立とも。晴（公のこと↔褻《け》）の歌を中心に千三百余首。

十三代集（じゅうさんだいしゅう）
勅撰二十一代集のうち、『**古今和歌集**』～『**新古今和歌集**』の**八代集**に続く**勅撰和歌集**。『**新勅撰**』、『**続後撰**』、『**続古今**』、『**続拾遺**』、『**新後撰**』、『**玉葉**』、『**続千載**』、『**続後拾遺**』、『**風雅**』、『**新千載**』、『**新拾遺**』、『**新後拾遺**』、『**新続古今**』。

承久の乱（じょうきゅうのらん）
承久三年（一二二一）の**後鳥羽上皇**による鎌倉幕府討幕の乱。幕府方の勝利に終わり、**後鳥羽上皇**は隠岐に、**順徳上皇**は佐渡に、土御門上皇は土佐（後に阿波）にそれぞれ配流。結果幕府の勢力が拡大した。

正治二年院初度百首（しょうじにねんいんしょどひゃくしゅ）
後鳥羽院主催の百首。院自身や**藤原俊成**、**定家**親子を含めて作者二十三名。正治二年（一二〇〇）披講。

続古今和歌集（しょくこきんわかしゅう）
後嵯峨院の下命による第十一番目の勅撰集。文永二年（一二六五）奏覧。撰者は**藤原行家**、**藤原為家**、基家、**藤原家良**（完成直前に没）、真観。万葉歌人も多く入集。総歌数一九一五首。

続後拾遺和歌集（しょくごしゅういわかしゅう）
後醍醐天皇の勅命による第十六番目の**勅撰集**。嘉暦元年（一三二六）二条為定により完成。総歌数一三五五首で**十三代集**中最小の規模。

続後撰和歌集（しょくごせんわかしゅう）
後嵯峨院院宣による第十番目の**勅撰集**。建長三年（一二五一）**藤原為家**により奏覧。総歌数一三七七首。

続拾遺和歌集（しょくしゅういわかしゅう）
第十二番目の**勅撰集**。亀山天皇の勅命で弘安元年（一二七八）**藤原為氏**により奏覧。御子左家多数入集。総歌数一四四一首とも。

続千載和歌集（しょくせんざいわかしゅう）
第十五番目の**勅撰集**。後宇多院の下命で二条為世（『**新後撰**』に続いて二度目）により撰進。文保二年（一三一八）とも同三年とも。総歌数二千余首。

続日本後紀（しょくにほんこうき）
六国史《りっこくし》の一つ。**仁明天皇**一代の事跡を編年体で編んだもの。貞観十一年（八六九）**藤原良房**等により撰進。

新古今和歌集（しんこきんわかしゅう）
後鳥羽院院宣による第八番目**勅撰集**。**藤原定家**ら六人、後、**寂蓮**の死で五人の撰集。元久二年（一二〇五）完成。定家等の御子左派、**後鳥羽院**歌壇の歌人中心。総歌数一九七九首。

新後拾遺和歌集（しんごしゅういわかしゅう）
後円融天皇の勅命で二条為遠、その急死により二条為重が至徳元年（一三八四）に撰進。総歌数一五四五首。第二十番目の**勅撰集**。

新後撰和歌集（しんごせんわかしゅう）
第十三番目の**勅撰集**。後宇多院の院宣で二条為世により嘉元元年（一三〇三）に奏覧。総歌数一六一二首。

新拾遺和歌集（しんしゅういわかしゅう）
第十九番目の**勅撰集**。後光厳天皇は当初二条為明に下命するも、為明の病没により頓阿が継いで貞治二年（一三六三）撰進。総歌数千九百余首。

新続古今和歌集（しんしょくこきんわかしゅう）
後花園天皇の勅命による第二十一番目の**勅撰集**。**飛鳥井雅世**により永享十一年（一四三九）奏覧。飛

鳥井家、二条家らの入集多数。冷泉家冷遇。総歌数二一四四首。

新千載和歌集（しんせんざいわかしゅう）
後光厳天皇の下命により、延文四年（一三五九）に二条為定が奏覧した第十八番目の**勅撰集**。室町幕府初代将軍足利尊氏の執奏によるもので、武家執奏による**勅撰集**の先例。総歌数二千三百六十四首。

新勅撰和歌集（しんちょくせんわかしゅう）
後堀河天皇の勅命の第九番目**勅撰集**。仮奏覧後、天皇崩御により中断するも、文歴二年（一二三五）完了。撰者は**藤原定家**。定家と親交のあった歌人、鎌倉幕府関係の歌人が多い。総歌集一三七四首。

新葉和歌集（しんようわかしゅう）
後醍醐天皇の皇子・**宗良親王**による南朝歌壇を中心とする準勅撰集。弘和元年（一三八一）完成か。総歌数一四〇〇首余り。

雪玉集（せつぎょくしゅう）
後水尾院の宮廷で編纂されたとみられる、**後柏原院**の『柏玉集』、冷泉政為の『碧玉集』と並んで三玉集と呼ばれる三**条西実隆**の歌集。総歌数八二〇〇余首。室町時代歌壇の重要資料。

千五百番歌合（せんごひゃくばんうたあわせ）
『仙洞百首歌合』とも。建仁元年（一二〇一）、**後鳥羽上皇**の発企により、三十人の歌人が各々百首を詠じ、千五百番とした最大規模の歌合わせ。同時期の『**新古今和歌集**』と密接な関係。

千載和歌集（せんざいわかしゅう）
後白河院院宣による第七番目の**勅撰集**。文治四年（一一八八）**藤原俊成**撰進。叙情豊かな幽玄体歌風の歌多数。総歌数一二八八首。

草根集（そうこんしゅう）
自身がある程度整理したものを、門下の正広《しょうこう》が編んだとされる**正徹**の歌集。日次系と類題系に大別され、総歌数は一万首を越える。

〔た〕

太平記（たいへいき）
鎌倉末期から南北朝時代の争乱の様を綴った軍記物語。作者は小島法師といわれ、千三百七十年代の完成か。

勅撰和歌集・勅撰集（ちょくせんわかしゅう・ちょくせんしゅう）
天皇の綸旨、上皇、法皇の院宣によって編集された公的歌集。**古今和歌集**から**新続古今和歌集**までの二十一を数える。一般には、和歌所を設けて行われた。

俊頼髄脳（としよりずいのう）
関白藤原忠美の求めで、その子泰子のために**源俊頼**が作歌手引きとして記す。天永二年（一一一一）～永久元年（一一一三）の間に成立か。鎌倉初期の歌論、歌学書に影響大。

〔な〕

名和氏（なわし）
村上源氏の源行盛が伯耆に流され、その孫・長年が現在の名和町に移って起こした。**後醍醐天皇**を奉じ、建武の新政府の要職に就くも、南朝延元元年（一三三六）に足利尊氏に敗れ、一族は肥後に移った。

二十一代集（にじゅういちだいしゅう）
勅撰和歌集の、その本数としての別称。『**古今和歌集**』から『**新古今和歌集**』までの**八代集**に、以後の『**新勅撰和歌集**』から『**新続古今和歌集**』までの**十三代集**を加えたもの。

日本三代実録（にほんさんだいじつろく）
六国史《りっこくし》の一つ。**清和**、**陽成**、**光孝**の三天皇の約三十年間の事跡を記した編年体の史書。延喜元年（九〇一）**藤原時平**等によって撰進。

日本書紀（にほんしょき）
養老四年（七二〇）、**元正天皇**の勅命により舎人皇子らが編集。漢文、編年体の歴史書。六国史の第一。

〔は〕

八代集（はちだいしゅう）
『**古今**』、『**後撰**』、『**拾遺**』、『**後拾遺**』、『**金葉**』、『**詞花**』、『**千載**』、『**新古今**』の八集。

風雅和歌集（ふうがわかしゅう）
第十七番目の**勅撰和歌集**。**花園法皇**企画、光厳上皇親撰。貞和三年（一三四七）完成。持明院統の天皇、皇族、京極派歌人の詠集多数。総歌数二千二百余首。

夫木和歌抄（ふぼくわかしょう）
勅撰集未収載歌を部類。藤原長清によって延慶二年（一三〇九）頃成立。三十六巻、五九六題、一七三五〇余首収載。

平家物語（へいけものがたり）
和漢混淆文による平家の繁栄と滅亡を描いた散文

の叙事詩。琵琶法師によって各地で語られ、後世の文・芸に大きく影響。成立は十三世紀前半か。

堀河院後度百首（ほりかわいんごどひゃくしゅ）
『堀河院次郎百首』、あるいは『永久百首』とも。**堀河天皇**と中宮篤子内親王の遺徳を偲んで、側近が催行した懐旧百首。**源顕仲**、**常陸**など七名。永久四年（一一一六）成立。

堀河百首（ほりかわひゃくしゅ）
『堀河院初度百首』、あるいは『堀河院太郎百首』とも。**源俊頼**の企画を源国信が長治年間（一一〇四～五）に**堀河天皇**に奏覧。

〔ま〕

枕草子（まくらのそうし）
中宮定子《ていし》に仕えた**清少納言**が、事物、情意、生活、四季の情趣、人生などに関する随想、見聞を鋭い写実と才気ある筆致で記した平安時代の随筆。源氏物語と並ぶ平安文学の双璧。長保二年（一〇〇〇）以降の成立か。

増鏡（ますかがみ）
治承四年（一一八〇）の**後鳥羽天皇**の誕生から元弘三年（一三三三）の**後醍醐天皇**の隠岐脱出までの事跡を編年体で記した歴史物語。十四世紀半ば、二条良基によるとされる。

松葉名所和歌集（まつばめいしょわかしゅう）
内藤宗恵により万治三年（一六六〇）編集。先出の『類字名所和歌集』は**二十一代集**の名所和歌を集めたが、本集は私撰、私家集など、私的な名所和歌集成書。寛政年間（一七八九～八〇〇）、尾崎雅嘉によって増補された。

万葉集（まんようしゅう）
奈良時代末期に成立した現存する最古の和歌集。二十巻約四五〇〇首。一～二巻が勅撰？ **柿本人麻呂**が関った？等諸説がある。**大伴家持**が最終編集者であったとするのが一般的。歌風は素朴で力強く雄大。『万葉集考』を著した江戸中期の国学者・**賀茂真淵**は「ますらをぶり」と評した。

御子左家（みこひだりけ）
関白藤原道長の六男・長家を祖とし、以下忠家—俊忠—**俊成**—**定家**—**為家**と連なる和歌の家柄。**為家**の子によって二条家（**為氏**）、京極家（為教）、冷泉家（為相）に分立。十四世紀、二条為定以降二条家が御子左家を標榜。

壬二集（みにしゅう）
　藤原家隆の家集。玉吟集とも。伝本は三系統あるが、それぞれ欠落が見られ、総歌数は三千首を越えるか。**後鳥羽院**の評価が高い。

藻塩草（もしおぐさ）
　連歌師宗碩（宗祇の弟子）の永生十三年（一五一三）頃編集した歌語辞書。『**万葉集**』以下の歌集、『伊勢物語』、『源氏物語』などの物語、その他史書、歌学書から集録。

〔や・ら・わ〕

八雲御抄（やくもみしょう）
　第八十四代**順徳天皇**が著した歌論書。佐渡にて完筆か。序に加えて正義・作法・枝葉・言語・名所・用意の六部より成り立つ。和歌史、歌論史上重要。

六国史（りっこくし）
　奈良・平安時代に朝廷で編纂された六つの国史。**日本書紀**、続日本紀、日本後紀、続日本後紀、日本文徳天皇実録、**日本三代実録**。

令義解（りょうのぎげ）
　清原夏野、**小野篁**等により養老令の解釈の諸説を取捨して統一した注釈書。承和元年（八三四）から施行。

類字名所和歌集（るいじめいしょわかしゅう）
　元和三年（一六一七）里村昌琢が編集。勅撰二十一**代集**から名所を詠んだ歌を抄出。名所八八七ヶ所、総歌数八八二一首。

人名略解

〔あ〕

飛鳥井雅世（あすかいまさよ）１３９０~４５２
永享二年（一四三〇）権中納言、嘉吉元年（一四四一）正二位となるも同年出家。法名祐雅。永享期（一四二九~四〇）以降の歌壇の第一人者。**『新続古今和歌集』**を撰進。

飛鳥井雅親（あすかいまさちか）１１７０~２２１
飛鳥井雅世の子。文正元年（一四六六）権大納言。文明五年（一四七三）出家。**『新続古今和歌集』**に初出。寛正期（一四六〇~五）に歌壇の地位確立。文明末期（一四八〇代）最高指導者に。家集『亜槐《あかい》集』、歌学書『筆のまよひ』など。

天照大神（あまてらすおおみかみ）
伊弉諾尊《いざなぎのみこと》の女《むすめ》。高天原の主神。日の神と崇められ、日本の皇室の祖神とされる。伊勢神宮の内宮に祀られる。

在原業平（ありわらのなりひら）８２５~８０
平城天皇の皇子・阿保親王の五男。天長三年（八二六）臣籍に降下。三十六歌仙の一人。**『古今和歌集』**に初出。『伊勢物語』の主人公。百人一首「ちはやぶる神代も聞かず龍田川　からくれなゐに水くくるとは」

在原行平（ありわらのゆきひら）８１８~９３
平城天皇の皇子・阿保親王の三男。**在原業平**の同母兄。共に天長三年（八二六）臣籍に降下。正三位中納言に至る。元慶五年（八八一）和歌、学問の普及のため奨学院設立。百人一首「立ち別れいなばの山の峰に生《お》ふる　まつとし聞かば今帰り来む」

安寧天皇（あんねいてんのう）
第三代。記紀伝承上の天皇。

伊弉諾尊（いざなぎのみこと）
天つ神の命で、**伊弉冉尊**《いざなみのみこと》とともに日本の国土、神を産み、山海・草木をつかさどった男神。**天照**《あまてらす》**大神**《おおみかみ》、**素戔嗚尊**《すさのおのみこと》の父神。

伊弉冉尊（いざなみのみこと）
伊弉諾命《いざなぎのみこと》の配偶神。火の神を産んで死に、夫と別れ黄泉国《よみのくに》に住む。

和泉式部（いずみしきぶ）生没年未詳
貞元・天元期（九七六〜九）の生か。二十歳の頃、橘道貞と結婚、夫が和泉守となった故、和泉式部と呼ばれた。冷泉天皇皇子・敦道親王との恋を描いたのが『和泉式部日記』。『**拾遺和歌集**』に初出。後人が編んだとされる『和泉式部集』、『和泉式部続集』。百人一首「あらざらむこの世のほかの思ひ出に　いまひとたびの逢ふこともがな」

一条天皇（いちじょうてんのう）980〜1011
第六十六代。寛和二年（九八六）〜寛弘八年（一〇一一）在位。**花山天皇**の突然の退位で七歳にして即位。後には藤原道長が右大臣、左大臣として実権を掌握。後宮に**清少納言**、紫式部（百人一首「めぐり逢ひて見しやそれともわかぬ間に　雲隠れにし夜半のつきかな」）がいて、文学作品を生む。『**後拾遺和歌集**』に初出。

宇多天皇（うだてんのう）867〜931
第五十九代。仁和三年（八八七）〜寛平九年（八九七）在位。**菅原道真**を重用。法皇を初めて称する。和歌、筝、琴などに長じ、歌合を多数主催、宮廷和歌の基盤確立。『**古今和歌集**』に初出。

運慶（うんけい）生年未詳〜1223
鎌倉初期に奈良仏師として活躍。写実的で剛健な鎌倉様式の彫刻界を樹立。興福寺の無著《むちゃく》像、世親《せしん》像など。東大寺南大門金剛力士像は長男の湛慶や一門の快慶らとの合作と伝えられる。

応神天皇（おうじんてんのう）
第十五代。四世紀末〜五世紀初頭に在位。在位中、多数の渡来人が大陸文化を伝承。倭の五王「讃」？

大内持世（おおうちもちよ）1394〜1441
室町時代の武将。大内義弘の子で、永享四年（一四三二）、弟・餅盛との家督争いに勝利、周防、長門、豊前、筑前の守護に。和歌に優れ、『**新続古今和歌集**』に収載多数。なお氏族の古伝から、姓を多々良、氏を大内としたとあり、多々良姓で呼ばれることもある。

大国主命（おおくにぬしのみこと）
素戔嗚尊《すさのおのみこと》の子で出雲国の主神。少彦名命と協力して天下を経営。後に、国土を**天照大神**《あまてらすおおみかみ》の孫・**瓊瓊**《にに》**杵尊**《ぎのみこと》に譲り、出雲大社に祀られる。七福神の一つ・大黒天と習合して、いわゆる「大国さま」として崇められる。

凡河内躬恒（おおしこうちのみつね）生没年未詳
　九世紀末～十世紀初めの、**紀貫之**と並ぶ歌人。**三十六歌仙**の一人。『**古今和歌集**』の撰者。百人一首「心あてに折らばや折らむ初霜の　置きまどわせる白菊の花」

大伴旅人（おおとものたびと）６６５～７３１
　奈良時代前期の歌人。大伴郎女は妻、**大伴家持**は長男。神亀五年（七二八）、六十歳を過ぎて太宰帥として妻子共々西下。当時の筑前守であった山上憶良と切磋琢磨し、任地で妻を失くし、天平二年（七二八）、大納言として帰京。『**万葉集**』に秀歌多数。**坂上郎女**は異母妹。

大伴家持（おおとものやかもち）７１８～８５
　大伴旅人の長男。大伴家凋落の時期に当たり、波風の多い生涯であった。天平勝宝七年（七五五）兵部少輔の任に在って防人の歌を集めた。『**万葉集**』の編纂に大きく関った。**三十六歌仙**の一人。百人一首「かささぎの渡せる橋に置く霜の　白きを見れば夜ぞ更けにける」

小野小町（おののこまち）生没年・伝未詳
　三十六歌仙の一人。姉と共に仁明天皇（在位八三三～五〇）の更衣と推測される。宮廷サロンで活躍。『**古今和歌集**』に十八首入集。歌風は艶麗、情熱的にして哀感のある恋歌に優れている。百人一首「花の色は移りにけりないたづらに　わが身世にふるながめせし間に」

小野篁（おののたかむら）８０２～５２
　平安前期の貴族。遣唐副使に任ぜれるも大使、藤原常嗣と対立、進発せず、更には遣唐使派遣をも反対して承和五年（八三八）、隠岐に配流される。二年後召喚され、同十四年（八四七）参議に。和漢に長じ、『経国集』、『本朝文粋』などに詩文を残し、『令義解《りょうのぎげ》』の撰にも関与する。『**古今和歌集**』に初出。百人一首「わたの原八十島かけて漕ぎ出でぬと人には告げよ海人の釣舟」

〔か〕

加賀左衛門（かがのさえもん）生没年未詳
　加賀守丹波泰親を父とする平安中期の女流歌人。永承～承暦年間（一〇四六～八〇）に活躍か。『**後拾遺和歌集**』に初出。

柿本人麻呂（かきのもとのひとまろ）生没年未詳
　天武天皇の時代（六九七～七〇七）に宮廷歌人と

して活躍か。『**万葉集**』に約三七〇首。**三十六歌仙**の一人。百人一首「あしびきの山鳥の尾のしだり尾の　ながながし夜をひとりかも寝む」

門部王（かどべのおおきみ）生年不詳〜７４５
　天武天皇の皇子・長親王の孫。伊勢守、出雲守を歴任。天平十一年（七三九）臣籍に降下、従四位上大蔵卿までになる。

鎌倉右大臣（かまくらうだいじん）
　　→**源実朝**（みなもとのさねとも）

賀茂真淵（かものまぶち）１６９７〜１７６９
　江戸中期の国学者、歌人。延享三年（一七四六）五十歳で和学御用として田安家に出仕。以後古典研究に専念する。本居宣長をはじめ、多くの門人が輩出する。歌風は優艶な後世風に始まり、晩年は万葉風を確立。近世歌壇に重要な位置を占める。『万葉考』をはじめ著作極めて多数。

衣笠内大臣（きぬがさないだいじん）
　　→**藤原家良**（ふじわらいえよし）

紀輔時（きのすけとき）生没年未詳
　紀貫之の孫。従六位まで。『**拾遺和歌集**』に一首。

紀貫之（きのつらゆき）８６８?〜９４６?
　平安前期の歌人、歌学者。**三十六歌仙**の一人。『**古今和歌集**』の撰者で仮名の序文を草す。『土佐日記』を著す。百人一首「人はいさ心も知らず古里は　花ぞ昔の香ににほひける」

行基（ぎょうき）６６８〜７４９
　渡来人系の法相宗の僧。諸国を巡遊し、社会事業、民衆教化に勤める。各地に開基と伝えられる寺多数。東大寺建立にも献身。

清原元輔（きよはらのもとすけ）９０８〜９９０
　清少納言の父。梨壺の五人の一人、**三十六歌仙**の一人。『**後撰和歌集**』の撰者の一人。屏風歌、祝賀の歌多数。百人一首「契りきなかたみに袖をしぼりつつ　末の松山浪超さじとは」

空海（くうかい）７７４〜８３５
　弘法大師（こうぼうだいし）とも。真言宗開祖。延暦二十三年（八〇四）入唐。弘仁七年（八一六）高野山開山。四国八十八ヶ所霊場は空海巡錫の行程と云われる。

景行天皇（けいこうてんのう）
　第十二代。『**日本書紀**』には、在位六十年。**日本**《やまと》**武尊**《たけるのみこと》の父。武尊は九州の熊襲、東国の蝦夷を討伐する。

継体天皇（けいたいてんのう）生年不詳～531
第二十六代。五〇七～五三一在位。第二十五代武烈天皇に子がなく、越前から迎えられる。崩御は八十二歳とも。

契沖（けいちゅう）1640～701
十一歳で出家、十三歳で高野山へ、二十四歳で阿闍梨位。『**万葉集**』の注釈書『万葉代匠記』、歴史的仮名遣い研究書『和字正濫鈔』や多数の古典の注釈書。万葉研究は**賀茂真淵**、**本居宣長**等に影響を与えた。

元明天皇（げんめいてんのう）661～721
第四十三代。慶雲三年（七〇七）～霊亀元年（七一五）在位。天智天皇と蘇我姪娘《めいのいらつめ》の娘。在位中、和同開珎の鋳造、平城京遷都、『**古事記**』の完成、風土記編纂の命などの事跡を残す。

小泉八雲（こいずみやくも）1850～904
ギリシャ生まれのイギリス人・ラフカディオ・ハーン。明治二十三年（一八九〇）来日し、旧制松江中学に英語教師として赴任、以後五高、東大、早大にて英語、英文学を講じる。松江で小泉節子と結婚。『知られざる日本の面影』、『東の国より』などの随筆、『怪談』をはじめとする物語など著作多数。

光孝天皇（こうこうてんのう）830～87
第五十八代。元慶八年（八八四）～仁和三年（八八七）在位。第五十四代**仁明天皇**と藤原沢子《たくし》との男。兄は第五十五代文徳天皇、甥が第五十六代**清和天皇**、その長子が第五十七代**陽成天皇**。

光仁天皇（こうにんてんのう）709～82
第四十九代。宝亀元年（七七〇）～天応元年（七八一）在位。第三十八代天智天皇の孫、第五十代桓武天皇の父。先帝・称徳天皇の死で、急遽六十二歳で即位。道鏡を退け、和気清麻呂を復帰させるなどの政治刷新をする。

弘法大師（こうぼうだいし）→**空海**（くうかい）

後柏原天皇（ごかしわばらてんのう）1464～526
第百四代。明応九年（一五〇〇）～大永六年（一五二六）在位。後土御門天皇と源朝子《ちょうし》との男。応仁の乱後、財政逼迫が続く中での即位で、朝儀の復興に努める。

後嵯峨天皇・院（ごさがてんのう・いん）1220～72
第八十八代天皇。仁治三年（一二四二）～寛元四年（一二四六）在位。法皇在位寛元四年～文永九年（一二七二）。『**続後撰和歌集**』、『**続古今和歌集**』撰集を下命。本人歌は、以後の勅撰集に収載。

後白河天皇・上皇・法皇・院（ごしらかわてんのう・じょうこう・ほうおう・いん）１１２７～９２

第七十七代。久寿二年（一一五五）～保元三年（一一五八）在位。以後院政を執る。歌謡に関心があり、『梁塵秘抄』などを編著。『**千載和歌集**』編纂を下命。

後醍醐天皇（ごだいごてんのう）１２６８～３３９

第九十六代。文保二年（一三一八）～延元四年（一三三九）在位。建武元年（一三三四）、天皇親政を目指し、足利尊氏、新田義貞らと鎌倉幕府を倒し、建武の新制（中興とも）を行うも、尊氏と対立、吉野に遷って南北朝始まる。『**続後拾遺和歌集**』撰集を下命。

後鳥羽天皇・上皇・院（ごとばてんのう・じょうこう・いん）１１８０～２３９

第八十二代。元暦元年（一一八四）～建久九年（一一九八）在位。九歳で即位、十九歳で譲位。承久三年（一二二一）王権復古のため討幕を謀るも敗北（**承久の乱**）。同年隠岐に配流、在島十九年で崩御。諸芸を好み、とりわけ和歌に長じ、歌壇を形成。歌合、百首多数催行。歌論書『後鳥羽院御口伝』では、**藤原定家**との歌観の差が判る。『**新古今和歌集**』を撰進さす。百人一首「人もをし人もうらめしあぢきなく　世を思ふゆゑに物思ふ身は」

後伏見天皇（ごふしみてんのう）１２８８～３３６

第九十三代。永仁六年（一二九八）～正安三年（一三〇一）在位。院政は正和二年（一三一三）～文保二年（一三一八）、北朝元徳三年（一三三一）～同正慶二年（一三三三）の二回。南北朝初期動乱期の生涯。歌合多数。『**新後撰和歌集**』に初出。

後水尾天皇（ごみずのおてんのう）１５９６～６８０

第百八代。慶長十六年（一六一一）～寛永六年（一六二九）在位。後陽成天皇と藤原前子《さき》の男。十六歳で即位するも、徳川幕府の発した禁中並公家諸法度に反発、紫衣《しえ》事件を機に退位。以後、明正《みょうしょう》、後光明《ごこうみょう》、後西《ごさい》、**霊元**の四代に亘って院政を執る。和歌、漢詩、書、茶道に長ずる。

後村上天皇（ごむらかみてんのう）１３２８～６８

第九十七（南朝第二）代。南朝・延元四年（北朝・暦応二年）（一三三九）～正平二十三年（応安元年）（一三六八）在位。**後醍醐天皇**第七子。一度は京都帰還が成るかと思われたが、足利幕府二代将軍義詮《よしあきら》が北朝第四代に後光厳《ごこうごん》天皇を立てたため、叶わなかった。『**新葉和歌集**』収載の「夏草の繁みが

下の埋もれ水　在りと知らせて行く蛍かな」は心情を偲ばせる。

後冷泉天皇（ごれいぜいてんのう）１０２５～６８
第七十代。寛徳二年（一〇四五）～治暦四年（一〇六八）在位。永承年間（一〇四六～五二）に三度の内裏歌合。『**後拾遺和歌集**』に初出。

権僧正公朝（ごんのそうじょうきんあさ）生没年未詳
鎌倉幕府二代執権・北条義時の孫。鎌倉歌壇の有力歌人。

〔さ〕

斉藤茂吉（さいとうもきち）１８８２～９５３
精神科医で歌人。伊藤左千夫に師事。「アララギ」の中心的人物。『赤光』以下歌集十七冊がある。作歌数一万七千余。柿本人麻呂研究の第一人者。昭和二十六年（一九五一）文化勲章受章。

嵯峨天皇（さがてんのう）７８６～８４０
第五十二代。大同四年（八〇九）～弘仁十四年（八二三）在位。桓武天皇の皇子。第五十一代平城天皇の同母弟。第五十三代淳和天皇は異母弟。薬子《くすこ》の変を制圧。蔵人所、検非違使を設ける。漢詩文に長じ、勅撰漢詩文集『文華秀麗集』、『凌雲集』の編纂を命ず。書にも長じ、**空海**、橘逸勢《たちばなのはやなり》と並んで三筆。

桜町天皇（さくらまちてんのう）１７２０～５０
第百十五代。享保二十年（一七三五）～延享四年（一七四七）在位。中御門天皇の第一皇子。和歌に長ずる。大嘗祭、新嘗祭を復活。

讃岐（さぬき）１１４１?～２１７?
第七十八代二条天皇、第八十二代**後鳥羽天皇**の中宮任子に仕え、建久七年（一一九六）以降出家。**後鳥羽院**歌壇、第八十四代順徳天皇内裏歌壇で活躍。『**千載和歌集**』に初出。百人一首「わが袖は潮干に見えぬ沖の石の　人こそ知らぬ乾く間もなし」

猿田彦命（さるたひこのみこと）
日本神話によると、**瓊瓊杵尊**《ににぎのみこと》降臨の際、道案内した神。身の丈七尺、赤ら顔で鼻の長さ七咫《し》（約百二十六センチメートル）と云われ、天狗の原型とされる。三重県伊勢市の猿田彦神社、同県鈴鹿市の椿大神社《つばきのおおかみのやしろ》等に祀られる。

三条西実隆（さんじょうにしさねたか）１４５５～５３７
永生十二年（一五一五）従一位昇叙の沙汰を固辞、翌年出家。和歌を**飛鳥井雅親**に師事、十五位世紀末から十六世紀前半の歌壇の代表者。**逍遥院**と号す。

慈円（じえん）1155～225
　慈鎮ともいう。関白九条（**藤原**）**兼実**の実弟。天台座主となった学僧で、教界と政界を結ぶ実力者。歌人としても『**千載和歌集**』以下に多数。百人一首「おほけなくうき世の民におほふかな　わがたつ杣に墨染の袖」

慈覚大師（じかくだいし）794～864
　円仁《えんにん》の諡号。最澄に師事。承和五年（八三八）～同十四年（八四七）に入唐。第三世天台座主として比叡山延暦寺の堂塔整備、天台密教の大成を成す。『入唐求法巡礼行記《にっとうぐほうじゅんれいこうき》』を著作。

滋野井実冬（しげのいさねふゆ）1243～303
　文永十年（一二七四）参議、弘安六年（一二八三）正二位、同十年（一二八七）権大納言。『本朝書籍目録』の編者か。

慈鎮（じちん）→**慈円**（じえん）

寂蓮（じゃくれん）生年未詳～1202
　俗名・藤原定長。**藤原俊成**の末弟にして猶子。承安二年（一一七二）に出家。歌合、百首に出詠多数。建仁元年（一二〇一）和歌所寄人となり、『**新古今和歌集**』に任命されるも完成を前にして没す。百人一首「村雨の露もまだ干ぬ槇の葉に　霧立ち昇る秋の夕暮」

順徳天皇・院（じゅんとくてんのう・いん）1197～242
　第八十四代。承元四年（一二一〇）～承久三（一二二一）在位。第八十二代**後鳥羽天皇**の第三皇子。父帝の院政の下、兄・第八十三代土御門天皇（四歳で即位）から十四歳の時譲位を受け、二十五歳で第一皇子の仲恭天皇（四歳）に譲位する。**後鳥羽上皇**と共に鎌倉幕府打倒を試みるも（**承久の乱**）敗北、佐渡に配流され、同地で没した。詠歌に秀で、多くの歌合、歌会を主催、参加した。自選歌集『順徳院御集』一二七九首も。歌学書『八雲御抄』を編纂。百人一首「ももしきや古き軒端のしのぶにもなほあまりある昔なりけり」

正徹（しょうてつ）1381～1459
　備中国小田庄神戸山城主・小松康樹清の子。十四～五世紀の冷泉派歌壇の中心であった今川了俊に師事、十五世紀前半に活躍する。紀行『なぐさめ草』、歌論書『正徹物語』など。家集『**草根集**』に一万首を越えて収載。

聖武天皇（しょうむてんのう）701～755
　第四十五代。神亀元年（七二四）～天平勝宝元

年（七四九）在位。仏教に信心厚く、天平十三年（七四一）国分寺・国分尼寺建立の詔を発布し、同十五年、大仏造立を発願。天平勝宝四年（七五二）東大寺大仏開眼などの事績を残す。『**万葉集**』に長歌一首、短歌十首入集。

逍遥院（しょうよういん）
　→**三条西実隆**（さんじょうにしさねたか）

白河天皇・上皇・院（しらかわてんのう・じょうこう・いん）　１０５３～１１２９
　第七十二代。延久四年（一〇七二）～応徳三年（一〇八六）在位。以後、**堀河**、**鳥羽**、**崇徳**の各天皇の三代に亘って院政を執る。途絶えていた**勅撰集**を復活させ、応徳三年（一〇八六）『**後拾遺和歌集**』、大治元年（一一二六）『**金葉和歌集**』を撰ばしむ。『**後拾遺和歌集**』に初出。

神功皇后（じんぐうこうごう）
　息長足日女命（おきながたらしひめのみこと）とも。第十四代**仲哀天皇**皇后。天皇と共に熊襲征服。その途での天皇没後、新羅攻略。

推古天皇（すいこてんのう）５５４～６２８
　第三十三代。五九三～六二八在位。父は第二十九代**欽明天皇**。異母兄第三十代敏達天皇の皇后となる。天皇崩御の後、同母兄の**用明天皇**が二年ほど在位し、その没後、第三十二代崇峻天皇が即位するも五九二年に曽我馬子によって暗殺されたことにより、翌年豊浦宮で史上初の女帝として即位。甥にあたる**用明天皇**の御子の厩戸皇子（聖徳太子）を皇太子とし、冠位十二階、十七条憲法、遣隋使派遣などの施策を推進する。

垂仁天皇（すいにんてんのう）生没年未詳
　第十一代。在位中、殉死の禁令を発布、替えて埴輪の埋納を行う。池溝を築き農耕を振興せしむ。

菅原道真（すがわらのみちざね）８４５～９０３
　昌泰二年（八九九）に右大臣。藤原氏の反発で延喜元年（九〇一）大宰府に左遷。配所で没す。学問、詩文に優れ、『類聚国史』、『菅家文章』等の著作あり。百人一首「このたびは幣も取りあへず手向山　紅葉の錦神のまにまに」

少彦名命（すくなひこなのみこと）
　大国主命（大己貴命《おおあなむちのみこと》）と協力して国土経営を行った神。医薬、禁厭《まじない》の法を創る。

素戔嗚尊（すさのおのみこと）
　伊弉諾尊《いざなぎのみこと》の子で、**天照大神**《あまてらすおおみかみ》の弟神。天岩戸事件により高天原を追放され、出雲で八岐大蛇《やまたのおろち》を退治する。新羅に渡り、帰途、船舶用材の苗木を持ち帰り植林させた。**大国主命**の父神。

崇徳天皇・上皇・院（すとくてんのう・じょうこう・いん）　1119～64
　第七十五代。保安四年（一一二三）～栄治元年（一一四一）在位。先帝・鳥羽上皇により皇太帝の近衛天皇に譲位させられる。保元の乱に敗れ、讃岐に配流され、その地で崩御する。和歌に長じ、『**詞花和歌集**』の編纂を院宣。百人一首「瀬を早み岩にせかるる滝川の　われても末に逢はむとぞ想ふ」

清少納言（せいしょうなごん）推九六四～推1025
　『後撰和歌集』の撰者の一人である**清原元輔**の娘。正暦年間（九九〇～四）、一条天皇中宮・貞子に仕える。和歌に秀で、また『枕草子』を執筆。百人一首「夜をこめて鳥の空音ははかるとも　よに逢坂のせきはゆるさじ」

清和天皇（せいわてんのう）850～80
　第五十六代。天安二年（八五八）～貞観十八年（八七六）在位。孫・継基が臣籍降下し源性（清和源氏）。

雪舟（せっしゅう）1420～506
　備中赤浜（現岡山県総社市）に生まれ、幼少の頃は近くの井山宝福寺で修業、十歳ごろ京都相国寺に出る。享徳三年（一四五四）、大内氏の庇護を受け周防に移る。応仁二年（一四六八）明に渡り、水墨画を学び、帰国後創作活動に専念。「山水長巻」、「秋冬山水図」、「天橋立図」など。

〔た〕

大進（だいしん）生没年未詳
　生涯は詳らかでない。平安後期の女流歌人。**後白河院**の中宮忻子《きんし》（承安二年―一二〇八―皇太后）に仕え、皇太后宮大進と呼ばれた。家集『皇太后宮大進集』。

醍醐天皇（だいごてんのう）885～930
　第六十代。寛平九年（八九七）～延長八年（九三〇）在位。十三歳で元服と同時に即位。**菅原道真**左遷後は左大臣・藤原時平に実権を握られる。詩、箏、琵琶に長じ、和歌は歌合を多く催し、『**古今和歌集**』撰進を下命する。

多々良持世（たたらもちよ）
→**大内持世**（おおうちもちよ）

仲哀天皇（ちゅうあいてんのう）
　第十四代。記紀伝承の天皇。**日本武尊**（やまとたけるのみこと）の第二皇子。皇后は**神功皇后**。熊襲《くまそ》征伐の途で筑前にて崩御する。

天武天皇（てんむてんのう）622～86
第四十代。大海人皇子。六七三～八六在位。天智天皇の同母弟。第三十九代弘文天皇（天智天皇の皇子）と対立。壬申の乱（六七二）に勝利。『**万葉集**』に長歌四首、短歌三首。

道命法師（どうみょうほうし）974～1020
関白・藤原兼家の孫、帥《そち》大納言道綱の子。長保三年（一〇〇一）延暦寺総持寺阿闍梨、長和五年（一〇一六）天王寺別当になる。家集に『道命阿闍梨集』。**和泉式部**との恋愛説話多数。

〔な〕

中務（なかつかさ）生没年未詳
平安中期の女流歌人。共に**三十六歌仙**の一人に数えられる伊勢（百人一首「難波潟短き蘆のふしの間も　逢はでこのよを過ぐしてよとや」）は母。父は第五十九代宇多天皇（八八七～九七在位）の皇子・敦慶《あつよし》親王。源信明《さねあきら》（**三十六歌仙**の一人）を夫とする説もある。親王、権勢の重鎮、著名歌人との交際の伝えも多い。家集に『中務集』。

瓊瓊杵尊（ににぎのみこと）
天照大神《あまてらすおおみかみ》の孫。大神の命で日本国統治のために、高天原から日向国高千穂峰に降り立つ。妻は木花之《このはなの》開耶姫《さくやひめ》。

西周（にしあまね）1829～97
石見津和野生まれの啓蒙思想家。オランダ留学後、開成所（江戸幕府開設の洋学研究、教育機関。幾度の変遷を経て明治十年―一八七七―東京大学に）教授。西洋哲学を最初に紹介。フィロソフィーの和訳・哲学は周による。『百一新論』、『致知啓蒙』などの著作がある。

仁徳天皇（にんとくてんのう）生没年未詳
第十六代。五世紀初めの在位。倭の五王の「讃」ともいわれる。大阪府堺市の日本最大の前方後円墳が仁徳陵とされる。『**万葉集**』に四、あるいは五首。

仁明天皇（にんみょうてんのう）810～850
第五十四代。天長十年（八三三）～嘉祥三年（八五〇）在位。**嵯峨天皇**の皇子。**小野小町**が更衣として仕える

能因・能因法師（のういん・のういんほうし）988～没年不詳
中古においての三十六歌仙の一人。漂泊の歌人。

歌学書に、敬語の解説や国々の名所を内容とする書ありと伝えられる。百人一首「嵐吹く三室の山のもみぢ葉は　龍田の川の錦なりけり」

〔は〕

花園天皇・院・法皇（はなぞのてんのう・いん・ほうおう）1297～348

第九十五代。徳治三年（一三〇八）～文保二年（一三一八）在位。持明院統。大覚寺統の第九十五代・後二条天皇の皇太子となり、同天皇の死後即位するも、幕府の要求で大覚寺統**後醍醐天皇**に譲位。和歌は京極為兼などから指導を受け、『**玉葉和歌集**』に十二首。『**風雅和歌集**』の企画、監修する。

花山天皇・院・法皇（はなやまてんのう・いん・ほうおう）968～1008

第六十五代。永観二年（九八四）～寛和二年（九八六）在位。外祖父・藤原伊尹《これまさ》（百人一首「あはれとも言うべき人は思ほえで　身のいたづらになりぬべきかな」）の威光で、生後十か月で叔父・円融天皇の皇太子になるも、即位時には伊尹は亡く、有力外戚不在で短命。『**拾遺和歌集**』を親撰するともいわれる。出家後巡礼した三十三の観音霊場が、現在の西国三十三巡礼で、それぞれの御詠歌は法皇による。

祝部成茂（はふりべのなりしげ）1180～254

近江国日吉社の禰宜《ねぎ》（神主に次ぐ神官）惣官。元久元年（一二〇四）春日社歌合、建長三年（一二五一）**影供《えいぐ》歌合**など。『**新古今和歌集**』など**勅撰集**に四十四首。家集『成茂宿禰集』。

比田井天来（ひだいてんらい）1872～1939

長野県佐久市出身の書家。「現代書道の父」と呼ばれる。古碑法帖を研究、古典臨書の新分野を開拓する。『学書筌蹄』はその集大成。

伏見天皇・院（ふしみてんのう・いん）1256～317

第九十二代。弘安十年（一二八七）～永仁六（一二九八）在位。以後の正安三年（一三〇一）までと延慶元年（一三〇八）～正和二年（一三一三）まで院政。仙洞五十番歌合他多数の歌合、歌会を主催。『**玉葉和歌集**』の編纂を下命。

藤原顕輔（ふじわらのあきすけ）1090～155

藤原顕季の三男。永久四年（一一一六）の鳥羽殿北面歌合以下多数の歌合に出詠。**崇徳院**の院宣により、仁平元年（一一五一）『**詞花和歌集**』を奏覧。百人一首「秋風にたなびく雲の絶え間より　もれ出づる月の影のさやけき」

藤原家隆（ふじわらのいえたか）1158～237

三十代半ばには既に歌合を主催したともいわれる。『**新古今和歌集**』に四十三首など歌作多数。百人一首「風そよぐならの小川の夕暮は　みそぎぞ夏のしるしなりけり」

藤原家良（ふじわらのいえよし）1192～264

仁治元年（一二四〇）正二位内大臣も翌年辞任。歌合多数。宝治百首、弘長百首、『新撰六帖題和歌』等の撰者。『**続古今和歌集**』の撰者となるも総覧前に没。『**新勅撰和歌集**』初出。

藤原兼実（ふじわらのかねざね）1149～1207

建久二年（一二〇二）関白太政大臣。同七年、内大臣源通親の策謀により失脚。建仁二年（一二〇二）出家。**慈円**の兄。承安から治承（一一七一～八〇）にかけて六条藤家歌人を中心に顕実家歌壇を形成。**藤原清輔**、**藤原俊成**等に師事。『**千載和歌集**』に初出。

藤原清輔（ふじわらのきよすけ）1104～77

藤原顕輔の子。異母弟二人が公卿まで昇るも、正四位下で終わる。久安年間（1145～50）後半に**崇徳院**に薦めた歌学書『奥儀書』をきっかけに、歌壇に重きをなし、御子左家と対抗する六条藤家の支柱となる。百人一首「長らへばまたこのごろやしのばれむ　憂しと見し世ぞ今は恋しき」

藤原国房（ふじわらのくにふさ）生没年未詳

十一世紀半ば、**後冷泉天皇**から**白河天皇**の時代に活躍。官位は従五位下、石見守など。『**後拾遺和歌集**』に初出。

藤原実家（ふじわらのさねいえ）1145～93

久安七年（一一五一）叙爵。正二位大納言まで。『広田社歌合』他歌合出詠多数。家集『実家卿集』に四百十九首。『**千載和歌集**』に初出。

藤原俊成（ふじわらのしゅんぜい）1114～1204

「としなり」とも。一旦は葉室家に入るも、仁安二年（一一六七）本流に復する。仁安二年（一一六七）正三位、承安二年（一一七二）皇太后宮大夫に。安元二年（一一七六）出家。十八歳頃から詠歌。以後歌壇の指導的立場になる。歌風は優艶から寂風まで幅広い。文治四年（一一八七）『**千載和歌集**』を奏覧する。『**詞花和歌集**』に初出。百人一首「世の中よ道こそなけれ思ひ入る　山の奥にも鹿ぞ鳴くなる」

藤原季経（ふじわらのすえつね）1131～1221

藤原顕輔の子。非参議正三位に至り、建仁元年

（一二〇一）出家。**藤原清輔**亡きあとの六条藤家を支える。百首、歌合に出詠多数。家集『季経入道集』。『**千載和歌集**』に初出。

藤原季能（ふじわらのすえよし）1153〜211
　兵部卿正三位まで。**後白河法皇**の側近で、各国国守を歴任する。妻が平清盛の次男・基盛の娘で、平家方にも一定の信頼を得る。承元四年（一二一〇）出家。一女は**藤原定家**に嫁す。『**千載和歌集**』に初出。

藤原隆祐（ふじわらのたかすけ）生没年未詳
　従四位下侍従まで。諸歌会、歌合に出詠する。自身でも歌合を催行した。**後鳥羽院**に評価を受けるも、院没後は不遇。家集『隆祐朝臣集』。『**新勅撰和歌集**』に初出。

藤原為家（ふじわらのためいえ）1198〜275
　藤原定家の嫡男。父の死後歌壇に重きをなし、『**続後撰和歌集**』を単独撰進する。阿仏尼を溺愛、没後の相続争いの因となる。その訴訟のため鎌倉に下った阿仏尼の紀行文が『十六夜日記』である。

藤原為氏（ふじわらのためうじ）1222〜86
　祖父は**藤原定家**、父は**藤原為家**（嫡男）。御子左家を継承して二条家の祖（正式には子の為世から）となる。同母弟・為教は京極家、継母弟・為相は冷泉家へと分裂する。文永四年（一二六七）正二位権大納言。弘安八年（一二八五）出家。十三世紀中期の歌合、百首に出詠多数。弘安元年（一二七八）亀山院下命の『**続拾遺和歌集**』撰進。『**続後撰和歌集**』に初出。

藤原定家（ふじわらのていか）1162〜241
　「さだいえ」とも。**藤原俊成**の子。『**新古今和歌集**』、『**新勅撰和歌集**』の撰者。歌風は「余情妖艶」、「有心」。歌論に『近代秀歌』、日記に『明月記』。小倉百人一首を撰する。百人一首「来ぬ人をまつほの浦の夕なぎに　焼くや藻塩の身もこがれつつ」

藤原時平（ふじわらのときひら）871〜909
　正二位左大臣まで。和歌に長じ、歌合を主催などする。『大和物語』、『今昔物語集』、『古今著聞集』などに逸話がある。『三代実録』の編纂に関る。『**古今和歌集**』に初出。

藤原俊成（ふじわらのとしなり）→（ふじわらのしゅんぜい）

藤原知家（ふじわらのともいえ）1182〜258
　非参議正三位まで。二十二歳頃から作歌を残す。**藤原定家**と親交。定家死後、反御子左家の運動を展開。『**新古今和歌集**』に初出、以下**勅撰集**に百二十首。

藤原仲実（ふじわらのなかざね）１０５７～１１１８
　正四位下中宮亮まで。**堀河院**歌壇の有力歌人。『**堀河百首**』他歌合、百首出詠多数。歌学書『綺語抄』他。『**金葉和歌集**』に初出。

藤原信実（ふじわらののぶざね）１１７７～２６５
　正四位下に至る。健保以降（一二一三～）歌壇の中堅の地位に。反御子左家とも交流。『**新勅撰和歌集**』に初出。

藤原保季（ふじわらのやすすえ）１１７１～没年未詳
　建久六年（一一九五）左馬権頭、建保六年（一二一八）従三位に。承久三年（一二二一）出家して寂賢。**後鳥羽院**歌壇で活躍。**順徳天皇**の歌合にも出詠。『**新古今和歌集**』に初出。

藤原行家（ふじわらのゆきいえ）１２２３～７５
　六条藤家の末裔。父は正三位**藤原知家**。文永四年（一二六七）従二位に。『**続古今和歌集**』の撰者の一人。『**同集**』に初出。反御子左家の一員として活躍。

船王（ふねのおおきみ）生没年未詳
　第四十代**天武天皇**の皇子・舎人親王の子、第四十七代淳仁天皇の兄。弟帝即位後栄進し、天平宝字三年（七五九）親王となるも、同帝が廃されて王に下され、さらに藤原仲麻呂の謀反に与したとされ、隠岐に流された。『**万葉集**』に三首。

吹芡刀自（ふふきのとじ）生没年未詳
　伝不詳。『**万葉集**』巻第一に「川の上のゆつ岩群《いはむら》に草生《む》さず　常にがもな常処女《とこおとめ》にて」他二首あり、詞書に「吹芡刀自はいまだ詳らかにあらず」とある。

細川幽斎（ほそかわゆうさい）１５３４～６１０
　室町時代の武人、歌人。本名藤孝。三淵晴員二男とされるも、足利十二代将軍義晴の四男とする説あり。義晴に仕えた後は、十五代義昭を奉じ、以後織田信長、豊臣秀吉、徳川家康の重臣となる。二条家歌道の正統を伝え、戦国期歌壇の中心。家集『衆妙集』他多くの著作。『九州道の記』にも詠歌多数あり。

堀河天皇・院（ほりかわてんのう・いん）１０７９～１０７
　第七十三代。応徳三年（一〇八六）～嘉承二年（一一〇七）在位。近臣や**源俊頼**と堀河院歌壇形成する。『**堀河百首**』など。『**金葉和歌集**』に初出。

〔ま〕

松尾芭蕉（まつおばしょう）１６４４～９４
　伊賀上野に生まる。俳諧を志し、貞門の北村季吟に師事。延宝三年（一六七五）江戸に下り、西山宗因の談林風に触れ、更には同八年（一六八〇）に深川に庵を結び、以後蕉風を確立して行く。『野ざらし紀行』、『更科日記』、『**奥の細道**』など。

源実朝（みなもとのさねとも）１１９２～１２１９
　源頼朝の次男。建仁三年（一二〇三）十二歳で鎌倉幕府第三代将軍。建保六年（一二一八）右大臣になるも、翌年鶴岡八幡宮からの帰途、暗殺される。京風を好み、和歌、蹴鞠に長ず。万葉調の歌風との評価。家集『金槐和歌集』。『**新勅撰和歌集**』に初出。

源俊頼（みなもとのとしより）１０５５～１１２９
　官位には恵まれなかったが、当初は**堀河天皇**の楽人として活躍。父・経信の死後、**堀河院**歌壇の中心となる。**白河院**の院宣により『**金葉和歌集**』を撰進。歌論書『**俊頼髄脳**』は、**三代集**の古典和歌から**藤原俊成**を通して中世和歌への発展の橋掛となる。百人一首「憂かりける人を初瀬の山おろしよ　はげしかれとは祈らぬものを」

源師俊（みなもとのもろとし）１０８０～１１４１
　妻は**源俊頼**の娘。権中納言従三位皇后宮権大夫までになる。保延二年（一一三六）出家。内大臣藤原忠道の催行する歌合に多く出詠。『**金葉和歌集**』に初出。

源師頼（みなもとのもろより）１０６８～１１３９
　正二位大納言に至る。歌合に出詠多数。自邸にても歌合を催行する。『**金葉和歌集**』に初出。

壬生忠見（みぶのただみ）生没年未詳
　壬生忠岑の子。**三十六歌仙**の一人。内裏歌合に出詠。家集『忠見集』。百人一首「恋すてふ我が名はまだき立ちにけり　人知れずこそ思ひそめしか」

壬生忠岑（みぶのただみね）生没年未詳
　終生卑官ながら歌界では紀友則に並ぶ作詠数で、他を圧倒する。『**古今和歌集**』の撰者の一人。**三十六歌仙**の一人。歌論書に『忠岑十体』と云われるは偽書か。百人一首「有明のつれなく見えし別れより　暁ばかり憂きものはなし」

武者小路実陰（むしゃのこうじさねかげ）１６６１～１７３８
　武者小路家は寛永年間（一六二四～四三）に、藤原北家の流れを汲む三条西実条《さねえだ》の次男・公種《きんたね》を祖とする。元文三年（一七三八）従一位准大臣になる。第百十二代**霊元天皇**の歌壇で活躍。第百十四代中御門天皇、第百十五代**桜町天皇**の和歌師範をつとめる。

宗良親王（むねながしんのう）１３１１〜没年未詳
第九十六代**後醍醐天皇**の皇子。十五歳で妙法院門跡を継いで親王宣下。父帝の意図で元徳二年（一三三〇）、比叡山天台座主。延元二年（一三三七）還俗して宗良。南朝方の中心として各地を転戦する。その途で没するとも。母の実家・二条家の影響を多く受けた詠歌が多数ある。南朝弘和元年（一三八一）、准勅撰集『**新葉和歌集**』を編纂、

村上天皇（むらかみてんのう）９２６〜６７
第六十二代。天慶七年（九四四）〜厚保四年（九六七）在位。摂関を置かず親政。天暦の治の評価。『**後撰和歌集**』撰集を下命。天徳四年（九六〇）内裏歌合催行。

本居宣長（もとおりのりなが）１７３０〜８０１
江戸中期の国学者。伊勢松坂の人。京で医学を学び、帰郷して医業を開く傍ら古典研究に励む。明和元年（一七六四）賀茂真淵に入門。『古事記伝』を起稿し、三十年をかけて寛政十年（一七九八）に完成。和歌史上、古典注釈と歌論に功績を残す。著作多数。

森鷗外（もりおうがい）１８６２〜９２２
石見国津和野の生まれ。東大医学部を卒業して軍医としてヨーロッパ留学。傍ら西欧文学の紹介、翻訳、文芸批評、創作など。明治文学界の重鎮。『舞姫』、『阿部一族』、『高瀬舟』など。

〔や〕

山部赤人（やまべのあかひと）生没年未詳
奈良時代初期の万葉歌人。**三十六歌仙**の一人。自然派歌人。経歴など不詳だが、『**万葉集**』に行幸供奉の歌が多いことから、下級官吏か。百人一首「田子の浦にうち出《い》でて見れば白妙の　富士の高嶺に雪は降りつつ」

山上憶良（やまのうえのおくら）６６０？〜７３３？
出自不詳なるも、渡来の人とも。万葉歌人。大宝二年（七〇二）入唐。帰国後、従五位下、伯耆国、筑前国の守など。「子等を思ふ歌」、「貧窮問答歌」に代表される人生歌が多い。

陽成天皇（ようぜいてんのう）８６９〜９４９
第五七代。貞観一八年（八七六）〜元慶八年（八八四）在位。**清和天皇**第一皇子。九歳で即位、十七歳で譲位。「夏虫恋」、「惜秋意」と呼ばれる歌合などを催行する。百人一首「筑波嶺の峰より落つるみなの川　恋ぞつもりて淵となりぬる」

横山大観（よこやまたいかん）１８６８〜９５８
水戸の生まれ。東京美術学校卒の日本画家。日本美術院創立に参加。作品には、何れも国の重要文化財である東京国立博物館所蔵の「瀟湘八景」、東京国立近代美術館所蔵の「生々流転」ほか。「富嶽飛翔」は、昭和四十二年（一九六七）の国際観光年の記念切手にデザインされた。なお、大酒豪であったことは有名。

依羅娘子（よさみのおとめ）生没年未詳
柿本人麻呂の妻とされる。『**万葉集**』に、巻第二の人麻呂石見相聞歌群に続く一首、同じく巻第二の「柿本臣人麻呂の、石見国にありて死に臨む時」の歌の次の二首、計三首が収められる。

〔ら・わ〕

霊元天皇・上皇・院（れいげんてんのう・じょうこう・いん）１６５４〜７３２
第百十二代。寛文三年（一六六三）〜貞享四年（一六八七）在位。**後水尾天皇**の第十九皇子。東山、中御門両天皇の四十六年間院政を執る。和歌、漢詩、書道、絵画をよくした。生涯詠んだ歌は一万余首ともいわれる。『桃蕊集《とうずい》』とも呼ばれる御集『霊元院御集』に約六千四百首。注釈書の著作、古典の書写なども残る。

事項人名略年表

（天皇は退位年記載、（　）内は即位年。人名は没年記載、（　）内は生年
本年表は既刊「山陽の部」と本書「山陰の部」を合筆した。太字は本書の事項略解、人名略解　に収めた項目である。）

和暦	西暦	天皇	人名	作品	社会
		①神武			
		③**安寧**			
		⑦孝霊			
		⑪**垂仁**			
		⑫**景行**	日本武尊		
		⑭**仲哀**	**神功皇后**		
			大吉備津彦命		
	4??	⑮**応神**（3??〜）			
		⑯**仁徳**			
		㉑雄略			
	531	㉖継体（507〜）			
	536	㉗安閑（534〜）			
	この頃	㉙欽明（5??〜）			
	587	㉛用明（585〜）			
大化元	628	㉝**推古**（593〜）			大化の改新
白雉元	645				
	654	㊱孝徳（645〜）			
（白鳳元）	671	㊳天智（668〜）			壬申の乱
	672	㊴弘文（671〜）			
朱鳥元			この頃額田王（?〜）		
	686	㊵**天武**（673〜）			

	689		日並皇子尊（662〜）		
			この頃**柿本人麻呂**（?〜）		
			この頃**依羅娘子**（?〜?）		
			この頃**山部赤人**（?〜?）		
和銅元	708				和同開珎鋳造
三	710				平城京遷都
五	712			**古事記**	
六	713				**風土記編纂の勅**
	この頃		石川郎女（?〜）		
霊亀元	715	㊸**元明**（707〜）			
養老四	720			**日本書紀**	
			この頃境部王（?〜?）		
	この頃		境部王（?〜）		
天平三	731		**大伴旅人**（665〜）		
			この頃**山上憶良**（680〜?）		
十七	745		**門部王**（?〜）		
天平勝宝元	749	㊺**聖武**（724〜）	**行基**（668〜）		
四	752				東大寺大仏開眼
天平宝字元	757		橘諸兄（684〜）		
三	759迄?			**万葉集**	
			この頃坂上郎女（?〜）		
			この頃**船王**（?〜?）		
宝亀六	775		吉備真備（693?〜）		
天応元	781	㊽**光仁**（770〜）			

和暦	西暦	天皇	人名	作品	社会
延暦四	785		**大伴家持**（718〜）		
十三	794				平安京遷都
十五	796		報恩大師（718〜）		
十七	797			続日本紀	
二十三	804				最澄・空海入唐
大同元	806	㊿桓武（781〜）			
			この頃**小野小町**（?〜）		
弘仁十三	822		最澄（767〜）		
十四	823	52**嵯峨**（809〜）			
承和元	834			**令義解**	
承和二	835		**空海**（774〜）		
嘉祥三	850	54**仁明**（833〜）			
仁寿二	852		**小野篁**（802〜）		
貞観六	864		**慈覚大師**（794〜）		
十一	869			**続日本後記**	
十八	876	56**清和**（858〜）			
元慶四	880		**在原業平**（825〜）		
元慶八	884	57**陽成**（876〜）			
仁和三	887	58**光孝**（884〜）			
寛平五	893		**在原行平**（818〜）		
寛平六	894				遣唐使を廃す
九	897	59**宇多**（887〜）			
昌泰三	900		安倍清行（825〜）		

延喜元	901		**菅原道真**（845～）	**日本三代実録**	菅原道真左遷
三	903				
五	905			①**古今和歌集**	
七	907				唐滅亡
九	909		**藤原時平**（871～）		
	9??		**凡河内躬恒**（8??～）		
			この頃**壬生忠岑**（?～）		
延長五	927			**延喜式**	
八	930	(60)**醍醐**（897～）			
承平元	931以降			和名抄	
五	935			土佐日記	平将門の乱
天慶二	939				藤原純友の乱
			この頃**中務**（?～?）		
四	941		藤原純友（?～）		
九	946?		**紀貫之**（868?～）		
天暦三	949		藤原忠平（880～）		
五	951			②**後撰和歌集**	
			この頃**壬生忠見**（?～）		
康保四	967	(62)**村上**（944～）			
貞観三	980頃		曾禰好忠（?～）	**古今和歌六帖**	
寛和二	986	(65)**花山**（984～）			
正暦元	990		**清原元輔**（908～）		
長保二	1000以降		この頃**紀輔時**（?～?）	**枕草子**	
寛弘三	1006?			③**拾遺和歌集**	

和暦	西暦	天皇	人名	作品	社会
八	1011	⑥⑥一条（986～）			
長和二	1013		藤原高遠（946～）		
			この頃藤原為政（?～）		
	10??		大江嘉言（9??～）		
寛仁四	1020		**道命法師**（974～）		
万寿二	1025		この頃**清少納言**（推964～）		
四	1027		この頃**和泉式部**（推976～）		
			この頃**能因**（988～）		
永承六	1051				前九年の役
康平元	1058	⑦⓪**後冷泉**（1045～）	藤原家経（992～）		
治暦四	1068	⑦①後三条（1068～）			
延久四	1072				
			この頃**藤原国房**（?～?）		
永暦四	1080		この頃**加賀左衛門**（?～?）		
永保三	1083	⑦②**白河**（1072～）			後三年の役
応徳三	1086			④**後拾遺和歌集**	
長治元	1104?	⑦③**堀河**（1086～）		**堀河百首**	
嘉承二	1107		藤原公実（1053～）		
天永二	1111?		大江匡房（1041～）	**俊頼髄脳**	
永久二	1116			**堀河院後度百首**	
元永元	1118	⑦④鳥羽（1107～）	**藤原仲実**（1057～）		
保安四	1123		藤原顕季（1055～）		
大治元	1126			⑤**金葉和歌集**	

四	1129		**源俊頼**（1055〜）		
長承三	1134		藤原行盛（1073〜）		
保延四	1138		源顕仲（1064〜）		
五	1139		**源師頼**（1068〜）		
永治元	1141	(75)**崇徳**（1123〜）	**源師俊**（1080〜）		
			この頃常陸（?〜）		
天養元	1144		藤原敦光（1063〜）		
久安六	1150			久安百首	
			この頃待賢門院安芸（?〜）		
仁平元	1151			⑥**詞花和歌集**	
久寿二	1155		**藤原顕輔**（1090〜）		
保元元	1156				保元の乱
三	1158	(77)**後白河**（1155〜）			
			この頃花園左大臣家小大進（?〜）		
平治元	1159				平治の乱
仁安元	1166?			和歌諸学抄	
承安二	1172			広田社歌合	
治承元	1177		**藤原清輔**（1104〜）		
四	1180		源頼政（1104〜）		
	1180頃			山家集	
養和元	1181	(80)高倉（1168〜）			
文治元	1185			平氏滅亡	
四	1188			⑦**千載和歌集**	
建久元	1190		西行（1118〜）		

和暦	西暦	天皇	人名	作品	社会
三	1192				源頼朝征夷大将軍
四	1193		**藤原実家**（1145〜）		
九	1198	(82)**後鳥羽**（1184〜）		和歌色葉	
正治二	1200			**正治二年初度百首**	
建仁元	1201			**千五百番歌合**	
二	1202		**寂蓮**（?〜）		
元久元	1204		**藤原俊成**（1114〜）		
			この頃**大進**（?〜?）		
			この頃**藤原隆祐**（?〜?）		
元久二	1205			(8)**新古今和歌集**	
承元元	1207		**藤原兼実**（1149〜）		
建暦元	1211		**藤原季能**（1153〜）		
健保五	1217?		**讃岐**（1141?〜）		
承久元	1219		**源実朝**（1192〜）	この頃**平家物語**	
三	1221	(84)**順徳**（1210〜）	**飛鳥井雅親**（1170〜）		**承久の乱**
			藤原季経（1131〜）		
	以降			**八雲御抄**	
			この頃**藤原保季**（1171〜）		
貞応二	1223		**運慶**（?〜）		
			藤原資実（?〜）		
嘉禄元	1225		**慈円**（1155〜）		
			藤原忠良（1164〜）		
貞永元	1232	(86)後堀河（1221〜）			

年号	西暦	天皇	人物	作品
嘉禎元	1235			⑨**新勅撰和歌集**
三	1237		**藤原家隆**（1158〜）	
仁治二	1241		**藤原定家**（1162〜）	
寛元二	1244			新撰六帖題和歌
三	1245			**壬二集**
四	1246	⑧⑧**後嵯峨**（1242〜）		
宝治二	1248		藤原頼氏（1198〜）	
建長二	1250			現存和歌六帖
				秋風抄
				撰集抄
			この頃**権僧正公朝**（?〜?）	
三	1251			⑩**続後撰和歌集**
四	1252			十訓抄
六	1254		**祝部成茂**（1180〜）	
正嘉二	1258		**藤原知家**（1182〜）	
文永元	1264		**藤原家良**（1192〜）	
二	1265		**藤原信実**（1177〜）	⑪**続古今和歌集**
九	1272		葉室定嗣（1208〜）	
十一	1274		宗尊親王（1242〜）	
建治元	1275		**藤原為家**（1198〜）	
			藤原行家（1223〜）	
二	1276		葉室光俊（1203〜）	
弘安元	1278			⑫**続拾遺和歌集**
九	1286		**藤原為氏**（1222〜）	

和暦	西暦	天皇	人名	作品	社会
永仁六	1298	(92)**伏見**（1287～）	藤原隆博（?～）		
正安三	1301	(93)**後伏見**（1298～）			
嘉元元	1303		**滋野井実冬**（1243～）	⑬**新後撰和歌集**	
延慶元	1308	(94)後二条（1301～）			
二	1309頃			**夫木和歌抄**	
三	1310以降			徒然草	
正和元	1312			⑭**玉葉和歌集**	
文保元	1317		姉小路公朝（?～）		
二	1318	(95)**花園**（1308～）		⑮**続千載和歌集**	
元応元	1319		六条有房（1251～）		
嘉暦元	1326			⑯**続後拾遺和歌集**	
北・元徳三	1331				元弘の変
北・建武元	1334				**建武の中興**
三	1336				**室町幕府開設**
北・暦応二	1339	(96)**後醍醐**（1318～）	六条有忠（1281～）		
北・貞和三	1347			⑰**風雅和歌集**	
四	1348		藤原隆教（1269～）		
			九条隆教（1269～）		
北・観応元	1350以降?			**平家物語**	
北・文和元	1352?		吉田兼好（1283?～）	この頃**増鏡**	
三	1354		北畠親房（1293～）		
北・延文四	1359			⑱**新千載和歌集**	
北・貞治二	1363			⑲**新拾遺和歌集**	

年号	西暦	天皇	人物	作品	事項
北・応安元	1368	(97)**後村上**（1339～）			
三	1370頃			**太平記**	
北・康暦元	1379		柳原忠光（1334～）		
北・永徳元	1381			**新葉和歌集**	
北・至徳元	1384			⑳**新後拾遺和歌集**	
北・明徳三	1392		この頃**宗長親王**（1311～?）		南北朝統一
永享十一	1439			㉑**新続古今和歌集**	
嘉吉元	1441		**大内持世**（1394～）		
享徳元	1452		**飛鳥井雅世**（1390～）		
長禄三	1459		**正徹**（1381～）		
応仁元	1467				応仁の乱
文明六	1474			この頃迄**草根集**	
永正元	1504		姉小路基綱（1441～）		
三	1506		**雪舟**（1420～）		
十	1513			**藻塩草**	
大永六	1526	(104)**後柏原**（1500～）			
天文六	1537		**三条西家隆**（1455～）		
天正元	1573				室町幕府滅亡
慶長八	1603				江戸幕府開設
十五	1610		**細川幽齋**（1534～）		
元和三	1617			**類字名所和歌集**	
寛永六	1629	(108)**後水尾**（1611～）			
万治三	1660			**松葉名所和歌集**	
寛文十	1670			**雪玉集**の版本	

和暦	西暦	天皇	人名	作品	社会
貞享四	1687	⑪112 **霊元**（1663～）			
元禄二	1689			**奥の細道**	
七	1694		**松尾芭蕉**（1644～）		
十四	1701		**契沖**（1640～）		
正徳五	1715			厳島八景	
享保九	1724		近松門左衛門（1653～）		
元文三	1738		**武者小路実陰**（1661～）		
延享四	1747	⑪115 **桜町**（1735～）			
明和六	1769		**賀茂真淵**（1697～）		
寛政十	1798			この頃迄**謌枕名寄**	
享和元	1801		**本居宣長**（1730～）		
明治元	1868				明治維新
三十	1897		**西周**（1829～）		
三十六	1903			**国歌大観**	
三十七	1904		**小泉八雲**（1850～）		
大正十一	1922		**森鴎外**（1862～）		
昭和五	1930		金子みすゞ（1903～）		
十	1935		与謝野寛（1873～）		
十四	1939		**比田井天来**（1872～）		
十五	1940		種田山頭火（1882～）		
十七	1942		与謝野晶子（1872～）		
二十	1945				太平洋戦争終結
二十八	1953		**斉藤茂吉**（1882～）		

三十三	1958		**横山大観**（1868～）		
四十五	1970		西条八十（1892～）		

主な参考文献

『出雲国風土記全注釈』荻原千鶴　講談社学術文庫　一九九九・六
『出雲国名所歌集―翻刻と解説―』芦田耕一・蒲生倫子　ワン・ライン　二〇〇六・六
『出雲大社北島国造館と真名井社家通りご案内・改訂版』馬庭孝司　出雲大社社務所　二〇一二・七
『出雲大社由緒略記・改訂四十一版』　島根県立江津工業高等学校図書館　二〇〇三・十一
『石見國名所和歌集成』安田正臣、工藤忠孝解読　石見地方未刊資料研究会　一九七七・五
『因伯名勝和歌集』佐々木一雄　今井書店　一九四六・五
『歌枕歌ことば辞典・増訂版』片桐洋一　笠間書院　一九九九・六
『歌枕の研究』高橋良雄　武蔵野書院　一九九二・九
『歌枕を学ぶ人のために』片桐洋一　世界思想社　一九九四・三
『隠岐は絵の島歌の島』大西正矩・大西智恵・大西俊輝　東洋出版　二〇〇一・八
『おくのほそ道』久富哲雄　講談社学術文庫　一九八〇・一
『笠間注釈叢刊十三・後撰和歌集全釈』木船重昭　笠間書院　一九八八・十一
『角川日本地名大辞典・島根県』「角川日本地名大辞典」編集委員会　角川書店　一九七九・七
『角川日本地名大辞典・鳥取県』「角川日本地名大辞典」編集委員会　角川書店　一九八二・十二
『県別マップル道路地図・島根県』(二版七刷　昭文社　二〇一一
『県別マップル道路地図・鳥取県』(三版四刷　昭文社　二〇一三
『校本・謌枕名寄・本文篇』渋谷虎雄　桜楓者　一九七七・三
『校本萬葉集五・新増補版』佐々木信綱代表編集　岩波書店　一九九四・七
『古事記・上』次田真幸　講談社学術文庫　一九七七・十二
『字典かな―出典明記―改訂版』笠間影印叢刊刊行会　笠間書院　一九七二・三

『続古今集総索引』藤澤定夫　明治書院　一九八四・十一
『島根県の歴史散歩』島根県の歴史散歩編集委員会　山川出版社　二〇〇八・三
『新日本古典文学大系七・拾遺和歌集』小町谷照彦　岩波書店　一九九〇・一
『新編日本古典文学全集十一・古事記』山口佳紀・神野志隆光　小学館　一九九七・六
『新編日本古典文学全集十八・枕草子』松尾聰・永井和子　小学館　一九九七・十一
『新編日本古典文学全集五十四・太平記①』長谷川端　小学館　一九九四・十
『増補松葉名所和歌集・本文篇』神作光一・千艘秋男　笠間書院　一九九二・三
『日本史小年表』笠原一男・安田元久編　山川出版社　一九七二・十二
『日本史諸家人名辞典』小和田哲男監修　講談社　二〇〇三・十一
『日本史B用語集』全国歴史教育研究協議会　山川出版社　一九九五・二
『日本歴史地名体系第　巻・島根県の地名』下中弘　平凡社　一九九五・七
『日本歴史地名体系第　巻・鳥取県の地名』下中弘　平凡社　一九九二・十
『播磨風土記新考』井上通泰　臨川書店　一九七三・七
『百人一首全注釈』有吉保　講談社学術文庫　一九八三・十一
『万葉集歌人事典〔拡大版〕』大久間喜一郎・森淳司・針原孝之　雄山閣　二〇〇七・五
『萬葉集釋注一～十』伊藤博　集英社　二〇〇五・九～十二
『万葉の歌ことば辞典』稲岡耕二・橋本達雄　有斐閣　一九八二・十一
『名所和歌（伝能因法師撰）の本文の研究』井上宗雄他　笠間書院　一九八六・四
『類字名所和歌集・本文篇』村田秋男　笠間書院　一九八一・一
『和歌の歌枕・地名大辞典』吉原栄徳　おうふう　二〇〇八・五
『和歌文学辞典』有吉保編　おうふう　一九九一・二
『和歌文学大系六・新勅撰和歌集』中川博夫　明治書院　二〇〇五・六
『和歌文学大系七・続拾遺和歌集』小林一彦　明治書院　二〇〇二・七
『和歌文学大系三十二・拾遺和歌集』益田繁夫　明治書院　二〇〇三・一

講　評

東洋大学名誉教授、沙羅短歌会主宰

伊藤宏見

一

この著の作者宮野恵基君には、すでに、この著書の先駆とも言うべき、『歌人が巡る　四国の歌枕』（平成二十二年十一月刊）と、昨年平成二十六年五月十日発行の『歌人が巡る　中国の歌枕　山陽の部』がある。従って、今回の本著『中国の歌枕　山陰の部』は、明らかなように、その姉妹篇であることは間違いない。そして、更に遡れば、平成十七年十月には、『短歌で巡る　四国八十八ヶ所霊場』の著作があり、併せて、これらの書物は、著者自身の、地域探訪への志向性と、その実践力を物語る好例と知るのである。さて、そこで、更にこの『短歌で巡る　四国八十八ヶ所霊場』について言えば、以降の著述の嚆矢ともいうべきものである。

そして、すでに、この著書が、歌枕探訪の萌芽であったことは、十分に証明されるものと感ずるのである。著者の宮野君は、実地見分と併せて、文献に依拠しつつ、更には、現況について、鮮明な眼差《まな》しを向け、現地での地誌、立札看板書きや、口碑、伝説、そして現在の生産物にまで、関心の目を向け、歴史的な根拠及び遺物伝承、はては、人情、気候、風土に到るまで、得心を重ねつつ、前進して行くさまは、感銘に値いし、その常に現在ばかりでなく、後世の人々の視線をもその背《せな》に十分に考慮しつつ、現地を巡り、発見と、その記録保存につとめているのには、洵に感佩せざるをえない。

殊に、四国島内は本人の住居地とかかわり、地の利を得てのことであるが、それでも、隈《くま》なく巡り、名勝を探り、地誌を訪ね、一般の人々には疎縁な、史上の歌枕を求め、現地視察と、交通案内を果すのには、余程の苦労を重ねなければならぬと思う。その時間と手間と探索の労は、瀬戸内海を挟《はさ》んで、山陽道や山陰の地方にまで及ぶことになったのである。各地遠隔のスポットを巡礼することには、さぞや、思わぬ不測の事態にも遭遇することであったであろうし、だが、その反面には、古歌に詠われた現在地に足を踏み入れ、目標を達し得たときの喜びと感激は、さぞかし、その苦心の何層倍のものであったであろうと思う。これのみは、やはり作者自身でなければ、決して味わうことのできない、歓喜であったであろうと小生は思う。

宮野君は、かくして、中国地方の全土の歌枕を探訪してしまったといえよう。

そして、その探求心を更に培養しつつ突き進むものと思うが、目下は、今度は、九州地方を目ざしておられるようである。

宮野君は、このような生涯の事業となってしまった、この仕事への、募る許りの情熱が板につき、止められぬ羽目になってしまったと言えば、余計なこととも考えられようが、要するに、現地探訪が、のちの史実にもなり、又その土地に自らの足跡を残すことは、古の学者や文人、墨客らの心にも連なり、また日本文化の根本的な成り立ちを知り、その普及、永存、創設にもつながる一つの使命感に燃えていることを自ずと思わしめられるるのである。

二

今回の、この著『歌人が巡る　中国の歌枕　山陰の部』は、従前通り、所属のわが月刊「沙羅」誌に、毎月掲載されているものを、先取りしたり、回顧したりして、まとめたものである。しかし、その都度のものを加筆したり、補充、訂正をした面もあったろうと思うが、宮野君の生真面目《きまじめ》な性格を十分に顕わしているものと信ずる。それ故に、各ページには、得心のゆく記録のみで詰っているという印象をもつ。

さて、例によって、此度も、古文献としての拠りどころの、歌枕の出典は、『名寄』、『類字』『松葉』『能因』などの所載する和歌から出発していることが判る。その他に渉猟に勤めた古文献としては、記紀、万葉集はもとより、特に「歌枕列挙紹介」やその外には、出雲国風土記、岩見国名所和歌集成、角川日本地名大辞典、和歌文学辞典、万葉集歌人辞典、和歌の歌枕・地名大辭など を座右にしつつ努めたことが判り、現地のいい伝えとの考證をしている。これらの書物は現代のものであるが、尚さらに、古典としては、千五百番歌合とか、以下新後拾遺和歌集などの勅選二十一代集に及び、中務集、岩見八重葎、後鳥羽院遠島百首など、極めて珍しい書物に触れ、実際に、その所載の和歌を引用しつつ、参酌に役立てているのである。

宮野君は、このように、山陰地方の、一般の人々には目に触れえぬものまでも、渉猟して、わが国の上代、中古、中世から近世、現代に致るまでの山陰の土地にまつわる文学遺跡にもふれているので、単に、和歌文学に止まらず、神話伝説の舞台を描きつつ、小説、物語、文学者らの史蹟の一大パノラマを本著には、くりひろげているのである。そこで、小生は、これは、宮野君の綿密なる構成力と学的な態度が意図した賜物であると思うのである。

そして、更には、宮野君は、自らが、車の運転による各地域への探訪であったために、現地の現在の交通情況に詳しく、道路交通網について、体験からもその実際を報告している。現在地への距離測定、方向、所在地への風景、山川、草木のたたずまいやら、地図と自作の写真を掲げている。ことには、佛堂社殿の建築様式、年代に致るまで、その印象をのべ、さらに他地名との比較、考證すらも行っているのである。それから、今一つの要素としては、現時点での、そのゆかりの土地の人々のくらしにまで、言及して、市、町、村の人々の生活、娯楽施設、センターにいたるまでと、自治体などの干与する文化財の広告、展示、保存状態についてまでも報告に努めているのであるから、ご関心の人々は居乍らにして、歌枕の由来と現況を知ることができるのである。そこで、これはある意味では、また大変に便利な教材ともいえよう。

そして、何より特筆しなければならないことは、付録として載せている『隠岐四島紀行』（には各一首）を除き、各項ごとに、作者自らの三首の短歌を残していることである。これは、歌人宮野恵基が、故人の歌枕の土に到り、しかも、平成の世に、三首の短歌を詠み残したことの、紛れもない事実を証明しているのである。歌人たるもの、かくの如くでなくてはならぬとの、自覚によるものと深く賛同するところである。

三

この著作での内容については、目次の示す通り、鳥取県の因幡、伯耆《ほうき》より始まり、次第に島根県に移り、出雲、石見、隠岐の国で終結している。『山陰の部』といっても、山口県の萩市方面はすでに、『山陽の部』に組み込まれている。そして各篇の巻末には、「歌枕一覧」なるものを付して、例歌と共に、出典を明らかにし、それぞれの表によって、明確化と、かつ分類に努めるといった重厚な、また良心的な編纂振りが窺えるのである。またこれに加えて、「事項略解」「人名略解」や年表、参考文献を添えている。これらは総て、宮野君の発想によるものであって、滅多にはみられない堅実な構成でもあると思う。併せてその労力を嘉《よみ》したい。

四

さて、目下、この著を読み進んでいくと、かつて、私個人の実地への体験が思い出されて、一入《ひとしお》なつかしく思うのである。

殊に、鳥取県については、因幡山《いなばやま》の項（一六頁）では、私の親しんでいる古事記の武内宿禰命《みこと》のことが書かれていて、大変に興味を覚えた。又大山《だいせん》の項（三十七頁）では、かつての宿坊跡に一泊して、T・B・Sのディレクターの紹介で霊照律師を旅して歩いたことがあった。大山《だいせん》の暗い参道では、ギンリョウ草を採取したことがある。

能伎郡《のぎこほり》の項（四十六頁）では、安木の清水寺に、小泉八雲の足跡を確めて訪ねていったことがある。山際の三重塔をながめ、茶室月華庵を見た。又平安期の仏像を多く見た。その時、立派な寺で、赤染衛門か、少式部か、何かの歌枕があるとも聞いていた。

三穂崎《みほさき》（六十三頁）では、小泉八雲の止泊した海辺の旧屋を発見し、感激。この時の文は、紀要の報告に考察しておいた。

　また佛国寺の本尊大日如来を県立博物館に拝し、のち寺の方へも行った。参道が青い石板で敷き詰められていて、地人はこれを御幸《みゆき》通りと称している。今日の三保関でのことである。ここでは、唄にいう関の三本松の旧蹟を眺めたりした。この土地では漁師は鶏の卵は食わぬという戒めがあるそうな。その不思議を小泉八雲はいい伝えとして、文章にのべている。そんなことなどを思い出してみて、本著は小生に大いに役立っているのである。

　また、出雲編（七十六頁）の一畑電鉄には乗ったか、乗らなかったか、想い出せないが、鰐渕寺へは行ったことがある。山岳寺院の趣のある寺で、古い在銘の梵鐘を見たような記憶がある。これらの精しい情景はいずれかの、小生の歌集に羈旅歌として収めてあるものと思う。

出雲大社では、神仏習合のあとと天叢雲剣《あめむらくものつるぎ》を見に出掛けた。後醍醐帝が好きであったからである。又霊照律師のゆかりの人がいるというので街中に訪ねると、「明治は遠くになりにけり」の句で、有名な草田男の短冊を頂いたことを想い出す。

　鴨山の項（一二一頁）では、人麿の死についての考察に興味を持ち、例の茂吉の『鴨山考』に満足せずに、哲学者の梅原猛氏が、かつて、『水底の歌』とやらを著して、のちに大勢のダイバーを雇って、海中に陥没した人麿住居跡を探し当てようとしたが、発見されたのは、人の住んだ井戸の跡のみであったという。

　故文明氏によれば、人麿の如き宮廷歌人が、石見の田舎で歿する訳がないと、近畿説を唱える人もいる。小生は依羅娘子（よさみおとめ）の歌に興味があり、今は大変に、この宮野君の著書に恩恵を蒙っている。歌にある「石河の貝になる」とは、「貝」を「甲斐」即ち「峡」ととる人もいる。その石河が浜田川であれば、たしかな事実と判明すると考えている人がいて、江戸時代の文献に、「石河」は浜田川であると確認したのである。これらについては、小生の最大の関心事である（一二四頁）。

石見の項（一四三頁）では、小生の教え児が江津市で、醸造業を継いで、その酒の銘柄が「都の錦」という。以前に東京へ仮出店の折り、配《わけ》けてもらったことがある。

人麿の歌については、例の依羅娘子との相聞歌に縁のある高角山《たかつのやま》（一五〇頁）には、未だ登る機会もなく過ごしているが、これについても眼前に浮かぶように、宮野君は描写している。

隠岐へは小生は何辺も赴き、後鳥羽院の御火葬塚に参り、五体投地を果たしたことを覚えている。又出家の院の意に反して、佛寺を社に変えてしまった政策に憤りを感じ、源福寺の遺品の経本などのあることを知った。又坂の上の古民家に院の遺品を保っている人がいると伝えられた。それにしても、後鳥羽院の「ゆふただみ」の歌はどの辺りで詠まれたかを頻りに思った。

又隠岐の国の国分寺に、排仏棄釈の嵐のあとを見た。そしてやはり、小泉八雲の足跡の隠岐家に伝わる国宝の驛鈴の音（録音《テープの》）のシャワーを浴び、八百比丘尼の根張りの多い大杉を見た。そして、天野快道という排仏棄釈に戦った僧のことを聞いた。

そしてまた、ここで思いもかけぬ、小生の年来の関心事である人麿肖像の件にかかわる小野篁ゆかりのあごなし地蔵（二二五頁）のある谷間を見おろしたのであった。

かつて、小生は、人麿像の源流由来を確かめるために、伝世の肖像画の研究資料集めに凝ったことがあった。その肖像の濫觴の一つとおぼしきが、篁が人麿像を石板に彫って地に埋めたとのいい伝えがあるからである。中古には、弘法大師の御影供《みえく》に準じて、祖師の如く歌祖を祠る風が浸透し、影供の式が始められ、次第に歌仙絵が起り、現存の物が、本当に人麿の姿を写実したものかどうかに疑問を抱いていたのである。

そこで、小生は、人麿像の祖型は、弘法大師請来の教王護国寺（東寺）旧蔵の、山水《せんずい》屏風の一つの、白楽天画像といわれる廬山の麓での白楽天が謫居の様子、竹の柱に草の屋根に坐る像を、同じ文学者の像ということで、モデルにして人麿像が発祥したところまではつきとめることが出来たのである。

国賀《くにが》の海岸（二二一頁）では、黒い日本牛《うし》が放牧されていると聞き、印融法師乗牛図を描かんとして、和牛の写真を撮りに出掛けたのである。ところが、カメラに怯えた黒牛の角が小生に向かって、疾駆して来るのには驚いた。

これらのことは、総じて小生の諸歌集のどこかに収められていると思う。そしてこの宮野君の著作はいろいろな意味で、小生のかつての記憶を呼びさまし、現在の私の詩嚢《しのう》を更にふくらましてくれているのである。本著が広く、一般の方々にも、楽しく読まれ、普及すること、かつまた愛蔵を希望され、今後の日本文化の礎石となることを願ってやみません。

平成二十七年如月七日　夕刻　しぐれ降る頃

新羽住、鳥語草木庵にて

―おわりに―

古歌に詠われた地を求めて、自身の住む四国を巡り終え、以後中国地方を訪ね歩いて六年余が過ぎた。前著「山陽の部」にも記したが、隣県の岡山県は距離も近く、瀬戸大橋が開通した今では、四国の他県に行くよりは遥かに短時間で訪れることが出来る。と、そんな気軽な気持ちで始めたが、岡山一県だけでも、全国一狭い吾が香川県の四倍の広さがあり、加えて、北の県境・中国山地までの奥深さを改めて痛感した。

その先、山陽路を下る広島、山口は、幸い歌枕の地が瀬戸内、日本海に面する沿岸に帯状に連なるため、ほとんど一筆書きの如く踏査が出来たが、現地に到る移動に多くの時を費やした。

更に本著の区域である山陰地方は、五十キロメートル沖合いの日本海に浮かぶ隠岐国もあり、もちろんそこへ行き着く時間もさることながら、冬季の積雪を避けるという季節的な制約も考慮せざるを得なかった。

そのような中でようやく形と成し得た事に、安堵しているところである。

今回の上梓で、当初思い立った中四国の歌枕を探訪するという目的は、三部作として達成することが出来、ここまでに到る道程で、各地、各所でご教授を頂いた方々、また快く写真や資料をご提供頂いた方々に厚く御礼を申し上げたい。

また、前著に続き丁重なる帯評を頂戴した東洋大学元学長、現同大学名誉教授、日本歌人クラブ名誉会長の神作光一先生、三部作全般に亘ってご指導を賜り、前二著は序文を、そして本著は締め括りとしてのご講評を寄せて頂いた沙羅短歌会主宰、東洋大学名誉教授伊藤宏見先生には、心から感謝を申し上げる次第である。

加えて出版にあたりお世話を頂いた（株）文化書房博文社、そして古歌の理解も浅く、自詠の歌も稚拙、写真も全くの素人が、ある時は歌の解説文であったり、またある時には歴史の紹介、観光の案内文などに終始したりと、脈絡の無い駄文を手に取り、お目通し下さいました皆様にも御礼申し上げます。

さて本著により、歌枕を巡る「中四国三部作」が一応の完成を見たが、歌枕の詠み込まれた背景、詠者の想い、あるいは他の地域など、学ぶべき課題は山ほどある。今後も何らかのテーマを持って学びを続け、可能ならばご批評を頂戴できる形にすることができればと心に決めているところである。自身の余命の足りることを願いつつ……。

平成二十六年深秋　　賎宅にて

〈著者紹介〉
宮野恵基（みやの　けいき）
一九四二年千葉県生まれ。
香川県高松市岡本町一一六七―一
沙羅短歌会同人。日本歌人クラブ会員。香川県歌人会会員。
著作　『短歌でめぐる四国八十八ヶ所霊場』二〇〇五年十月刊　文化書房博文社
『歌人が巡る四国の歌枕』二〇一一年十一月刊　文化書房博文社
『歌人が巡る中国の歌枕　山陽の部』二〇一四年五月刊　文化書房博文社

歌人が巡る中国の歌枕　山陰の部

二〇一五年五月二〇日　初版発行

著　者　宮野恵基
発行者　鈴木康一

発行所　株式会社　文化書房博文社
〒一一二―〇〇一五　東京都文京区目白台一―九―九
電　話　〇三（三九四四）二〇三四
ＦＡＸ　〇三（三九四七）四九七六
振　替　〇〇一八〇―九―八六九五五
URL: http://user.net-web.ne.jp/bunka/

印刷・製本　昭和情報プロセス　株式会社

ISBN978-4-8301-1262-1　C0095

好評既刊

歌人が巡る中国の歌枕　山陽の部

宮野　惠基

ISBN978-4-8301-1258-4
Ａ５判・定価 2,300 円（本体）

歌枕を巡る「中四国３部作」の第２弾。著者自ら中国地方全土を巡り、撮影し、現地に密着した編集をはたした労作である。今回は山陽地域の歌枕を考察し、歌人の思いや時代に心を巡らせる。

宮野惠基　ISBN978-4-8301-1210-2　Ａ５判　1,800円（本体）
歌人が巡る四国の歌枕

宮野惠基　ISBN978-4-8301-1065-8　四六判　1,400円（本体）
短歌でめぐる四国八十八ヶ所霊場

【良寛シリーズ】

良寛会編
良寛のこころ　ISBN978-4-8301-0074-1　Ｂ６判　1,800円（本体）
良寛のあゆみ　ISBN978-4-8301-0092-5　Ｂ６判　1,800円（本体）
良寛とともに　ISBN978-4-8301-0471-8　Ｂ６判　1,800円（本体）

伊藤宏見編著
良寛酒ほがひ　ISBN978-4-8301-0989-8　四六判　2,800円（本体）

伊藤宏見著
『はちすの露』新釈　**手まりのえにし**　良寛と貞心尼
ISBN978-4-8301-0665-1　四六判　2,800円（本体）

伊藤宏見著
大石順教尼の世界　ISBN978-4-8301-0766-5　四六判　2,800円（本体）
鉄砲伝来秘話　若狭姫・春菜姫物語
ISBN978-4-8301-1163-1　Ａ５判　2,400円（本体）

八木喜佐子著
花の季　ISBN978-4-8301-1214-0　Ａ５判　2,500円（本体）